黌舍一夢

馬曉 著

我並不反對集體主義，只是無法忽視少數犧牲品

他們不是家庭的棄兒，是時代的棄兒

自序

多年前，坐在前領導、出版社總編輯車內，聊得酣暢，得知領導九十年代參加工作時，曾熱衷於文學，發表不少作品。於是，我問：「後來，爲什麼不寫了呢？」

領導握著方向盤，言語裏滿是平靜，「文學這東西，費時費力又無名無利，何必呢？」

是啊，在這個物欲橫流的當下，升學、就業、成家是人生的標配，繁忙生活中片刻的閑適，與其花在繁瑣艱辛的寫作上，倒不如打打遊戲、旅旅遊，亦或陪伴家人，豈不愜意？唔！暢聊一番，不禁爲自己在渾渾噩噩中度過二十來個年頭而深感愧怍！看看身邊的同齡人，深知生活在這片土地，生存壓力之大、競爭之激烈，中考、高考、就業、評職稱、升職……似乎只要踏空一步，便會一步錯、步步錯，直至墜入社會的谷底。

這麼來看，的確沒必要將心力耗費於寫作之中。

直至二〇二〇年的冬日，新冠疫情，武漢封城，困於家中的自己百無聊賴，倚在書房的靠椅打出第一句話：「假如那個人不聽話，你怎麼做？」

身處焦慮籠罩的鋼筋水泥城市，確診、離世的消息整日充盈著腦海。在那一刻，在無限臨近生命終點的時分，那些紛擾的物欲、房子車子票子帶來的苦惱或欣喜，瞬時不再重要了。將憂愁拋諸腦後，開始構思這個隱匿於山野的故事。

那段時日，整日待在家中，神情恍惚。燈泡閃灼，忽明忽暗的燈光仿佛將我帶回那個朦朧歲月，那個在球場揮汗如雨、曬得黝黑的自己，那個將書本撕碎的初中生，那個改造學校裏無數個桀驁不馴的同齡人……是的，我曾在管教學校裏待了大半個暑假，度過一段灼熱難耐的時日。

烈日下殘存的記憶漸漸消散，不得不以寫作的方式將它們留存，將它們彙聚成故事。

我曾和那些令父母頭疼的孩子們一般，不學無術、吊兒郎當，可當我從那所謂的深淵泥沼中爬出，回到安逸閑適的主流社會時，我才明白那段經歷的魅力。就像一位老作家說的，父母排著隊、托人送錢送禮將自己孩子送進管教學校遭受毒打、遭受電擊，恐怕是世界歷史上絕無僅有的故事，太魔幻了！

這個故事傾注了我很多很多的情感，青春與夢想，社會與現實，摻雜其中、自由生發。至於敘事技巧、語言，並未花費過多精力，所以，這並不是一個完整的、精巧的故事，卻是一首從我有限的生命歷程中傾瀉而出的青春之歌。

最後，自我寬慰一句：「寫下這二十多萬字，終究會有那麼點意義。」

二〇二二年四月十八日

目次

自序 一

在那原野之中

二〇〇六年六月五日 二

二〇〇六年六月七日 八

二〇〇六年八月五日 三七

二〇〇六年八月十六日 五五

女孩的故事

二〇〇六年八月二十六日 六六

二〇〇四年八月二十六日 七四

二〇〇六年九月三日 八五

二〇〇四年十月二十二日 九一

二〇〇四年十一月一日 九八

他的故事

二〇〇六年十一月一日 一二〇

二〇〇七年二月二日 一四六

重回書院

二〇〇七年二月十五日 一六四

二〇〇七年三月五日 一八八

男孩的故事

二〇〇六年九月五日 二〇二

二〇〇七年三月六日 二二三

家長開放日
二〇〇七年四月十日 二三六
二〇〇七年五月十二日 二四八
二〇〇七年五月二十日 二六三
二〇〇七年六月十七日 二七七
桌角的信封
二〇〇六年十二月六日 二九六
十三號房
二〇〇七年八月二十六日 三一四
聖誕夜
二〇〇七年五月二十日 三二八
北京來的記者
二〇〇八年一月五日 三四六
二〇〇八年二月七日 三七二
那年的雪
二〇〇八年二月十日 三八八
二〇〇八年八月二十四日 四一三

在那原野之中

二〇〇六年六月五日

「假如那個人不聽話，你怎麼做？」

「如果不聽勸，你怎麼做？」

「向你動手，你怎麼做？」

算不上寬敞的屋子裏坐著四個男人，他們背後映出一道光，逆著光亮的臉龐模糊不清。中間的那位顴骨凸顯，左眼下方長有一顆黑痣，痣裏生出深褐的毛髮。面對四位面試官的提問，薛自更沒有說話，顯然，他答不上來。幾分鐘後，臉上掛著疲倦的薛自更走出房間，身後是土青色的牆磚與被漆成酒紅色的柱子。

六、七十年前，這座房屋在大火中焚毀。據說裏屋曾住有一對母女，不知爲何跳入院中的深井，後來搬到這的大戶人家，常常會遇見一些不乾淨的東西。直到六十年代，家中老爺在臥室暴斃身亡，後來的繼承人才燒毀房屋。

書院對面有一家餐廳，在書院待了大半上午的薛自更坐於店內，望著玻璃窗外的丁字路口，拐過路口便是那間書院。「也有人說，是日本人放的火。」年輕的女老闆披著一襲小麥色的長髮，朝裏屋說話：「〇四年的時候，這座書院被人重修了。」提到那個鎮子無人不曉的名字，她眼裏閃著光亮。

「老闆！一份雞排飯。」新的客人到來，女老闆便不再言語，逕直進了裏屋。薛自更盯著眼前的吸管，一時竟不知該做何事，再過一個月，這位二十二歲的青年便要告別他的大學生活。對於他來說，即將要畢業的院校——百里理工大學，儘管是百里唯一的本科院校，可距離百里數百里外的省城卻有三十來所。若將百里理工大學搬遷至省城，在那些層出不窮的高校榜單上，毫無疑問，百里理工將是這些學校中的倒數。

返回宿舍的路上，薛自更不住地對自己唸叨，別想了！別想那書院裏的種種，可愁緒依舊不受控地爬上心頭。這次面試與前幾次類似，當他面對面試官搓手、思索該如何作答時，面試已然結束。邁出那間立著漆木柱子的大門，薛自更掌心已濕透，他太緊張了！每次在眾人面前發言，他都會在心裏默念：「要做得最好！一定不能有紕漏！」可面對陌生人的詢問，一丁點差錯便會令他的心緒崩潰，所有準備也隨之付諸東流。

百里理工大學在百里西邊的郊區，面試地點卻在東邊，從校園來到洋溢著古典氣息的書院，需要近兩小時車程。對於書院所在餘北縣，薛自更倒頗有印象，初至百里的他常與同學們在湖畔的沙灘曬太陽。望著湖中央的那座小山，凸起的山體並不高大，卻又高低錯落，正中的那小山凸了出來，別致的造型像極了五指山正中的一峰。「這是楊沙湖，湖中有一個島，島上有一個湖，湖中心又有一座山。」

四月的陽光映在一幢五層的淡黃色樓房，這便是理工大學的學生宿舍。畢業季已近尾聲，整棟樓僅剩爲數不多的學生。薛自更望著老舊的宿舍，念起那些同學，他們大都已離開這滿是山林的城市，去尋找各自的前路。回到宿舍的他躺在懸在課桌之上的床鋪，思緒亂得很。屋裏其餘的床板空蕩蕩，僅剩他一人。「叮叮——」尖銳的聲響過後，蔡依林的歌聲在漆皮幾近剝落的牆壁間迴響。「你好，是薛自更嗎？」聽到那頭的聲音，他愣了幾秒，差點從高高的床鋪摔下。掀起薄薄的被套，赤裸身子的薛自更跑到鏡子前，望著鏡中清瘦的面龐，方才電話裏的話語仍在他的腦中迴響：「你被錄用了，還有什麼問題嗎？」

收拾好衣物，將其塞進近半人高的行李箱，站在牆壁掛滿電線的木門前，最後瞧一眼曾經的住所。同學們已奔向各自的前程，而自己也將有一個新的開始，望著那油漆脫落殆盡的木桌，深夜的撲克、啤酒罐浮現於眼前。憶起曾經的種種，薛自更頓時感慨萬千。拖著行李踩在綠蔭下的瀝青道，頭頂的樟樹枝葉繁密，一棵棵大樹的個頭比兩側的三、四層教學樓還高出不少。青磚紅框的玻璃窗傳來窸窣的朗讀聲，女孩挽著男孩的臂彎漫步於綠蔭之中。

眞羨慕他們，青春是多麼好的玩意！薛自更唸著，不覺已來到校門口，門前停著整排的麻木車。在西北的高原，薛自更的老家，這類三輪車常見得很。前面的獨輪摩托車拉著後面的車廂往前奔，只是這載客車倒是挺新鮮。

將行李箱搬上車，薛自更鑽入車內，麻木車便在顛簸中前行。出了城，敞篷麻木車行駛於滿是坑窪的水泥路。握著把手的中年男人，瞥見後視鏡中的小夥子不住地咧嘴，不禁心生疑惑：「小夥子！什麼事這麼喜慶？」師傅深藍色的短袖隨風飄揚，黝黑的脖頸映著灼熱的日光，袖口下的手臂布滿青筋。

「沒什麼，找到工作了。」薛自更輕聲應答。

「哎！在哪做事？做什麼事咯？」

「楊沙湖那邊，當老師。」

「那地方不行。」

「爲什麼？」

「那個湖不是什麼好位置！以前打仗的時候，死了好多人，風水不好哩！」聽到這，年輕的男孩並未放在心上，笑著說：「風水這種東西，不可信，不可信！」

「小夥子啊！這種東西，寧可信其有，不可信其無。」說罷，見鏡中的小夥子滿臉不在乎，男人也不再言語。扶了扶鼻梁上的墨鏡，師傅將頭頂的塑膠帽壓低些，抵擋迎面而來的風。麻木車一路向東，來到街道上下彼伏的市區。市區的建築與西邊差不多，三、四層高的青灰色樓房，以及僅容得下兩條車道的馬路。唯一不同的，是馬路、小道上熙熙攘攘的身影。對於市區，薛自更瞭解不多，也不太感興趣，除了市中心那幾條擁擠不堪的商業街，這裏與學校周邊差異不大。理工大學作爲百里唯一的高校，周邊滿是餐館、網吧，以及各式各樣的旅館，供學生們消遣。在薛自更眼中，理工大周邊便是百里最繁華的地段。

睏意襲來，薛自更在車裏打起了盹，再次睜眼，已來到沙河鎮。潮濕的湖風拂過面龐，肌膚滲出些許滑膩。繞過菜市場，麻木車往右拐去，駛向成片的田野。望著成片的油菜地，平坦的大地僅有幾處低矮的山丘，薛自更被眼前的景象所吸引。在他記憶裏，千里外的故鄉那起伏的、連綿的坡地一望無際，雪山腳下是幾近乾涸的大地。

近半人高的油菜花叢裏，生生闢出僅容得一輛車的蜿蜒小路。越往花叢深處駛去，那莖幹上的黃花便越鮮艷，望著天邊灰沉沉的雲，絲絲悸動在薛自更心底生發。再往前，似乎離人煙越來越遠。司機師傅一手把著菸，一手握著摩托車把手，麻木車穿過漫野的花草，巨大的鐵門出現於眼前。一扇銀白色的鐵製大門估摸著四米來高，鐵門兩側延伸出去的院牆同樣高聳。薛自更下了車，拖著高過膝蓋的行李箱，裏面裝有薛自更的衣物、書本，及一些雜物。接過鈔票的司機師傅並未言語，數著滿手的零錢，都未瞧一眼這奇怪的宅院。

沿著來時的路，麻木車緩緩離去。薛自更掏出手機，撥通那個電話號碼，過了許久，「咚咚——咚咚——」城門般的鐵皮在沉悶的聲響中徐徐展開，身材並不高大的男人從門縫走出。將行李搬上灰白的巡邏車，兩人朝裏頭而去。「你平時喊我趙哥，或者是老趙，就行了！」操著濃烈河南腔的男人名爲趙可，硬朗的外表下話語倒是挺親切，令薛自更的心緒舒緩不少。

坐在比麻木車還要慢上半拍的巡邏車，兩人在院子裏行進。「你看那！」趙可指向一幢四層的房屋，「那就是食堂，也是辦公樓。一樓就是吃飯的地方，上面是辦公室。」駛過池塘旁的紅磚屋子，前面又是幾幢樓房。「那邊的兩層樓是女學生住的地方。兩邊分開，西邊是食堂和辦公區，東邊是學生住的地方。」聽到這，薛自更憶起招聘啓事上的字眼，這估摸著是個培訓機構，至於是培訓什麼的，他也弄不清。

「這裏原來是個農莊，去年改成了書院。」順著趙可的臂膀，薛自更瞧見院子正中的山丘，圍著這個山包包的是一圈高聳的院牆。放眼望去，院牆頂上扎有帶刺的鐵圈，如電視劇裏監獄的圍牆。「薛同學！」將行李搬下車，一位中年男子迎面而來。這張面龐些許熟悉，薛自更想起來了，他是上午面試時坐在對面的人。「我代表書院歡迎你的到來！」男人伸出手，握手過後，又扶了扶鼻梁上的鏡框，「我姓梁，是這裏的教學主任。」

梁主任身後的幾人也跟過來，幾位年輕人人手一件，利索地將行李搬入屋子。疲倦的薛自更坐在走廊的木椅輕輕喘氣。「你曉不曉得，爲什麼選擇你？」突來的話語將薛自更嚇了一個激靈，回首，瞧見留著鬍鬚、身材並不高大的梁主任。不知如何作答，薛自更呆滯地看向梁主任。梁主任笑了笑，平和地說：「當然，你是百理工第一屆畢業生，百里理工是我們百里的驕傲。」頓了頓，見薛自更沒有反應，梁主任繼續說：「有一個從省城回來的孩子，學歷高、能力強，還是本地人，而且非常想到書院來工作，可我們沒有選擇他。

「你知道為什麼嗎？」

聽到這，薛自更搖搖頭，疑惑地看向站在樓梯口的梁主任。「因為你很純粹！儘管，專業知識上有所差距。」低沉的嗓音在空蕩的過道裏迴響，「咱們這個書院比較特殊，是非功利的。」

「非功利？」

「非功利。」牆面的老漆落在梁主任襯衣，他並未在意，「老話說，要做事先做人，學會了做人，才能把事情做好。在這個書院，老師傳授的不是知識，而是做人。」

「做人？」

「做人。」

「你會是一位好老師！」回到屋裏，梁主任的話語在腦海裏反覆。躺在略顯生硬的床鋪，眼前的一切都是新鮮，都是陌生。十來坪米的屋子擺有床鋪、書桌及衣櫃，比起雜亂的寢室，這狹小空間的私密令薛自更頗為滿意。步入職場的首個夜晚，薛自更撥通了母親的電話，卻一直無人接聽，千里之外的母親可能是幹活兒太累了，早早睡了吧。沒想太多，奔波的疲倦朝眼眶襲來，薛自更沉沉睡去。

二〇〇六年六月七日

「吁——」尖銳的哨聲劃破清早的寧靜，躺在木板床的徐柯猛地翻身，一個騰空從上鋪躍下，穩穩落在地板。徐柯瘦高的赤裸的身子僅有一條內褲，及兩隻白淨的襪子。狹小的屋子裏擺放數張上下堆疊的床鋪。伴著門外傳來的口哨聲，屋內幾人在慌亂中衝出門，套上門前擺放齊整的帆布鞋，「咚咚——」伴著清脆的腳步聲，幾人衝下樓。

「快！快！」走廊裏的男孩們相互催促，爭先恐後地向前。「十二！十一！十！九！」個頭並不高大的男人站在院子裏倒數，那是趙教官。湧出長廊的男孩們如松鼠般嗖地一聲鑽入散亂的人群，很快，方正的隊列雛形初現。「二！一?!遲到了！」瘦高的、矮胖的兩男孩面對趙可的怒吼，立在走廊盡頭不知所措。「一百個俯臥撐！」瞪著眼珠子，趙可腮幫子的肌肉上下抽動。矮個子往大廳走去，吃力地俯下身，將手臂撐在光滑的地板。

「我沒有遲到！」徐柯的問答如一顆驚雷，震驚操場上的眾人。撐著地板的胖男孩，雙臂不住地顫抖，汗水順著滑膩的臂膀流下。胖男孩在等待，只要高瘦的徐柯也加入其中，教官才會爲這一百個俯臥撐計數。

可徐柯依舊站在原地，心裏滿是憤懣，明明還有一兩秒，卻被判定爲遲到?!他高喊：「沒遲到！時間還沒到。」

「我說你遲到，就是遲到！」教官的怒吼在院子裏迴響，就連隔壁教學樓的薛自更也被嚇了一跳。

於是，整個清早，那個瘦高的男孩圍著水泥鋪就的籃球場奔跑，一圈又一圈。陽光映在滿是顆粒的水泥球場，齊整的隊伍立在球場中央，幾十人望著罰跑的徐柯，五圈、十圈、十五圈。「重心往前！」望著學生們額頭的細汗，趙可喊著，他的話語似乎永遠夾著嘶吼，氣勢十足。

八點，早訓結束的兩支隊伍會合於牆外的草地。數十張稚嫩的面孔隱沒於深綠的短袖、長褲，統一的著裝、統一的髮型。瞧見男生濕透的襯衣，女生們面露不悅。果然，來到食堂，她們便隱隱聞到一股汗臭味。兩隻拳頭大小的饅頭、一碗白粥，搭配小碟鹹菜，領完各自的早餐，學生們回到各自的座位。跑圈完畢的徐柯後背濕漉漉，站在隊伍最後。

「粒米雖小猶不易，莫把辛苦當兒戲。」聽到打油詩，坐在牆角、抓著饅頭的薛自更抬起腦袋，發覺守在門前的趙教官依舊在唸叨。長相硬朗的趙教官音調此起彼伏，那樣子頗爲滑稽。「開吃！」趙可一聲怒吼，那憤怒的嗓門恨不得將食堂踏碎。隨著教官的指令，偌大的餐廳生出細碎的響動，無人說話，僅有咀嚼聲、碗筷的磕碰聲。

薛自更混在教職工隊伍裏，在教官滔天的氣勢前，他握著木筷的手指不住地顫動。薛自更身側的男教師名爲程永旺，比他早來半年，兩人一同吃著清湯麵。碗裏的湯汁寡淡得很，零星的油脂縮在麵條之間的縫隙。薛自更一邊嗦麵、一邊打量著屋內的眾人，大家似乎對這般吃食早已習慣，吃得津津有味。「時間到！」碗中的麵條尚剩一半，趙教官雄渾的嗓音再次傳來。接到命令，學生們趕緊放下碗筷，幾位教師及教官仍不緊不慢地咀嚼。薛自更看向手腕的電子錶，也就五分鐘，學生們的早餐便結束了。

早餐過後，便是一年三度的迎新儀式。

喇叭綁在空地的木桿，滿地的碎石子裏生出零星的雜草，這便是書院的操場。天空的雲朵稀得很，陽光毫無阻攔地投向底下的人們。近百人的操場鴉雀無聲，學生們在隊列裏跨著步，無名教官立在隊伍的各個角落。人們紛紛看向主席臺上的男人，臺上的男人三十來歲，年紀比梁主任還小一點兒。「那是王院長，也可以叫王校長。」幾位教師站在隊列後方，程永旺低聲向薛自更介紹。高高在上的王院長身披卡其色風衣，搭配眼鏡、立領毛衣，看起來十分儒雅。

「各位同事、各位同學，大家上午好！恰逢書院成立三週年，我簡單講兩句。」陽光落在院長肩頭，底下的眾短袖望向這個不怕熱的男人。院長的嗓音雄渾有力，又透著幾分儒雅：「清源書院，正本清源！這個本是什麼，我想便是守規矩。社會有社會的規矩，家庭有家庭的規矩，書院則有書院的規矩！沒有規矩，不成方圓。」

「規矩——規矩——規——矩——」漆黑的音響倚在生滿荊棘的臺階旁，院長的話語從中傳出，迴響於高聳的院牆。

「書院迎來了一位新老師、九位新同學，我在此表示歡迎，與不歡迎！」握著話筒，王院長頓了頓，繼續講：「歡迎新的老師，不歡迎新的同學。我想幾位同學來到這，心裏肯定滿是不情願！」

「嗡——」音箱裏夾雜的尖銳的尾音，令臨近院牆的薛自更不禁捂住耳朵。王院長卻不緊不慢，等及刺耳的聲響漸漸散去，才接著說：「我想，幾位同學第一次來到書院，心裏必定充滿抗拒、憤怒，這是爲什麼?!」

「爲什麼——什麼——什麼——」語句在迴響。

「每個來到這裏的學生都是特殊的，有多特殊呢？比如說，就在臺下的隊伍當中，有一位五音不全的學生，怎麼不全呢？大家可能領略過她的歌喉，一張嘴，所有人都得嚇跑。」齊整的隊伍傳出參差不齊的笑聲，臺上的院長也露出門牙間的縫隙。「可就是這麼一個五音不全的人，因爲看了電視裏的節目，名叫『超級女聲』的節目，竟然想成爲一名歌手！」將音調拉得老長，院長笑聲裏的輕蔑隨音響傳遍操場，「呵！你們說，可笑不可笑？」

「不可笑！」短暫的沉默，嘹亮的回答從人群中傳來。

學生們互相張望，不知是誰喊出那一句。順著眾人的目光，元凶被抓出——個頭比周遭高出不少的男孩。「媽的！又是這個徐柯！」怒不可遏的趙教官恨得牙癢癢，趕忙衝上前，一把揪住男孩的衣領。「趙教官！」院長趕忙解圍，在他的指示下，趙教官才才鬆下青筋凸起的臂膀。

「這位同學，你叫什麼？」院長語氣平和，看向人群之中的高瘦男孩。學生、教師、教官，所有人都在烈日下等待，等待隔空對峙的兩人的下一句。「你管我叫什麼！跟你有毛關係？」相貌俊朗的徐柯喊著，胸膛挺得老高。

「啪！」的一聲，徐柯話音未落，一記耳光重重落在他的面頰。師生們驚呆了，臉蛋火辣的徐柯站在人群之中，一時未反應過來。這記耳光來自身旁的男孩，正是大早被罰俯臥撐的男孩，身材敦實的男孩惡狠狠地喊道：「校長在問你話，什麼態度?!」那故作凶狠的模樣，令人不禁啞笑連連。

見徐柯沒有反應，胖男孩的氣勢愈發猛烈，幾乎將手指戳在徐柯眼窩，「你他媽的傻逼嗎？校長跟你說話，你……」

「啪！」愈加響亮的巴掌，落在胖男孩細嫩的臉蛋。胖男孩一個趔趄，連忙揮起臂膀反擊。可徐柯一把鎖住胖男孩的臂膀，旋轉、騰起，男孩重重摔在曬得滾燙的砂石之上。「啊喲——」鮮血濺在女學生衣袖，生出暗紅的花朵。被擊倒的胖男孩試圖起身，卻踉踉蹌蹌地再次摔倒，襯衫下的胸脯不斷抽擂。見勢不妙，身爲教師的程永旺趕忙上前。操場頓時炸了鍋，亂哄哄的，連一向沉穩的趙教官也神色慌張起來。

就這樣，歡迎儀式在一片混亂中匆匆結束。

書院高聳的院牆外，田邊的石塊曬得滾燙，伸出腳，石頭便落入水下的泥土。田埂連著田埂，幹農活的男人頂著草帽，漆黑的膠鞋穿行於水田之間，留下淺淺的凹痕。稻田以北的林子驚起成片的鳥兒，正當男人疑惑時，一輛黑色轎車緩緩駛出，耀眼的輪轂駛過狹小的水泥路，朝不遠處的院牆而去。

換上格子襯衫，緊致的布料被趙教官的胸脯撐起，似乎隨時會爆裂。這款式與教官的氣質極不相符，可爲了迎接賓客，不得不委屈他的胸大肌。王院長與趙教官一同，站在高聳的敞開的鐵門旁，迎接黑車的到來。轎車停在兩人面前，院長趕忙半佝著腰迎接車上走下的男人。年近花甲的男人兩鬢斑白，杵著拐杖緩步向前，又下來一位年輕的男人，院長畢恭畢敬地領著兩人上樓。

院長辦公室裏，牆面貼滿淡黃的牆磚，兩條沙發橫亙在房間中央。幾位賓客坐在靠窗的位置，薛自更陪著犯了錯的徐柯待在靠門的角落。瞥一眼身旁的高個子少年，薛自更心中滿是緊張。在這位相貌俊朗的運動少年面前，自卑在薛自更心底生發，薛自更憶起父親的話語：你個細膀子，也就能讀讀書。

將思緒拉至眼前，屋內的幾人也不客氣，如熟人碰面般隨意。王院長端著開水瓶，在窗子旁沏茶。年輕的男人站在沙發旁，像是老人的隨從。「徐局長，那我開門見山咧！」將茶杯端至木製茶几，王院長擠著笑臉說道。薛自更這才發覺，那位隨從般模樣的男人竟是局長，也是徐柯的父親。

「老爺子今天也在，我也不遮掩哈！」坐在老人與局長對面，院長臉上堆著笑，「徐柯打了人，在那個娃屋裏咧，我這邊還在溝通。」細細聽完整個經過，局長甚至沒有看徐柯一眼，平靜地回答：「王院長，醫療費這個事我來負責。至於犬子打人的事，按書院的規定來吧，我們充分尊重書院的規章制度。」

「那就好，那就好。那就勞煩徐局長和老爺子來了一趟。」院長擠著笑，見老者起身，趕忙起身相送。短暫的碰面在窗外的聲聲蟬鳴中結束，幾人推門離去，從頭至尾，徐柯與父親始終未說一句。

望見幾人離去的背影，窗外的鳴啼愈發熾烈。站在走廊的薛自更一手扶著牆壁，一手不停揉搓。想不到啊想不到，那個高瘦的男孩竟有著這般背景！教育局局長的孩子，竟會被送到這來。

接下來的日子千篇一律，無聊得很。備課、背誦，書本裏的句子薛自更能夠倒背如流。翻來翻去，也不過些許耳熟能詳的古句，這麼看來，書院的課程也不過如此。「立身以立學爲先，立學以讀書爲本。」紙張的邊角，一句詩躍入他眼簾。遠離家鄉的日子些許難熬，薛自更不禁唸起已去世的父親，沒啥文化的父親常常唸起這句。雪山腳下的大地，每當夜幕降臨，父親的身影便會出現在地平線，滿身塵土地緩緩走來。回到家，簡單洗漱過後，父親總會躺在狹窄的土炕，疲倦得不再言語。

沒有活兒幹的日子，屋外大都是晴朗，父親會躺在院中的木椅，呆滯地望向天邊的山巒。六月的雪山只望得頂上的些許燦白，父親指著那頂上的積雪，喊著他的名字：「更兒，你看那些山，好看不？」「不好看，太白。」薛自更望著山，心裏唸著晚上的炸羊尾。父親並不在意，痴痴地望著山，又閉上眼，嘴裏低聲呢喃：「你看那山，只有山頂的一片，一年到頭都蓋著雪，白得亮！」父親睜開眼，起身對他說：「你要好好讀書，做頂上的人。頂上的雪一年到頭都化不了哩！」

「薛老師，我要上課了，去不去？」程永旺的呼喊打斷薛自更的思緒。抄起桌面的筆記本，薛自更跑出房間。穿過青磚、紅柱鑄成的庭院，來到天花板生滿蜘蛛網的教室，頂上的吊扇咿咿呀呀地轉動，生怕它會隨風掉落。尋得後排的座位，薛自更坐在凹凸不平的木椅，講臺上的程永旺已拿起木尺。「每人桌子上都有一個筆記本、一枝筆，沒有的來找我拿。」程永旺開了口：「有一個任務，寫下你們想說的話，任何東西都可以。」教室裏二十來位學生，有的翹著腿、有的趴在木桌，圓珠筆在指尖旋轉，無人搭理程老師。這哪是課堂，像老舊的菜市場一樣散亂。

「雅蠛蝶！雅蠛蝶！」窗外的口號聲忽遠忽近，引得屋內一眾悶笑。薛自更挺直身板，瞧見窗外的草地上，另一隊學生正跨著步子。「一二一！一二一！」面朝不遠處的池塘，幾個男生將口號換成：「雅蠛蝶！雅蠛蝶！」邊喊邊笑。背靠院牆的趙教官也不喝斥，咧嘴笑笑，這些小孩倒是對島國片熟悉得很。

屋內的課堂一片寂靜，沉默中摻著圓珠筆掉落的聲響，學生們寫著作業。角落的薛自更翻弄手中的筆記本，按照梁主任的要求，他須準備接下來一個月的課程。可見到這沉悶的課堂，薛自更頓時沒了興致，不過是講講古句、布置作業罷了。憶起往日的大學課堂，頭髮花白的老師在講臺唾沫紛飛，臺下的人昏昏欲睡。想到這，薛自更猛然發覺，自己竟與這些壞孩子無異。

「老薛！下課了！」程永旺的嗓音在耳畔響起，喚醒昏昏欲睡的薛自更。眼前的程永旺端著一沓筆記本，學生們不見蹤影。原來，書院沒有課堂鈴聲。「這課也太快了。」薛自更緩過神來，連連說道。

「是滴！」程永旺低聲說：「早跟你說過，不用緊張，咱們這上課還是挺輕鬆。咱們書院的學生，你也曉得，教太多也沒啥意義。」

「倒也是。」收起桌上的筆記本，兩人一同離開。

「我想你也看出來了，這就是一所矯正學校。」薛自更和程永旺一面回宿舍，一面交談。路過水泥澆築的操場，幾位女生站在高牆的陰影下排成一排，稚嫩的面龐掛滿汗珠。趙教官立在陽光下，黝黑的脖頸閃著光亮。見到趙可，程永旺本能地伸手打招呼。可教官依舊一臉嚴肅地盯著受訓的學生，並未搭理他們。程永旺也不在意，朝薛自更繼續說：「這裏的學生大都是因爲逃學、打架被送進來的。至於女孩子呢，基本上是早戀。」

「送進來?!」望著受訓的女孩，她們不太齊整的瀏海下，幾乎都有著一張姣好的臉蛋。薛自更低聲言語：「自願進來的？」

「哈哈！」程永旺不禁大笑，「自願？換做你，你能自願？誰願意到這鬼地方來?!」瞧見薛自更眼神直勾勾的，程永旺順著他的目光望去，原是院牆旁的幾位女學生。「好看吧！咱們書院的女孩都挺漂亮。特別是有一位姓馬的妹子，簡直一副明星的臉蛋！」說著，程永旺瞇著眼，眉頭不住地往上挑。

薛自更霎時漲紅了臉，加快步伐匆匆離去。抹過教學樓的拐角，薛自更終是忍不住瞥上幾眼。站在邊角勾著腰的女孩便是馬清妍，汗珠順著瓜子般俏皮的臉蛋滑落，水靈靈的大眼楚楚動人，粗糙暗灰的短袖仍掩不住她那動人的氣質。薛自更不禁在腦中勾勒女孩的身姿，倘若她換上一襲白裙行走於街頭，回頭率必定爆棚。

回到宿舍，女孩的身姿在薛自更腦海裏揮之不去。那些青春靚麗的女孩在這裏經受嚴厲的操練、訓誡，如同多姿的鮮花被放在爐火上蹂躪，眞是令人心疼！想到這，薛自更的情緒便低落下去。如此多的少年及少女被父母送到這與世隔絕的書院，到底是爲了什麼？憶起父母一向和藹的面容，哪怕自己犯了錯、學習成績不佳，頂多換來幾句抱怨。至於這些將孩子送到這的父母，著實令薛自更感到不解。

宿舍的長廊空蕩蕩，十來間屋子住著兩位教師，作爲書院唯二的男教師，程永旺與薛自更住在彼此對門。至於那幾位教官，則要與學生們同住一棟樓。每當夜幕降臨，這鄉野裏的苦悶便從幽暗中襲來，昏黃的燈光搖曳於天花板，時間一長，薛自更的雙眼便墜入深淵的朦朧。閉上眼，在心裏盤算著月底的工資，每月一千六百塊，轉正便成了兩千四。唸起遠在省城做教師的基友，每月也就勉強三千塊，這麼想來，書院的待遇還真不錯。

「就是有點偏。」薛自更低聲呢喃。鈴聲響起，原來是老媽打來的。「那個營業員也是煩人，不停打電話，我一順口就開了套餐，那個……」那頭傳來熟悉的聲音，母親的話語裏滿是被騙後的抱怨、咒罵。薛自更輕聲應和、高聲安慰，他明白一向沉默的母親如此激動，抱怨裏多半藏著念想。那頭罵得越凶，薛自更心裏就越不是滋味，母親太孤獨了！她獨自一人待在滿是沙塵的坡地，面朝黃土背朝天。每月僅有那麼一兩日，妹妹會從城裏歸來。

唉！薛自更細細想來，未歸家已有半年。

「好了好了，就當是個教訓。」直到母親的話語不再震顫，薛自更才接上話茬：「那個錢我來出，每個月再給你寄一點。」不知不覺通話近半小時，掛上電話的薛自更翻弄起通訊錄，本想打給妹妹，卻被突來的敲門聲驚起。「咚咚——」門前的程永旺睡眼惺忪，花黑的睡衣蓬鬆鬆。

「什麼？」瞧見程永旺手中一沓薄薄的紙張，薛自更頗感好奇。

「給你。」將作業紙遞給薛自更，程永旺吸吸鼻子，「這是新來的幾個，他們的作業。有的挺好玩，給你看看。」

「爲啥給我看？因爲我長得帥？」掂量手中的作業，本不感興趣的薛自更瞥見徐柯的名字，還是收了下來。「帥是肯定滴！薛大帥哥，您嘞先看著，小程子先行告退嘞！再見了您嘞！」戲謔的程永旺扭動屁股，甩門而去。

掂量手中的紙張，白紙黑字在檯燈下沉浮，徐柯的名字在輕柔的光線裏若隱若現。翻開筆記本，學生們的故事展現於眼前。紙上的字跡擰成團，或連成片，敘述著各自的過往。翻出徐柯那張，細細讀來，滿是徐柯與籃球、電子遊戲有關的過往。「我把他撞倒，將球投進籃框，我就是球場上的王者！媽的！他就是個輸不起的loser！」讀到這，徐柯那股不可一世的桀驁沿著紙張撲來。將紙張放置一旁，薛自更輕嘆口氣，出身如此優渥的男孩被關在書院受訓，眞是別有一番滋味。

一張張地翻閱，學生們的故事映入眼簾、穿過身子，隨時光緩緩流淌於指尖，書桌前的薛自更彷彿經歷了他們的人生。多麼精彩的故事！猛地拍桌，薛自更將自己嚇了一跳。瞥一眼房門，應是沒被程永旺聽到，否則定會遭到一番嘲弄。

「薛祥斌」三個字映入眼簾，那是個年近三十、老是低著頭的男人，猶豫一會兒，薛自更翻開了他的過往。潦草的字跡如水鳥拂過湖面，落在淡黃的紙張之上，吵架、辭職，這些瑣事令薛自更感到厭倦，正要翻面，幾句話如一劑猛藥，將薛自更的神經拉得緊緊的。「從後面進來，讓我害怕，又有些興奮……」順著字眼細細讀下，緊鎖的眉頭漸漸揚起，劇烈的嘔吐感從胃部升起，薛自更逃命似地拉開房門，直奔長廊盡頭的洗漱池。

冰涼的自來水澆在面頰，沿耳蝸流至下巴，卻澆不熄心底的噁心。方才的文字迴旋於腦海，無論怎麼清洗也無法抹去。薛祥斌竟是同性戀！同性戀就算了，竟將其不帶遮掩的一一寫下！乾嘔聲在廁所裏迴盪，過了許久，薛自更才從洗浴室走出，一路小跑至程永旺門前。敲門聲咚咚作響，整個長廊也隨之劇烈顫抖。「怎麼？搞這麼急。」程永旺剛探出身子，便被薛自更拉至隔壁房間。耗盡力氣的薛自更，躺在柔軟的床鋪向程永旺訴說他的所見。程永旺坐在書桌旁，端起一沓筆記本，隨意翻弄起來。等及薛自更說罷，程永旺也將那個男人的故事讀完。程永旺看向胸脯仍在起伏的薛自更，撇起厚實的嘴唇喊道：「老薛！我覺得吧，你還是太脆弱了。」

無言地轉身，薛自更如受氣的孩童一般背向程永旺。這可把程老師逗樂，他輕拍薛自更肩膀，留下一句：「明天看著吧。」

晚間八點四十，寢室行將熄燈。牛胖子叼著牙刷邁出洗漱室，回到拐角處的房間。進門便瞧見李壯壯倚著牆、翹著腿，來回揉搓腳丫，白淨的床單皮屑堆疊。「你他媽的！又在摳腳。」見此，牛胖子怒不可遏。

「關你屁事！老子這又不臭。」李壯壯頭也不抬地應答。

「臭倒是不臭，我看著噁心。」牛胖子將調子拉高，不依不饒的。

「算了吧！你就別說話了，你這臭屁在咱們２０６可是……不對，隔壁都聞得到。」將腳丫搭得更高，李壯壯滿臉嘲弄。

倚在床鋪的徐柯瞥見底下兩人，未將吵鬧放在心上。過了許久，底下的爭吵演變成低聲的細碎，喋喋不休。徐柯終是忍不住吼道：「有本事就打一架！吵來吵去，跟個婆婆一樣。」徐柯的話如一道不容置疑的命令，嘈雜的房間頓時安靜下來。剛消停下來，燈泡忽地熄滅，房間陷入一片黑暗。熄燈時間到了，幾人趕緊躺下。果然，門外的腳步聲如期而至，刺眼的光束刺破黑暗打在每個人的床鋪。方才還在吵鬧的兩人屏氣凝神，誰都不敢發聲，彷彿門外的身影是一隻妖魔，誰出聲誰就會被抓走。

確認再三，確定每個人都在床鋪，提著手電筒的人才緩緩離去。等及腳步愈來愈遠，直至聽不見，徐柯才低聲呢喃：「你們說，下午那個小胖子，現在怎麼樣了？」說罷，徐柯側過身子，瞧見下鋪的薛祥斌。

「不曉得，可能關小黑屋了。」幽暗中傳來李壯壯的嗓音：「下午的時候看到他了，在水塘那邊。」

回想起操場的所見，那個初中生模樣、白白胖胖的小子，一面往草叢深處跑去一面喊：「我爸是局長，你們哪個敢碰我？」

「哪個局的？」趙可大聲笑著，和另一位教官不緊不慢地跟上，往林子而去。

「新來的不服，對著幹。」

「我看，那個局長，估計是吹牛皮！」

「那個胖子不聽話到處跑，怕是被打得不輕。」徐柯自言自語，心裏倒有些擔心。

「管他的！這裏哪個沒被打過？也就你這個徐大公子，沒人敢動。」李壯壯說完，便將腦袋埋進枕頭裏。

聽到這話，徐柯心裏滿是不悅。窗外的微光映在李壯壯面龐，這個十幾歲的小屁孩，嘴真他媽的碎！真想找個時間弄他一頓。徐柯翻起身，將床腳的襪子套在腳上，頓了頓，又翻下床去。踩在光滑的地板來到門外，徐柯從擺放齊整的板鞋中拿起一雙，解開鞋帶、又繫上，將鞋帶弄鬆些。這樣一來，明早穿鞋時便不用繫鞋帶，省上幾秒。

徐柯回到床上，翻來覆去弄得床鋪咿呀作響。下鋪的薛祥斌也不抱怨，他始終是那般沉默，誰也弄不明白這個三十歲的男人是何來頭。窗外散著微光，除卻教師宿舍及小道旁微弱的燈光，整個書院都陷入黑暗。「咕咕——」肚皮在幽靜中抗議，一聲又一聲，似哀嚎又似嗚啼，饑餓讓原本精力十足的男孩們不得不抓緊時間入睡。

「吁——」哨聲劃破田野的清晨，屋內的眾人如被按下按鈕，「砰！」地從床鋪高高躍起，爭分奪秒地穿衣、穿鞋，跑下樓去。悠長的哨聲在院子裏迴響，那沙啞有力的嗓門做著倒數計時，六十聲，每一聲都化作無形的手，在背後推著學生們向前奔。這次的徐柯衝鋒在前，同屋的其他人也不遑多讓，呲溜地跑下樓。

「十二！十一！十！」趙可的調子越來越高，就當數到「十」時，最後一名學生跑過眼前，隊伍集合完畢。見無人遲到，面露得意的趙教官清清嗓子，喊出今晨的訓練項目：「二十趟折返跑！」伴著學生們低沉的抱怨聲，隊伍在籃球架下方排成一排又一排。「不就是跑個步，喊個屁！」盯著遠處的白線，徐柯朝周遭正抱怨的幾人喊叫。

哨聲響起，幾位身形矯健的學生一馬當先，衝在最前頭。

太陽剛剛升起，將籃架的影子拉得老長，東邊吹來的湖風攜有濃烈的湖腥味，及飄在風中的片片絲絮。綿軟的絲絮在空中飄蕩，底下是一眾來回奔跑的男孩，瘦長的身影邁著大步、左右搖晃，將眾人甩在身後。徐柯的身影從身旁閃過，牛胖子還未跑完一趟，那人已從眼前來回兩次。徐柯的兩條長腿不停擺動，小腿的線條絲絲分明，顴骨上的汗珠在陽光下閃爍，汗水灑落在牛胖子面頰。

「眞他媽帥！」電視劇裏的面容緩緩浮現，同眼前的徐柯一樣俊朗，牛胖子在心裏唸著：「我要是女的，我就嫁給他！」

趙教官挺起身子掃視這一切，在別人看來，他的腰身總是直挺挺。身後的陰影之中有一把木椅，可趙可依舊站在那，站在灼熱的陽光下。瞧見徐柯那矯健的身姿，趙可面露欣喜，眼前的男孩令他憶起曾經的自己，以及那些曾緊握槍桿的戰友。

汗流浹背的男孩們坐在球場旁的石坎喘氣，濕透的後背尚未晾乾，便傳來了集合哨，眾人趕忙排隊往食堂而去。早餐過後，教室裏的學生上著課，胃裏的粥食咕咕翻滾。對於飄蕩在空氣裏的汗臭味，學生們早就習以爲常。七十來位學生坐在擁擠的教室，頂上的電扇呼呼地響，纖細的蛛絲從扇葉飄落，落在馬清妍髮梢。「啊——」輕聲叫出，馬清妍抄起桌面的筆記本，在頭頂不停掃動。

「喲！大小姐，用紙錢打扮喲！」身後的男孩笑嘻嘻，笑聲響徹整間屋子，臺上的薛自更依舊在黑板上畫著，課堂裏的吵鬧已是常態。馬清妍手中的筆記本滿是褶皺，廉價的紙張泛著黃，像極了紙錢，也就是「墳頭紙」。

「滾！」面對男孩的戲弄，馬清妍的聲音愈發嘹亮，她不停撥弄髮梢，散落的荷爾蒙朝後桌的李壯壯撲去。院花的芬芳沁人心脾，在李壯壯心裏撩起一陣酥癢。

黑板前，薛自更臂膀微微顫抖，臺下的學生無一抬頭，自然無人注意到講臺上的老師額角已滲出細汗。「大家來看這一句。」薛自更的話音剛落，後排的程永旺便起身說道：「薛老師，這節課結束了！」薛自更趕忙低頭，瞥見手腕的電子錶，這節課明明還有十來分鐘；剛要示意，趕來解圍的程永旺已走至臺前。

長舒一口氣，首次上課的薛自更心裏緊張得很，胳膊不住地顫抖。他收起講臺上的書本，悻悻地向教室後方走去。

「注意，注意了！」程永旺拿起木尺，敲在鐵製桌面咚咚作響。薛自更被嚇了一跳，可學生們似乎不爲所動，僅有幾人停下手中的忙活，不緊不慢地看向臺上的程永旺。不慌不忙的，程永旺從包裏掏出一沓淺黃的紙張。看著墨黑的字跡在燈光下隱現，憶起昨晚的對話，薛自更心裏生起不祥的預感。

「這是上次的作業，不少同學講了講自己的故事。」程永旺的話語字正腔圓，「有幾個挺好玩的，和大家分享一下。」此話一出，學生們紛紛抬起腦袋，窸窸窣窣的聲響不再，他們來了興致，紛紛望向手持作業紙的程老師。捻起最上面那張，程永旺一字一頓地讀道：「見到他之前，我從來沒有想過，我會愛上一個男人。」屋子愈發安靜，學生們看向講臺上的程永旺，又看向身旁的人。

坐在角落的薛自更，一臉的不可置信。

「第一次見到他，在西柳街的酒吧，那天晚上我們一起喝酒……」眾人屏息凝神，聆聽標誌的普通話。「他問我去不去，我就去了……」程永旺唸著、唱著，嘴角掛著笑、掛著輕蔑，「我喝多了，頭暈……那個男人從後面……我想，從那個時候開始，我就愛上和男的一起做……做的感覺……」

滿滿一頁的故事在教室裏來回，迴響於每個人的耳畔。短暫的沉寂過後，迸發出熾烈的歡呼，學生們相互張望、相互揮手，教室裏炸開了鍋。每個人都在找尋，試圖揪出那個骯髒的人；程永旺立在講臺，靜靜地看向底下的人們，情緒在心裏醞釀。薛自更悄悄瞥向窗簾旁的薛祥斌。薛祥斌看向窗外，又看向身旁的人，竭力融入其中，裝作一副驚訝的模樣。沒有言語，薛祥斌面無表情，僅有那微微顫抖的後腦勺。

薛自更掌心生出細汗，他不知道該做什麼，不知是默默坐著，還是站起身、打斷教室裏幾近沸騰的炙熱。

「那個東西頂著我，我有點怕。」握起稿紙，程永旺繼續唸著：「還……還算喜歡，但是，不敢告訴屋裏人，就這樣吧。」「咚——」將稿紙猛地拍在桌面，程永旺的神情滿是憤怒，喘著氣，朝窗簾的方向喊道：「嘿！娘炮，弄得爽不爽？」

齊刷刷的，眾人順著程永旺的目光望去。高個子的少年如一隻無處藏身的鼹鼠，將腦袋深深埋在兩臂之間。

「我去！」

「你他媽的！」

「我就曉得，肯定是薛妹妹！」

……

嘈雜的話語迴響於耳畔，眾人望著肩靠窗子的薛祥斌，笑著、和著。薛祥斌身旁的幾人趕忙起身，挪動屁股下的木椅，離得遠些。同性戀！竟然眞的有這種東西?!幾十位學生有的歡呼，有的沉默，他們無一不看向窗簾旁的薛祥斌。有幾人笑得特別歡，不知是好奇還是嘲弄。目睹眼前的一切，薛自更想要起身，離開這幾近沸騰的教室，可雙腿像灌了鉛似的定在原地。

「哎哎！我說兩句哈。」人群中傳來一聲呼喊，很快淹沒於嘈雜。「老子讓你們停一停，你他媽的！聽不懂?!」怒吼過後，課桌被掀翻在地，滔天的聲響刺痛每個人的耳膜。

安靜了，終於安靜了。臉上帶著笑意的學生們看向站起的那人，那人正是徐柯。來回起伏的胸口裝滿憤怒，看向講臺上的男人，徐柯用低沉的嗓子吼道：「你他媽是傻逼？他怎麼搞，關你屁事?!」兩人隔空對視，程永旺臉上滿是平和，不緊不慢地回答：「我是你們的老師，這是我該做的。」

「狗屎！還該做的。」徐柯挺著身子，碎了一口濃痰，吐在桌角旁鑲有碎石花紋的地板。一旁的馬清妍趕緊挪開腳、側過身，正好瞧見徐柯下顎凸起的鬍鬚。「你他媽的！」繼續罵著，面頰的肌肉有力地跳動，徐柯整個身子如一尊雕像立在教室中央，「這是他的隱私，關你屁事！還他媽的老師！」

「搞他！」細微的話語在安靜的屋子迴盪，屋內的男孩看著兩人，嘴裏教唆著。

「罵老師，按照校規，你曉得該怎麼辦。」面對徐柯眼裏的凶光，程永旺毫不退卻，靜靜說道：「這件事情，我可以不跟趙教官彙報，但是！你得把桌子扶起來。否則！你要受罰，大家都要受罰。」程老師的威脅如一把尖刀，直抵每個學生的心坎。見徐柯神情依舊，身旁的李壯壯忙朝牛胖子招手，兩人彎腰將木桌緩緩扶起。

「下課。」收起講臺上的文件夾，程永旺轉身離去，留下神情各異的眾人。推開窗子，夏風裏著炙熱在教室裏打轉，窗外的夏蟬叫個不停，讓人心煩。

「你曉得不，當時眞想衝上講臺，恨不得給你一耳光！」辦公室裏的薛自更揚起臂膀，在空中揮舞。「你唸出來也行，當著那麼多人，何必要點名咧？」程永旺執著一把紙扇，來回搖晃。心裏本不是滋味的程永旺，本不想理會這新人的喋喋不休，可薛自更的連連追問激起他心中的惱怒。

「停停停！」程永旺不耐煩地應答：「你別裝什麼活菩薩，這些學生就該這麼治，這叫對症下藥。」薛自更剛想張嘴，就被程永旺的氣勢攔住，「你先別說，你看這些學生，眞是什麼好貨色？他們要是正常的孩子，會被爹媽送進來？對什麼人用什麼方法，這是對症下藥。我來這有一年了，見過好多學生。

「舉個例子，有的人把同學打斷腿；還有的，差點把自己的老媽打死在家裏！」

打死？薛自更腦海中浮現出母親的面龐，及那佝僂的腰板，薛自更一時不知該說何話。舉起一尺來高的水杯，碩大的塑膠杯蓋過程永旺的面龐，猛地灌下一大口水，程永旺接著說：「去年有個男的，十三、四歲吧。就因爲家裏不讓他談朋友、談戀愛，在廚房放了把火，把家裏炸了。你看！」手機屏幕的黑色邊框之中，一位女人正躺在白色的床單上，厚實的綳帶緊緊地繞著她的左腿，滲出炭黑色的液體。

「他老媽被燒了兩條腿，兩條腿啊！」

薛自更看不到女人的臉，但那殘缺的肢體讓他感受到生生的疼痛。儘管薛自更心裏有所準備，但未想到，這裏的孩子竟惡劣到這般！想到年邁的母親，薛自更簡直無法理解，這些孩子到底是怎麼想的。「你覺得我心狠，那是沒辦法！要是有辦法，爹媽會把他們送進來？」程永旺說罷，便躺下身子。咿呀作響的椅背徐徐落下，辦公室裏僅聽得牆角傳來的沙沙聲，那是女教師在備課。

程永旺身子隨椅背搖晃，滿臉淡然。薛自更忽然有些理解，理解程永旺在教室裏的神態，理解他的激昂。「吃飯吧，十一點半了。」沉默許久，程永旺站起身，往食堂的方向而去。

「趙哥，幹嘛去？」行走於教學樓與食堂間的小道，瞧見迎面而來的趙可，程永旺高聲示意。

趙可指向池塘旁的叢林，裏頭雜草叢生、滿是荊棘，「媽的！新來的那個胖子，又跑進去了。」

「聽說了，那個官二代，老爹公安局的那個？」程永旺言語輕鬆，而他身後的薛自更還陷在那條燒焦的殘腿裏無法自拔。

「鬼的！還公安局局長，那是吹牛皮！他老爹就是個科員。」說罷，趙可朝林子大聲嚷嚷：「局長公子！牛局！吃飯了，耽誤了我們吃飯，小心挨板子。」粗獷的嗓音消失於繁密的樹林，過了許久也不見一絲回應。

「趙哥加油！早點弄完吃飯。」說罷，程永旺轉身離去。瞧見程永旺身後的薛自更，唯唯諾諾的像個跟班小弟，腳踩石子的趙可暗自咧嘴。來到餐廳，兩人坐在偌大的空蕩的食堂，等待其他人的到來。沒多久，門外便熱鬧起來，熙熙攘攘的隊伍湧入餐廳，後背濕透的男孩們也不再排隊。

近百人的隊伍散落在餐廳各個角落。徐柯端著餐盤，在人群中找尋熟悉的面孔。

「徐哥，這這這！」李壯壯喊著，揮動那瞧得見骨架的胳膊。土豆、豆干，及水煮白菜，炖熟的軟爛的土豆，肥肉零星散落其中。徐柯舀起一勺，幾乎沒有咀嚼便已咽下，實在太餓！憶起初來時的情形，徐柯曾將整碗的飯菜倒入泔水桶，身旁的教官也不制止。可到了夜裏，那翻來覆去的饑餓感實在叫人窒息。躺在床鋪難以入眠的徐柯，這才明白教官神情裏的深意：你小子不吃，到時候餓死你！

「噠噠——噠噠——」伴著清脆的腳步聲，自帶威嚴的教官拎著一個胖子走進來。那男孩臉蛋圓潤，掛著泥，如一隻被拎起的胖貓扔在無人的角落。懶得理會，徐柯繼續吃飯。咽下嚼爛的土豆，混著肉糜的汁水在口腔滾動，滿足感油然而生。眞是神奇！望著碗中的吃食，徐柯的心中滿是疑惑，平日裏寡淡無味的吃食竟如此可口！憶起往日的炸雞、漢堡，及擺盤精緻的西餐，眼前的幾樣怕是不遑多讓。

吃完，徐柯端著不鏽鋼碗筷來到洗漱間。哎！那個身影在角落。「牛局！」胖男孩愣了一會兒，才發覺是在叫自己。牛局看向身旁的高個子，沒有理會，端著碗在水龍頭下來回搖晃，一看就是不會洗碗的主。徐柯想起第一次來到這，同樣是這般的生疏，水龍嘩嘩的，可油漬依舊待在碗底；看不下去的李壯壯奪過他手中的碗，伸出稚嫩的手掌，順著水流使勁揉搓。徐柯瞧見那笨拙的模樣，心底升起奪碗的衝動，嘴裏卻唸叨：「我說胖子，洗碗要用手搓，像我這樣。」瞥了一眼，牛局依舊將碗左右晃動，收起滿是油漬的鐵碗，滿不在乎地轉身而去。

午後的課堂，扎著馬尾的女教師來回走動，端著書本唸叨：「少壯不努力。」

「老大徒傷悲。」牛局低聲呢喃，與女教師同唸一句。牛局縮在滿是蜘蛛網的角落，搬過桌子，築起一道圍欄。薛祥斌靠著窗，自從那封自述過後便無人願意與他同坐，牛局的到來令他多了個伴。

屋外的蟬鳴嘹亮依舊，趴在桌面的薛祥斌呆滯地望向繁密的翠綠，不知那些知了藏在何處。

「哎！」側過腦袋，發覺是徐柯湊了過來，薛祥斌依舊撇過腦袋，向著窗外的炎炎熱浪。兩人坐在一起，誰也不言語。看到盯著窗外發呆的薛祥斌，一想到他因那封信被孤立，徐柯心裏便不是滋味。隔著玻璃的樹蔭叫個不停，也不知知了藏在哪片綠葉後，徐柯同樣被斑斕的翠綠所吸引，呆滯地望著。徐柯弄不明白，來到這的多半有難以啓齒的過往，本是同病人，爲何對他人惡意相加？

教室另一頭的黝黑中透著金黃，小巧的馬尾在眼前晃動，輕拂的夏風裏著荷爾蒙的氣息。薄荷般的清新混著說不出的滋味，撩撥男孩們的心。那是馬清妍的體香，清秀的面龐搭上與年齡不相符的身材，每每走在小道，被風襯出的線條無不吸引每一位男性的目光。撐起臂膀、托著腦袋，李壯壯的餘光裏盡是馬清妍，深吸一口氣，盡享夏日裏的清新舒爽。

「下課。」女教師合上書本，課堂結束了。

「唉——呀——」悠長的嘆氣聲在教室裏此起彼伏，學生們滿臉沮喪。他們心裏清楚，結束了這節課，便要迎接每週兩次的體訓。深蹲、蛙跳，及各種叫不上名來的訓練，氣喘吁吁、汗流浹背，恨不得將痠痛至極的身子猛地扯開。教官似笑非笑地倚在門外的牆壁，打著哈欠。學生們垂著臂膀不情願的出門，對於他們來說，這是一場噩夢。

清晨六點半，院子裏的趙可叼著菸，一言不發。每每操練過後，趙可總會放緩吹哨的節奏，讓學生多睡一會兒。哨聲並未響起，幾個身影已鑽出房門在長廊裏來回。早操久了，早起也成了習慣。將菸蒂踩在腳下，清早的困倦已驅趕殆盡，兜裏鈴聲響起，趙可往院子外頭去了。

離男生宿舍不遠的教師公寓裏，薛自更換上銀灰的短袖、深色的長褲，站在落地鏡前打量自己。這身工作服初見還算過得去，穿得久了，也心生乏味。穿好工作服來到空蕩的院子，薛自更滿臉疑惑，怎麼不見人影？倒是二樓的過道傳來聲聲交談。腳邊洩了氣的籃球躺在水泥地，薛自更撿起，原是只扎破了的籃球。一手拿起籃球，走到籃網殘缺過半的籃框下，薛自更單手向裏邊投去，「砰——」的悶響，沒能挨到籃圈的邊角，掉落於地面的籃球愈發乾癟。

辨不清紋路的籃球臥在凹凸不平的水泥地，薛自更順著從地面升起的籃架看去，一件黑色短袖出現在院子門口。抬起身，是徐教官。徐教官咧嘴打招呼：「薛老師，今天咋起得這麼早？」

薛自更反問：「徐教官，今天怎麼是你？」

「今天有活動，老程沒跟你說？」徐教官咧著嘴，操著一口北方腔。

「什麼事？沒跟我說呀。」

「有領導要來。」從薛自更身旁走過，徐教官看向走廊裏成排的鐵門。二樓走廊裏，幾位學生在端著毛巾、臉盆來回走動。與之對應的，是一樓幾間沉寂依舊的屋子。吹響集合哨，整棟樓也隨之顫慄，咚咚的腳步聲驚醒地底的生靈，枝頭築巢的鳥兒卻習以爲常。「搞快點！後面的，都搞快點！」留著光頭的小夥子站在隊伍前方，使勁喊著：「今天有三鮮粉，快點快點，肚子餓了！」聽到這番話，男孩們霎時來了精神。

「三鮮粉？唉！謝光頭，你怎麼曉得？」謝光頭一臉得意，扯著嗓子喊：「趙哥昨天說了，今天有三鮮粉，還有炸醬粉、炸醬麵！」聽到這，男孩們如一隻隻久未進食的野狼，雙眼透著饑渴的亮光。

「眞的？」

「難不成騙你！」

「今天是哪門子風？」

望著躁動的人群，薛自更也不禁興奮。「炸醬粉！」薛自更在心裏嘀咕，平日裏教職工的早餐無外乎清湯麵、饅頭，配上鹹菜、煮雞蛋，就算有一點肉絲，那分量也少得可憐。更別說學生的了。

「老謝，你不會騙我們吧？」李壯壯喊上一句，眾人也起了哄：「要是騙人，老子搞死你！」

「老謝沒騙你們！趙教官今天買了麵，買了三鮮粉。」望著亢奮的眾人，徐教官笑著喊道。人群頓時炸了鍋，吵著、笑著，昨夜拉練的酸痛也緩和不少。

「我說吧！」謝光頭跳上臺階，輕拍徐教官肩頭，「昨天晚上，趙哥就去了城裏，拉回一車的東西。」眾人這才明白，難怪昨夜的漫漫操練不見趙教官的身影。

院牆外傳來同樣熱烈的歡呼，尖銳的女聲摻著麵食的香氣，撩撥著院牆這頭的人們。趙可帶著程永旺，氣勢洶洶地站在食堂門前。十來位女學生在女教師的帶領下，早已在此等候。麵包車的後備廂緩緩升起，露出幾只白淨的碩大的泡沫箱，久違的香氣撲面而來，絲絲肉香在樓宇間瀰漫。孫教官領著龐大的隊伍朝這邊殺來，教官、教師、學生，每個人都盯著擺在門前的白盒，如挨餓多日的難民猛吞口水。

「都站好，站好隊！」後背濕透的趙可嗓音洪亮依舊，「都給老子站好隊，老子昨天跑到城裏，給你們搞回來的！」說罷，趙可便向食堂門前的幾人示意，幾位教官趕緊上前，將泡沫箱搬入食堂。屋外的眾人靜靜等待，盡力按捺心底的悸動。隊伍後方的牛局望著眼前的眾人，心中滿是不屑，不就是一碗麵，搞得這麼……昨夜是牛局的第一次操練，蛙跳、深蹲，弄得他渾身痠脹，只想回到開著空調的宿舍，好好睡上一覺。牛局待在原地，卻被人直往前推。兩條狹長的隊伍湧入偌大的餐廳，手持紙碗的雙手在人群之中穿梭，碗中溢出的是沁人心脾的麥香。

領到早餐的眾人尋得各自的座位，夾起麵條便往嘴裏送。呲溜呲溜、吧唧吧唧，嗦粉的回音在無數張長條鐵桌間迴盪，歡愉的神情寫在每個人的面龐。牛局驚訝地望著周遭，那家常便飯般的三鮮粉，不過是幾根粉絲配上蘑菇、榨菜，及不起眼的肉絲。就這一碗粉，竟能在唇齒間迸發出如此熾烈的火花！每個人都吃得津津有味。

本對粉麵不感興趣的牛局，沉浸在洋溢滿屋的氛圍裏，舌底生出綿綢的津液來。牛局與李壯壯、徐柯幾人一桌，幾口下肚，牛局滿臉嫌棄。這麵太過黏稠，黏在一起嚐不出味道。

分完最後一碗，趙可同程永旺一道尋得角落的位置，那裏擺有幾碗備好的麵條。沒有了教官的巡視，學生們吃著、聊著，食堂的氣氛頓時活泛起來。盯著牛局手中的麵條，李壯壯咽了咽口水，「我說小胖子，那個麵你不吃就給我吃。」李壯壯的嘴角，黏稠的唾液幾近滴落。牛局將紙碗端起，使勁朝裏頭啐了幾口，口水就著麵條不停地攪拌，看著就叫人噁心。牛局得意地說：「呵！就算我不吃，也不給你。」李壯壯漲紅了臉，又不敢當眾發作，只好扭過腦袋，看向遠處的那幾位女生。

「聽說你爸是教育局局長，縣教育局還是市教育局？」牛局轉向徐柯。

徐柯瞥了眼牛局，沒有作答的意思。

「教育局局長可牛了！」牛局胖嘟嘟的臉蛋，湊得更近了，笑著說：「這種培訓機構的死活，還不是你爸一句話的事！要不……額……你……你跟他商量一下，把咱們放出去。」李壯壯和薛祥斌及不怎麼說話的牛胖子，不約而同地看向徐柯。

李壯壯開了口：「老徐，你爸是局長？咋沒聽你說過？」

「關我屁事！他是他，我是我。」徐柯不耐煩地回答，將木筷拍在光滑的桌面砰砰響。見徐柯來了脾氣，牛局也不再追問。

「牛局！聽說你爸是公安局長，那比教育局厲害多了。哎！讓你爸派一隊特警過來！特警來了，這些教官算個屁！」憶起牛局的糗事，李壯壯心裏樂了起來。

聽到此話，牛局便低下了頭。從臂膀的間隙裏，李壯壯瞧見那漲得通紅的臉。李壯壯乘勝追擊、抬高腔調，「我說牛局，你爸要眞是公安局的，你也不會被趙教官打幾頓！我都聽說了，你爸就是個科長，哪個局的來著……對對，婦女聯合會！婦聯。」

「哈哈！」聽到這，就連一向沉默寡言的薛祥斌也笑出聲來。「是不是叫婦……婦聯？」牛胖子咧著嘴，嘴裏殘存的麵條噴在桌面，顧不得擦去嘴角的殘渣，幾人樂得合不攏嘴。「我說，牛局呀！爲……爲什麼婦聯會有男的？」

「哈哈！」男孩們哧哧地笑，原本一臉嚴肅的徐柯也被逗樂。歡笑過後，早餐也臨近尾聲，望著桌面的紙碗、塑膠碗，「哎！不用洗碗，挺好。」牛胖子喊著，端起幾人的紙碗往垃圾桶去了。食堂裏的氣氛滿是閒適，徐柯掃視四周，這般景象在書院還是頭一次見。「壯，你比我早來一個月，今天這個麵吶、粉吶，以前有沒得？」

「沒得。」牙縫裏擠著肉，李壯壯別著腦袋伸手去摳，「說不定是趙哥看我們累了，搞點東西，加個餐。」

「扯！我聽他們說了，今天有領導來。給我們吃好點，下午好好表現。」

「屁的！這也叫加餐？」牛局不屑地說道，等待眾人的應和。可過了許久，依舊無人搭理。氣氛略顯尷尬，牛局咧嘴笑笑，又陷入沉默。

鳥兒在雲中展翅、盤旋，徐柯望著牠的羽翼，白淨之中生出些許黑斑。近百人的隊伍站在烈日下演練，在球場與樓宇的陰影間奔襲。天氣實在太熱，演練一遍便要到旁邊歇息一會。

「來了！來了！」趙可向眾人招手，散落在牆角的學生湧向操場中央，八排八列，齊整的隊伍面朝高聳的鐵門。終於，門前出現一位中年女性，戴著帽、一身的碎花裙，王院長緊隨其後。

經久不息的掌聲在院子裏迴響，學生們的巴掌在胸前揮舞，歡迎著、吶喊著，直至王院長舉起手臂，歡呼聲才不情願地消弭。「這是咱們市教育局的張科長。」王院長立在張科長身側，與一襲翠綠的女科長相比，穿著黑色襯衫的王院長倒更像一位官員。「張科長來到咱們清源書院指導工作，大家歡迎！」王院長話音未落、掌聲尚未響起，張科長便搶前一步開始了她的演講：「各位老師！各位同學！大家下午好，今天我代表市教育局向……」

院牆外的田野，盡頭便是望不著邊際的湖面，湖風拂過屋頂，裹著湖底的腥味，又帶來了些許涼爽。此時的楊沙湖似乎鬧了脾氣，不見湖風，僅有陽光下的灼熱。頂上的雲朵如失去動力的船帆，靜靜地立在那。陽光從兩艘船之間傾瀉而下，倒在學生們的頭顱、胸口，將悶熱沁遍身體的每個角落。拭去額角的汗水，便瞧見教官嚴厲的目光，徐柯趕緊垂下臂膀，掌心滿是黏稠。女領導在宿舍樓的陰影中頗有興致地講著，手中的稿紙翻了面。沒有停下的跡象，科長的話語似乎無休無止。

「領導，能不能快一點？」曬得不耐煩的男孩高喊。

被突來的呼喊打斷，張科長沒有太過在意，繼續她的演說。倒是一旁的王院長漲紅了臉，狠狠地盯著人群，恨不得將那個插嘴的人揪出來吃掉。

終於，漫長的演說宣告結束。接下來，便是場籃球賽。

幾近暈厥的牛局倚在花壇的欄杆、喘著粗氣，牛胖子端來兩塑膠杯，遞給他一杯涼茶。「老徐咧？」牛局抬頭張望，不見徐柯的身影。「上去了吧，等下有場球賽。」將杯中的深紅一飲而盡，牛胖子揚起手臂作出投籃的姿勢，將塑膠杯擲向天空。「我也想。」牛局望著掠過眼前的男孩們，那瘦長的臂膀將籃球挑進籃框。「我以前報過班，籃球班，我也要上場。」塑膠杯落在牛局腳底，被一腳踩扁。

「算了吧！就你那身板，跑兩趟就能累癱。」言語裏滿是不屑，牛胖子撿起乾癟的塑膠杯，朝玻璃門旁的垃圾桶走去。

二樓的屋裏，徐柯從櫃子深處翻出短褲，這條銀灰的短褲剛好沒過膝蓋。想到平日裏的球鞋、高筒球襪，躺在地板上的那雙帆布鞋看起來如此不堪。「唉！」徐柯嘆口氣，略感失望。「鐺——」門外的聲響，是籃球磕在籃框的清脆，那熟悉的回音激起徐柯心中的悸動，指尖生起些許瘙癢。「徐哥，好好打！聽說你是籃球高手，我在旁邊做你的啦啦隊。」李壯壯邁進門，扔來些許硬物。徐柯定睛一瞧，床面躺有幾顆奶糖。

「吁——」哨聲劃破天際，新來的教官吹響了這場比賽。陽光漸弱，藏青與銀灰的隊服，籃球在兩隊之間流轉，十來位男孩來回奔跑。陰涼處的長凳，坐著張科長、王院長及其餘幾位教師。他們身後是一眾學生，倚在淡藍的塑膠椅上，人們手裏捧著糖果、餅乾，觀看這場難得一見的籃球賽。

來來回回，籃球在臂彎下被搶走，腳下的地面凹凸不平，球員的身子也隨之搖晃。「鐺————」清脆的磕框聲，籃球彈至籃板上沿，滾得老遠。連續幾回合下來，籃球無一例外的彈框而出，觀眾的歡呼也隨之冷卻。

「進個球咧！」牛局高聲喊著，恨不得將手裏的硬糖投入寬廣的籃框。

「給我！給我！」薛自更站在三分線外，伸手要球，可隊友並未理會，依舊頂著防守投入籃球，「唰！」的一聲，籃球擦著籃網掉出底線。

「哎——」牛局的嗓音愈發嘹亮：「連框都碰不到，行不行吶？」

將籃球投失的男孩眉眼之間寫滿窘迫，垂著腦袋退回己方半場。「防守！防守！」徐柯朝他大喊，那人依舊叉著腰。籃球在陽光下劃出一道弧線，一個身影高高躍起，將其生生攔下。「唔！跳得好高！」場邊的李壯壯不禁讚嘆起徐柯矯健的身姿。只見徐柯抄起籃球，一個轉身將防守人甩在身後，一路向前，長舒猿臂將籃球穩穩送入籃框。「好球！」這個進球贏得滿堂喝彩，觀眾的熱情也隨之燃起。

在呼喚聲中，徐柯加足馬力穿梭於人群。他的協調性、爆發力明顯異於常人，「砰——」籃球磕在籃框後沿，徐柯跳得老高，從對手的頭頂摘下籃球。一路越過眾多對手，在離三分線一步的距離躍起，他的身體懸停在半空，等及防守球員落地，籃球才從指尖撥出。「唰——」的一聲脆響，籃球落入網中，甚至沒磕到一點兒籃框。「好球啊！」趙可喊著，臉上掛著得意的笑容。

「多俊的小夥子！」張科長連連讚嘆，轉頭朝王院長說道：「咱們書院不錯呀！搞得生龍活虎的。你看這些孩子，雖然有著這樣那樣的問題，但都是潛力股！那個高個子男孩，就是咱們縣局余局長的娃。就算不喜歡學習，努努力，完全可以往運動員發展嘛。」

「領導，我明白你說的。可百里是個小地方，像徐柯這樣有條件的，只能算是個例。」王院長盯著球場上的徐柯，語氣裏是慣有的淡然，「張科長！您是土生土長的百里人，也是從名牌大學畢業的，您比誰都清楚，讀書才是大多數孩子的出路。」

笑容漸漸凝固，張科長沒有再開口。兩人交談的時分，哨聲再次響起，徐柯倒在水泥地，褲腿擦破一塊。他是被人放倒的，一個背後運球將謝光頭甩開，惱怒的防守者從背後追來，將徐柯推倒在地。裁判跑過來，徐柯卻伸手示意，「不要緊，小事。」面對挑釁，徐柯心中愈發亢奮，爬起身，用肩膀撞向將其放倒的謝光頭。記不得大多數人的姓名，倒是對「謝光頭」的稱謂較為熟絡。看得出來，謝光頭的一招一式有些籃球底子，這愈發激起徐柯的鬥志。

「來！來防我。」徐柯一面運著球，一面向謝光頭擺手示意，觀察幾位防守球員的站位。謝光頭雙手猛擊地面，挽起短褲露出同樣修長的雙腿，他張開雙臂，擺出一副誓與徐柯決一死戰的氣勢。面對如此標緻的防守，徐柯不緊不慢地運球，突然一個胯下運球，將身體向右壓去；就在謝光頭跟上的瞬間，徐柯又將籃球拉回左邊。謝光頭趕緊調整腳步，將身子往前貼。身子一個虛晃，腳下猛地蹬地，徐柯化作一道疾風向前衝去。聽得一聲悶響，措手不及的謝光頭重重摔倒在地。

「光頭被晃倒了！」場外的觀眾興奮得直跺腳，滿臉激動。只見徐柯蹬起矯健有力的小腿衝向籃框，猛地躍起，身子在空中滑翔。在空中展開的身軀如一隻飛翔的雄鷹，徐柯揚起臂膀，將籃球狠狠的砸入籃框。扣籃了！扣籃了！徐柯扣籃了！院子被瞬間引爆，掌聲與尖叫聲在天地間迴盪，那個高瘦的少年立在籃框底下一動不動，迎接屬於他的歡呼。

終場哨響，渾身濕透的徐柯站在球場中央，沸騰的胸膛來回起伏。李壯壯衝進場內，如迎接勝仗歸來的戰士，將徐柯扶至場邊的塑膠椅。把糖果扔至一旁，徐柯將杯中的茶水一飲而盡，李壯壯坐在他身旁，輕輕揉捏他的肩膀。比賽結束了，觀眾們也隨之退散，走過籃架的女生也忍不住跑過來，捏動徐柯臂膀上的腱子肉。

二〇〇六年八月五日

從郵局出來，薛自更拍了拍袖口的白色粉末，那是牆面上的磨蹭。下午兩點，正是炎熱的時候，薛自更與程永旺走在縣城的水泥路上，腳底燙得生疼。可街上的人倒不少，六七歲模樣的小孩成群地在攤位之間奔跑。本就狹窄、不足十米寬的馬路，兩側的轎車隨意停放；老人們舉著葫蘆及各式各樣的玩具，有氣無力地吆喝。

「我們這叫餘北，是個縣城，也就是百里的郊區。」程永旺端著一杯摻著冰塊的飲料，吸上一大口，冷氣便從嘴裏冒出。程永旺頓了一會，繼續說道：「但這裏人也多。你也曉得，百里市區都是山，倒是咱們這靠著湖、地勢緩，從西邊來的人挺多的，都是來種地的，倒是挺熱鬧。」沒怎麼說話，薛自更同樣端著透明的塑膠杯。望著鼻孔裏沁出的涼爽，薛自更好生羨慕，可是打小懼怕冷飲的他，在攤位前停駐許久，還是作罷。

「你這剛發的工資，就給家裏打一筆。」在街頭漫步，程永旺如老大哥般輕拍薛自更肩頭。想起遠在老家的母親，薛自更鼻梁生出些許酸楚。突然，身子險些被撞倒，幾位初中生模樣的男孩蹭著臂膀跑過，抹進拐角的豁口，那裏立著閃著霓虹的牌匾：遊戲廳。

程永旺摟著薛自更肩膀，疾步跟上那幾位男孩，鑽進了遊戲廳。狹長的樓梯間，兩側的牆面上貼滿紙張，金髮飄動拳擊手、身型龐大的銀河戰艦混著龐雜的文字，將兩人引入屋子最深處。將塑膠杯扔進生了鏽的垃圾桶，站在昏黃燈光下的收銀台前，「五十塊！」程永旺喊著。換得兩籃亮瞪瞪的遊戲幣，兩人端著塑膠籃，穿行於煙霧彌漫的屋子。上次來到遊戲廳已是多年前，薛自更在記憶裏努力搜尋，賽車、釣魚機，這些玩意該怎麼玩，好讓自己不那麼尷尬。

與程永旺坐在鐵皮前，「星際大戰」遊戲機，意外的是，當薛自更握起老舊的手柄，上手快得很。「左邊、左邊！你打它！」程永旺的唾沫星濺到繚亂的屏幕，濺在薛自更面龐。薛自更也顧不得那麼多，瘋狂扭動手中的操縱桿，屏幕裏的戰機不斷地開火，將敵機一一斬落。

難得的休息，遠離書院的瑣碎。兩人在嘈雜的屋子裏亢奮，在煙塵之中晃動身軀，直至筋疲力盡，倚在鐵箱大口喘氣。點燃一根菸，程永旺逕直呑吐起來，也不顧薛自更的連連咳嗽。靠在遊戲機，程永旺腦袋翻轉過來，煙霧從雙唇溢出，消散於晃蕩的天花板；再次睜開眼，他被嚇了一跳。

渾濁的眼眸裏映著一張臉，驚得程永旺趕忙翻過身來。原來是一個小孩，十歲左右的模樣，滿是污漬的嘴角掛有黏稠的長長的鼻涕。窗外的亮光打來，男孩的面龐若隱若現，那雙眼緊緊盯住兩人。「幹什麼？」語氣裏透著凶狠，小孩的神情令程永旺感到不悅。男孩沒有說話，依舊盯著兩人，薛自更順著那目光望去，桌面一角散落著幾枚遊戲幣。薛自更一把抓起硬幣，男孩猛地接過，頭也不回地跑遠。

「小屁娃，整天就曉得打遊戲。」將身上的格子衫脫下，露出灰白的背心，程永旺將手裏的菸屁股按在黑斑花紋的桌面。看向男孩跑遠的方向，那身影早已無處尋覓，「這種小屁娃，看那個樣子，遲早要被送進書院。」程永旺笑笑，使勁抹了把臉。將塑膠籃疊在一起，程永旺又從兜裏掏出一根菸，脖頸的佩飾映著光亮。窗口旁的男孩們吵鬧不已，叫著、罵著，踩在木椅上，叼著菸頭的嘴不停噴著唾沫。薛自更看向窗臺的嘈雜，那些孩子不羈的模樣，像極了餘光裏的程永旺。

等及程永旺抽完最後一根，兩人才踱著步子，從那狹小的門縫裏鑽出。肚子咕咕叫，兩人拐過街角，前邊便是一家餐館。「老闆，菜單！」程永旺高聲呼喊，驚得旁桌的幾人回了頭。

冒著熱氣的回鍋肉、蘸著紅油的魚片被端了上來，以及一大盤灑滿鹽粒的花生米。臂膀寬厚的老闆娘，操著毛巾、擦著汗，笑著往後廚去了。小巧的玻璃杯被滿上，略微發黃的酒水，灑在凹凸不平的木桌。「老薛！來，走一個。」杯底敲響於桌面，一杯下肚，一股辛辣直衝薛自更的腦門，「嘶——」薛自更將調子拉長，夾起一片掛有花椒籽的魚肉，嗦入嘴中。頓時，灼熱感在身體裏亂竄。

「今天出來，沒跟趙哥說？」

「說了也沒用，他不喜歡出來玩。」

「難得休息兩天，他也不出來，就在書院啃包菜。」

「他就是那麼一個人，也沒什麼愛好，平時就看看書。」程永旺滿不在乎地說：「無所謂吧，該怎麼活就怎麼活。別看老趙訓學生的時候挺威風，他平時話不多，有點內斂。」

「內斂？」薛自更滿臉驚訝。

「嗯，他有他的活法，你也有你的活法，管好自己就行。」程永旺給自己倒上一杯，不緊不慢地咽下，再夾上幾顆花生米。薛自更舉起玻璃杯，磕在桌角，也吞下一口酒。

「聽說趙可參加過閱兵，天安門閱兵，真的假的？」薛自更頭說道。

「好像是。」程永旺捏著木筷，在水煮魚裏扒拉著，試圖找出一塊不帶皮的肉來，找了一會，總算拈出一片來。程永旺滿足地吃下，抬起頭，「額……你還別說，老趙是有幾把刷子。有一次在那個，在那個宿舍的大廳，我親眼看到他一分鐘做完一百個俯臥撐，憋著氣的那種。」一百個、憋氣，薛自更倍感震驚，可想起趙可往日裏的硬朗，也不算太過意外。

門外天色漸暗，熟悉的面孔掠過眼前。那是一張女孩的面龐，清秀的臉蛋、深陷的眼眸，及修長的鼻梁，是那麼的熟悉。這不是馬清妍嗎！薛自更扭過腦袋。那位眉目清秀的女孩也認出兩人，有意無意地撇過腦袋，向屋內走去；馬清妍身旁的，是一位年輕的男性。薛自更特地多瞧幾眼，男人三十出頭的模樣，深色襯衫、梳著齊整的油頭，一幅成功人士的模樣。

「看那兒。」薛自更小聲說道。程永旺這才注意到牆角的女孩，他咧著嘴，高聲喊道：「這不是咱們書院的院花嘛，第幾任院花來著？」薛自更連連招手，示意程永旺小點聲。馬清妍身旁的男人回過頭，滿臉嚴肅地看向微醺的程永旺。馬清妍向那人說著什麼，程永旺仍舊咧著嘴，朝牆角的男人喊道：「老哥！別生氣，這是誇你們家孩子，咱們書院幾十號學生，她蠻聽話的。」

得知程永旺是書院的教師，男人並未發火，轉過頭去和馬清妍聊天。瞧見面頰泛紅的程永旺仍一杯接一杯的灌酒，薛自更心生擔憂。果然，幾杯下肚的程永旺，趴在桌面，肩背隨呼吸而上下起伏。薛自更盤算著，附近最近的旅館在哪兒，回頭瞥一眼，馬清妍和那男人依舊在牆角，說笑著、夾著菜。「馬清妍表哥，倒是挺俊的！」薛自更低聲嘀咕，從兜裏摸出錢包，呼喚老闆娘。

「清妍，喝慢點，慢點。」昏暗的燈光下，坐在女孩對面的男人，滿臉憐惜的望著馬清妍，望著那精緻動人的臉蛋。沒有理會他，馬清妍將杯中的殘餘一飲而盡。霧氣從鍋中升起，升騰的水汽與燈光相互交織，女孩的面龐在一片朦朧中若隱若現。女孩並未言語，埋頭吃著肉，一口接著一口，久違的醇厚的肉香在舌尖猛烈綻放。在書院呆久了，眼前的幾盤肉可是難得的珍饈。見到這一幕，男人心裏不是滋味，伸出臂膀指尖撥動女孩的髮梢。指尖的震顫如電流般穿過髮絲，直抵女孩心坎。

「我挺好的，你也吃點。」女孩的嗓音輕柔得過分，生怕驚到眼前的男人。男人將手收回，方才的微妙留存於酥軟的心底。「你來了快兩個月了，跟我說說，收到過幾封情書？」男人揚起調子，試圖讓氛圍輕鬆些。

「哎！你還真別說，前幾天就收到幾個，一個光頭寫的。」女孩一臉正經地回答，見男人不說話，趕緊補上一句：「哎！吃醋了？」男人連忙笑笑，輕揉女孩腦袋說道：「我哪會吃醋咧？你喜歡的，我都支持。」女孩笑出聲來，露出一對虎牙及淺淺的酒窩。放下手中的筷子，馬清妍如一位尊貴的大小姐，對著三十來歲的管家說：「走吧！吃飽了，送我回去。」

道旁的路燈參差不齊，有的亮得刺眼，有的黯淡無光。兩人走出餐館，走在明暗交錯的小道，女孩靠在男人肩頭，又將腦袋埋進結實的胸膛。女孩的後背稍作抽搐，身子一顫一顫的，不知是哭還是笑，男人趕緊停下腳步停駐於路燈的背面。將女孩抱起，懷抱那柔軟的身軀，男人走過一個又一個拐角，停在一輛深藍色轎車前。望著懷裏的女孩，那微醺的臉龐泛著輕盈的潮紅，如此的動人！男人嘆了口氣，拉開車門，將女孩輕輕放入後座。

「嗡嗡——嗡嗡——」猛烈的轟鳴，劃破路口的寧靜，驚得二樓的住戶推開了窗。「嗖——」的一聲，造型稜角分明的轎車掠過縣城的街道，迎著楊沙湖吹來的風，往東邊的田野駛去。

睜開眼，白淨的天花板就在眼前。馬清妍在床鋪醒來，翻起身，腦袋些許疼疼。盡力回想昨夜，僅憶起懷抱的溫暖。這才想起，這兩天是親友探視的日子。「清妍，你表哥好帥呀！」見到馬清妍起身，底下的娟子一面靠著牆梳頭，一面輕聲言語。伸了個懶腰，馬清妍揉著惺忪的睡眼下床，頭也不回地應答：「那是的，我們家都長得好！」

「哎喲！你可臭美吧。不過，看到你表哥開的車，有錢吶！真是又帥又多金！」

「你又青春蕩漾了？可別忘了，你是爲啥被送進來。」馬清妍笑著打趣，弄得娟子說不上話來、出了屋。突然想到什麼，馬清妍趕忙爬上床鋪，將手伸進雪白的枕頭，摸索再三，觸到幾張光滑的紙片，將其鋪在床面。幾張微微泛黃的紙，字眼密密麻麻的。笑容閃過馬清妍的嘴角，她將紙張塞回枕套深處，匆匆走出房間。

剛下樓，便聽到院牆外傳來的聲響，沉悶的迴響像是在裝修。空蕩的書院裏，望不見幾個身影，平日裏的操練聲、朗讀聲，此時也無處尋覓。沿著滿是石子的小道，一路來到灰瓦房前，立著大紅柱子的屋子是平日上課的地方。石磚牆上掛著的時鐘立在古典的大廳，一分一秒地轉動。指針指向九點四十，這是平日早課的時段。假期裏突來的靜謐與閒適，令馬清妍感到無所適從。

人呢？將被湖風吹亂的秀髮理順，馬清妍在烈日下找尋，不見男人的身影。摸摸口袋，空蕩蕩的，她這才想起，此時的手機想必躺在某間保管室。

繞過院子，球場傳來稀疏的擊球聲，遠遠看去，籃球在院牆頂端劃過，磕在早已鬆弛的籃框上，幾聲震顫在不大的院子裏迴響。走近，原來是徐柯，徐柯獨自一人在空曠的球場練習。球場旁的樹蔭下，不遠處的大廳裏坐著幾人，漫無目的地發呆。僅有徐柯一人頂著灼熱的陽光，一次又一次地投出籃球。徐柯穿著深灰背心，纖細的臂膀線條分明，在烈日下滿是汗水。站在三分線外，將手裏的籃球高高投出，高舉著右手面對籃框的方向，直至籃球落入網中。

院子的大門處，女孩站在陰影下，逆光下的面孔很快被院內的幾人注意到。男孩們漫不經心的，趁旁人不注意忍不住多看幾眼院花。可院子正中的徐柯始終盯著籃框，專注於他的投籃。馬清妍笑笑，側著身子從球架旁走過，穿過眾人的目光來到滿是桌椅的大廳。涼爽的大廳裏，一人正躺在木椅上，攤開藍色封皮的硬殼書蓋在臉上。

悄悄走近，馬清妍歪著腦袋，瞧見封皮上的大字：勞動教育讀本。一把掀開臉上的書，男孩被嚇了一跳，猛地躍起，半眯著眼大喊：「誰他媽的……」話語還未出口，便被咽了回去。瞧清眼前的女孩，他的身子都軟了下來。「哎，你……你怎麼來了？」謝光頭緩緩吐出幾個字，眼中的女孩逆著光，只看得清輪廓，略顯雜亂的髮絲輕輕起舞。

彎下腰，馬清妍握著那雙布滿青筋的大手，俏皮地說：「走！我們去轉一轉。」

就這樣，在眾人詫異的目光下，院花牽著滿臉青春痘的男孩，在微醺的夏風裏一路奔走。臺階上的男孩們面面相覷，不知發生了什麼。牛局站在二樓的走廊，瞧見院牆外的兩人往池塘的方向而去。「咚咚——」球場上的徐柯，依舊拍著籃球，似乎未注意到這令人震驚的一幕。

其實，當馬清妍牽著謝光頭的胳膊，從籃框下跑過，徐柯忍不住瞥上幾眼。關於那女孩的故事，徐柯有所耳聞，卻始終提不起興趣。追上越滾越遠的籃球，徐柯重新回到籃框下，望著那幾近脫落的籃框，心底些許失落。這麼些年，當他在球場來回跑動，一次次地投出籃球，心裏的焦慮也隨之升溫。熒屏裏的身影沖向籃框，在觀眾們山呼海嘯般的歡呼中，將籃球砸入球框。那是他的夢想、他的渴望，可他卻在這個名不見經傳的小城日復一日的練習，看不清未來的路。

熟悉的話語再次響起：「百里從來、從來沒出過籃球運動員。」隨之而來的是無數張面孔、無數句勸阻，將徐柯的思緒攪得稀碎。猛捶腦門，將思緒從混沌中抽離，徐柯彎下膝蓋，蹬地、抬臂、抖腕，再一次投出籃球。

書院十幾里外的水泥路，銀灰的麵包車緩緩行駛，薛自更窩在後座，身下的涼席透著深深的汗味。昨夜還醉醺醺的程永旺此時一手握著方向盤，一手叼著菸，不時往窗外彈弄菸灰。瞟一眼後座的酒紅塑膠袋，裏邊裝滿了蘋果，還有幾顆柿子；程永旺踩下油門，將手伸出窗外，攤開手掌，指尖的菸屁股便隨風飄遠。

翻起身，背後的涼席實在硌人，薛自更望著窗外的山丘，也不記得這是第幾次經過這條路。遠處的坡地蓋著一片墨綠，與家鄉的景象迥然不同，若是把這些蜿蜒的樹木搬到祁連山腳，那該多好。麵包車拐了彎，駛向更加狹窄的石子路，小山的另一邊露了出來，與南邊的地段不同，這邊像是被斧頭鑿開，露出黃褐色的山體。山腰間的小道能望見不少卡車緩緩而行，原來是開採砂石。

「呼——」薛自更長嘆口氣，臉上寫著沮喪。瞧見後視鏡裏的模樣，程永旺不禁啞然失笑，心裏嘀咕著：哎！又是位多愁善感的主。繞過整片的收割殆盡的田地，能望見書院那高聳的鐵門。停在門前，準備呼喊門衛大爺，院子那側的雜草叢傳來窸窣的聲響。喘著粗氣，身著藏青色短袖、深色短褲的隊伍，沿著田埂跑來。

幾十人的隊伍奔跑於田間小道，是一隊武警。薛自更早就聽聞書院不遠處有一支部隊，平日裏偶能聽見號角聲。這些與兩人年紀相仿的青年，上氣不接下氣的向前，踩在凹凸不平的石子路。有的人累得不行，在拐角處撐著腿歇息，還未歇息幾秒便被戰友拉過臂膀，生拽著往前。「這體能一般般。」望著那幾近斷氣的背影，程永旺戲謔地說：「這架勢，別說老趙了，就是咱們老徐，也比他們強不少。」

「別這麼說，說不定他們已經跑了很久。」

「可能吧。」程永旺朝鐵門走去，大喊：「李師傅！是我，小程！麻煩開個門，開個門！」程永旺轉身回到車裏，兩人來高的鐵門徐徐展開。程永旺手握方向盤，一面操縱著麵包車，一面對薛自更說：「說實話，我們書院的教官都不是等閒之輩，都是有幾把刷子的。趙可就不用說了，新來的老徐，還有挺帥的那個老李，個個身懷絕技！不是這些新兵蛋子能比的。」

程永旺掏出一根菸，在荷包裏搗鼓許久也沒找著打火機，「畢竟咱們這裏的待遇，在整個百里都算是不錯的，這個你曉得。」

「哎，這個確實沒得說。」

「那是，咱們王校長家大業大的。哎！王校長以前是做生意的，好像做餐館的吧，後來有錢了，就辦了這個書院。爲人民服務，爲家長分憂唄！」麵包車經過水坑，泥水飛濺，濺在擋風玻璃上。程永旺握著方向盤自言自語：「說實話，我還是挺崇拜王校長的，不像我，整天上班下班的，就是爲了幾個錢。」

「哎喲！」程永旺高聲喊叫。

「怎麼？」薛自更忙湊過來，還以爲他被什麼扎到。

「我去！你看那，是不是馬清妍？」程永旺指向窗外，指向池塘旁荊棘密布的樹林。樹蔭之中，依稀能望見兩個身影，一個男孩、一個女孩，男的個子高高的，腦袋光溜溜的。那人正摟著女孩，將腦袋埋入她的胸脯，將凹凸有致的身軀拉得更近。手掌在腰間摩挲，男孩轉過腦袋，瞧見不遠處的兩人。突來的驚嚇讓男孩趕忙撒開臂膀，不知所措的他慌亂地逃離案犯現場。滿臉不解的女孩撇過面龐，那張臉正是馬清妍。

「他媽的！眞的是她。」程永旺的神情詫異中透著邪魅，咧著嘴說道：「喲！看來發現了件大事，沒想到，咱們的院花是這路貨色。」

「怎麼說？」方才的一幕，在薛自更腦中不停回放。

「跟你說，馬清妍那個姑娘呀，就是因為早戀被送進來的。」程永旺來了興致，靠在椅背講道：「你看，來了才一、兩個月吧，又勾搭上一個。嘖嘖！本性難移喲！才讀高中的女學生，現在的學生真是放得開喲！」戲謔的話語中夾著些許憤懣。薛自更清楚，眼前的男人曾向自己吐露，分手、背叛，深深地銘刻在他的青春。

「哎！」程永旺長嘆一聲，「找誰也不能找他呀！一個謝光頭……哎！鮮花總喜歡往牛糞上插。」薛自更也不明白為何會這般？就算是談戀愛，也不應在書院；就算在書院，也不能找謝光頭吧。在他心裏，比疑惑更深的，是對兩人的擔憂。被人撞見在林子裏親熱，可有他們好受的。

晚餐過後，李壯壯與牛局肩並肩從食堂走出。兩人特地靠向路邊，遠離那股濃郁的汗臭味。石子路另一側的徐柯望著兩人漸行漸遠，倒也不在意。至於腋下的氣息，那味道的確一言難盡。正要回宿舍，李壯壯的口袋裏，插著一本捲起的書，花綠的封皮多半是什麼傳奇故事。牛局伸手去奪那本舊書，卻被李壯壯一把拽住。徐柯逕直進了院子，心中滿是無趣。身後的兩人搶得正歡，脫落的書皮飄在空中，落在滿是泥濘的草地。

「唉！」徐柯看著院子裏的眾人，忍不住暗自嘆氣。在這個沒有電腦、漫畫，連零食都沒有的鬼地方，比起平日的訓練，假期真是愈發的折磨人。留在書院的大都是無人探望的，唯有徐柯與牛局是例外。當熟悉的身影出現在高聳的鐵門前，兩人不約而同地回到房間，鎖上了門。

坐在球場旁的花壇，見到徐柯，球場上的幾人連忙招手示意。徐柯卻無動於衷，整個下午的練習過後，胳膊已抬不起來。夕陽映在球場，成群的嗡嗡叫的蚊子在徐柯腦後縈繞。揮舞臂膀將蚊蟲趕遠些，徐柯正打算回到房間，瞧見趙教官朝宿舍走去。趙可面色鐵青，緊皺著眉頭，匆匆往玻璃門而去。見到趙可滿是怒氣的面龐，球場上的幾人也停下動作，朝宿舍裏邊望去。沒多久，耷拉著腦袋的謝光頭，被趙可推著向前。

見勢不妙，徐柯憶起上午的那一幕，謝光頭與馬清妍手牽手離去，不祥的預感便在心底升起。回想女孩在陽光下的笑容，那不是溫暖，而是一股說不出的厭惡，就像小說裏輕佻浪蕩的女子一般。想到這，徐柯心裏也好受些，畢竟那女孩也是咎由自取。至於那個謝光頭，整天吊兒郎當的，無所謂罷。

夜幕降臨，兩天的假期也臨近尾聲，書院狹小的正門再次熱鬧起來。跑車、麵包車、三輪車，各色車輛停在門前，老舊的捲閘門敞開僅容得一人通行的豁口，外出一、兩日的學生們從豁口側身而過。立在進門處，程永旺與教務處的梁主任肩並肩，打量著門前的眾人。男孩與女孩，有的頭也不回地走進書院，有的回身打招呼，有的還停在原地、說著悄悄話。見到那些臉上掛著笑的家長，程永旺心裏便高興幾分。過了一會，在梁主任的提醒下，程永旺才記起自己的職責，連忙掏出小巧的筆記本，記下那些「好孩子」的姓名。

夕陽落下，高聳的院牆外僅剩零星的燈火，如夜空中散落的孤星。唯獨南面的農莊，兩幢並不高大的樓房依舊亮著燈，直至夜裏九點。三米來高的院牆內，球場燈火通明。男孩們搶著籃球，高聲呼喊；女孩們三五成群，一面說話，一面來回走動。誰也不想停下腳步，那些無處不在的低聲吟唱的、身子布滿螺紋的蚊子，實在叫人抓狂。

趙可從大廳裏走出，狠狠地伸了個懶腰，教官徐斌坐在水泥臺階，望著院子的角落。在那昏暗的一角，十幾個身影擠在一起，圍在籃架前。身材高大的徐柯背對籃框，他身後立著一個少年，那人不高的個子，微光下的額角倒是挺圓潤。「用腳卡住他的腿，用右腳。」身著短袖的徐柯，向眾人示範著。

「以這隻腳爲軸，用身體靠住防守人，一轉身就過去了。」徐柯說著，隨即一呲溜，便抹過身後的防守人，將籃球放入籃框。眾人驚嘆著，徒手練習起來，人群外側的牛局卻有些不屑，擠了進來，從徐柯手裏奪過籃球，順勢來了個原地轉圈。「這誰不會？太簡單了。」說完，牛局又轉上兩圈，肚腩上的肉也隨之掄起。

「你這不對，轉了半天還在原地，應該是……」徐柯話音未落，男孩們便已將牛局轟走，「去去去，一邊去。」「啥都不懂，就別來裝！」幾人上前推搡，將試圖攪局的牛局推得遠遠的。紋身、光頭，眼前的幾人都不是善茬，欲言又止的牛局只得悻悻離去，跑到操場中間去了。操場正中，幾位女孩正踢著毽子，一腳一腳的，嗒嗒作響。

「趙哥，我看你挺喜歡那個的。」操著北方口音的徐斌，望著眾人追捧下的徐柯。

「男人嘛，總是喜歡強者。」望著新來不久的教官，趙可瞧見他那挽起的短袖下，露出的線條分明的肚皮，「腹肌不錯！」

「我這哪是腹肌。」撫過腹部的溝壑，徐柯笑著說：「趙哥，不是我說，咱們這的伙食確實沒啥油水，看我這肚子，餓出了腹肌吶！」

笑笑，趙可沒有理會徐斌的話語。瞥一眼大廳的時鐘，已是八點十分，再過一會，這些學生就該去睡覺了。牆角的男孩們依舊在爭搶籃球，笑得歡快。相互追逐的女孩從眼前一閃而過，馬清妍那悠長的笑聲在靜謐星空下迴盪。立在臺階旁，趙可記起初見那女孩的情景，那個名爲馬清妍的女孩似乎總是那麼歡快。他始終搞不明白，爲何會有一個女孩帶著笑意與歡快，來到這間令人避之不及的書院？

那一次的折返跑，身著長褲的她喘著氣賣力地奔向終點，齊肩的秀髮在空中起舞，脖頸、手臂滿是汗珠，她在眾人的目光下逕直躺在泥濘的草地。還以爲出了什麼事故，趙可匆匆跑來。走近一瞧，那張清秀的臉蛋滿是黑泥，胳膊、褲腿也未能倖免。女孩也不在乎，一邊喘著氣，一邊痴痴的笑著，在石子混著爛泥的草地上，胸脯上下起伏。

不知不覺，時針已指向八點半，哨聲響起，趙可示意徐斌去整理隊伍。揮著膀子，徐斌站在燈火通明的玻璃門前，學生如潮水般向其聚攏。趙可走向院子的鐵門，帶著那張硬朗的面孔，消失在門外的黑暗之中。

睜開眼，周遭的人還未醒來，徐柯便已翻下床去。站在走廊，院牆外的田野灰濛濛的，遠處的地平線霧氣繚繞，望不見一絲霞光。將目光收回眼前，院子裏空蕩蕩的，不見教官的身影。回到屋內，幾隻腳丫搭在床沿裹著白淨的襪子。徐柯這才發覺腳底光禿禿的，昨夜睡前忘了穿襪子；暗自慶幸，幸好醒得早，否則等及起床哨響起，又會慌張不已。

沒有手機，沒有時鐘，屋裏的時間模糊不清。徐柯站在門前，在呆滯中打發時光，憋得難受，便踩著堅硬的拖鞋跑到走廊盡頭的洗漱間。洗漱完畢，沿著二樓的過道，徐柯瞧見操場中央的徐斌，卻不見趙可的身影。再次回房，李壯壯與牛胖子都已起床，薛祥斌窩在角落裏，不知在打理什麼。只有那個小胖子——牛局，依舊躺在兩米來長的床板。肚皮搭著一層薄薄的被單，牛局歪著身體雙腿叉得老開，嘴裏發出咕嚕咕嚕的聲響。

「別喊他！」李壯壯噘著嘴，擠著他那狹長的眼角將食指搭在嘴唇，聲音壓得更低了，「讓他自己起床。」說罷，李壯壯跑到門外，穿鞋去了。

「吁——」刺耳的哨聲打破清晨的寧靜，樓道裏咚咚作響。院子裏的男孩們步履匆忙，院外田地的水牛依舊不慌不忙地轉悠。「還有三十秒！」兩層的樓房，每扇門都躁動起來。李壯壯站在隊伍前頭，眾人向球場集結，直至倒數至「十五！」牛局的身影才出現在二樓走廊。「五！四！三！」徐斌扯著嗓子，嗓音遠不如趙可那般洪亮。

「二！一！」貼地飛行般，牛局衝出玻璃門，圓滾的身軀重重摔倒在地。在水泥地來回打滾，牛局痛苦呻吟著。見此，徐斌朝面前的幾人示意，兩男孩趕緊上前攙扶。將滿臉痛苦的牛局扶起，表情掙扎的牛局一把推開兩人，洩了氣似的一屁股坐在地上。瞧見那一副受委屈的模樣，徐斌忍住心底的笑意，「破了點皮，多大點事！」兩人將牛局拽起，生生拉進了隊伍。

「出操！」一聲令下，幾十位男孩立即挺直腰板。「向右轉！」「齊步走！」齊刷刷地轉身，開啓了今日的早操。嘹亮的呼號從院子傳來，不遠處的石子地女生們也邁起了步子。兩邊的口號相互應和，而池塘的那一頭也傳來隱約的呼喊。那是武警營地傳來的聲響，食堂裏的薛自更在心裏琢磨，儘管只見過一次，但不時傳來的操練聲，無不彰顯他們的存在。每每聽到來自成年人的哨子聲，薛自更心裏便安穩幾分。

教師們坐在餐廳的一角，梁主任端來了一碗粥，手裏拿著饅頭，「快吃吧！今天的稀飯還可以，青菜肉絲的。」話音剛落，程永旺也朝這邊走來，手裏端著兩碗粥。

「我跟你說，今天要出事。」嘴裏嚼著饅頭，程永旺的話語含糊不清。

「什麼事？」嘴裏問著，薛自更心裏也明白，估摸著是昨天樹林的那事。站起身，隔著窗子望見草地上的學生，十來位女孩邁著步子，薛自更掃視一番，卻沒瞧見那個身影。「吃飯、吃飯，看個鬼。」扯過薛自更衣襟，程永旺端起鐵碗吞下一大口肉粥。

沒多久，領口微微汗濕的學生們湧入食堂，抹著額頭的細汗緩緩走向取餐口。薛自更看著這些學生，果然沒有看到那兩人的身影。領完早操的學生們陸續尋得座位，三五成群的。「吃飯！」指令從牆角傳出，很快，碗筷磕碰的聲響在屋裏傳開。手臂掉了塊皮的牛局賣力地舀著白粥，一口又一口；顯然，腸胃的空蕩令人難受。牛局身後的女生卻提不起興致，啃上一口饅頭，咀嚼許久，才咽下去。

徐柯看著兩人，也顧不得那多，趕緊扒拉幾口粥。在這個每日僅有三餐、沒有零食的地方，眼前的吃食是那麼的彌足珍貴。那些不想吃的，肯定是這幾天吃得太多、吃得太好，徐柯想著，將碗底的米粒扒拉乾淨，端著碗一路小跑，跑向取餐口。明明吃了一碗，徐柯肚皮依舊空蕩蕩的，想必是昨日打球的緣故。

「集合！」熟悉的嗓音傳來，是趙可的聲音。將貼有名字的不鏽鋼碗放入碗櫃，徐柯跟著人頭攢動的隊伍，往食堂外趕去。「七！六！五！」還未數完，隊伍便已集結完畢。「全體立正！」陰沉著臉，趙可的神情嚴厲得可怖。教官靠在門前的樹幹，身後站著的是無精打采的兩人。眾人仔細一瞧，那不是謝光頭與馬清妍嘛！兩人耷拉著腦袋，滿臉愁容，就連灰牆旁的幾位女教師也面露憂慮之情。

「怎麼了？」輕柔的嗓音在隊伍中響起。猛地轉過腦袋，趙可怒目而視，低聲交談的人群頓時安靜下來。夏風拂過指尖，僅聽得池塘傳來的陣陣蟲鳴，安靜極了！徐柯立在最後，隔著人群望見謝光頭那光滑的腦門。人群靜得可怕，每個人屏息凝神，每個人都在等待，等待趙可的下一句。

「今天！上課時間推遲。」繁密枝葉下的木椅躺著一沓紙張，黃褐色的紙張。「啪！」眾目睽睽下，趙可抄起那沓紙張，狠狠砸向馬清妍的面龐，「他媽的！寫、寫、寫，寫個鬼！」

紙張被扔向馬清妍，她本能地伸手遮擋，身子沒站穩，險些向後摔去。夾起紙張的鐵夾，砸在柔軟的胸脯，馬清妍臉上生出些許痛苦，她緊捂胸口、擰著身子。

「你們看看！」氣得嗓音發顫，趙可撿起散落在地的紙張，舉在空中，「給你們看看，這就是光頭寫給馬清妍的情書。」又拾起一張，「這是馬清妍，寫給謝光頭的。」人群一片嘩然，窸窣的議論在人與人之間來回，有的滿臉驚訝，有的低聲竊笑。

「說話！怎麼不說話了?!」趙可扯著嗓子吼道：「他媽的！就是因爲早戀被送進來的，你爸媽花那麼多錢把你送進來，對得起爹媽嗎？你他媽還有臉寫情書？」不停罵著、喊著，發洩心底的怒火。謝光頭與馬清妍站在教官身子兩側，隔空相望，又相視無語。身子微微顫抖，面對教官衝天的怒火，身材高瘦的謝光頭如小女孩般無助。望著謝光頭閃躲的目光、微顫的身子，馬清妍不禁笑出聲。

「你笑什麼？」吼到疲倦的坐在木椅上的趙可抬起腦袋，看向身旁的馬清妍。女孩立即收起笑容，可這一幕，燃起趙可心底剛要熄滅的怒火，趙可高聲喊叫：「我讓你們看看，什麼叫做教育？徐斌，把你皮帶拿來。」聽到此話，徐教官倚在食堂的鐵門，神情滿是無奈，不知該作什麼。「老子自己來。」見徐斌猶豫不決，趙可將雙手伸向腰間，如拎起一條黑蛇般抽出細長的皮帶來。從板凳上翻起身，肩膀寬厚的趙可一把推過馬清妍，將身材嬌弱的女孩翻過身來。

鐵製的皮帶扣在空中揮出一道刺眼的寒光，伴著趙可的嘶吼落在馬清妍的屁股。「啊——」伴著尖叫，趙可再次舉起臂膀，整個身子向後扭曲拉成一張彎弓。泛著清早的陽光，閃閃發亮的堅硬的皮帶扣，重重落在馬清妍柔軟的屁股。「啊——」撕心裂肺的哭喊，劃過靜謐的書院，越過田野，直抵楊沙湖寬廣的湖面。

「謝光頭！你給老子看到，看到你最心愛的女人。」皮帶落在屁股上，每一次抽打，都伴著刺耳的慘叫。「你不是愛她嗎？你不是要保護她一輩子嗎？」趙可的話語與女孩的哭喊摻在一起，化作一把沉甸甸的鐵錘，不斷撞向謝光頭那望得見肋骨的胸膛。這位比趙可高上半個腦袋的少年依舊立在原地，身旁的教官一次次地揮起臂膀，在眾人的注視下，皮帶生生落在馬清妍纖細的身軀。

寫滿情話的紙張散落一地，女孩的哭喊幾近沙啞，卻仍抵在每個人的耳膜，將其刺得生疼。謝光頭站在樹下緊握雙拳，整個身子不住的顫抖，可他始終立在原地，不敢往前一步。當著所有人的面，教官將他的情話戳得稀碎，昨日的樹林裏立下的海誓山盟，如同那些被風吹走的紙片，消逝得無影無蹤。

「你不是愛她嗎？不是要保護她嗎？現在，老子在打你的女人。」每一聲嘶吼都化作趙可手中的皮鞭，落在馬清妍的屁股，也抽在男孩們的心臟。

垂著腦袋，謝光頭仍舊沒有動彈，沒有人知道他在想什麼。瞥一眼，瞧見身子劇烈抖動的男孩，馬清妍的心便軟了下來。抵住舌根，盡力不讓自己叫出聲，可鞭子再次落下，她仍忍不住放聲尖叫。女孩試圖掙扎，卻被一隻大手死死摁住，無法動彈。突然，哭喊聲不見了。只見，女孩抬起細嫩的手掌，將其放入嘴中死死咬住。沉悶的聲響在馬清妍嘴裏嗚咽，鮮血沿著嘴角落在潮濕的石子地。

鮮血緩緩滴落，落在地面、板凳腿及形狀各異的石子，趴在長凳的女孩已失去力氣，那凹陷的眼眸也不再水靈。可皮帶依舊落在她的屁股，一下又一下，啪啪作響。周遭近百名觀者，就那樣看著、望著。人群之中的徐柯，不安地看向身旁的眾人，皮帶扔在揮舞，身旁的男孩、樹下的謝光頭、鐵門處的女教師，誰也沒有上前的意思，僅是在那站著，久久地站著。

「去你媽的！」徐柯暗自呢喃，眼前的一幕令他的大腦幾近沸騰，壓得他喘不過氣來。

一個身影衝出人群，衝向那根高舉的皮帶。猛地躍起，推開擋在面前的謝光頭，將其推倒在地。面對還未反應過來的教官，那人抄起手邊的木椅，高高舉起。如教官落下皮帶那般，將其狠狠砸下，「嘿——」一聲怒吼，將心底的憋屈傾瀉而出，他用盡渾身力氣，將椅腿砸向教官腦袋。

二〇〇六年八月十六日

「放回去，放回去，趙哥牙口不好。」徐斌接過薛自更手中的塑膠袋，把蘋果倒回蘋果堆。徐斌抬起手，手裏拎著一袋香蕉及兩串葡萄。「老程人咧？」徐斌扯著幾近沙啞的嗓子，四處張望。

「出去了吧。」將手裏的另一隻塑膠袋放在木桌上，薛自更領著徐斌沿著曲折的小道前行。左邊是成堆的白梨，右手邊則是滲著鮮血的豬肋骨。菜場的攤位一個挨著一個，僅留下供人通行的小道。兩人小心翼翼地走著，身旁傳來各式吆喝聲，「老闆！買不買豬肉？」「老闆！來看看這邊的排骨！」薛自更半低著腦袋，只想早些走到菜場的大門。

「你說，那個徐柯會咋樣？」徐斌拎著兩袋水果，跟在薛自更身後。

「不用說，肯定跑不了，趙哥腦袋都開花了，唉！」薛自更放慢腳步，不讓底下的泥水濺到褲子上，「不過說回來，趙哥也是，下那麼狠的手，唉！」

「別，又來了又來了，你個活菩薩，能不能別老是唱反調？」

「我也沒說錯呀！」

「你他媽就喜歡唱反調，就算那天，趙哥打了人，那也是爲了學生好。」徐斌停下腳步，「無論怎麼說，趙可都沒有做錯。」聽到這，薛自更把嘴邊的話咽了下去，不再言語。小路也走到了頭，邁出菜市場的大門，便聽到程永旺的呼喊，程永旺拎著一箱牛奶，手裏握著一捧淺黃的花，朝這邊走來。

「哎！你們都買了，又是水果又是牛奶的，那我買啥？」薛自更有些不知所從。

「要不，你去那邊，你看那！那裏有家便利店，買個紅包，包些錢就行。」

三人就這樣來到醫院，薛自更與徐斌還是第一次來到這，眼前的十來級臺階，後邊便是一棟三層的樓房。門上立著「餘北縣第一人民醫院」幾個大字，銅製的「人」字在上邊搖晃著，脫了皮。「二樓！在那邊。」徐斌說罷，其餘兩人隨著他上了樓。

白灰的牆體之間，一股清涼感朝幾人襲來，樓裏的確比外邊涼爽不少。穿過樓道，眼前便是一小片停車場，再往前就是住院部了。在二樓過道的盡頭，三人尋得那間病房。門開了，徐斌將腦袋探入，「沒搞錯吧？」正當程永旺遲疑時，徐斌已喊了出來：「趙哥！我們來了。」

過上許久，病房裏邊才傳出那熟悉的卻不再凶狠的嗓音：「這這，這邊。」徐斌趕緊推開門，門外的兩人也擠了進來，原來，這間房裏有著三張床鋪。

「老趙！」徐斌來到趙可的床邊，趙可將手臂從毯子下伸出，朝幾人示意。

「你他丫的！哎喲！搞疼了。」被徐斌的一個擊掌拍得生疼，趙可咬著牙，狠狠吸上一口氣。看著眼前的三人，趙可收起臉上的苦痛，笑了起來，哧哧地笑著。

「看你笑得，別不是被拍傻了？」看到腦袋上幫著紗布的趙可，及那不同往日的憨厚的笑容，程永旺也笑了起來，難得見趙可如此。

「拍了好啊！」挪起半個身子，趙可將腦袋搭在床頭的護欄上，「反正沒拍死，就算命大！就當放了個假，正好休息幾天。」

見到趙可如此心態，幾人懸著的心也放了下來，屋裏的氛圍輕鬆不少。「坐，那邊有板凳。」順著趙可指的方向，徐斌與薛自更坐在窗子旁。至於程永旺，他逕直朝那空著的床鋪躺了下去，隨手掀開簾布，隔壁就是那位十來歲的男孩。

「哎！」女聲從門口傳來，將躺在床上的程永旺驚了一跳，幾人朝門口望去，一位三十來歲模樣的婦女進了屋，看樣子是男孩的母親。女人被突如其來的幾人嚇了一跳，可很快就意識到自己的失態，趕緊陪上笑臉，「你們是趙教官的朋友吧，不好意思哈！」

「沒事沒事，嚇到了，我們不好意思！」薛自更客氣地應答。

「坐。」趙可呼喚程永旺坐下，看來兩位病人早已熟絡。程永旺將床鋪間的掛簾拉開，坐在那張床的邊緣，「這是李老師，是縣一中的老師。」趙可雙手合十向女人致歉，「李老師的學校，就在那邊。」朝窗外望去，薛自更依稀能望見鮮紅的旗幟，以及操場跑道。

一陣寒暄過後，女人也不再理會幾人。「來，把手洗一下！」女人從門外端來一盆水，盆裏冒著熱氣，裏邊浸著毛巾。女人將男孩的手臂輕輕拉出，另一隻打著繃帶的小臂也露了出來，原來是骨折，朝下邊看去，左邊的小腿也是裹著的。「你別動，躺好！」女人的聲音有些嚴厲，想要起身的男孩又躺了回去，女人將毛巾擰乾，輕緩地擦拭男孩的手臂，額頭、鼻梁，還有下巴。女人小心翼翼地擦拭著，散著水汽的毛巾游走於白嫩的肌膚。

女人靜靜地看著她的孩子，擰乾毛巾、端起水盆，女人走了出去。等到她再次回到房間，她拿起墨綠色的塑膠袋，好幾層的包裹下是一個桶狀的不鏽鋼飯盒。掀開蓋，濃郁的香氣溢滿整個房間，雞肉的香味，應該是雞湯的香味，混著不知名的肉香與蒜香，屋裏的幾位男子不覺咽下口水。

米飯吸飽了湯汁，就著一塊紅潤的肉，被送入嗷嗷待哺的嘴裏，男孩靠在床頭專注地吃著飯，咽下一口米飯，又喝一口熱騰騰的雞湯。趙可與徐斌扯著各樣的話題，盡量不讓自己待在雞湯的誘惑裏，「老趙，這事你老媽曉得不？」徐斌心裏清楚，趙可老早就沒了老爹，僅有老媽在老家。「沒！」趙可的言語不再高亢，低下頭去，「老媽身體又不好，來不了的，跟她說這事，不是給她添堵嗎？又不是啥大事，不至於。」

「還不至於，他媽的！當時你那樣子，都要……」聽到這兒，徐斌起了性子，咬得嘴裏牙癢癢。

「別別別！別說了，啊！」程永旺趕緊出來圓場，可徐斌不依不饒，瞪著大眼，望著趙可額頭上厚厚的綳帶，忿忿地說：「去你媽的！現在一想到那個我就後怕，你說這種傻逼今天能對你動手，以後就能對我動手，對老薛動手！等老子回去，看老子不整死他！」

「行了行了！你能不能消停點！」趙可突然發了脾氣，驚得外邊的母子兩都望向這邊，程永旺趕忙拉上了簾子。「別說了，這事就這樣過去了！行不行？」趙可直直地看著徐斌，那往日裏凶狠萬分的眼神已無處可尋。徐斌看著他，竟發現趙可眼裏滲出了淚花。趙可連忙瞥撇過腦袋，喃喃說道：「就這樣了，你們也別爲難徐柯，這個事我也有錯，就這樣了。」

程永旺看著眼前的趙可，他從未見過如此無助的趙可，就像一頭威猛的雄獅變成了一隻沉默的羔羊。程永旺見過那麼多次，見過趙可一次又一次地揮下皮帶，一次次地將學生馴服。現在的趙可，眼裏怎會滿是無奈？怎麼會這樣？

就在此刻，當醫院裏的幾人陷在深深的疑惑中時，在縣城的東邊、在楊沙湖湖畔，在田野與街巷之間的書院裏，徐柯正靠在沙發，一張狹長的皮質沙發上。坐在徐柯對面的，是不知是坐下、還是站立的無所適從的王院長。

「王校長，那咱們長話短說，也不耽誤你的工作。」徐柯身旁的男子開了口，男子頭戴銀灰的平頂帽，身上是一件格子長袖。坐在沙發上身高一米八有餘的徐柯，僅比男人高出一點。男人抬起帽檐，露出清瘦的面孔。那張臉六十來歲的模樣，眼眸凹陷，下巴處留有微捲的鬍子。那是徐柯的外公，對他疼愛有加的外公。

徐柯的父親徐局長，正站在一旁，如老人的隨從一般。「這麼說吧！首先，我們會道歉，也必須道歉，這是咱們的錯。」

「王校長，請坐！」見眼前清瘦的男人依舊站著，老人攤出手來。王院長猶豫半晌，還是坐在了兩人對面。

「老先生，其實這事吧……」

「行行行！咱們是來解決問題的。」老人打斷院長的話語，一手搭在身旁少年的肩頭，「王校長你說吧，這個要賠多少？」腳指不停打顫的王校長深吸一口氣，其實對於趙可的醫療費，他早已計算明瞭，卻依舊在心裏反覆盤算。王校長彎下腰去，將身子靠得更近些，「要不這樣，您看！那位教官的醫療費，再加上一點兒補償金，十萬塊錢，您看行不行？」

擠出最後一句，王校長依舊保持著那個姿勢，勾著背。徐柯靠在柔軟的沙發，看著眼前的院長，以及不發一言的父親，屋內的幾人都在等待老人的回答。老人向後靠去，將徐柯摟得死死的，一面打量著英俊的少年一面說：「確實瘦了，下巴都尖咯！」老人揉捏徐柯的肩膀，沒有理會那個中年男人。院長始終弓著腰，等待老人的回答，窗外的風掀起窗簾，打在他露出的滿是贅肉的腰。過了許久，老人才轉過身來，望著王校長光亮的額頭，「這樣吧！王校長，我們出三十萬。」

此話一出，久久弓腰的男人，如彈簧半彈起身子，嘴裏連連說道：「這不行！不行！太多了，這肯定不行！」男人瞪大雙眼，朝老人連連擺手，彷彿這三十萬鈔票是一盆向他飛來的毒蠍，令他驚恐萬分。徐柯不解地看著王校長，又看向嘴角微微揚起的老人，感到莫名的滑稽。

「那就這樣吧！十五萬是醫療費，剩下的就當給那個教官的補償。」說罷，老人便握起手邊的拐杖，打算起身，一旁的父親趕緊跑來與徐柯一同攙扶老人。「嗯，還有啊！王校長。」老人轉身，再次看向王校長。

王校長趕緊湊過來，有些磕巴地說：「您……您說！」

「有個事，就是這件事情，不要傳出去，我不希望這件事影響到我的外孫。」老人目光炯炯，裏頭藏有一把利刃。

「您放心！這個我可以保證，絕對不會漏出去。」王校長想要上前攙扶一把，看到徐局長一臉嚴肅的神情，身子退了回去。

「那就好，那就好！」老人低沉的話語，在辦公室裏迴響。那一家子早已離開，留下癱坐在靠椅裏的王校長，如洩了氣的籃球蔫蔫地窩著。

「respect, respect for you, and respect for me.」青瓦築成的屋子裏，學生們正在上課，臺上的女教師拎著書本，一字一句地讀著。

李壯壯伸了個懶腰，想起遠在辦公室的徐柯。「你說，徐柯咋樣了？」李壯壯扒拉身旁的牛局，「唉！那還用說。」牛局湊了過來，低聲說：「這個我清楚，我曉得我老爹一年能賺多少，徐柯他老爹也差不多。就他老爹那個工資，怕是有點懸！」

「唉！」李壯壯搓搓手，愈發爲徐柯感到擔憂，「都是什麼破事！徐柯才高一吧？這下一弄，唉！

你說這都是什麼事！」一向待人冷漠的牛局，也捶起了桌子，「你說謝光頭那個傻逼，眞他媽不是男人！徐柯才十六歲，他都快二十了，結果咧，是徐柯衝上去了。」

「算了吧，那個時候，你不也不敢說話咩？」

「你看那邊，窗戶那邊。」李壯壯撇著腦袋，牛局也朝那邊看去，窗邊的幾人身著灰色的短袖，與李壯壯和牛局身上的一樣。最靠窗的那個就是謝光頭，他那標誌性的腦袋已不再那麼順滑，頂上生起稀稀疏疏的黑髮來。

「眞他媽的人渣！廢物！」見到窩囊的謝光頭，牛局低聲咒罵。

「牛局呀！」李壯壯示意牛局靠近些，生怕被身後的人聽到，「其實吧，咱們這遍地都是人渣！你看，男生宿舍這邊，二樓就咱們和隔壁兩間房，爲什麼？咱們是被隔開的，一樓的那些，哪個不是因爲打架、飛葉子被送進來的？」

「我曉得，早就曉得了。」牛局喃喃的說，起了身，看著前邊的一眾後腦勺，有的趴在桌上，有的就那樣立著。屋內幾十張面孔，眞的有那麼罪大惡極？牛局憶起首次見到謝光頭時，在院子門口、在早餐後的間隙，謝光頭歪著腦袋走了過來。光亮的腦門、瘦長的臉頰，以及滿臉的痘印，謝光頭獨自一人走在幾人後邊。

「聽說，你就是那個局長公子？」謝光頭率先開了口，那張瘆人的臉一開口，便令牛局心中一驚。如此凶狠的人，儘管撇著嘴，嗓音裏竟透出一絲輕柔！

牛局沒有回答，兩人擦肩而過。

放眼掃過教室，圓滑而泛著光的腦袋可不止一顆，謝光頭的那顆顯然排不上號。爲啥都叫他「光頭」？牛局暗自疑惑。眼前的人看起來凶狠，其實也就那樣，在趙教官面前一個個慫得不行，「都是些欺軟怕硬的人，平時還裝得不行！」

牛局不屑地搖頭，身旁的李壯壯卻一直看著窗邊的謝光頭。突然，一輛黝黑的轎車從窗外緩緩駛過。來了一個多月，還是第一次在書院見到這種轎車，平時都是那輛寬厚的銀皮麵包車，拖回一車又一車的食材。轎車緩緩駛過，後邊又出現一輛來，透過深邃的玻璃，依稀能望見幾個身影。

後邊的車裏，徐柯的父親正開握著方向盤，後座裏是那位老人，正與徐柯說著話。「你搞籃球咧，我也不反對，對吧！至於你爹怎麼想，那是他的事，我不管！」

「爸，看您這話說得，我們家的事全聽您的安排！」徐局長放慢了車速，趕緊送上了笑臉。老人卻皺起了眉頭，把目光轉向車外，「小徐啊！你說這話，我就不愛聽了。你才是這個家的掌門人，這些事情，都得你自己做決定。」

聽到這話，徐局長心裏既意外，又欣喜，卻不知該說何話。等了半晌，徐局長才擠出一句：「知道了，爸！」

多日不見徐柯，當大夥猜測他不會再回來時，他出現了。徐柯還是初見時的模樣，不同的是，額角的頭髮短了不少。教室裏的薛自更正在講課，徐柯就這樣走了進來，沒有打一聲招呼就走向座位。

臺上的薛自更自顧自地講著，心裏只想著這節課早些結束。窗外傳來無休無止的蟬鳴聲，令他感到眩暈，太吵了！「下課！」薛自更不耐煩地喊出那句，教室裏頓時炸了鍋，幾人一路飛奔而出。

「我去！我這才幾天沒來，你們現在都這麼浪了？」徐柯猛地捶打牛局的臂膀。

「疼！哥，能不能對我溫柔點？」牛局揉著肩，聲音嗲嗲的如一位待嫁的媳婦。

「臥槽！小胖子，怎麼變得這麼噁心？」徐柯笑出聲來，笑聲在房間裏迴盪，驅散連日來的憂愁。

「薛老師！這才三點多，等下還有課沒？」徐柯大聲喊著，腦子一陣眩暈的薛自更，聽到這嘹亮的話語，感覺腦子更疼了。

「薛老師！倒是給個答覆呀。」徐柯嘹亮的嗓音下，薛自更狠狠地捶打自己的腦袋，不耐煩地說：「不上課！自由活動！」聽到這，屋內僅剩的十來名學生，頓時不見了踪影。遠處傳來學生們爽朗的笑聲，歡愉寫在每個人的面龐，只剩下趴在講臺上的薛自更，一邊捂著後腦勺，一邊掏出了手機。

學生們大都奔向籃球場，有幾個男孩跑到池塘邊，脫下衣服呲溜地躍入水中。

「今天咋回事？你們都這麼囂張？」坐在球場旁的水泥地上，徐柯問向牛局。

「這麼說吧，咱們這有這麼多教官，哪個最頂用？」牛局坐在地上，兩手向後撐著。

「那還用說，肯定是老趙。」

「所以撤！你那兩棒子下去，老趙熄火了。除了老趙，還有誰管得住這些人？」

「傳球傳球！」「你他媽的！倒是傳呀！我剛才都空了。」這些身體不那麼協調，腳下卻強勁有力的男孩們，從兩人面前來回跑過，他們咒罵著、笑著，相互擊著掌。

「老趙去哪了？不會已經……」

「不太清楚，反正沒死，你倒是運氣好噢！聽說，老趙還在醫院裏。唉！我說你，你都已經出去了，還他媽回來幹嘛？」牛局不解地望著身旁的少年，比自己大上兩歲的少年，「我他媽是想出去，就是出不去！這個破地方又沒手機，連他媽的小賣部都沒有！你看那個牆，就算翻出去，這個鳥不拉屎的破地方，身上又沒錢，跑都跑不了。」

「好了好了，不說了。」徐柯從口袋裏掏出一張紙巾，遞給牛局，面紅耳赤的喘著氣的牛局汗水沿著臉龐兩邊，一滴滴的落在衣服上。「馬上就開學了，咱們也就熬到頭了，你老爹難道會讓你輟學？不存在的。」

「也是，還有一個來星期，咱們就解放咯！」牛局擦著汗，轉身看著徐柯，捏著手裏那吸飽汗液的紙巾，「還有沒有？這也不夠呀。」

「沒了。」徐柯起身離開，朝大廳走去。

走出洗漱間，徐柯迎面撞上了一個身影，定睛一看竟是馬清妍。「馬同學，這裏是男生宿舍，你……你跑來幹嘛？」被嚇了一跳的徐柯，怔怔地立在廁所門口。「找你呀！專門過來找你玩。」眼前這位扎著短小馬尾的女孩哧哧地笑，那雙水靈的大眼一眨不眨地盯著他。見徐柯愣在原地，女孩迎了上去，一把摟著他的臂膀靠在他肩上。

「我去！」徐柯心裏暗自發慌。柔軟的胸脯抵在他的右臂，柔軟的香氣掠過鼻息，低下頭去，懷裏的女孩正臉蛋泛紅望著自己。就一瞥，滾燙的熱流便從腳心生起，滾滾地如潮水般湧向徐柯那健碩的胸口，湧向身體的每一個角落。渾身一陣震顫，徐柯抬起頭來；二樓欄杆的間隙裏，可以望見來回奔跑的人，他們也許看見了自己、看見了這一幕，也許沒有。

徐柯一把推開肩頭的女孩，女孩撞在塗滿綠漆的牆壁，發出一聲輕喘，徐柯卻顧不上那麼多，撒開步子往樓下奔去。

女孩的故事

二〇〇六年八月二十六日

「快到離開的日子，依然沒有等到趙可歸來。就這樣吧，就算他回來，自己也不知該做什麼，該說些什麼。那就這樣吧。」徐柯兀自想著。

「唉！我總覺得，車裏的那個人就是你。」將手搭在徐柯肩頭，李壯壯又一次拋出這個問題。「我特意跑去問了老薛，教語文的那個，他也不說。」李壯壯一臉篤定，「你捶了趙教官以後的這些天，咱們的日子好上不少。哎！你先聽我說完，一樓的那些呵，他們都說你要是走了，好日子就走了咯！」

徐柯放下手中的鐵架，轉身去拿下一個，沒有理會李壯壯。看著徐柯那閃避的神態，李壯壯愈發堅信自己的想法。

「你就別唸叨了，過來搬東西。」牛局一把扯過李壯壯，兩人朝院子外走去，嘴裏依舊嘟囔著。

「我就說吧，那天車裏那個就是老徐，他都承認了。」

「管他的，有肉吃就行，你別整天神經兮兮的。」

院子外頭，有人喚著兩人的名字，他們一路小跑，跑到池塘旁的麵包車前。從麵包車的後備廂裏鑽出一人來，原來是徐斌，他正朝外頭搬著東西，一個接著一個的褐色紙箱，被置於潮濕的石子路上。

「李壯壯、謝光頭，你們兩個過來。」徐斌將兩人喚至跟前，「你們兩過來，這兩個箱子有些沉，小心點！別磕到。」

李壯壯與謝光頭，一人搬起一個箱子。「還好吧，也不算重。」李壯壯自言自語，朝院子走去。走在凹凸不平的路上，眼前的紙板開開合合，裏邊的玩意也顛簸起來，李壯壯忍不住掀開。「我去！」伴著李壯壯的驚嘆，裏邊的肉串露了出來。薄薄的白紙下，鋪著滿滿一層肉串，再往下邊又是一層，底下還有！牛肉搭著羊肉勾搭著李壯壯的味蕾。「今天晚上，要大吃一頓咯！」來了近兩個月，連指甲蓋大小的肉都沒見過，更別說這滿箱的大塊大塊的牛肉、羊肉，李壯壯趕緊將紙箱合上，加快了步伐。

「有啥好吃的呀？」爽朗裏透著俏皮，馬清妍朝搬著紙箱的兩人走來，「有啥呀？」迎面走來的女孩抬起胳膊肘，輕推緩步向前的謝光頭。霎時，謝光頭面紅耳赤，一言不發地跑開，甚至沒有看一眼馬清妍。

八月的夜晚並不算長，直到晚間八點，夜幕才不緊不慢地落下，遮蓋住望不著邊際的曠野。從天穹向下望去，成片的稻田之間藏有一處燈火通明的宅院，靜謐的大地之中，聽得見忽遠忽近的打鬧聲。高聳的院牆連成片，兩根鐵柱掛著的燈泡玩命似地散著光，彷彿這個夜晚過去，其生命也會隨之熄滅。

滿是塵土的玻璃門，倒映著一張張年輕的面孔，他們笑著、喊著，身後煙霧繚繞。半人來高的烤架煙塵如篝火般升起，籠罩在眾人的頭頂。「老謝，你過來。」窩在躺椅上的程永旺，站起身來，手裏握著啤酒瓶，一面呼喚謝光頭一面朝他走去。

擠開幾人，程永旺一把摟著謝光頭的肩膀，「你蹲一點！」在謝光頭的個頭面前，程永旺恨不得踮起腳來。「算了，唉！」程永旺鬆開右手來，將一瓶啤酒遞給眼前這高瘦的男孩，瓶蓋印在刺眼的燈光下，泛著亮光。這才發覺沒有撬開瓶蓋，趕緊地，程永旺將探出的左手收回。「咔！」的一聲，程永旺吐出變形的瓶蓋，將酒瓶遞給謝光頭。

接過酒瓶，瓶中的液體殘留有些許冰渣，謝光頭猛地灌上一口，放下酒瓶大口大口地喘氣。不僅是眼前的少年，對於程永旺來說，這口冰鎮無異於荒漠裏的一捧甘泉，沁人心脾。

「你恨不恨他？趙可。」程永旺灌上一口，哈出冷氣。

「怎麼說咧，呼！」謝光頭也給自己灌上一大口，稍稍歇息，又來了一口，「咳咳——」嘴裏噴出啤酒的麥香氣，謝光頭也不在意，扯起衣服拭去嘴角的殘漬，露出底下的腹肌來。「說實話，我不恨他。」消瘦的少年望著院子那頭，不那麼明亮的角落裏，女孩們正打鬧著。聽那聲音，想必那女孩就在其中。

女孩們的聲音消散在牆外的陣陣蛙鳴之中，院牆那頭的青蛙們依舊奮力地喊著，呱呱的，卻沒了前幾日的勁頭。在夏日的盡頭，連蛤蟆也失去了力氣。「我不恨他，我恨我自己。」舉起酒瓶，謝光頭將其一飲而盡，將空蕩的瓶子摔在地上鐺鐺作響。仰頭悵惘，夜幕上的星辰零落不堪，令謝光頭不知該伸向哪一顆。恍惚間，女孩的面孔在星空浮現，閃著光。想起那位闊別已久的女孩，那張愈加嫵媚的面孔相疊，化作夜空中的魅影。

抬起右手，謝光頭試圖將她抓住，那是謝光頭眞正的女友，在書院外的某個地方等待。可當他將指尖探入那一汪池水，漣漪也隨之消散。淚水不住地從臉龐滑落，謝光頭哭泣起來，低聲的啜泣混在人群之中，無人在意。

「我也不是很懂，你說書院爲啥要搞這個，搞這些燒烤？」

「關你屁事！」程永旺高聲喊著：「有肉吃，有酒喝，想那多幹嘛！」伴著程永旺的吼聲，口哨聲、叫好聲此起彼伏，往日的院子裏，在沉悶下壓抑了整個夏日的激情，在這一刻被徹底點燃。

正值興起的人們未能發現，起初那位站在屋檐下的薛自更，已站在二樓的拐角，一手撐著欄杆，一手握著酒瓶。嘈雜的人群以及滿是煙燻味的聚會，實在令人難受。薛自更摸著黑，一路溜到二樓，倚在及腰的欄杆。抬頭望去，遠處的星空撲面而來，空氣霎時清爽不少。朝下邊望去，學生們早已不再圍著那三個烤架，他們端著一盤烤好的肉串，各自散去，三五成群的。大廳的燈光下，李壯壯背靠玻璃門像個離別前的小孩，哭了起來。一人從身旁走過，一把拍在李壯壯的腦門，遞給他一瓶果汁。徐斌從大廳裏走出，眼圈泛著紅。

「唉！」薛自更長舒一口氣，將最後一口麥汁倒入嘴中，已記不清是第幾瓶。腦袋來回搖晃，將酒瓶一腳踢到牆邊鐺鐺作響。薛自更逕直進了徐柯幾人的房間，在黑暗中尋得一條毛毯，沉沉睡去。

僅容得兩車通行的水泥道，灰白的巴士車上下顛簸。窗外的湖面刮起風來，喚不上姓名的鳥兒三五成群的從湖面掠過。成排的竹竿插入水中，牽著線、連著網，裏邊養滿了魚。小船停靠在碼頭，隨著水面一同蕩漾。天際線那頭藏有一座山，那是湖心的小島、島中的小山。

「你看！」男人豎起中指，朝窗外比劃著，「你看像不像？這像那個山包包。」男人笑著，指著島中的小山。巴士沿著楊沙湖畔一路向北，估摸著一個來小時，便能抵達縣城的車站。靠窗的座位，女孩穿著奶灰的紗衣，清晨的陽光打在眼瞼，她也不躲避。陽光同樣照在身旁的男人身上，男人立在擁擠的車廂裏，靜靜的，將手搭在女孩肩後的椅背，黝黑的臂膀映襯著那張白嫩的臉龐。

書院的日子結束了，遠道而來的皮膚黝黑的馬清妍父親馬應生，陪著她在巴士車裏顛簸。

撥動額頭的秀髮，女孩靠在玻璃窗睡著，等到有人輕拍她的肩膀，大巴已抵達車站。「清妍！下車。」馬應生扯著老菸嗓。馬應生穿著深藍的格子短袖，馬清妍看著他，那袖口已褪了顏色，泛著黃。

狹小的過道盡頭便是車站，也是餘北僅有的車站，長長的欄杆闢出一條路來，隔壁便是公交站。

「還早，還早！」馬應生拽著單肩包，摸出手機來看了下時間，「清妍，我們去那吃。」他指向馬路那頭的拉麵館。朝路口裏邊望去，裏面升起裊裊白煙，煎餅、麵條伴著蔥花與火腿的香氣，朝外邊的人們撲來。「就煎餅吧，懶得跑！」聽到此話，馬應生拎著包，小心翼翼地跑到裏邊去。端著煎餅，兩人一同上了車。

「來得早了。」馬應生說著，大巴車裏空無一人，身前的馬清妍尋得靠窗的位置，馬應生望著女兒的側臉，將行李箱放入座位後邊。

「嗯！清妍，馬上就奧運會了。」馬應生的聲音從身後響起，「你好好學，爭取搞個好大學，到時帶你去北京玩。」車門的鏡子裏，父親的臉上掛著笑，黝黑的臉上擠出笑容，一如既往的醇厚，讓人如何對他發脾氣？聽到北京，還未出過省城的馬清妍眼裏泛著光，可很快就消散了。

「算了！北京有什麼好玩的？不感興趣！」馬清妍這麼一說，馬應生的笑容逐漸凝固，再也說不出話來。

終是等到十點，四十來歲的司機清了清嗓子，一腳踩下油門。大巴載著十來人一路向東去了。陽光亮了些，打在馬清妍的臉上，再次來到楊沙湖邊，馬清妍記得這條路，寬廣的馬路沿著湖的北岸，這是來時的路。也就是兩個月前，她被送到隔壁縣城，送往湖畔的那間書院。

從口袋裏摸出手機、翻開蓋，輕觸指尖，手中的屏幕依舊漆黑一片。按下紅色的按鈕，等上許久也沒能開機。沒電了，馬清妍失望地垂下手臂，扭過頭去，發覺窗戶敞開一小縫。拉開窗戶，馬清妍奮力一擲，那手機便劃出一道弧線，隨風去了。馬應生看在眼裏，心裏不是滋味，倘若沒有那手機，也許自己和女兒也不會在這。

那是一個許諾，許諾給她買一支手機，還挺貴的那種。也是靠著這個承諾，馬應生將女兒哄到了田野之間的書院。

大巴一路向東，繞過一個又一個山丘，穿過田野，窗外不時能望見來往的貨車。貨車碩大的車廂，運著足有一層樓那麼高的石塊，不知駛向何方。蜿蜒又蜿蜒，終於望見了加油站。加油站的後邊，立著幾處錯落的樓房。終於到了縣城——道口縣，道口西面就是楊沙湖，與餘北隔湖相望。下了車，馬應生連忙搶過馬清妍手中的行李箱，喚上一輛麵包車，朝新餘灣駛去。

闊別兩個月的街道，依舊是那副模樣。幾個青年擠在奶茶店門口，手裏握著撲克；路口的攤販緩緩收拾，不時撇兩眼身邊穿制服的人。寬廣的馬路兩側，立著幾幢歐式建築，高聳的立柱上是圓圓的屋頂，那是縣裏的幾個局，有財政局，也有公安局。馬路中央敞開一豁口，拐進去便是另一番風景，往裏邊去便是城中村。村子裏老舊的平房，與三、四層高的樓房相互穿插，零星分布著；入口處的化糞池往外散著惡臭，旁邊的菜地裏種著白菜，還有正往上攀爬的茄子藤。

馬應生推著小巧的行李箱，踱著步子，停在一幢三層樓房前。在低矮的小屋與成片的菜地之間，這棟樓房顯得格外突兀，紅磚砌成的樓體沒有貼瓷磚，光禿禿如一位裸露的滿身傷痕的女人。沿著昏暗的樓梯間，兩人來到二樓的防盜門前，「咚咚——」馬應生敲響了門，女人的聲音從裏面傳來，門開了。

十來坪米的客廳，四周牆面被刷上一層水泥，灰褐色，比外邊兒那涇渭分明的紅磚牆齊整不少。馬應生放下行李，一溜煙地鑽進廚房，同女人一道準備午飯。紅燒泥鰍、醬烤鴨、辣椒炒肉，以及一大碗紫菜湯，馬應生滿意地笑著，背後卻感到一陣拉扯，他被梅芳拉進了廚房。

「別總對她笑，凶一點。」額角生著皺紋的梅芳，低聲說道。

「別別，這是幹什麼？她才剛回來。」馬應生笑聲回應，可兩人窸窣的聲響已傳入馬清妍耳中，女孩正啃著鴨皮，聽到這，便起身穿鞋。當廚房裏的兩人反應過來時，馬清妍已奪門而去，「清妍，這都是你愛吃的！」馬應生的喊聲裏，滿是焦急。

「那是以前，現在不喜歡！」回應聲在狹小的樓梯間迴盪，女孩已不見蹤影，留下客廳裏的兩人。「要你不說話，你非要說！非要說！」馬應生急得直跺腳，狠狠地呵斥著女人。想到那被扔出車窗的手機，花了他近一個月工資的手機，馬應生一屁股坐在沙發上，陷入了沉默。

溜出出租屋的馬清妍，穿著久違的高筒板鞋，輕快地跳著。離開了書院，獨自一人走在街道，自在極了！走在人行道，路旁的麵條攤飄著香氣，辣椒味摻著肉香，想到方才那啃了一半的鴨腿，馬清妍有些懊惱，隨即轉入那家麵店。「老闆，牛肉粉，再加個雞蛋。」不一會兒，一碗熱騰的麵條被端至眼前，儘管已是中午，過了吃早點的時節，可眼前這碗闊別兩個月的牛肉麵依舊令她垂涎。筷子攪動著，將麵條放入嘴裏，那鹵水的滋味直抵馬清妍的唇底，眼淚忍不住地掉下。

見到女孩不停地抹淚，店老闆趕緊上前詢問：「小姑娘，這是怎麼了？被燙到啦？」馬清妍不斷地擦拭臉蛋上的淚珠，朝店老闆連連擺手，「沒事，沒事。」看著這位常來的女孩哭得如此傷心，店老闆心裏不是滋味，卻又不知該做何，只好默默離去。

夾起一塊肉來，放入嘴中，細細咀嚼著。門外傳來年輕的嬉笑聲，穿著校服的學生從門外走過，再過兩天就是開學的日子。初次來到這，來到這所縣裏最好的高中，父親的臉上掛著笑，母親的嘴角藏著笑。猶記得搬家的那個清早，父親開著電動三輪，敞篷後座裏堆滿被套、行李箱，將這些與馬清妍一道送往學校旁的城中村。靠在冷冰的鐵柵欄，身旁是幾床被絮，窩在敞篷車廂裏的馬清妍下意識地靠近些，將身子緊貼棉被，抵禦呼嘯而過的寒風。

二〇〇四年八月二十六日

停在那棟三層紅磚房，父親搬起了行李，馬清妍站在路邊靜靜看著。挺著肚腩的房東拎著一盤炮仗從門縫擠出，扔在狹小的水泥道。劈劈啪啪的鞭炮聲打破清早的寧靜，將整座村子喚醒。馬清妍環顧四周，心裏滿是不自在，如此刺耳的鞭炮聲不怕迎來鄰里的咒罵？

今天是搬家的日子，搬新家、進新學校，父母臉上笑嘻嘻。身材肥胖的房東立在升起的白煙後，好似身軀寬厚的相撲選手。父親搬著箱子上樓，二樓的屋子裏，是昨夜在紙板上睡了一夜的母親。房東來到馬清妍面前，厚實的手掌搭在馬清妍肩頭，「小姑娘不錯！考了個好學校，好好學，爭取考個好大學！」房東笑著，咧著嘴，露出深黃的缺了一小片的門牙。

「八百塊，太貴了喲！」躺在房間裏的馬清妍，聽到門外母親的聲音，她心頭一緊，記起父親的工資，一千二，一個月。「你懂個鬼！這叫學區房，靠學校近，錢花得值！」馬應生壓低嗓音，示意女人小些聲。

「房東看到你姑娘成績好，看咱兩也不容易，低了些，七百二。」

門外的對話消失了。躺在床鋪，十來坪米的房間，進門處擺著一條木質沙發，門外的客廳裏還有一條，這沙發過於礙事，讓狹小的房間顯得愈發擁擠。幾根塑膠龍骨撐在牆角，外邊套上一層薄薄的塑膠布，拉上拉鍊便是她的衣櫃。衣櫃的塑膠外殼畫有哆啦A夢與大熊，在草地上空翱翔。馬清妍不太喜歡，她想要一個粉色衣櫃。

再過幾天就是開學的日子，每每想到這，她的心就突突地。馬清妍看著衣櫃旁的鏡子，裏面的那人臉蛋紅彤彤，一如酒後的父親。

開學的日子到了，父母離開的日子也近了。繫上灰白的鈕扣，將紅繩繞著的玉石繫在白嫩的脖頸，馬清妍欣賞著鏡子中的自己。開學第一天，馬清妍抄起衣架上的白色書包，跳著步子下樓。從路口拐出，眼前便是學校高高的圍牆，真方便！下樓百來米就是學校，可校門在另一邊，得繞上一圈。奶灰的百褶裙、純白的板鞋，搭著及肩的秀髮，馬清妍迎著校園傳來的廣播聲，混在人群之中。

男孩與女孩從她身旁走過，那些人穿著藍白相間的校服，想必就是高二、高三的學生。通往校門口的人行道滿是人，一眼望不到頭。人行道並不嘈雜，學生們半低著頭走著，三兩成群的說著悄悄話。這絲毫影響不到馬清妍內心的愉悅，「啊——」馬清妍立在人群之中，高聲喊出來：「開學啦——」

齊刷刷地，無數個腦袋轉向她，學生們打量著這位清瘦的女孩，眼神怪怪的。馬清妍滿不在乎地伸著懶腰，張開的纖細的手臂，險些打在後邊男孩的面龐。指尖貼著男孩的嘴唇劃過，男孩連連躲避。人群逐漸散去，女孩們掩面而過，順勢瞥上幾眼。

初至九月，燥熱依舊籠罩著道口縣城，還未來到教學樓，馬清妍額頭已生出細細的汗珠。穿過鐵柵欄的大門便是一道長廊，長廊的左邊是一排教室，右邊則是生滿花草的園地。教室在左邊的第五扇門，早在兩天前，馬清妍便隨父親一道在校園裏逛上幾圈。

推開門，教室裏零星坐著幾人，六點四十，只剩下十分鐘，教室裏卻只有這麼點人。馬清妍尋得一個座位，正中的位置坐下，四處觀望，發覺窗戶旁的男孩正看著她。那不是校門口的那個男孩嗎？馬清妍心生欣喜。打量起這間教室，馬清妍驚訝地發現，偌大的房間裏僅僅擺放著三十來張書桌！在小鎮那不足這一半大小的教室裏，可足足塞進了六十位學生。

一頭長髮的女老師走進教室，鞋跟踏在大理石地板咚咚地響。「上課！」老師那乾脆俐落的嗓音響起，學生們立即起身，不太齊整地喊出：「老師好！」

「同學們好！請坐！」老師將她那齊肩的、微微捲起的頭髮撥至耳後，坐在講桌後。「後邊的那位同學，對對，就是你！把那個空調開一下，順便把後邊的窗戶關上。」往後邊看去，在酒紅色的窗簾後，竟立著一臺櫃式空調！馬清妍在心底驚呼。在無數個夏季，在鎮子的那間教室整天聽得頭頂的吊扇咿呀作響。這比常人還高上一截的櫃式空調，僅在電影裏見過，電影名叫什麼來著？一時記不清。

手持課本的同學，將嶄新的書籍一一發下，端著英語書的馬清妍根本無心朗讀。涼風不斷撓過她的後背，縷縷清涼撫過髮絲令她坐立難安。記憶裏的夏天永遠與燥熱爲伴，怎麼會這樣呢？不！夏天不應是這樣，馬清妍想要起身，去關掉那冷風呼呼的通風口，看了眼臺上的老師，又膽怯了。

臺上的老師目光來回掃視，教室正中的那個女孩直愣愣地看著自己，手中的書本緩緩倒下。「幹嘛呢？」女老師憤怒地吼出聲，片刻過後，嘈雜的教室安靜了。「中間那個女同學，就是你！幹嘛呢？」氣沖沖地跑到馬清妍跟前，老師瞪著眼睛，唾沫濺到馬清妍臉上，「發什麼呆？啊！開學第一天都要發呆？這可是你來到道口一中的第一節課……」

「你給我出去！門口站著。」憤怒的女老師，指向教室大門。

站在門前、倚著牆壁的馬清妍完全記不起方才的吼叫，腦子裏滿是父親的身影。戴著安全帽的父親、曬得黝黑的父親，站在幾層樓那麼高的鋼架，握著半瓶礦泉水一飲而盡。父親的臂膀裸露在灼人的陽光下，曬得脫了皮，汗水不停地落下，落在滾燙的鋼筋上，隨即蒸發不見。

淚水在馬清妍的眼眸裏打轉，她趕緊將其抹掉，轉頭看看四周，走廊裏空無一人。下課鈴響，老師頭也不回地離去，沒有瞧馬清妍一眼。同學們湧出教室，空蕩的走廊頓時熱鬧起來，馬清妍卻轉過身，回到屬自己的座位。整個上午，她都籠罩在憂鬱的情緒裏，直到放學，同學們紛紛離去。

「怎麼，你不去吃飯？」富有磁性的嗓音從身旁傳來，嚇了馬清妍一跳。「對不起，對不起！不是故意的。」見到女孩猛地抬頭，男孩趕緊道歉。

「要不，我給你從食堂買點吃的？」男孩試探性地問道。

「不用了，我不餓。」女孩再次低下頭去，又抬起，抿著嘴唇說：「謝謝你！」

留著淺短瀏海的男孩回到他的座位，窗外的陽光照進來，留下一道狹長的昏黃。「你叫什麼名字？」男孩開了口，等待女孩的回答。等了許久，馬清妍這才拋出一句：「馬清妍。」

「我叫楊天成，白楊的楊。」男孩的面容逆著光，模糊不清。

看到馬清妍的眼瞼泛著紅，楊天成在包裏掏上許久，摸出小巧的玻璃瓶。「給！」馬清妍抬起頭，身旁的桌上放著一個玻璃瓶，瓶中的液體冒著細細的泡兒。「眼藥水，眼睛不舒服的話，可以滴幾滴。」男孩說罷，就離開了教室。

馬清妍長舒一口氣，世界終於安靜了。

新校園的第一天，就這麼過去了。邁出教學樓，草地傳來陣陣蟲鳴，熟悉的聲響讓她鬆了口氣。獨自穿過人群，馬清妍來到院牆旁的小道，道路一片漆黑，高聳的路燈不知爲何罷了工。路口的書店映著微光，借著些許光亮，以及身旁路過學生手裏的手電筒，終是摸著那漆皮脫落殆盡的鐵門。

「八點半才回，搞這麼晚？」門開了，馬應生便上前來，接過手裏的書包。「這還算好的，今天是第一天，八點多就放學了。」馬清妍一屁股坐在生硬的沙發上，耷拉著腦袋，「從明天開始，每天晚上九點半放學。」

「哎喲！讀個書都要搞這麼晚。清妍，你要注意身體，身體第一！」馬應生揚手比劃，妻子也從房裏走了出來。廚房的門外，多出了一台半人來高的冰箱，拉開箱門，牛奶、雞蛋、肉乾……裏頭被塞得滿滿當當。「櫃子還有餅乾。」馬應生笑著，看著剛從學校回來的女兒，心裏有著說不出的高興。回身，從客廳的窗戶朝外望，可以望見學校的教學樓，這可是全縣最好的高中呀！聽別人說，縣裏每十個中考生，只有兩個能考上。每每想到這，馬應生心裏便癢癢的，得意的很。

「這麼晚了，喝什麼酒？」馬應生在妻子的責備中端出兩盤菜，放在齊膝高的茶几。一盤拌著香菜的牛肚，還有一疊花生米，裹著粗獷的鹽巴。一家三人圍坐在茶几，女人和馬清妍就那樣坐著，望著馬應生的表演。「嘶——」調子拉得老長，酒精的餘韻在馬應生腦子裏飄蕩，將酒杯再次倒滿。

「高興！高興吶！眞是天不負我。」

「呵！你還會說成語，噢！這不是成語。」馬清妍笑出聲，父親也哧哧地笑著，方才一杯下肚，鼻梁被嗆得通紅，「你看我和你媽，苦了半輩子，一看到你這麼白嫩，我就心裏高興！哈哈！」

「哎呦！」妻子踹了馬應生一腳，馬應生連連叫出聲來，「這是說什麼話?!」

「你打我幹啥？」馬應生急得直拍手，「我是說姑娘有文化，去去去！」馬應生伸直胳膊，把妻子直往外推。

「咱們不跟她說，頭髮長見識短！」又喝上一口，望著眼前水靈的女兒，馬應生笑得愈發豪放，「哈哈！跟你說，你媽當年也是這樣的，水汪汪的，白得很！這麼多年，我跟你媽在工地上做事，天天被太陽曬，天天被風吹。你再看你媽，手上的皮跟死雞屁股一樣！」

「哈哈！雞屁股！哈哈！」馬清妍再也忍不住了，放聲大笑。坐在小板凳上的女人，掄起手邊的一本書朝馬應生打去，「你才死雞屁股！你才死雞！媽的！」重重砸下，馬應生連忙用手護著腦袋，笑得更加歡樂。

「莫打了！莫打了！再打就打死了，你這個老婆娘不曉得輕重！」馬應生騰出手來，反手將妻子抱住，女人依舊不依不饒，一下又一下地掄著。突然，馬應生哭出聲，哭聲細細的，脊背一下一下的抽動。女人見此，這才放下手中的舊書，馬應生將她摟入懷中，哭得像個孩子，「芳啊！我對不起你呀！你跟我這麼多年，盡是跟著我吃苦。結婚的時候，我說要給你大房子，給你買好車、帶你出去玩。當年那傻的姑娘呀，跟了我，吃了幾多苦喲！」

父親窩在沙發裏，鼻涕流了下來，弄得衣服上沾滿黏稠的液體。想要靠在妻子肩頭，女人卻躲得遠遠的，滿臉嫌棄之情。

過上許久，馬應生終是消停下來，又喝下一杯，雙眼瞇成一條縫。「今天我高興！姑娘呀考了個好學校，以後考個好大學，以後整天坐辦公室，老闆見到都要陪個笑臉！」滿身狼狽的馬應生高聲呼喊。「嘔——」的一聲，吐在茶几上，令人作嘔的汁水濺在馬清妍的裙角。「哎呀！好煩他！」馬清妍趕緊跑到廁所，擰開水龍頭。

讓人無法直視的嘔吐物在酒紅色的茶几上流淌，散發著下水道裏的氣味。酸臭瀰漫在整間屋子，女人痴痴地坐著，也不急著清理。男人靠在女人的大腿，使勁地擦鼻涕，梅芳輕撫他的髮梢，順著脖頸撫摸。一道突兀的溝壑橫在男人腦後，那是從腳手架跌落，針線留下的痕跡。

之後的事便記不起來了，只記得他們在客廳的席夢思上醒來，那是房間裏的床墊。馬清妍穿起了衣裳，門外的父親坐在老舊的床墊，酒精的餘韻猶在眉眼。「清妍，趕緊去洗，洗完快去上學。」母親從身旁走過，手裏端著幾件內衣，塞進牆邊的行李箱。「起來了！」母親一面在客廳裏來回，一面呵斥睡眼惺忪的父親。

「你坐著幹啥？趕緊去上學，都六點半了！」女人看著沙發上的女兒，連忙將她拉起。

「你們今天就走，我送你們。」

「你不上課？」

「昨天跟老師請假了，沒事。」

將父親從席夢思拉起，馬清妍隨即與母親一道收拾行李。當遠處的鈴聲響起，那是早自習結束的鈴聲，女孩這才隨父母一同下樓。望不見天上的雲朵，天空陰沉沉。到了車站、下了車，毫不含糊的，馬應生將兩床摞在一起的被子生生扛在肩頭，如一位背著行囊的戰士。行囊高高立在頭頂，走在後邊的馬清妍望不見父親腦勺，僅有那兩床碩大的棉被，在夏末的街頭緩步向前。

來往的行人見到這般情景，停下了步子，打量著這一家人。馬清妍望向圍觀的人們，人們身著靚麗的格子衫、喊不出名字的編織帽，反觀父親那冗長的褲腿，正打著腳背，袖口的補丁是那樣的突兀。

「師傅，後備廂開一下。」來到車站，馬應生朝車身貼滿廣告的大巴呼喊。三十來歲模樣的司機正靠在椅背，嘴裏叼著半根香菸，握著手機不停地按弄。聽到窗外的喊聲，司機不耐煩地推開門，逕直跳了下來，「催個鬼噢！催催催。」嘴裏唸叨著，小夥子打量眼前的三人，後邊那小姑娘倒是挺俊俏。

「就送到這，趕緊回去！清妍！」將最後一個行李箱塞進去，馬應生胸前早已濕透。「好好學，錢省著點花，也別苦了自己。」說完這句，夫妻兩人邁進了車門。窗戶下邊的廣告貼有熟悉的面孔，車門緩緩滑過，直至望不見父母的身影。馬清妍站在原地，任由灼人的陽光打在細嫩的脖頸。

昨夜的話語猶在耳畔，醉醺醺的父親滿臉得意，「去北京，給奧運會幹活，給國家做貢獻！還給我姑娘賺了錢！」望著遠去的大巴，不知從這到北京得要多久？得換乘幾趟車？等及巴車愈來愈遠，馬清妍也走出安檢門。望著安檢門的機器，馬清妍有些疑惑，到這車站來了許多次，這扇安檢門的指示燈從未亮起。身旁的老人佝僂著腰，朝身穿制服的小夥子問道：「小夥子，這個門弄了這久，還沒弄好！」小夥子笑笑，沒有回答大爺的問題，「大爺，您這麼大歲數，怎麼一個人來車站？家裏人咧？」

「我問你話，這個門壞了？」

「大爺你就別操心了，這個沒壞，這是省電！能省就省，勤儉節約是我們的美德咧！」聽到這話，大爺再次打量眼前的機器，讚許地點點頭，「也是，這傢伙肯定耗電，哎！節約是德，節約是福！」

車站外的廣場冷清一片，只有到了夜裏，或者過年的時辰，這兒才會熱鬧起來。將手伸進牛仔褲的口袋，摸到一張鈔票，那是一張紅鈔票，在房間的錢包裏還有二十來張，這便是父母留下的全部。

對於馬清妍來說，倒也習慣了。過往的無數個春節，每每過完年，父母便邁上遠去的巴士車，僅有今年是個特例。考入重點高中的喜悅讓他們特意回來一趟，多呆了幾個日子。往年每個月底，馬清妍都會揣著銀行卡，跑到超市旁的取款機取出下個月的口糧。每每從合作社出來，她都會買上幾個小玩意，順便逗一逗超市門口那隻腦袋光禿的白狗。

太陽爬到頭頂，已是上午十點。女孩盤算著車費，頭頂的烈日催促著她，催她趕緊作出抉擇。算了！還是走回去吧，也就半個來小時，晚點就晚點，反正也遲到了。寥無人影的馬路熱浪撲面而來，一個嬌小的身影正疾步向前，從超市、按摩店、餐館門前走過，她腳下的影子很短，短得幾乎望不見。

應該沒什麼問題，在心底告誡自己。憶起田野間的小路，太陽躲在山丘身後，那些坑窪總在不經意間出現，輕輕一抖，自行車就掉了鏈子。女孩也不著急，推著車往前走，日出的紅暈穿過遠處的山丘，將陽光灑在成片的稻田。一路走到鎮口的牌匾，太陽早已掛在半空，女孩不緊不慢地走到教室門前，黑板旁的老師回過頭，也不說話。在老師的默許下，女孩踱著步子回到自己的座位，開啓一天的學習。

初中的畢業年級，僅有一個班，馬清妍總是慢悠悠的，時不時蹲在路旁觀看那些抓泥鰍的男孩。抓到一條，男孩還會回過身子，朝她揮手，展示他的戰利品。中考前的最後一個學期，新來的數學教師瞧見老是遲到的女孩，她那滿臉的憤怒仍舊歷歷在目。當扎著馬尾的數學老師讓馬清妍在門外罰站時，總會被班主任制止。當女教師滿腹疑惑時，她瞧見了門前張貼的成績單，「馬清妍」幾個字印在第二行，全班第二名。

「填完這個表，就給後面的同學。」班主任秦老師喊著話，眼鏡從鼻梁滑落。「我再強調一遍，家長聯繫方式必須寫兩個，最好是爸媽的，實在沒有的，其他親戚也可以。」

說完，秦老師坐了下來，惱怒地將捲曲的髮梢撥至腦後，心裏暗自嘀咕：眞是氣死我了！開學第二天，就有人敢曠課！瞥見教室正中央的座位，空空如也。下意識地掏出手機，發覺沒有聯繫方式，秦老師一路跑回辦公室，翻弄厚厚一疊紙張，卻怎麼也找不著。「呀——」猛地起身，秦老師那深紅色的髮梢夾在兩桌的間隙，扯下幾根，刺骨的疼痛從頭皮傳來。

不停揉搓腦袋，過了許久，疼痛才舒緩些許。「那個表傳到哪了？」回到教室的秦老師，不耐煩地問到。話音未落，門開了，一位女孩站在門前，額頭滿是汗水。女孩的頭髮黏在面頰、黏在脖子上，兩蘋果大小的胸脯上下起伏著。清秀的面孔平靜地望向屋內的眾人，也撩撥不少男生的心弦。這一幕惹惱了本就煩躁不已的班主任，「出去，出去！」秦老師連連擺手，「看你這一身的臭汗！趕緊去晾乾。什麼時候晾乾了，什麼時候再進來！」

面對班主任的憤怒，不知所措的馬清妍，將自己關在門外。昨日的呵斥仍在心頭，爲何會這樣？馬清妍弄不明白，老師們爲何會這樣？難道自己就這麼令人厭惡？

門開了，眉頭緊鎖的秦老師走了出來，走到半人來高的圍欄前，她的身軀如此瘦弱，方才的話語卻如此尖銳。「你過來。」秦老師平淡的話語裏，透著一股莫名的冷峻，「爲什麼沒有來上課？」說著，秦老師的雙眸，死死盯著馬清妍。馬清妍也不逃避，兩人就這樣對視著。

「我爸媽出去了，我去送他們。」

「去哪了？」

「去北京，到北京打工去了。」

眼前的女孩昂著頭，嘴角殘留有汗漬，可她眼神裏尋不見一絲怯懦。秦老師一貫的銳利，在女孩的目光中軟了下來，可教師的威嚴驅使著她，「爲什麼不跟我說一聲？打個電話就行。」

「以前都是這樣的，不就是遲到嘛？」女孩皺起了眉，反問道。

「不就是遲到？」突來的話語驚起秦老師心底的波瀾，「馬清妍！你這什麼意思？上課遲到，就是一句無所謂?!」秦老師望著馬清妍，女孩的眼神滿是迷茫，那微張的嘴唇彷彿在說，遲到有什麼大不了的？哭笑不得的秦老師，說出一句：「進去吧，下次有事，記得打電話。」

呲溜鑽進教室，在眾人的注視下馬清妍往教室裏邊而去。走到中間，才發現那位置更換了主人。一位同樣清秀的女孩正看著馬清妍。當馬清妍抬頭找尋時，發覺屋內僅有的空座在窗簾旁。桌上擺著書包、筆盒，那便是她的座位。座位旁邊的，正是昨日向她打招呼的男孩。

幾本教材躺在抽屜，那枝圓珠筆不知去處。「看來咱們挺有緣！」馬清妍坐在座位，身旁留著平瀏海的男孩湊了過來，幾乎將臉蛋貼在女孩肩頭。馬清妍瞥一眼，趕緊挪動臂膀，兩側的臉龐泛起了微紅。「把我換到這裏，是不是你搞的鬼？」馬清妍撅著嘴，向他開著玩笑。

「我哪有那本事！馬同學，今天換座位，全班差不多都換了，就我還在這。」物理老師走進教室，男孩趕緊在抽屜裏搗鼓，掏出一本書來。「你叫啥來著？」馬清妍突然開了口。

「楊天成，楊——天成——」

餘下的課堂，馬清妍無不撐著腦袋一頁頁地翻弄課本，這些陌生的數字令她感到頭疼。想要將書本合上，趴在桌上睡一覺，也許會好些。可馬清妍剛側過腦袋，就憶起班主任那顴骨凸起的臉頰，趕緊將腦袋立起。

漫長的晚自習過後，靜謐的教室被鈴聲點燃，天花板「咚咚」的回聲，是桌椅磕碰的聲響。「你先走吧！」坐在外邊的馬清妍讓開一條縫隙，示意楊天成先走。

「算了，外邊兒人太多，再等幾分鐘。」男孩掏出手機來，點亮了屏幕，「終於放學了！」說罷，男孩握著那翻蓋手機不停按弄。

學生們蜂擁而出，腳尖挨腳跟地踏上回家的路，沒過兩分鐘，窗外擁擠的人潮已漸漸褪去。挎著包離去，馬清妍回頭望了眼，窗旁的男孩依舊玩著手機。

二〇〇六年九月三日

「清妍，我走了啊！」鐵門旁的塑膠袋裏，香蕉皮軟趴趴地搭著，馬應生俯下身子拎起那只垃圾袋。男人提起行李箱，歪著身子下樓，剛下了幾級臺階，「砰——」地一聲，身後的鐵門猛地關上。男人看著閉上的防盜門，無奈地笑笑，走下樓去。和兩年前一樣，馬應生和妻子扛著行李，奔向通往北京的車站。面頰愈發黝黑，額頭的褶皺如刀刻般深邃，馬應生抹去額頭的汗珠，回頭望一眼孤零零的三層樓房，他在心裏默唸，期望這次的狠心能換來女兒的回心轉意。

二樓窗口，清妍看著父母的背影漸行漸遠，又回到床邊。打開音響，馬清妍兩腳旮拉著，隨著律動的音樂俏皮地搖擺，房內的牆面貼滿各式牆紙，整間屋子沉浸在粉紅的氣氛之中。躺在薄薄的床單，身後殘留有陽光的味道，按下遙控器，「嘀——」的聲響過後，頂上的空調緩緩啓動。涼爽的風洩了下來，如情人般撫摸女孩裸露的肌膚。終是逃出那間書院，女孩就這樣躺著，享受這久違的愜意。

深深吐出一口氣，那口憋了兩個月的呼吸在屋內的涼風中飄散，不見踪影。在夏天的尾巴裏，二十四度的氣溫剛剛好，輕柔的風劃過指尖，也劃過那吹彈可破的大腿，褪去了黑色的打底褲。馬清妍伸出微顫的右手，順著小腹滑下，觸及那繁茂的秘密森林。脫去薄薄的一層，扔向房間的某個角落，雙手將大腿緩緩扳開，私處便一覽無遺。

「嘶——」馬清妍輕聲喊出，銷魂的呻吟融化在半空，給沁涼的空氣平添幾分燥熱。指尖在底下來回，沿著陰蒂的邊緣輕輕揉搓，電流順著每一根神經緩緩傳遍全身，酥麻的快感令女孩如痴如醉。躁動在身子裏累積，馬清妍脫去了上衣，露出誘人的胸脯。她一邊揉搓著下體，一邊玩弄那彈性十足的玉乳，在難得的自在裏盡情釋放身體的每一份欲望。

閉上眼，那張俊朗的臉龐出現在她的面前，稜角處的胡茬短短的，分外性感。「勇！快一點！用力！」女孩忘情地呼喊，用力張開雙腿，如白蛇般扭動她那曼妙的身軀，去迎合男人的下一次撞擊。

「呼呼！」吐出最後一絲力氣，馬清妍癱軟在鬆軟的床上，半瞇著眼。從頂峰緩緩落下，那餘韻是如此的曼妙而綿長，底下的床單濕透了也不在乎。一陣震動從耳邊傳來，是床頭櫃上的手機，馬清妍抬起軟綿綿的右手。「清妍！」一聲低沉的話語，從電話那頭傳來，「清妍！是我，我來接你啦！」

那極富磁性的嗓音如一杯滾燙的牛奶，溫暖而綿密，直抵馬清妍的心坎。「正好！你什麼時候過來？」馬清妍躺在床上不想動彈，聽到那頭的話語，方才的愉悅頓時少了幾分。

「九點半，我大概一個小時，有沒有想我？」

「想！肯定想你！想得我剛剛解決了一次。」

聽到這話，電話那頭傳來一陣笑聲，「哎呀！這麼巧，不過倒也沒事，晚上咱們再來！」

「別，你這是想弄死我呀？」女孩嬌喘著，又笑出了聲。

「沒事！老話說得好呀，只有累死的牛，哪有耕壞的地？」

「去你的，你個老色胚子！」

對著鏡子畫完最後一筆眼線，馬清妍合上化妝盒。起身跑到窗戶旁的落地鏡前，女孩打量著鏡中的自己，精緻的臉蛋、高挺的胸脯，及腰的白裙下修長的腿，「我要是男人，我也會愛上這樣的女人，哈哈！」馬清妍笑著，臉蛋凹出兩淺淺的酒窩。女孩跳著輕快的步子下樓，沿著高高的院牆走過，週末的校園失去了往日的喧囂，聽不到一點兒聲響。

黑色的轎車停在路口，車窗緩緩落下，熟悉的面孔正向馬清妍招手。「來啦！」車裏的男人戴著墨鏡，朝女孩笑著。女孩拉開車門，溜進車裏。

「今天怎麼有時間？不是說要開會？」從包裏掏出鏡子來，馬清妍打理著略微淩亂的頭髮。

「這不是想給你驚喜嗎？走！」前排那位蓄著鬍子、三十來歲模樣的男人，一腳踩下油門，朝東邊駛去。小車如逃離般奔向東邊市區，強勁的背推感從身後傳來，馬清妍也不慌張，低頭整理包包。

「上個星期，我發現一家特好吃的店。」男人眼裏滿是後視鏡裏的女孩，腳下的力道更重了。

「你慢點！開這麼快，趕著去投胎？」女孩撇著嘴，心裏卻不甚憂慮。

「你怕了？不像你呀，平時那隻狂野的小野貓，居然害怕咯？」

「怕了怕了！你開慢點。」面對男人的挑釁，女孩率先服了軟。

聽到這裏，男人的心裏一陣暖，腳底的生硬也漸漸融化。小車放慢步調，跟在一輛大巴的身後。一路向東，窗外的景象也不再荒蕪，成片的隔斷的魚塘之間落著一間間小屋，道路旁的小桌上擺放著一盆草莓，鮮紅的招牌後邊是散落的大棚，攤邊卻望不見賣草莓的人。

「我還是喜歡這邊，繁華多了，不像百里，吃個飯都找不著停車場。」男人掏出一根菸來，瞥一眼鏡中的女孩，頓了頓，將香菸扔在副駕駛座上。

前邊就是市區，小車右側，江水那頭能瞧見幾幢高樓。小車上了橋，兩邊的江水泛綠，浪花洶湧地翻滾。馬清妍上次來此還是在年前，同握著方向盤的男人一道。記得那次朝窗外望去，江水還如鏡面般平靜。再往前，小車駛過江面，兩側依舊是稀疏的平房，房屋後邊是被江風割得稜角分明的山體。

從停車場出來，還算寬廣的馬路兩側的櫥窗裏，擺著各式衣服、鞋，以及皮包。「走，去看看！」櫥窗玻璃反射出女孩身穿連衣裙，淡淡的青色靚麗動人。男人記得上次來到這，從玻璃門走出，女孩的欣喜無處可藏，她的笑靨連同那天夜裏的溫存，令男人每每想起，心底便會酥軟不已。

「不去！我累了，不想買衣服。」馬清妍立在人行道上。

「好！那咱們去找個地方休息。」面對突來的拒絕，男人心裏稍稍一愣，隨即拉上女孩的手朝一幢二十餘層的高樓而去。市區北面是一道蜿蜒的峽谷，與其說是「峽谷」，不如「山丘」更加貼切。那棟高聳的寫字樓如一座山峰矗立在峽谷以東的河岸，這是市區的標誌性建築——道城尊。城尊周遭圍著一圈工地，即使天空陰沉沉，那往下開鑿的地基裏仍舊傳來鋼鐵碰撞的聲響。鋼筋與混凝土繪築的肌理正你超我趕，奮力朝頂上的天空生長，渴望能早日落頂，取代那棟高樓的江湖地位。

男人拉著身著連衣裙的女孩，步入「道城尊」，四米來高的玻璃門內是滿目大理石的大廳。地板、前臺的長桌、高聳的立柱，貼滿黃白相間雕紋的大理石。來到市區最高檔的酒店，男人一身灰黑，直挺挺的個子一米八出頭，立在五米來長的前臺翻弄著錢包。一襲白衣、身材高眺的女孩似乎想起什麼，從包裏掏出黑色口罩，匆匆戴上。

兩人進了電梯，電梯裏的中年阿姨開了口：「幾樓？」「十八樓。」男人臉上掛著笑，將卡片遞給了她。阿姨接過印有「尊享人生」幾個大字的卡片，往牆上的紅燈處輕輕一刷，按下樓層的按鈕。女孩瞟一眼，第二次來到這的她才發覺，牆上的二十來個樓層裏，十五樓以上需要刷卡。「叮！十八樓到了。」標緻的女聲從頭頂傳來。

「走吧！」男人挽過女孩纖細的腰，兩人出了電梯。面前長長的暗紅色地毯通往樓層深處，兩側的木門異常寬大，一間隔著一間，走廊如雲端那般靜謐。「還是上次那個。」男人牽著女孩的手，朝走廊深處走去，直到盡頭。「嘀——」的一聲，厚重的木門敞開一個豁口，男人推開了門。女孩望著左手邊的玻璃牆，底下的江水蜿蜒向前，朝遠處的山石奔騰而去。

「清妍，在看啥呢？」男人的面孔再次出現，他的聲音溫柔得一如既往。滿目的玻璃牆外，足以俯瞰整座城市。「我就喜歡這個，風景好！」男人一屁股坐在毛絨沙發，被彈了起來，「哎喲！這沙發。」男人吞下嘴邊的抱怨，示意女孩坐下，「這是最邊邊的一間，兩邊都是江景，喜不喜歡？不喜歡的話就換一間。」

「挺好！」將鞋扔至一旁，女孩朝裏邊走去，躺在另一條沙發裏。

「這麼累嗎？」男人的面頰貼了過來，貼在女孩耳邊。「也是不容易，在裏面待了兩個月，我要是去了，不出三天，肯定得瘋掉。」

「嗯，其實吧，我倒是——」男人坐在女孩身旁，俯身看去，女孩的眼神如此空洞，也許是在望著天花板，也許是頂上的雲朵。「我不曉得該怎麼說，哎！算了吧。」接到男人電話時的熱忱，在長途行程後成了深深的疲倦。女孩閉上眼，教官揮起的皮帶，抽打聲猶在耳畔。「啪——啪——啪——」清脆的揮鞭聲直衝雲霄，在江面、峽谷間迴響，刺入她的肌膚之中。她想喊出來卻失了聲，想要別過頭身體卻無法動彈，只能趴在那，任由渾圓的皮帶盡情地在屁股上揮舞。可疼痛不見了踪影，輕柔的快感從底下傳來，與其一同的是男人的聲聲喘息。

男人從後面進去了，進入了女孩的身體，女孩的連衣裙被粗暴扯下，胸罩在空中飛舞，露出軟彈的胸脯。厚重的大手拉著腰間的衣帶奮力衝擊，每一次衝撞都伴著一聲冗長的呻吟。

樓頂的雲層緩緩飄散，一束光打在江面。男人光著屁股倚在沙發邊角，底下是微微發硬的地毯。女孩打理著頭髮，穿著起了皺的裙子。「咱們出去吧，我餓了。」女孩輕聲說道。可男人並未動彈，嘴裏吐出菸圈來。

「怎麼了？在那傻坐著。」歪著腦袋，女孩俏皮地說。

「呼——」吐出一口白霧，男人依舊沉默著。直到吸下最後一口，男人才站起身，歡愉過後赤裸的下體來回搖晃。「你與那個愣頭的事，我曉得了。」男人穿著衣服，逆光下的臉龐，皺著眉。

「誰？你說哪個？」女孩嘴上說著，謝光頭的面容不由自主地浮現。「哦哦，那個事是吧。」女孩跳著步子，朝男人走去，「余總，我的帥氣的余總，那個事呢，確實是有，咋還吃醋了呢？」

女孩一把抱住男人的臂膀，如初生的鳥兒依偎在男人半裸的胸口。男人低下頭，懷中那可人的美人兒，叫人怎能對她發脾氣？「我也不生氣，怎麼會生你氣呢？My pretty girl！」男人將女孩輕輕推開，繼續整理身上的襯衫，「也不是生你的氣，就是隨口一提。我說過！你自己的事情自己決定，我也不干涉你，你開心就好！」恢復紳士般的儀態，男人轉身面對女孩，眨著眼說：「我帥嗎？」

「帥！確實帥！」眼前的男人一身休閒裝，臉龐稜角分明，略微緊致的襯衫底下是有力的胸肌。

「請問這位帥哥，咱們可以去吃飯了嗎？你看看那個鐘，都兩點四十了。」

「遵命！」男人穿上鞋，躬下身，如電視劇裏丫鬟恭迎老佛爺那般，挽過女孩的手一同下樓。

二〇〇四年十月二十二日

「晚上，去不去唱歌？」隔座的女孩走過來，輕拍馬清妍的肩膀，「就上次那家，去不去？」

「算了吧，作業還沒寫完。」馬清妍擺擺手，回絕女孩的邀請。

「眞不去呀？我和琴琴還有曉麗，我們三個都去。你……你確定不去？」

「嗯。」

看到馬清妍低下了腦袋，女孩只好作罷。等及女孩走遠，馬清妍這才放下手中的圓珠筆，想起上次在KTV的情形，幾杯酒下肚，腸胃便鬧了一整晚。唉！實在太難受，搞不懂她們爲何對那些玩意趨之若鶩？週五的下午僅有兩節課，還不到四點鐘，教室已放空大半。楊天成拎著一袋零食進門，「讓一下，大屁股！」

「你才是大屁股！」馬清妍下意識地還嘴，仍舊挪了挪板凳，給楊天成留出一條道。男孩撅著比馬清妍還要嬌小的屁股，舉著塑膠袋一步一步挪進座位。「哎喲！都怪秦老師，後邊那麼大的空間，非要咱們把桌子往前移，眞是擠得慌！」男孩抱怨著，從袋裏掏出一瓶罐裝可樂。

「給！」從塑膠袋裏掏出一瓶果汁，以及兩袋巧克力餅乾，男孩將其輕輕扔在馬清妍的桌上。馬清妍也不拒絕，將它們堆在桌角，繼續埋頭做題。時針分秒走過，整棟教學樓已人去樓空。夜幕緩緩落下，南邊一樓的那扇窗仍亮著。秋末的冷風從門縫鑽入，跺腳聲在教室裏迴響。馬清妍疲倦地趴在桌面，將圓珠筆扔至一旁。

六點四十，窗外僅有一片漆黑，沒想到這麼晚了！馬清妍摘下耳蝸裏的耳機，「不懂愛恨情愁煎熬的我們，都以爲相愛就像風雲的善變；相信愛一天，抵過永遠，在這一刹那凍結了時間……」律動的音樂從口袋蹦出，在屋裏迴響。馬清妍趕緊尋得MP3的插孔，竭力按住，那音樂也隨之消失。

發覺教室裏僅有自己一人，馬清妍將線頭拔去，那歌聲又回來了。看著那小玩意的長型插孔，馬清妍不禁嘆了口氣。那廉價的塑膠殼歌聲還算嘹亮，可若稍稍觸碰插孔，接頭處鬆動一點，那歌聲便會外放。記得那次的晚自習，馬清妍正聽著歌，歌聲在不覺中跑了出來，那老舊的韻律換來全班同學的陣陣笑聲，她憋紅了臉。

邁出校園的大門，正對著的便是一條小巷，巷子裏滿是各式招牌，港式奶茶、雞排飯、平價小炒……朝她走來的是一眾身著校服的人，他們是高三的學生，剛吃完晚飯，正趕往北邊的那棟樓。陌生的男孩與馬清妍擦肩而過，嘴裏唸叨著英語句子，男孩手裏捧著一本小書，上面滿是英文詞句。

走在歸家的路上，抬頭望向夜空，深藍的夜幕中不見一顆星辰，比起田野上的漫天繁星，馬清妍心裏生出些許憂傷。拐角亮著燈的書店，狹小的門縫裏還擺著一排書，馬清妍只得側身擠過，挑出兩本雜誌。「這個燈怎麼又壞了？」抬頭看著兩人來高的路燈，馬清妍問向書店老闆。

四十來歲的書店老闆無奈地搖頭，「都是些喝多了的男的，閑得無聊，晚上丟石頭，搞得一地的碎玻璃。唉！你說這些人咯！他們搞多了，修燈的都不想來了。」懵懂的馬清妍不太明白爲何要扔石頭，踏上了歸家的路。穿過漫長的黑暗，她終是回到了小屋。撲向生硬的床鋪，席夢思裏老舊的彈簧抵在她的脊柱。疲倦的女孩躺在床上，蜷著身子睡去，直至天明。

天微微亮，馬清妍便已睜眼。儘管是週六，可到了時辰就丟失了睡眠。穿好衣裳，坐在稍顯擁擠卻五臟俱全的屋子，馬清妍感到百無聊賴，週末的作業已在昨夜寫完，幸好備了兩本書。靠在床頭的馬清妍抽出一本雜誌，讀了起來。這般獨處的自在，令女孩十分享受，輕佻的指尖劃過紙張，也劃過了一個人的週末。

翻至一頁，紙上的文字躍入女孩的眼簾，漲紅了她的臉頰。本是講述鬼怪奇談的雜誌，黝黑的觸手伸了出來，輕撫他的後背，可畫風突變，一雙纖細的手推開門來。女人邁著修長的雙腿，身上的紗裙拉至大腿根，在一位望不清臉龐的男人邊上，她抬起腿搭在沙發的邊緣；女人伸出手來，探進男人的睡衣裏……

馬清妍望著眼前的文字，臉上泛起了紅暈。她心裏清楚，清楚眼前的這是什麼，可心底的悸動打斷合上雜誌的念頭，指尖微顫，半推半就，她還是攤開了面前的紙張。冷風從窗戶縫鑽進來，打在馬清妍的胸口，她脫去身上的毛衣鑽進被窩。將自己埋在被子裏，側躺著，馬清妍盯著油紙印著的一筆一劃，另一隻手緩緩脫下內褲。

這是女孩第一次撫摸自己的私處，第一次嚐到來自肉體深處的歡愉，也就是從那次起，每每經過街角的書店，她都會在角落的舊書堆前逗留一會。

轉眼已至十月底，期中考試成績出爐，兩張紙被貼在牆上，同學們擠作一團，爭相查找各自的成績。楊天成從人縫中擠出，回到馬清妍的身旁，「誒！讓一讓，老馬讓一讓。」楊天成操著一貫的口吻，朝馬清妍擠兌眉頭。「這不是有一條路，咋還進不去？最近又胖了？」馬清妍嘴上說著，還是挪了挪椅背。

「我也想胖咯！我是想胖，胖不了。」楊天成揮著他那纖細的臂膀，邊走邊整理自己的領口，再加上頭頂的齊瀏海，活脫脫一副偶像劇裏的男主形象。至於楊天成的外形，他倒是挺滿意，再搭上一雙繡著大紅勾的籃球鞋，走在路上總是能引起不少女孩的注目。可面前的女孩總是對他愛答不理，若是在以往，楊天成注定會將其捉弄一番，扯扯頭髮、扔幾本書。可每每望著馬清妍那雙水靈的大眼，距離感便油然而生。

「你——」聽到男孩的話語，馬清妍立即轉過頭來，靈秀的眼眸直勾勾地盯著他。「你數學這麼好……嗎？」男孩同樣盯著馬清妍，神情帶著詫異。

「什麼好？」

「數學好，我……我剛才瞄了一眼，你的數學一百四十分。」男孩如審查犯人般，直直地盯著馬清妍，「全班最高！」

「一百四十？」馬清妍嘴裏唸叨著，過上一會兒，她才意識到滿分是一百五十分。馬清妍連忙起身，跑向教室大門的方向，我這麼厲害？她在心裏盤算著，掩飾不住嘴角的笑意。在初中的教室裏，每到考試前一個來星期，馬清妍便會習慣性地熬夜學習，臨時抱一抱佛腳，往往能收穫一份不錯的答卷。沒想到高中學習也是如此的輕鬆，一想到這，馬清妍也顧不得眾人的目光，笑得連連捂嘴。

一百四十、一百四十，馬清妍在心中默唸，湊到人群的外圍，她一眼便看到那深紅的數字。每一科的最高分，都被印成深紅的數字，「一百四十分」，再往前看，「馬清妍」！沒想到呀沒想到，明明……哎！不對，自己的名字怎麼在排在底下？定睛一看，馬清妍，語文九十二、數學一百四十、英語六十一、物理三十二……原來，除卻數學成績的高分，其餘幾科簡直慘不忍睹。往下看去，「馬清妍」列在倒數第三的位置，倒數第四的位置，赫然寫著「楊天成」。

面紅耳赤的馬清妍，一路小跑回到座位，將腦袋埋在兩臂之中。一旁的男孩望著她，笑得合不攏嘴。接下來的整節課，女孩都是一副心不在焉的模樣，耷拉著腦袋，盯著臺上的秦老師。

「下課！」鈴響，一道題目還未講完，秦老師就扔下了粉筆，「馬清妍，到我辦公室來一趟。」說罷，秦老師便推開了門。

馬清妍站起身，已有了心理準備，桌腳在地板上滑動，發出刺耳的聲響。等及馬清妍鑽出教室，秦老師已漸漸走遠，僅在走廊盡頭留下模糊的背影。數不清的學生從幾間教室湧出，在走廊裏游動，馬清妍奮力地從人群中擠過，抓緊趕上秦老師的步伐。

來到空蕩的辦公室，兩排緊湊的辦公桌中間，秦老師正端著青花瓷杯，給杯中倒上滾燙的白水。「秦老師。」馬清妍小心翼翼地踱步，一步一步地挪到辦公室門口。「進來吧。」抿上一口茶，秦老師並未抬頭，直到馬清妍走到跟前，她才放下手中的茶杯。「坐！」秦老師指了指一旁的椅子，那是另一位老師的座位，空著的。

馬清妍不知所措地坐下，如坐針氈的屁股在椅面不停挪動。「馬清妍！」秦老師卸下翹著的二郎腿，一臉溫和地看著女孩，「馬同學，你看到成績單了吧？」

「嗯。」

「感覺怎麼樣？」

「嗯，還可以吧。」

「還可以？」秦老師調高了音調，炯炯的目光恨不得將女孩吃掉。

「嗯，怎麼說呢，有幾門確實不行。」

「只有幾門？」面對秦老師質問，馬清妍心臟砰砰直跳。「不是有一門還可以嗎？」細小的話語從女孩抿著的嘴縫擠出。聽到這，秦老師露出不屑的笑容。

「馬同學，老師問你個問題，你要誠實地向老師回答！」秦老師頓了頓，戴著眼鏡的儀容十分幹練，「這次的數學試卷，是你自己做的嗎？」老師的聲音是那麼輕柔，可這句話如同一把利刃，一字一頓地刺向馬清妍的心門，生生鑿出望不見底的傷痕。

正值上午的大課間，偌大的操場裏人頭攢動。「全國第二套廣播體操……」嘹亮的播報聲與青春的旋律混在一起，學生們劃著齊整的姿態，抬腿、彎腰、蹲下又起身，上千件紅白相間的校服在塑膠操場上舞蹈。沿著跑道外沿的是長長的、高聳的院牆，院牆那一側的一大片空地。每到傍晚，牆外便會響起相似的韻律，跳廣場舞的老人們做著同樣齊整的舞蹈。

課間操結束，學生們排著隊從操場的兩角湧出。教師們走在前面，有的朝向辦公室，有的走向教室。幾位女老師上了樓，二樓左手邊的第一間辦公室，正是學校的數學辦公室，「周主任！」女教師朝迎面而來的教學主任打招呼，蓄著淺淺絡腮鬍子的周主任微微一笑，手裏握著一沓紙張。幾位老師正要進門，辦公室裏衝出一位女孩，她們還未來得及反應，女孩便從身旁跑過，直挺挺地撞在王主任身上。

「哎喲！」馬清妍撞在周主任的後背，在周主任近一米八的個頭、寬厚的肩膀面前，女孩顯得不堪一擊。周主任轉過身來，看到一位女學生正坐在水泥地面，死死掉地捂住胸口喘著氣。「這位同學，你沒事吧？」周主任彎下腰，想要拉起瘦小的女孩。可女孩拿胳膊肘撐起身體，一把推開周主任的大手，頭也不回地朝樓下跑去。

女孩在陽光下奔跑，跑出那棟三層的教學樓。女孩盡力抹著眼淚，可淚腺如失控的水龍頭，眼淚不住地從臉龐滑落。秦老師跑出辦公室，迎面撞上一臉詫異的周主任，身材高大的周主任看著瞪著大眼的秦老師，立即明白了什麼。望著女孩跑遠的背影，周主任立即掏出電話，一邊按著一邊朝秦老師喊：「趕緊給保衛室打電話，學生跑出去了，萬一出事怎麼辦？」

就這樣，落荒而逃的女孩被擋在校門口，被兩個身著安保服的男人攔下，被氣勢洶洶的班主任帶了回來，回到還不算熟悉的屋檐下。年級主任也來了，校長也來了，在教室外的走廊裏，聽不清他們的話語，僅有窸窣的碎語傳來。馬清妍坐在教室裏，眼中一片白茫。

關於後邊的回憶，在馬清妍腦海中已漸行漸遠，變得模糊不清。只記得秦老師走進教室時，是滿臉的通紅。

二〇〇四年十一月一日

「能不能不要擠我?」女孩不耐煩地說到。同桌的馬清妍扭過腦袋，同樣清瘦的女孩正看著自己，「你能不能過去一點?這個。」女孩指向兩桌面的分界線，示意馬清妍將胳膊肘挪開。

馬清妍收回胳膊，連連致歉，女孩依舊喋喋不休。馬清妍沉默著，斑駁的圓珠筆在指縫間轉悠，手中的筆帽早已磨平，僅剩下半個扭環。這位新同桌可不好惹!馬清妍在心裏嘀咕，昨日弄掉了筆蓋，伸手去撿，被她罵了一頓。如此氣勢洶洶的同學，馬清妍實在不知該如何打交道。

秦老師走了進來，舉著一沓試卷，這是昨日上午模擬考試的卷子。秦老師揮揮手，前邊的幾人便起身，發起了卷子。秦老師穿著深色毛衣，短短的頭髮搭著一副深色邊框的眼鏡，儘管屋外的氣溫已是十來度，秦老師看起來依舊十分幹練。抬著頭，馬清妍望著秦老師，就算經歷上次的事，眼前的年輕女性卻令她討厭不起來。扭過腦袋，楊天成依舊坐在窗邊，低著頭，應該是在看小說，他習慣於把那些小人書藏在袖子裏。

就在昨天下午，更換了座位。當老師唸出自己的名字，馬清妍扭頭看向後邊，那是最後一排的角落，她將前往那片偏遠之地。班裏三十來人，僅有十來人更換了位置，可講臺上的那位語氣堅定，那是一聲不容置疑的號令，馬清妍不得不遵從。抱起一大摞書，馬清妍在起身的那一瞬，不捨從她心底升起。她搬起了家，抱著一沓高過額頭的書本，腳底一滑險些摔跤，可頂上的書嘩嘩掉落，砸在地面。身旁的同學趕緊站起來，替她撿拾書本，沉默許久的馬清妍將手裏殘餘的幾本扔到牆上，「砰砰!」幾聲悶響，全班同學都回頭看向她。她站了起來，挺直身軀面朝講臺上的秦老師，與老師對峙著。可站在上方的那位靜靜看著，那表情彷彿是在說：「你要是不搬，就給我滾出去！」

馬清妍依舊是沉默的，那一幕在她的腦海裏掠過，當她回過神來時，兩位男生已將掉落的硬皮書擺在了她的新桌面。她站起身，臺上的班主任根本沒有在意她，班主任那游離的目光似乎是有意地閃躲。原來是錯覺，根本就沒有指責，也沒有對峙。

課堂在繼續，牆上的黑色版面畫有半牆的字符。秦老師是一位好老師！馬清妍在心裏告誡自己，想想看吧！每次鈴響，秦老師收起書本離開時，身後都會留下整整一牆的板書，那齊整的字符，那握著木尺畫下的半圓形，看起來是那麼的精細！每每到了下一堂課，望著被黑板擦擦去的粉筆字，馬清妍心中都會滿是不捨。可到了下一堂數學課，秦老師照舊練起了她的藝術品，一字一畫的，纖細的胳膊在黑板上留下遒勁有力的筆劃。

「馬清妍！」同桌的胖女孩喊著她的名字，「對不起哈！我最近幾天心情不好，對你發了脾氣。」女孩遞來巧克力餅乾，深褐色的巧克力塗層，裏邊兒藏有蛋黃般的夾心。「謝謝！」馬清妍收下餅乾。

下了課，馬清妍趴在桌上，女孩又遞來幾包零食。「清妍，我看你昨天晚上往那邊走的，你是住校外？是不是隔壁那個灣子？」

「嗯，在那邊租了個房。」

「哎呀！租房好呀！我也想搬出去住，可我媽不願意，非要我住寢室。唉！在外面住感覺咋樣？」

「還行，就我一個住，我奶奶有時候會過來。」

「一個人住？」女孩感到驚訝，「你爸媽呢？」

「對呀！我一個人住，爸媽去打工了。」

「嗯！那是挺辛苦，是去的北京吧？」

「對，你怎麼曉得是北京？是不是那個誰跟你說的？」

「沒有，沒有！我有好幾個親戚，像大伯，還有二舅舅，都是去的北京。他們說過幾年奧運會了，北京幹活工資高，一天能賺三、四百呢！」

「這麼高呀！」馬清妍來了興致，沒想到父母的收入還不錯，「我也不曉得一天能賺多少，只聽他們說年底好拿工資，在北京，老闆不敢拖工資。」

「是呀！我大伯去年過年前，發工資的日子過了兩天多，都沒見到錢。他給那個什麼局打了通電話，半個小時，老闆就屁顛屁顛地送來了，還給了幾個紅包，說是給家裏的小孩。」

兩人待在屋裏，扯著外面的世界。女孩唸著假期裏的陽光，沙灘、海浪、霓虹下的雞尾酒……那些新奇的玩意、那些書本上的城市，羅列在馬清妍面前，令她目不暇接、眼花繚亂。「你喜歡旅遊嗎？」女孩問向馬清妍，可馬清妍搖搖頭，沒有說話。那些遙遠的海岸讓她心生畏懼，從蘆葦叢東邊的平房到馬路旁的三層水泥樓房，再到縣城的出租屋，這來之不易的一切與馬清妍之間，彷彿有一根鎖鏈，一頭連著故鄉、一頭拴在她的腳後跟。當她每每生出逃離這般生活的念頭，身後的鐵煉便會將她死死拽住，令她無法邁出半步。

交談如涓涓溪流，在時間的河流裏淌過，兩人聊得入神，不覺已是晚間九點。兩人相互作別，馬清妍踏上歸家的路途，當她路過那家書店時，那盞昏黃的吊燈在夜裏顯得格外明亮。燈塔散發著一股隱秘而深邃的誘惑，勾搭著蠢蠢欲動的女孩，馬清妍還是走了進去，走到那個熟悉的角落，那是一堆過期的雜誌，五塊錢一本。

挑了一本，馬清妍回到樓房前，樓下大門是常開的，她剛要進門，迎面碰上體型臃腫的房東。

「唉！回來了。」房東笑笑，臉上的贅肉擠出幾道溝壑，如同他那油膩的肚腩，每走一步，那些多餘的肉體就會沿著骨架翻滾一番。「今天你奶奶過來了，給你帶了好吃的。」說罷，房東走出門去，朝灣子裏邊走去。奶奶今天怎麼來了？馬清妍心裏盤算著，上了樓。

「你怎麼來了？」一開門，便見到那個身影，那是年近七十的奶奶，寬厚的大衣仍掩不住瘦小身材。「咋晚上跑來了？晚上不回去了？」

「哎呦！你個崽子，這麼晚了，你催我回去？」奶奶駝著背，坐在客廳的小床上，鎖著她那一貫的眉頭。

「哪敢讓你回去咯？我是說，今天怎麼在這邊睡？也不提前說一聲。」

「今天過來給誠誠買東西，弄晚了，就在這邊睡一晚。」放下包，馬清妍發覺奶奶正在泡腳，骨瘦如柴的小腿沒在塑膠盆裏，裏邊的開水正冒著熱氣。「哎喲！我的奶奶喲！這是我的臉盆，說了洗腳用紅色的那個。」馬清妍嘴上抱怨著，心裏也沒太在意，方才奶奶嘴中的「誠誠」是二伯家的男孩，估摸著也有五歲了。

「那邊，給你買了幾雙襪子。」奶奶指著沙發上的紅色塑膠袋，燈光下的奶奶還算年輕，至少是外人口中的年輕，她頭頂的髮絲半白半黑，混在一起。「那我還沾了弟弟的光！」馬清妍笑著，朝廁所走去，「奶奶呀！等一下你睡裏面，外邊太冷了。」

「好！你這個孫女還算本分，還曉得孝敬我這個老婆子。」說罷，奶奶擰起毛巾。抱著一床被單，馬清妍給自己鋪起了床。一米來寬的床鋪立在客廳的一側，另一側則是成排的玻璃窗。初冬的冷風沿著窗戶的縫隙鑽入，整間客廳浸在陰冷中，又潮又冷。眼前的床鋪如同學校裏的單人板床，稍稍翻個身，就有墜落的風險。將床單鋪好，馬清妍還未脫去身上的毛衣，屋內便傳來細細的鼾聲，奶奶睡著了。

「眞的冷！」唇齒間打著寒顫，馬清妍抱緊了身上的被子，可屋外的冷風化作無數隻瘮人的蟎蟲，悄悄地鑽進屋子、爬進被單，在柔軟的身體上肆無忌憚地游走，肆意地吞噬女孩曼妙的身軀。實在是太冷了！哪怕是在朝南的屋子裏，這樣的夜晚同樣難以入眠。身下的床板凸起一塊，抵在她纖細的脊柱上，生硬難耐。她翻起身，瞥一眼左手邊的鬧鈴，十點五十，突來的老人偷走了她的睡眠。指尖在毛衣的溝壑間摸索，摸到同樣冰冷的手機，刺骨的冰涼，女孩放棄了。記得毛衣下邊有一本雜誌，女孩將它抽出，當她將那微微受潮紙張放入懷中，特地朝床腳望去，那邊有兩扇門，正對著的是屋子的防盜門，右腳邊的那扇是臥室的木門。

屏住呼吸，窗外的燈光打在女孩的睫毛上，閃著晶瑩的光。女孩死死地盯著那兩扇門，深紅的鐵鏽從門檻剝落，落在地上。鐵門的邊緣有一塊破洞，她曾將手指放進洞裏，磨蹭許久，塞進三根手指。不知過了多久，屋子裏、一門之隔的樓梯間，都是一片寂靜，女孩這才打開左手邊的檯燈。聚焦的燈火打在女孩懷裏，翻過一頁又一頁，字眼躍入眼簾，女孩的臉頰泛起了潮紅。

「他粗魯地將女人推倒，熟練地脫起衣服……」筆墨在紙上反著光，黝黑的字跡如一眾歸巢的螞蟻在女孩的心頭爬行，癢癢的。女孩閉上眼，優雅的男人便站在了她面前，將襯衣褪至小腹，露出誘人的腹肌。男人忽地停住，女孩趕緊睜開眼，將目光投入下一行文字，那個男人又躍動起來。在睜眼與閉目之間徘徊，藏在被窩裏的軀體已燥熱難耐，指尖在溫軟的田地裏游走，整個身體也隨之蠕動。

再也按捺不住的女孩，將雜誌扔至一旁，動情地撫摸自己的軀體，羞恥感與極致的歡愉將她包裹，令她淪陷。女孩扭動曼妙的身軀，挑起修長的雙腿，掀起被子，冷風浸透了身體，她也顧不上。

「叮——」平靜的湖面濺起一朵浪花，底下傳來金屬的震顫，馬清妍順著腳尖的方向望去，幽暗的角落裏，鐵門的縫隙之中藏著一隻眼眸！那只似有似無的眼睛正盯著她，盯著燈光下裸露的下體。來自暗處目光與女孩的眼神交會，那一瞬間，那隻眼睛消失了，如同一隻消失在黑暗中的狐狸，只留下樓梯道裏咚咚的腳步聲。

「誰？誰在外頭？」女孩嚇壞了，怔在床頭不敢聲張，當她緩過神來，門外的東西已不知去向。將手裏的雜誌扔至床底，女孩抱緊了被子，將自己埋在棉花與布料裏，身體縮成一團，卻感到愈發寒冷。不知過了多久，女孩才緩緩睡去。

桌上的鬧鐘照看著女孩入眠，指針沿著它的心臟轉悠，一圈接著一圈，不覺已是五點四十。還未到鈴響的時分，窗外的天空散落著淩亂的晨星，女孩忽地坐起身來。孤零零地坐在床板上，薄薄的單衣緊貼馬清妍的胸口，胸脯即使失去了胸罩也挺拔依舊。女孩呆滯地坐在那兒，直到鬧鈴響起，才緩緩穿上毛衣。「咿呀！」地一聲響，奶奶推開了門，「天都沒亮，起這麼早！」奶奶沒有作答，撐著佝僂的腰板，徐徐走進廁所。

出門前，馬清妍不忘給自己裹上圍巾。走在霧氣繚繞的街口，熟悉的面孔從薄霧裏走出，又在朦朧中消散，「馬清妍！」耳後傳來聲響，是楊天成低沉而富有磁性的嗓音，馬清妍轉過頭，酷酷的男孩正向她走來。「你今天怎麼從那邊過來？」馬清妍指著男孩身後若隱若現的人行道，遙遠的道路盡頭是縣裏的公交站。

「我昨天回去了。」楊天成爽朗地笑著，走到馬清妍的身旁，兩人並排走著。「回去了？看你這頭髮，是不是去上網了？」馬清妍提起胳膊，輕輕撞在男孩的肩頭。

「看來，還是逃不過你的眼。」楊天成甩過腦袋，模仿電視劇裏的那般撥弄雜亂的瀏海。「你就別耍帥了好不？」馬清妍對男孩的自信感到好笑，他那還算白皙的臉蛋，經過一夜的激戰已是滿臉油光，嘴角粉嫩的堡壘呼之欲出，彷彿隨時都會擠出汁液。「你看你那痘痘，哎呀！都快爆出來了！」

「哎！無所謂，人生得意須盡歡，莫使金樽空對月！」

「你小子，你那個作業寫……」

「行行行！馬小姐，您消停消停，別扯作業了。您看！您不也是整天學習，結果成績……」聽罷，馬清妍也不生氣。楊天成靠得更近些，胳膊肘輕抵女孩軟綿的外套，即使隔著厚厚的毛絨，也能觸發清晨裏的絲絲微妙。

「我覺得你還是挺不錯的，想想你的數學成績，其他幾門差點，慢慢補起來、」楊天成收起嬉笑，神情有些落寞，「像我這種人是沒有前途的，連大專都考不上，我能去幹嘛？除了打工，我還能幹嘛？」

「不會的，讀書又不是唯一的出路。」

「什麼也做不了。」楊天成無視女孩的安慰，仍在自說自話：「嗯！再過兩年，我的好日子就到頭了！與其吃一輩子的苦，不如趁現在多玩玩。」楊天成轉過臉來，露出稚嫩的虎牙，稚嫩的笑容痞氣不再，代之的是說不出的蒼涼。馬清妍不知該說什麼，兩人肩並著肩踏上通往早自習的路。

「什麼也做不了，什麼也做不了，什麼也……」揣著英語課本，楊天成的話語在腦中迴響，想起成績單上的「六十一」，馬清妍便羞愧難當。男孩所說的那些話，也可能是未來的自己呀！昨夜的驚恐還未退卻，新的煩惱又朝馬清妍襲來。「怎麼啦？」身旁的女孩輕推馬清妍的胳膊，馬清妍抬起頭，正與臺上的英語老師四目相對。馬清妍嚇得連忙端起書，大聲讀起來，她一邊讀著，一邊用餘光望向講臺，那兩鬢斑白的男教師似乎在發呆，朝著馬清妍的方向。

「清妍！」早自習結束，女孩丟來了一大包餅乾，包裝袋印著兩隻草莓。

「你又不去食堂？」馬清妍看著女孩從包裏拿出牛奶，掀開了瓶蓋。

「不去了！食堂沒啥可吃的，我就覺得那個三鮮麵不錯，可惜呀！那碗麵也被我吃膩了。」女孩灌下一口牛奶，看著身旁清秀的馬清妍。馬清妍正等待人群的散去，好在早自習後的半小時裏，在食堂裏吃上一碗麵條，以及一個飄著鹵料香氣的雞蛋。

「清妍，我覺得你有點怪！」女孩朝馬清妍說道，面對馬清妍的詫異，她趕緊解釋：「我不說你這個人，我是說你上課有些奇怪。」

「哪兒奇怪了？」

「你嘛，你看你平時上課的時候，多半是在發呆。」見馬清妍也不反對，女孩饒有興致地說，「你上課的時候不怎麼聽講，等到下課了、自習的時候，你就開始埋頭寫題，那認真勁，把我羡慕的喲！」馬清妍笑笑，也不知同桌是在批評自己，還是在誇自己。「不跟你說了，我去食堂。」馬清妍起身，剛要拉開教室的後門，一個身影衝進門來。「你怎麼……」滿臉通紅的楊天成，將一碗熱騰騰的麵條已放在她的課桌，與麵條一同的還有巴掌大小的木盒，淡粉的紙盒繫著粉紅的蝴蝶結。看到粉嫩的蝴蝶結，馬清妍臉紅了。

「哎喲——」同桌的胖女孩大聲叫喊，領著幾位同學一齊喊起來，「情書吧！」「清妍，唸給咱們聽聽。」同學起了哄，窘迫的馬清妍逃出了教室，一路跑到操場西邊的食堂。

淚水滴落在熱騰的麵湯，濺起浪花來，馬清妍大口吃著，往日裏一根根下咽的麵條，被一股腦地吸入嘴裏。馬清妍雙眼通紅如哭過一場，可她的嘴角分明掛著笑，動人的笑容裏，洋溢著青春的荷爾蒙。回到教室，那碗男孩端來的、鋪滿一層牛肉的麵條早已涼透，馬清妍不捨地將紙碗扔進垃圾桶，等她回到座位，方才「情書」的熱度已消散了七、八分。

鈴響了，馬清妍坐下來，將木盒推向抽屜深處。那節課顯得格外漫長，歷史老師畫下的古文就像男孩寫下的情話，馬清妍試圖看清那些扭曲文字，眼眸卻在白熾燈的光芒中丟失了焦點。

直至中午，同學們紛紛離去，就連一向留到最後的楊天成，也不見了身影。屋子裏僅剩零星幾人，馬清妍終是打開了那個精美的木盒。一盒「金箔」包裹著的巧克力，圍成愛心的形狀，中間圍著的是潔白無瑕的信封。馬清妍伸過手，顫抖地拆開了信。

清妍：

請允許我喊你「清妍」，因爲每喊一句，我的心情就會好很多。只要能讓我看到你，我就感到特別滿足，那是幸福的滿足！我不太會寫文章，寫的不好，希望你不要太介意。可是我想說出我的心裏話，如果不說出來，我會好難受。

記得第一次見你是在學校門口，眞想不到我們會成爲同桌，那個時候的你張開雙手，你是那麼好看，美麗的讓我忘不了。從那個時候開始，我就發現自己已經深深喜歡上你，這應該算是一見鍾情吧？有句話我得說，你是這麼的漂亮，我也清楚班裏有許多男生喜歡你，但是我和他們都不一樣。因爲我的媽媽和你一樣漂亮，也可以說，你和我媽媽一樣漂亮。你第一次坐在我身邊，我的手臂碰到你的手臂，你的溫暖讓我覺得好開心，就像我媽媽在我身邊一樣。我的媽媽很久以前就走了，她去了一個很遙遠的地方，以後再也回不來。我已經失去了她，我不想再失去你，是我唯一的願望。

我曉得，也心裏清楚我和你的差距，你期中考試成績不好是暫時的，以你的聰明勁，成績肯定不是問題。但我咧就是個借讀生，過兩年我就回老家高考去，然後考不上大學、去南方打工，所以咧，我只想著陪在你身邊，陪你玩、和你一起吃吃喝喝，開開心心的。不是男朋友的那種，陪在你身邊做你的好朋友，我就很滿足了。

你的前同桌

楊天成

二〇〇四年年十一月一日

將微黃的紙張疊好，馬清妍把這封情書塞回木盒，方才的文字在她腦海裏重現。曾有幾封情書擺在她的面前，不是第一次被告白，可她仍會爲此臉紅。與那些熾熱的愛意相比，這位男孩的率眞與坦誠倒激起她心裏的漣漪。馬清妍把思緒收回眼前，不是因爲上課鈴響，而是秦老師進了門。

秦老師照例握起粉筆，在黑板上劃著數字，底下的人按著樣例複印下相同的文字。「每個人都要抄好，下課我來抽查！」秦老師的口頭禪在耳邊環繞，「我的教學，不是讓尖子生更加冒尖，而是讓你們每個人都不掉隊！至於哪個能考上名校，是可遇不可求的。」

安靜的屋子裏，學生們時而低頭、時而昂首，筆尖在紙上沙沙作響。「這是三道解答題的答案，我們來看第一題……」秦老師穿著毛衣，腰間圍著黑色的彈力帶，腰上拴著擴音器。

下課了，整間教室都放鬆下來，下節課是體育課，也是上午的收官課。秦老師才邁出教室大門，同學們就牽著手、搭著肩朝外頭奔去，幾位女孩跑過來，拉起馬清妍的手，一同朝操場而去。跑過水泥地，又跨過草地，前邊兒就是一片籃球場，幾片球場挨在一起，幾人靠近院牆的球場正投著球。幾十位身著校服的學生，三五成群地散落在球場裏，直到體育老師的出現，當身著連帽衫的體育老師站在最北邊的籃框下邊，同學們這才明瞭集合的地點，紛紛朝那邊走去。

「集合！」身材高大的體育老師站在那兒，儘管帽衫還算厚實，也遮不住他那微微隆起的肚腩。「集合！點名！」體育老師看著眼前的三十來位學生，還未等學生報完數，就下達了新的指示：「向左轉！圍著操場跑兩圈。」灰白的運動鞋踩在油漆剝落近半的塑膠地，馬清妍隨著隊伍一同向前，不一會，熱身完畢，各自活動去了。

「清妍！」熟悉的嗓音再次出現，楊天成走了過來，走到坐在臺階上的馬清妍身旁。「來，坐！」馬清妍拍拍身旁的水泥臺階，示意楊天成坐在身旁，男孩有些欣喜，透著難以置信的神情。男孩坐了過來，身旁的女孩子知趣地起身，當男孩坐在他夢寐以求的女孩身旁時，不遠處的男孩們停了下來，他們握著籃球看向這邊。從球場上投來的目光聚在兩人身上，令男孩倍加得意，眼前的女孩可是多少男生心中的女神，想到這，他愈發堅信昨夜寫下那封信，是多麼正確的抉擇！

「不好意思，那碗麵我給扔了。」寒風拂起馬清妍的髮梢，她的臉蛋微微泛紅，像是凍著了，讓男孩想要給她一個擁抱。「扔就扔了唄！一碗麵而已。」男孩挺起胸膛，興沖沖地說。

「可那是你買的。」那清澈動人的雙眼，正直直地盯著男孩，一絲不苟的。聽到這話，男孩一下子紅了臉，又愣上一會兒，終是壓抑不住內心的歡騰，捂著臉笑起來。反倒是他面前的馬清妍，靜靜地坐在兒。手背一陣冰涼，馬清妍將她的手搭在男孩的手背上，那觸電感便傳遍男孩身體的每一個角落，那無法言喻的震顫直抵靈魂深處。她的手竟是如此冰涼，令他好生心疼，他握起女孩的玉手放在自己的掌心。眼前的女孩如此動人，在那一刻，男孩明白了那句話：這就是我的女人。

兩人周遭的女孩們，在高聳的樟樹下來回晃悠，擋在兩人前邊打著掩護。對於女孩們來說，戀愛的事早已見怪不怪，只是擔心被老師們撞見，徒添不必要的麻煩。鈴響了，高大的男同學抱著籃球從人群前跑過，在初冬裏搭著件背心，露出結實的臂膀。沒有排隊，學生們拉著親近的人朝食堂走去，馬清妍跟在楊天成身後，把自己當成他的女人。望著男孩的後腦勺，之於未來的日子，馬清妍又多了幾分期待。假若方才拒絕了他，女孩實在不知該如何度過這漫漫三年。

「我會永遠愛你！保護你一輩子！」男孩顫抖的聲音留存於那棵古老大樹底下，給兩人作了見證。

那天的課堂過得很慢，畫壁上的指針緩緩轉動，楊天成盯著指針，默數了無痕跡的時光。桌面立著一瓶洗面奶，方才的課間時分，他跑到六級臺階上邊的小賣部，在貨架頂端尋得僅有的兩瓶。擠出不見磨砂的白膏，置於掌心裏揉搓，塗在冒著痘的臉皮上，反覆幾次，總算是徹底的清爽。

個子不高的歷史老師正一絲不苟地寫著板書，如班主任那般，寫滿了半個黑板。粉筆落在黑板，筆跡如小溪般流淌，聚成河、匯成江，不可阻擋地朝著東方流去。男孩的目光隨潮水游走，沿著奔流入海的江水，來到高樓聳立的上海，趁著夜色跌入不見底的藍色深淵。「啪！」地聲響，粉筆段成兩截，短的那根落在地上，瘦小的歷史老師躬下身，光禿的、反著光的腦門正對楊天成。

「就這些，大家把這個記在本子上，不用完全記下。」歷史老師輕咳幾聲，轉身坐在椅子上。臺下無人言語，從早到晚，屋內的課堂氛圍始終是那麼的井然有序。頭頂斑白的男老師看著眼前的年輕面孔，神情悵然若失，「各位同學們，等這學期結束了，我就要退休了。」學生們紛紛抬起頭，望著這位沒太多氣力的男人。

「那不是沒錢花了？退休了，工資就沒了吧？」楊天成敞開嗓門。

「退休了，有退休金的。」另一個聲音從人群中傳來。「原來還有退休金。」楊天成揉揉肩，小聲嘀咕。

「我老了！身體也不好。工作了大半輩子，也該享享福咯！」老師仰著頭，似乎能望見天花板外的世界。過了半晌，才扭了扭脖子，轉悠他那副老腰。「哎！這個期末就要分科了，有沒有人想選文科的，舉個手！」

臺下揚起十幾隻手來，看著近半的學生舉起了手，歷史老師卻連連擺手，「太多了，太多了，怎麼能這麼多？」他站了起來，巡查般地在講臺上來回走動，「你！你說說，你爲什麼想要讀文科？」老師指向一位瘦高的男生，只見男生興奮地站起，扯著同樣興奮的嗓門說道：「等我以後考上了大學，我要讀歷史專業。」

「哦？」歷史老師扶了扶眼鏡，「爲何？」

「舒老師！我也跟您說過，我讀過好多書，像什麼《三國演義》、《水滸傳》，還有《李鴻章傳》、《名人傳》這些人物類的書。我覺得吧，歷史會給我們許多教訓，但我們總會不把教訓放在心上，一次次地重蹈覆轍！所以，我想去學習歷史、研究歷史，把歷史的經驗傳遞給更多的人！」高個子的男生一口氣說完，聽得同學們直發愣，等他話音落下，熱烈的掌聲徐徐升起。

「說得好！」老師從口袋裏掏出手來，比了個大拇指，他咬著下嘴唇，似乎想要對這位年輕人說些什麼，卻欲言又止。重新坐下，老師續上了先前的話題，「我還是那個看法，你們這些學生，能選理科的就不要選文科！」

「老……」那個男孩想要站起，卻被老師制止。「學理科能賺錢，還能帶動老百姓致富，就像……」老師的話語還未結束，下課鈴響了，他長舒一口氣，將剩下的話語吞進肚子，就那樣離開了。

「咱們吃飯去吧。」馬清妍的手機屏亮了，彈出一條訊息，那是楊天成發來的短信。平時將手機塞進書包最裏端的馬清妍，特地打開了它。

人潮從兩棟教學樓裏湧出，有的奔向食堂，有的朝校門口走去。馬清妍與楊天成混在出校的隊伍裏，等到人多了，兩人才靠近些。身著校服的學生們湧出校門，湧向正對校門的美食街，而鐵門外的院牆邊擺滿小板凳，折疊椅、方木椅，各式各樣的椅子一直延伸至院牆的盡頭。家長們提著飯盒，等待前來吃飯的孩子。馬清妍與楊天成並排走著，楊天成一米七出頭的個子，與身旁的女孩相比，也高不上太多。男孩心裏暗自盤算，倘若女孩穿上高跟鞋，豈不是要比自己高上一截？

「一份雞排飯，飯打少一點，多了我吃不完。」女孩站在攤位前，朝女老闆喊道。終於逃離了校園，男孩卻顧不上挑選吃食，一把摟住女孩的腰身。他的大手觸及女孩柔軟的腰部，滿足感便傳遍他全身，可那愉悅才停留片刻，他就發現不對勁。夾著雞排的老闆娘、牆邊等待孩子的家長，周遭的目光匯聚在兩人身上，如打量怪物般盯著親熱的兩人。馬清姸看著穿校服的男孩，連忙掰開他的手。

「唉！」男孩嘆口氣，爲這無可奈何而失落。女孩讀出他的心思，拎起兩隻塑膠袋，「跟我走！」加快了步伐，女孩走到巷子盡頭，朝南邊去了。男孩緊跟在身後，解下校服的拉鍊，露出裏邊的毛衣來，「咱們這是去哪？」男孩不解地問道，可馬清姸也不回答，只是向前走。

來到下一個路口，男孩突然明白了，馬清姸這是要帶自己去她的住處！怎麼會……幸福來得太突然，男孩有些不知所措。跟在馬清姸身後，男孩來到了樓下。這是男孩首次站在這滿牆紅磚、屋檐滴著水的樓體前，很難想像，這棟其貌不揚的樓房裏，住著自己心愛的女孩。

「跟我上去吧！」馬清姸牽起男孩的手，兩人剛上樓梯，樓梯間走出一人來。是房東，馬清姸卻沒有鬆開握著的手，四十來歲的房東朝兩人走來，「呵！」房東猛地跺腳，感應燈隨之被點亮。房東審視著兩位小年輕，他兩身上的校服格外醒目，胸口紋著藍色的字「道口縣第一中學」。往日在樓梯口、在灣子的水泥路上偶遇時，房東總會向借住於自家房屋的女孩打招呼，可這次，房東直至走出大門，臉色始終陰沉沉。

「進來吧！外邊冷，裏面稍微好一點。」馬清姸邀請男孩走進她的家。在女孩看來，這兒儘管只是個落腳點，可在屋裏只有她一人時，這裏便成了一切自在的發端。「不用脫鞋！」踩在沒有地板的藏青色地面，女孩將男孩拉進來，坐在木質沙發。「等一等，我去拿個東西。」女孩進了屋，不一會兒，她拿出一條雪白的毛茸茸的毯子，置於冰涼的沙發上，「這個沙發坐著冷，凍屁股。」

女孩如一位知心姐姐，照料著面相青澀的男孩。「快吃吧，再不吃就涼了！」打開冒著熱氣的盒蓋，裏面是熱騰騰的雞肉。屋子裏安靜不已，只聽得到窸窣的吞咽聲，男孩想要和她說話，卻找不到合適的話語，只得愈發賣力地將米飯送入嘴中。兩人吃著飯，也不說話，隨著熱騰的飯菜下肚，陰冷的客廳也隨之暖和起來。

吃罷，將飯盒包好，男孩起身跑向鐵門旁的洗手間。馬清妍抬起頭，看到男孩正站在洗漱臺旁，自來水嘩嘩流下。沿著茶几的桌角看去，男孩的側影是如此消瘦。穿著毛衣的男孩，他那前胸到後背的距離，在女孩挺拔的胸脯面前，恐怕會自慚形穢。

「還有半個小時，你不急。」男孩走出洗漱間，坐在女孩身旁，他伸手摟住女孩的腰，也挽回了街角的遺憾。女孩放下飯盒，掏出紙巾擦嘴，迎接男孩即將到來的親吻。果然，炙熱的吻落在俏皮的臉蛋上，在眼角、耳根、鼻梁間游走，直至女孩誘人的雙唇。將舌頭伸入女孩嘴裏，卻不敢太深，兩人就這樣親吻著，索取各自的初吻。直至失去了力氣，兩人這才鬆開摟著對方的手，面紅耳赤的躺在沙發。

「哎喲！六點十四了！」在男孩的提醒下，馬清妍掏出手機來，才發覺快到晚自習。等到時鐘直到六點半，便是學生們歸巢的時分，兩人趕緊拎起塑膠袋朝樓下跑去。夜幕已落下，人行道一側的路燈如睡醒的貓，慵懶地緩緩地睜開眼角，投下亮白的光。男孩與女孩手牽手，在夜幕下的明與暗之間飛奔，踩在雨後的地板磚上，鬆動的石板下濺起泥水，打在兩人的衣服上、臉上。兩人放聲叫著、笑著，直到接近校門，才鬆開緊拽著的手。

就在溜進校門的剎那，男孩瞥見馬路對面的餐館裏，樓梯道遇見的那個身材臃腫的男人正獨自坐在桌前，端起酒杯猛地灌下。

六點二十八分，馬清妍走進了教室，幾位女生朝她嬉笑，想必是窺見了什麼。過了兩分鐘，男孩才姍姍來遲，頂著英語老師嚴峻的目光疾步回到座位。六點三十，晚自習拉開帷幕，轉眼，窗外的天空已掛上彎月，鈴聲宣告今日校園時光的結束。

不一會兒，屋子裏僅剩下馬清妍與楊天成兩人。整個晚自習，馬清妍總是在笑，那發自心底的歡愉令她難以掩飾，只好將它們釋放。兩人照舊保持著距離，走在人潮過後空蕩的瀝青路，出了校門，兩人並排著，馬清妍開了口。「晚上去我那吧。」

「我……我去嗎？」聽到這句，男孩詫異地扭過頭，眼前的女孩笑著，滿臉的期待。

「你說呢？除了你還有誰？」路燈打在女孩頭頂，看起來是那麼的嫵媚。

「這也太快了吧！」男孩竟有些害怕。

「想什麼呢？你睡外面，外邊的那個床。」

「哦，也可以！我給家裏打個電話。」

「打電話幹啥，說你去女朋友家睡覺了？我看吧，就你這膽子，你不敢說。」

「也是，反正我爹也不管我，走吧！」

男孩摟著女孩的肩，將她護在胸口，來到書店旁的分岔路口。

「你回去也行，我和你開玩笑的。」女孩的臉沒在黑暗中，看不清。

「既然我的女神都開了口，我怎麼會拒絕咧，走吧。」說罷，兩個身影經過街口的獨燈，沒入漫長的黑暗之中。

三百來米的石子路，沉浸在一片黑暗之中。這一次的燈滅，已是兩週前的事兒，卻遲遲不見修理的人。兩人步入了黑暗，路口的書店熄了燈，書店老闆拉下捲閘門，朝馬路那邊走去。院牆邊的樹梢上有兩隻眼睛，懸在半空，那是一隻貓頭鷹。牠立在枝頭，看著男孩與女孩闖入黑暗之中，緊盯著黑暗盡頭的那盞小燈，等上半晌卻不見兩人的身影。牠伸著脖子，焦急地盼望著，就在這時，女孩衝了出來。

頂著淩亂的頭髮，女孩逃命似地從深淵逃出，手裏握著書包的一根肩帶，變形的書包在地上拖行。另一個身影衝了出來，直追腳步蹣跚的女孩，那人並不是男孩，而是與女孩朝夕相處的房東。「你放開她！」男孩衝了出來，從身後抓住男人的外套。男孩咬著牙，想要將男人從女孩身旁身邊扯開，卻被一把推到地上。男人的羽絨服被扯開一個破口，滿臉通紅的男人怒不可遏，如拎起一隻貓那般將男孩舉到半空。「啪——」地一巴掌，鼻涕與眼淚在空中流淌，透明的鼻涕落在男人身上。男人將男孩扔到地上，吐下一口濃痰，將羽絨服脫了下來。

見到男孩躺在地上又艱難爬起，女孩趕緊扯著嗓子高喊：「救命！救命啊！打人吶！」女孩的聲音穿過寂靜的夜，傳得很遠很遠，遙遠的大路那邊，有人停了下來，朝這邊張望。「救命！打人了，打人了！」女孩喊得更加賣力，忽地，不遠處的窗戶亮了，如一根救命稻草。

「哪個在下頭鬧？」開了一扇窗，一聲深沉而有力的男聲傳來，質問燈下的幾人。

「救……」女孩還未喊出，就被男人給打斷；「看什麼看？沒見過老子打姑娘啊！」身材高大的男人發出聲聲怒吼，聽到這，幾扇才打開的窗子一一合上，黑暗裏裹著希望的燈火一一熄滅。見此，女孩墜入深深的絕望。

「要你給老子談朋友！要你談！」、「老子的姑娘是你能碰的？你個狗崽子不曉得天高地厚！」男人的聲音從樓口傳來，每一聲都伴著女孩的哭喊聲，以及沉悶的敲擊聲。吵鬧聲傳遍灣子的每一個角落，連綿而冗長。可巷子兩旁的窗子裏，人們只是靜靜聽著，把它當作睡前的搖籃曲。

逆著光，男孩望著那高大的身影，控制不住地渾身發顫。「你給老子早點滾！聽到沒？」男人握著一把木棍，狠狠地指著男孩，小聲說道。男人從兜裏掏出一把小刀，他那挽起的袖口下是層層紋身。

「老子認得你，小屁呀！在二初門口打架，老子見過你，你不要不曉得好歹，小心老子搞死你！」

刀背在月光下耀出寒光，男人的嘴角流著血，那是被男孩抓破的皮肉，露出粗細相間的血管。刀刃捅進小腹的場景仍歷歷在目，多年前已近恍惚的記憶湧上楊天成心頭。父親握著鋼管衝向喧囂的人群，賣力地揮舞生鐵鑄成的金箍棒，砸在眾人的臂膀、額頭、後背，擊退那些來犯的人。瘦弱的母親往麵包車上搬著瓜果，嘴裏嘟囔著：「唉！只曉得欺負咱們這些外來的。不就是交點錢，給這些痞子就行。」

「東西放下來！」高瘦的男人衝向母親，母親卻對那握著的鐵棍熟視無睹，面前的男人十六、七歲的模樣，故作凶狠的臉是那麼青澀。「都是些小屁娃，鬧啥子鬧？」母親繼續搬著盛滿蘋果的紙箱，輕描淡寫地說。

母親的言語如點燃的導火索，觸及男人內心深處的悸動，男人如引爆的地雷猛地躍起。「你他媽說誰小屁孩？說誰?!」憤怒地嘶吼，鐵棍、小刀，如暴風雨般匯入母親的身體，糞水混著血水，鮮紅的腸子落在車來車往的馬路上。

母親那無助、絕望的眼眸再次浮現，男人凶狠的眼神、手裏的銀刀令楊天成憶起去世的母親。幼時的恐懼再次襲來，女孩就在肥碩的男人身後，男孩卻撐不起身子。

「滾！」凶惡的男人吼出聲來，楊天成後退一步，他膽怯了。男孩轉身跑開，逃命似的消失在無盡的黑暗之中，留下燈下的女孩及滿臉油光的房東。

男人將女孩拎上樓，失去力氣的女孩如一灘淤泥，癱在毛絨沙發上。她的棉褲被脫去，內褲也被猛地扯掉。女孩如死屍般趴著，任由男人粗糙的大手在她的身上游走，她夢寐以求的第一次，竟然是這般。男人進去了，劇烈的疼痛從下體傳來，女孩死死咬住牙根，咬破了舌頭。鮮血從嘴角滴落，也從屁股溝滑落，落在滿是腳臭味及菸酒味的毛毯。「眞他媽的爽！」男人長吟一句，巴掌拍在女孩的屁股。

女孩想要哭出聲，嗓子卻被堵住，眼角擠不出一滴眼淚。男孩轉身逃離的情景在眼前不斷回放，白日許下的承諾在男人的威逼前不堪一擊。她按下暫停鍵，將那閃躲的怯懦的目光永遠定格在心底，緩緩的，遠遠的。

他的故事

二〇〇六年十一月一日

江邊的堤壩塌了，脫落的石塊接連落入滾滾江水，露出渾圓的黝黑的鋼筋。道口的電視裏、報紙上，充斥著「修繕堤壩」的報導，方圓數十公里的農家已被遷走。拖著鋼筋與水泥袋的卡車一輛接著一輛，沿著鄉間小道向瀕臨崩潰的堤壩挺進。

「余總！」身穿西服的男人從身後喊住余勇，等到「余總」轉過身來，男人麻溜地遞上一根菸。「余總，這邊的事您就別操心了，等下還有兩車，交給我這邊就行。」

「行！那我先回去，有什麼事情隨時聯繫我。」

「好嘞，余總放心！」

走到臺階邊，余勇抄起搭在水管上的抹布，拭去皮鞋的泥垢，一絲不苟地擦淨，才上了車。越野車駛在僅容得一車通行的堤壩，左手邊是一片緩衝帶，黑泥裏生出成排的高聳的楊樹，房屋散落在防洪林與堤壩間的雜草地，屋子的主人們已被安置到數十里外。

草地南邊是一大片田地，水牛在路邊吃草，身邊是驅趕牠們的人，帶著牠們遠離行將崩潰的堤壩。這些瞪著大眼、在地上打滾的牛兒們，看起來是如此的安詳，絲毫察覺不到遠處的危險。這些牛兒使余勇著迷，對於出生於遙遠省城的他來說，這種高大卻有些憨厚的生物僅在年幼時有所目睹。輪胎沾滿污泥的野越車駛過草地，駛過小溪東邊殘垣斷壁，那是百年前留下的城牆，孤零零地立在那條不再寬廣的護城河旁，守護著早已逝去的人們。城牆的南邊立著一塊石碑，碑上的金色大字：市級文物保護單位。

與駛向市區的大巴迎面而過，在滿目的霓虹招牌中緩行，再過一個路口，就能見到「道口縣第一中學」幾個燙金大字。停下車，停在洗車店門口，余勇將車鑰匙丟給一位年輕人，便朝校園走去。近三米高的院牆的盡頭，連著頂端鑲有尖刺的鐵柵欄，從柵欄的間隙裏能夠望見中學的操場。挽起袖口，露出銀色質地的手錶，十點四十六，還早！余勇轉身走近路口的一家書店。

走近「學習書店」的店門，一眼就能望到底，這書店估摸著也就二十來坪米。中年男人坐在木椅上，面前是暖和的電熱爐，見到身材高大的、領導模樣的人物。店老闆也未起身，就那樣坐著，腳旁的暖意令他不捨，他打量著眼前的人，「房老闆吧？」

「什麼？」余勇顯然未聽明白，向男人連連擺手，「認錯了吧，我不姓方。」

「哈哈哈！」男人放聲大笑，弄得余勇一頭霧水。男人停頓一會兒，才又開了口：「我說這位老闆，聽口音是省城來的吧？」

「嗯。」

「那就對咯！我說的是房老闆，做房子的，不是方！換個說法，就是包工頭。」男人翹起一條腿，肩膀頂在堆滿書的鐵架。「噢？」余勇來了興致，指了指身上深色的商務夾克，「包工頭穿成這樣？」

「可不是！這位老闆我跟你說，這幾年搞承包搞工地的都發達了，就喜歡整天穿西服、穿皮鞋，還在頸子上頭搞個金鏈子、夾個牛皮做的包。噢喲！穿成這樣去工地，搞得跟個土豹子一樣！」

聽到這，余勇心裏有些不悅，「老闆，話不能這麼說，我也剛從工地回來，照你這麼說，我也是土豹子咯？」

「哎！」男人站起身，「你可不是，你這一看就是大老闆！眞老闆！」

「噢！怎麼說？」

「一眼就看得出來，看氣質，氣質不會騙人！」拿起一本書，男人將褶皺的紙張捋平，又抬頭看向余勇，「老闆，想看啥書？」

「有沒有小說？」

「我這最多的就是寫愛情，還有魔幻的，都是小孩子看的。」

「行吧。」余勇在堆起的雜誌裏挑出一本，取出一張百元鈔票，輕輕放在書堆上。「不用找了。」說罷，余勇邁出店門。

將雜誌卷成木棍似的放入外套口袋，南來北往的風匯聚於路口，些許寒冷。馬路對面有一家小店，好像是賣奶茶的，灰白的櫃檯散發絲絲熱氣。在風中立了十來分鐘，遠處的教學樓才傳來放學的鈴響。很快，校服如潮水般湧向馬路對面，湧向臺階旁等候的人群。眾多面孔之中，余勇還是一眼辨出那高挑的身影，女孩慢悠悠地朝巷口走來。

馬清妍停在路旁，與道路另一邊的余勇相望。余勇今日的打扮異常正式，就差把領帶繫在領口。

「怎麼？板著個臉，心情不好？」等及馬清妍來到身旁，余勇開了口：「什麼事惹得咱們大小姐不高興？說出來讓我開心下。」

「沒事！」馬清妍的回答俐落乾脆，「跟幾個小孩吵了架。」

「那挺好！鍛鍊鍛鍊肺活量。」兩人一同轉身，朝馬路對面走去。「聽說你開始寫日記了？」

「你怎麼曉得？」

「你那個博客，我看到了。」

「噢喲！事業繁忙的余總，居然還會玩博客？」

「不止是博客，那個最近挺多人用的，叫啥來著，QQ！對就是QQ，我也註冊了一個。」余勇走在馬清妍身側，女孩高挺的鼻梁正及他的下巴。「我看了你的博客，我覺得吧，你那幾篇日記寫得太短了，正看得起勁，就沒了。」

「都是雞毛蒜皮的事，寫了一半不想寫了。」馬清妍抬起頭，揉揉睡眼，「唉！其實也想寫。有些話比起說出來，寫出來會好一點。」

「放鬆點，平常心！這本就是個庸人當道的世界，那些整天無所事事、渾水摸魚的人，最大的喜好就是像個怨婦一樣，對別人指指點點。」望見一家「土雞湯」餐館，余勇頓時來了興致，「走，吃點東西。」

雞湯盛在焦褐色的瓦罐，被年輕的服務員端上桌，偌大的圓桌已擺上四道菜。「夠了，菜多了。」將校服外套搭在椅背，馬清妍從包裏掏出眼線筆。「就點了五個菜，有你最愛的辣子雞，特意讓老闆多放辣椒。」余勇輕轉玻璃圓盤，將那盤紅艷的辣子雞置於女孩面前。

「這個雞湯還可以，喝起來挺鮮的，沒那麼重的調料味。」見馬清妍依舊皺著眉，余勇給她倒上一杯啤酒。還未等他開口，女孩就舉起了杯，將杯中的液體一飲而盡。

「嗯——」舀起一勺雞湯，余勇吧唧嘴，「這湯是真不錯，下次還來這家。」見身邊的女孩依舊板著臉，他也不著急，慢悠悠地點起一根菸來。菸圈在半空中升起，隨即消散不見。余勇將雙腿逕直搭在桌面，全然沒了方才的紳士氣概。「清妍，我給你講個事，嗯……我剛上班時的故事。」

「那時候我剛畢業，從重點大學畢業，分到了現在的單位。嘿！那時候我心氣高，是個不曉得天高地厚的娃。也不能怪我，那時候我是九八五畢業生，還是個研究生，難免心氣高。

「剛到的時候，單位在省城，湖邊的一棟五層辦公樓。那時候我爹媽開心的喲！他們總覺得我這條鯉魚終於躍過龍門，從此走上大富大貴的人生。可是咧，生活總是不盡人意的，我坐在四個人的辦公室，最初還是挺有激情的，寫文章、寫計劃，每天弄到晚上七、八點。有一天下班，部門主任喊住我，對我說，『小余啊！來了兩個月了吧，這段時間你工作勤勉，工作質量也沒得話說，我們這些老人都看在眼裏，值得表揚！』『小余，你態度不錯，但是還是得注意分寸。』

「『我不大明白。』

「『有些話本來不想說，爲了你的前途，我這種老人還是想說幾句，這麼說吧！年輕人鋒芒太盛會傷到同事，傷到了其他人，最終只會傷到自己。』領導說完這句話，就走了。那天夜裏，我躺在床上整夜睡不著，不曉得自己到底做錯了什麼。」

「後來，我不再那麼賣力地幹活，換成陪領導、陪朋友，陪領導的朋友。就這樣，我丟掉了那些讓我走出大山的東西，換得了另一些東西。」

不大的房間煙霧繚繞，余勇輕撫馬清妍髮梢，將菸灰撣在酒杯，菸草的灰燼在金黃的液體裏沉浮。「讀大學的時候，我可是論文高手，一年能發表五、六篇，後來被領導看上了，與領導一起發論文。等到論文發出來，我的名字放第一個，領導放第二個；再後來，領導是第一作者，我的名字在第二；再後來，我就專門給領導寫東西。你看！我這不就熬出來了，要錢有錢，要權有權的，多好！」

「得了吧！」馬清妍打斷余勇的自誇，嘟囔著嘴，放下手中的化妝盒，「余總就不要再自誇了，哪是靠寫文章混出來的？明明是靠家裏那位！」

「哈哈！」聽到此話，余勇也不生氣，一把將高䠷的女孩摟入懷裏，「哎喲！眞是我心愛的清妍，知我者清妍也！」夾起一片臘肉，余勇發覺菜餚已涼了大半。「服務員！」余勇高聲呼喊，身著毛衣的年輕男孩推開門來，等待余勇的號令。

「服務員，把這些菜拿下去，再給我拿個菜單！」見服務員有些遲疑，余勇補充道：「愣著幹嘛？菜都涼了，收下去！你說你們這，連個空調都沒得。」菜單被重新上來，余勇隨意喊下幾個菜名，菜單又被帶走。

「下午不想上課。」將身子貼近些，馬清妍倚在余勇肩頭，撅著嘴說：「下午陪我。」

「I'm sorry!」發覺女孩靠過身來，余勇連忙揚手驅散面前的煙霧。他坐起身，好讓女孩靠得近些。將菸蒂摁滅於老舊的桌面，余勇漫不經心地說：「對不住你，下午有點事！要到下面去一趟。」

「去哪？又去釣魚？」

「嗯，應酬的事。」

「行——」夾著濃濃的鼻腔，女孩把尾音拖得老長，「行，那我一個人去轉轉。」

掏出皮包，接著掏出一沓鈔票，余勇將其輕輕放在馬清妍跟前。「最近確實忙！就是江堤那個事，搞得人很疲憊，沒時間陪你。」男人輕聲說道：「給！你先收著，你不是想報一個舞蹈班，我估摸著半年的課程大概五、六千。這有一萬，你先拿著。」

望著桌上的鈔票紅彤彤，厚厚一沓，馬清妍無語凝噎。正是這薄薄的紙張，讓父母遠赴千里外的北京，獨自留她在這。「哎喲！又要逃課咯。」女孩展開身子，一顰一笑間滿是慵懶。

「呵！你還怕呀？」

「怎麼辦呢？即使我出了學校的院牆，那些……莫名其妙東西，還是在後面拉著我。就像……我考上了一中，那又怎樣？一想到以前的同學，她們沒有讀高中，我就羨慕她們。」

「曉得，明白你的意思。」余勇給馬清妍倒上一杯啤酒，「我也是山溝溝出來的，城市裏頭的山溝溝。我曉得你說的意思。但是咧！說眞的，我挺羨慕你。」馬清妍看著余勇，等待他的下一句。

「我羨慕你，我以前想做又不敢做的事，都被你做了。」

「哧——」余勇的話將馬清妍逗樂，兩人吃著剛出鍋的菜餚，燃氣爐上的湯汁不斷地翻滾，熱氣在玻璃窗凝成水霧。熱氣在屋內肆意蔓延，火鍋那熱辣的湯汁暖和著兩人的軀體。屋內的爐子仍冒著熱氣，兩人已吃得半飽，出了門。女孩在眼中漸行漸遠，直至抹入拐角，余勇才轉身走向洗車店。還未到洗車店門前，一位小夥子疾步跑了出來，「余總！您的鑰匙。」

「謝謝！」余勇接過車鑰匙，車頭寬厚的越野車已洗去泥垢，煥然一新。小車駛出洗車店，朝南邊緩緩駛去，寬廣的馬路右邊是一排靚麗的歐式建築，左邊則是房屋參差不齊的城中村。有的被拆去幾棟，被臨時的院牆圍起，牆上寫滿紅色的標語。

過了十來分鐘，小車停在狹窄的道路一側，左手邊的道路通往低矮的灌木叢。一棟臨街的狹長建築，那扇門就像是從樓房裏面掏空一塊，闢出一條通道來。余勇下了車，點燃一根香菸，在路旁獨自等待。當余勇手中的菸幾近燃盡，一個身影從鐵門那頭走來，余勇趕緊將香菸掐滅，迎上前去。

「趙局！」余勇笑著朝那位男人招手，那人穿著深紅的外套，頭頂同樣毛絨平頂帽，手裏拎著長長的黑包，臉上布滿歲月的痕跡。面容和藹的趙局朝余勇走來，余勇連忙接過趙局手中的尼龍包，放進小車的後備廂。趙局不緊不慢地上車，靠在後座。

「小余！熊主任那邊什麼情況？咱們還是在那會合？」趙局取下頭頂的絨帽，髮頂滿是灰白。

「嗯，李總去接熊主任了，咱們就在車站的那個路口集合。」余勇手握方向盤，瞥見後視鏡裏的趙局長，「哎！趙局，您這咋也不染個髮，現在的老同志都流行染頭髮，看起來精神！」

「以前染過，當時覺得挺好！沒過半年，就褪色了。覺得挺麻煩，後來就沒弄了。」

「染髮這個東西，其實也不麻煩，以前是技術問題，染髮的設備呀染料呀，都沒那麼好。現在不一樣了！染一次能頂好幾年，還不傷頭髮。」

「哎！」趙局頓時來了興致，「那挺好的，說明時代在進步！科技日新月異呀！」

「是呀！」余勇坐在駕駛座，往左一打，小車又駛入另一條路。「嗯，水產局的溫局長，他有個表妹在有志街開了家美髮店，我去看了，挺好的。」

「溫……局長？」

「趙局，您真是貴人多忘事，就那個山東來的溫局長，咱們上次不是去……」

「噢！」趙局豁然開朗，望向窗外來往的行人，「小溫吶！我記得、我記得，又年輕又能幹事，挺有前途！他表妹在農機廠那開了家理髮店？」

「對對，開業那天，我還特地去了一趟。您看我這頭髮，就是在店裏燙的，嘖嘖！您看燙得多好！」余勇側過臉，額頭微微翹起的捲髮映著午後的日光。「溫局長確實能幹，年紀輕輕就當了副局長，不過話說回來，他一個北方人來到咱們縣，確實也不容易。」

「是啊！」趙局憶起年輕時的歲月，嘆了口氣，「唉！當年咱們縣推進『漁改養』，當時鬧得多凶啊！那些漁民，一個個的恨不得抄起菜刀，與咱們的執法隊員對峙！我記得當時還鬧了一齣，十來個漁民被打進了醫院，自殺了一個。」

「嗯，大概是〇三年，那時候我還在省裏。」

「哎呀！當時那陣勢，當時南方的、北方的媒體都來了，報紙上滿是漁民被逼死的新聞，可把書記急得喲！那時還是周書記，周書記簡直是一夜之間白了頭！當時小溫是宣傳部幹部，在情緒那麼對立的情況下，他一個人帶著兩個年輕小夥子，挨家挨戶上門，找漁民簽字。前後搞了大半個月，才簽了新協議。」

「哎！聽說被人打了。」

「那是肯定的，您想啊！當時老百姓喊著『殺人償命』的口號，他自己跑上門，哪會有好果子吃？聽說那時候，他回到家胳膊青一塊腫一塊的，都是常事。他脖子現在還有點歪，朝左歪，就是那個時候留下的。」

「不容易呀，不容易。」余勇感慨道，沒想到與自己年齡相仿的溫局長，竟有如此經歷。

「前後搞了一個來月，事情才平息下去，這件事在當時鬧得很大，書記作了檢討，還撤換一位分管副縣長。事後，書記召集大家開會，會上嚴厲批評了執法局的幾位幹部，當然，那幾位免的免、撤的撤，早就不在了。但是咧！書記在會上特地表揚了小溫，也就是那次會議之後，小溫成了咱們縣的典型。」

「唉！也是挺不容易的。」前邊就是老舊的菜市場，馬路兩旁停滿了車輛，有運菜的麵包車，也有各式各樣的電動車。余勇不得不將車速降得更低，緩緩向前。「余總，你這麼一說，倒是他妹妹這家店，我必須得支持支持！」趙局的話語一貫平和，神情卻有些激動。余勇瞥見後視鏡裏的趙局，那刻滿歲月的臉龐正朝向窗外，眼眸裏泛著光。

「趙局，我正好辦了幾張卡，本來打算留給幾位生意夥伴，您這一說，倒是給您吧！您也正好染個髮。」

「這……沒必要吧，余總太客氣了。」

「看您說的！自從我來到咱們道口，就是依靠各位領導的關照與包容，才有了今天。」

「這麼說就見外了！至於那個卡，我就收下吧，全當是支持咱們的年輕幹部。」

「那行，這個給您。」伸出的手中握有深色的信封，余勇將信封置於扶手箱，也就不再言語。再過一個路口，也就該與大部隊會合了。果然，前方的路口停著輛車，車旁是幾張熟悉的面孔。黑色越野緩緩停下，停在兩輛車後邊，就這樣，兩輛外觀華麗的小車並排停在路邊，給鋪滿灰塵、人行道停滿電動車的小道平添一道風景。

車剛停穩，余勇還未拉起手剎，趙局便下車往路旁的一人跑去。「老領導，您也來了！」趙局的臉上堆滿笑，微曲著腰往人行道而去。那位身材與余勇相仿，看起來高瘦的男人回過頭，臉上瞬時也洋溢起笑意，「哎喲！趙局長，你今天咋有空吶？」

「哎哎！不提了、不提了，本來在家帶孫子，可是苦了我喲！可今天聽說老領導要來，我哪敢不來喲！」

「噢喲！言重了，言重了。」男人連連擺手，臉上的笑卻更深了。余勇也下了車，朝男人打招呼：「熊主任！哎！劉主任！」熊主任身後也是位六十歲左右模樣的男人，見到余勇如此稱呼，他趕緊擺手，「哎呀！大夥都退休了，還喊啥主任主任的，叫我老劉就行。跟你們說個事，我家的那個外孫，平時都人模人樣地喊我『劉主任』，結果我去年退休了，他都開始叫我『老劉』了，你們說氣不氣人？」

「哈哈！」滿堂大笑。

「看來你家小崽子，値得好好培養。」熊主任戲謔地說，再次引得眾人哈哈大笑。「行了，各位領導、各位老總，咱們先上車，那邊還等著咧。王老闆，兩位領導還是坐你的車。」余勇一聲招呼，兩位主任上了前邊的車，兩車一前一後往城外駛去。

出了城，駛向更南的南方。道路兩旁長滿小小的山包，山腳與山頂生出灌木與小樹，即使已是秋末，這些頑強的枝頭依舊掛著綠。半個來小時車程，窗外的滿目枝葉已不再，代之的是成片水塘。遼闊的水域被切割成一塊塊，如水田般被隆起的土石分隔。每隔一段距離，水塘之間都落著一幢紅磚小屋，像是這些田地的守護者。

厚重的輪胎輾過潮濕的泥土，留下深深的凹痕，等車停穩，幾人便迫不及待地溜下車，從後備廂裏拿出大小不一的包裹。取出各自的裝備，魚竿、魚鈎、魚線，以及打窩用的魚料。趙局端出折疊板凳，在水塘邊尋得自己的根據地，拿出臉盆大小的塑膠盆，從水塘裏舀起小半盆水，取出兩塑膠袋，將粉紅的、深色的顆粒倒入盆中。伸手揉搓，如饅頭師傅和麵那般來回捏握，不一會兒，乾燥的餌料被揉成一糰，粉紅的麵糰，如一塊等待上籠蒸製的年糕。

「天冷了，魚口差。」趙局一面朝旁人言語，一面從盆中取出一塊打好的魚食，站起身來，如投擲沙包那般將其投出。「撲通——」一聲，魚食消失在激起的水花之中，那些餌料在水面之下緩緩散開，化成綿長敗絮，用它那獨到的醇香勾搭水底的魚兒。「要想魚上岸，得拿糧食換。」一側的劉主任嘴裏嘀咕著，取出沉甸甸的塑膠袋。

幾人坐在一起，儘管頭頂的太陽不算猛烈，他們依舊撐起近兩人高的大傘，避在傘面的陰影之中。熊主任倒是不急著摸出魚竿，只見他繞著水塘的邊緣來回轉悠，停下看看，又朝水裏扔幾塊石子。熊主任來到一屋之隔的水塘，這不大的水塘與眾人垂釣的水塘相連，中間隔著一水渠，與那邊不同的是，這邊的水面之中生出高低不平的石頭與水草，一副無人打理的樣子。熊主任停下腳步，他敏銳地發覺水塘的岸邊不時會生出細細的水泡，朝冒泡的位置扔兩塊石子，那些泡沫便消失不見。

在眾人懷疑的目光中，熊主任抱著自己的小板凳，來到了小屋另一側的水塘旁，獨自架起了杆。眾人都已就位，各自望著水中的浮標，湖面安靜了下來。見此，余勇也跑到小屋門口，朝大爺要了一副魚竿，以及一包埋著蚯蚓的黑土，跑到大部隊裏面去了。

坐下身，盯著飄在水面的魚鰾，岸旁的人們誰也不說話，享受喧囂的生活中難得的靜謐。魚竿抬起又放下，余勇身下的黑土已消耗近半，仍不見一條魚。朝右邊望去，似乎只有王老闆釣起過一條一尺來長的鯽魚，正當眾人一籌莫展時，屋子那邊傳來熊主任的喊叫聲：「老趙，幫我拿個大點的網，快！快！」趙局與余勇一同起身。遠遠望去，只見熊主任身旁濺起半人高的水花，手中的魚竿被拉得如一張彎弓，彷彿隨時會被折斷。

余勇正準備起身，趙局已衝在前頭。大爺正好握著一根鐵杆，那生了鏽的鐵杆上邊，焊著一隻碩大的漁網。接過漁網的趙局握著衝上前，熊主任則握著杆，讓水下的魚兒來回兜著圈。「等一哈，還沒遛完。好的！再嗆牠兩口水，魚就暈了。」身材高大的熊主任單臂握住魚竿，有力的身板直挺挺地立著，緊貼的絨褲映襯出小腿的肌肉來。除了那半白的頭髮，實在讓人看不出熊主任已年過六十。

「好傢伙！」趙局興奮地跑回大本營，朝著岸邊的劉主任直嚷嚷：「老劉，哎呀！咱們還是水平不行吶！老領導那邊，不僅上了一條十斤的大魚，網子裏也是滿滿當當呀！」

「啊喲！」聽到這話，眾人齊齊驚呼，「還是老領導有一手！」「熊主任可是二十多年的老釣手，他可是行家，咱們可比不了。」

一番稱讚過後，望著一無所獲的漁網，趙主任心裏愈發鬱悶，只得盡力靜下心來。天色漸晚，微醺的夕陽紅在粼粼波光之中蕩漾，天氣涼快些，眾人也來了收穫。鯽魚、瑚魚、草魚，釣竿被拉彎，魚兒被撈起，「噢喲！」水面上的魚鰾往下一沉，消失在水面。趙局連忙起了杆，還不錯！這條魚應該不小，真是功夫不負有心人，趙局握著杆來回搖擺，魚頭露出水面，是一條草魚。

晃呀晃，感覺手中的魚竿不再那麼沉，趙局信心滿滿地將魚拉到岸邊，正當他伸出網，「哧溜——」一聲，那條魚在水中一個翻滾，消失不見，僅留下兩隻空蕩蕩的魚鈎。

「哎喲！哈哈哈！」眾人見此紛紛大笑，「老趙噢！你這也……」劉主任還沒說完，忍不住笑出聲。望著空空如也的魚鈎，及在水中游走的小魚，趙局心裏滿是不甘。「喲！」劉主任又起了杆，拎起一條巴掌來大的魚。

見此，整個下午幾無漁獲的趙局再也按捺不住，他一把抄起魚竿，朝水塘另一頭走去。趙局踩在木頭搭成的浮橋，他那小巧的身軀在木樁之間踱步，沿著浮橋來到水面中央，小橋的盡頭是一台方形機器，銀白色的外殼懸在半空。那是一台投食機，用來給魚兒們餵食，趙局扳開投食機的蓋子，發覺裏面躺有深黃色的食糧，看起來像豬飼料。

「嗡嗡——」馬達的轟鳴聲漸漸響起，震顫的木樁在水面泛起波紋，趙局立在摩肩接踵的機器前，同那台投食機一樣躍躍欲試。終於，預熱許久的機器迸發出怒吼，「轟——」的一下，雪花般的顆粒散落在空中、墜落於水面，濺起成片的浪花。水面一下子歡騰起來，魚兒們紛紛躍出水面，與浪花交融成一瓶。「哎呀！好多魚！啊呀！眞好玩，太好玩了！」趙局興奮地吶喊，在顫顫巍巍的木橋上舞蹈，如一位開心的孩子。遠處的余勇瞧見這一幕，不由地會心一笑。

將魚鈎甩入水中，正大口呑咽的魚兒們也顧不上太多，一口咬住。「老闆！幫我拿個網來。」在趙局的呼喚下，兩鬢愈發斑白的老人手持一張大網，疾步跑上狹窄的浮橋，生怕怠慢了客人。趙局就那樣立在橋頭，在投食機的加持下將空空的魚鈎甩入水中，隨即便能拉起一條魚，他笑著、喊著，沒多久就收穫了滿滿一網。整箱的魚食見了底，趙局這才一臉滿足地踏上歸程，這位年過六十的老人春風滿面，長長的漁網在水中拖行。

夕陽將紅暈灑在眾人髮梢，夜幕即將降臨，收穫頗豐的人們臉上寫著愜意。余勇與王老闆一起，協助幾位領導將一隻又一隻蛇皮袋搬上車，袋中滿是魚。「也不早了，幾位領導先吃個便飯。」余勇抹去脖子窩裏的汗水，擦去手中的血污。

「不用了吧，天也不早了，就不給大家添麻煩！你說是吧！」熊主任開口，另外兩位領導也贊同。余勇的臉上掛著慣有的笑意，朝王老闆道：「行！王總你先帶幾位領導上車，我隨後就來。」

等到幾人走遠，余勇這才轉過身，朝年邁的老闆說道：「老闆，總共多少錢？」

「一共是六十二斤，一斤十五塊，還有水、杆子的錢，就收老闆你一千一吧。」老人嘴裏叼著水菸，燈下的額頭布滿皺紋。

「啊喲！你這魚賣得比菜場貴多了。」儘管嘴上唸著，余勇也不還價，從外套裏摸出了錢包。

「我這是貴了點，可我做的是服務，老闆你肯定懂！老闆您在我這花一塊錢，那還不得賺十塊回來喲！」聽到老人的話，余勇暗自發笑，掏出一沓鈔票來，「嗯，老闆，能不能開發票？」

「可以可以，沒得問題！」老人得意地說，轉身進了破舊的小屋。余勇順勢朝裏頭望去，屋裏擺著老舊的木桌，桌上是一臺老舊的收音機，很難想像，在這飽經風霜的老屋裏有台開發票的玩意。沒多久，老人滿是褶皺的手拿出一張紙來，那便是今日消費的憑證。「老闆，您這麼大歲數，大冷天的也不容易，也不戴個手套！」接過那張嶄新的發票，余勇又掏出兩張紅票子遞給老人。

「我現在在河壩口，向各位觀眾直播現場的狀況。」熒屏裏的女記者身披雨衣，艱難撐起雨傘，被堤壩的寒風吹得搖搖欲墜。「大家可以順著我指的方向看去，大橋正進行著最後的合攏，而江邊的堤壩已完成主要修復工作，堤壩上仍有少許工作人員，做著最後的完善工作。」

數公里外的指揮室，十來人正屏氣凝神，盯著牆上的屏幕，盼著最後的勝利。笨重的無人機懸停在跨江大橋上空，正向全省人民播報這一盛況。刺骨的狂風在耳旁呼嘯，黃豆般大小的雨點打在工人後背。即將合攏的缺口處，碩大橫幅已被大風撕爛，如殘枝般掛在鋼鐵巨龍的脊背，看不清寫了什麼。

「我們把畫面交還給指揮部。」女記者的話語剛落，電視畫面便切換到擁擠的指揮室。手握對講機、戴著頭盔的中年男人，立在滿牆的顯示屏前，「聽我指揮！五！四！三！二！一！」在嘹亮的播報聲後，停在江面的船隻頂上的巨型鋼梁，在拉索的牽引下緩緩上行，直至與橋面的巨型鋼鐵相貼合。歡呼聲在屋子裏迴盪，男記者手持話筒，身後是眾多身穿工作服的人，「儘管今天的天氣不太理想，江邊颳著風，但我們的建設者們依舊用他們的辛勤勞動，圓滿完成了這項振奮人心的任務！」

「好的！」在導播的呼喊下，熱騰的房間頓時冷卻幾分。戴著頭盔的余勇混在人群裏，連續工作近二十小時的他耷拉著眼瞼，整個人疲憊不堪；找到一個角落，他剛想靠在牆壁歇息一會，那個手持話筒的男人走了過來。余勇連忙挺直腰板，朝男人示意。男人狠狠地拍了拍余勇肩膀，臉上洋溢著熾烈的笑容，「這次任務的圓滿完成，余總功不可沒呀！」

「哪裏！哪裏！這都是李工指導有方，各位同仁齊心協力，共同攻克了這道難關！」

「哈哈！余總謙虛了，咱們搞技術的雖然重要，可余總你提供的原材料質量好！運送及時！咱們才能搶在截止日期前，圓滿完成了這項任務！大家說是不是？」

「絕對功不可沒！」「余總連夜奮戰，眼睛都紅了。」掌聲與叫好聲從周遭響起，余勇疲憊的臉上揚起會心的笑容。編導與記者將攝影器材放進包裏，那位高大的男人走向他們，「記者朋友也辛苦，中午留下吃個便飯吧。」

「李工！我們就不需要了，我們還有其他任務，就不吃飯了。」

「媒體人真是辛苦呀！那就不耽誤三位的工作。」

「大家都辛苦！」說罷，幾位記者便背上厚重的背包。他們一行前腳邁出大門，一位矮小些的男人衝了出來，掏出幾個紅包來，「各位辛苦了！」領頭的記者也不推脫，將深紅的紙包攬入懷中。

結束了，結束了！漫長而焦躁的日子告一段落，每個人都長舒一口氣。屋內每個人的神情都透著一股釋然，及深重的疲倦。依次上了車，十來輛轎車駛出宅院，行駛在低矮的樓房之間。貼有藍白瓷磚的兩三層樓房下，人們站在街旁，觀看這雄偉的車隊。年邁的老人望著駛過的轎車，眼裏噙著淚水，那是感激的淚花。對於這個偏遠小鎮來說，鎮口的宅院象徵著希望，工程局的到來，給鎮子帶來了前所未有的變革。

車隊駛入另一個宅院，停在院子裏，不大的院子被塞得滿滿當當。十來人已換去老舊的工作服，襯衣、風衣、毛衣，大夥換上休閒服裝。男人們坐在偌大的包房裏，舉杯致意。余勇就在李工身旁，幾杯下肚，他的身子徹底鬆軟下去，疲倦愈發深重。

「余總，我敬您一杯！」一位三十來歲模樣的男人舉起了杯，朝余勇擺擺手，「不不，您先別起來！」那人舉起杯，朝桌旁的一圈示意，「這次的物資採購出了大問題，我負有極其嚴重的、不可推卸的責任！我自罰三杯！」說罷，男人端起手中的高腳杯，一飲而盡。

「肖主任！不至於、不至於！」，「那也不能把責任都歸到你頭上！」眾人紛紛勸阻。

「你們誰都別勸我！」男人大吼一聲，眼珠裏的淚水直打轉，就快要落下。只見他又將酒杯倒滿，一言不發地將酒精灌入腸胃。等到第三杯，一瓶酒已見底，有人想要搶下他手中的酒杯，李工招招手，示意其坐下。嘴唇貼著杯壁，僅剩最後一口，男人再也忍不住了，扔下了酒杯，朝洗手間跑去，留下玻璃破碎的聲響。見到那人消失在窗簾後邊，一直沉默的李工開了口：「這種方式雖然不提倡，但是！這次的教訓，大家都要引以爲戒！」

李工轉過身子，向余勇說道：「這次多虧了余總的應急物資！否則我的這頂帽子，包括在場許多人的帽子，怕是要保不住咯！」見兩鬢微白的李工站起身，余勇趕忙起立。李工端起酒杯，眾人也紛紛舉杯，「我們一同向余總表達最誠摯的感謝！爲了我們的友誼，喝了這一杯！」

說罷，李工將近半杯飲盡。見此，眾人紛紛端起了杯，沒一會，桌上的幾瓶陳年老酒便見了底。跑到洗手間的那人還未回來，有人起身找尋。「嗡嗡——」，震動聲從口袋裏傳來。余勇掏出手機一看，是女孩的來電，沒有遲疑地將其掛斷。前往洗漱間的男人，被人攙扶著回到桌前，一副神志不清的模樣。看到那樣子，余勇剛想起身上前攙扶，鈴聲再次響起。余勇不耐煩地接通電話，小聲說：「我現在有事，有什麼事等下再說。」

「快！快來救我，求求你，快點來……」哭腔從另一頭傳來，那是馬清妍的哭聲。不祥的預感從腦中閃過，一向要強的女孩，哭喊裏透著一絲絕望。「什麼事？我這邊有事，能不能再等等？」

「快點！」女孩嘶吼的嗓音裏透著絕望，她哭著說，「求你了！有人要殺我！」

「余總，我敬您一杯！」又一位男人站起身。

余勇掛斷了手機，那頭的話語過於荒謬，他站起身，又端起了酒杯。「牛主任！我敬您！」、「李工！您剛才的一番褒獎，實在是令我受寵若驚吶！這次的工作，還是您領導有方，畢竟『要想跑得快，還得領導帶！』」

「哎！余總太謙虛了，那個……」李工還未說完，余勇口袋裏的震動聲與歌聲一同響起。李工見狀，微笑著說：「家裏有事？接吧，家人是最重要的。」

掏出翻蓋手機，余勇按下了按鍵，卻不言語，另一頭的馬清妍也是沉默的。余勇走到金黃的窗簾旁，窗外的雨淅淅瀝瀝，身後的人們在華麗的水晶吊頂燈下交杯碰盞。「怎麼了？」余勇終是開了口，那一頭卻是漫長的靜默。過了好一會兒，才傳來馬清妍顫抖的嗓音，她一字一頓地說：「余勇，我在巷子口的那家奶茶店，你快點來。你不來的話，我打電話給你老婆。」

「我打電話給你老婆。」這句話如一聲驚雷，驚醒余勇的微醺，她怎麼會有聯繫方式？不會的，她只是在威脅。余勇在心裏揣摩，她這麼一位女孩，竟會用這種方式威脅自己？隱隱的憂慮在心底蔓延，轉過身，熟悉的圓桌周遭是熟悉的情景，他深吸一口氣，好使自己看起來自然些。「各位領導！」眾人卻沒有轉向他，他的聲音淹沒在嘈雜的交談，方才的聲聲恭敬彷彿只是場虛無縹緲的幻象。「各位領導！」余勇喊得更響了，李工轉頭看向他。余勇那緊皺著的眉頭，引得李工的注意。沉穩而老邁的男人朝余勇走去，其餘人的目光這才聚焦到余勇身上，身材高大的余勇躬下身，像是在對李工說話，又像是朝眾人言語：「各位領導！我家裏有點急事，我得先走一步！」

雙手合十，余勇連連朝人們作揖，李工開了口：「理解，這事我們都理解！畢竟，家庭永遠是第一位！」

越野車駛出院子，余勇手握方向盤，從高聳的院宅駛向灰白相間的房屋，從江畔的小鎮駛入廣袤的田。馬清妍那急迫的呼喊聲縈繞於耳，可他卻踩不下油門。女孩的聲聲威脅令余勇感到厭煩，或許她不說出那句話，也許會舒心些。不行！倘若女孩所言……他的腦子頓時清醒不少，一腳踩下油門，強勁的背推感直抵脊背。搖下車窗，冰冷的雨滴落在余勇的臉頰，這般的寒冷倒令他愈發心安。這冬日裏的刺痛，一掃酒精所裹挾的疲乏。

越野車駛過高低錯落的樓房，兩三層高的房屋卻沒有院子，表明這已是縣城的地界。小車在雨中狂奔，駛過空蕩蕩的加油站，再繞過兩道彎，就能望見馬清妍了。眼前的馬路由窄變寬，拐個彎，小車駛入一條單行小道。余勇突然意識到什麼，果然，前面不遠處的一輛白車，默默鑽進人行道上的眾多車輛之中。可一切都是徒勞，兩名身穿制服的男人從車後鑽出，看來已等候多時。又有幾人出現了，他們熟練地候在車窗旁，掏出巴掌大小的測試儀來。

又有輛車試圖掉頭，駛離這早已布下的陣法。爲時已晚，執法的人走了過去，一個手勢便將其逼停。幾輛車都停了下來，余勇望了眼後視鏡，車後的路口也站著人。身材筆挺的交警抬起手，車窗緩緩落下。「喲！好重的酒味！」瞧見車窗裏的余勇，另一位身材略顯臃腫的交警戲謔地說。車內濃郁的酒氣飄到兩人面前，「這就不用測了吧！先熄火！趕緊！」胖交警不耐煩地招手，卻被清瘦的那位攔下。

瘦高的交警細細打量著余勇，打量著余勇那俊俏而硬朗的臉龐，以及車前的外地車牌號，他湊上前去，朝余勇比劃五根手指，「五分鐘！」

余勇會心一笑，抬手向那位交警示意，掏出手機來。言語幾句，余勇便放下了手機，閉上眼，理一理雜亂的思緒。沒過多久，那位交警的手機響了，清瘦的交警握著手機，傾聽那一頭的指令；他的臉上寫滿驚訝，隨即又成了恭維。余勇躺在駕駛座裏，望著那人多變的神情，嘴角揚起一絲笑容。

交警走了過來，朝余勇低語：「可以走了，您走好！」

「是自己人唄？」

「那是！自己人，自己人！」

余勇笑著，緩緩啓動越野車。「嗡——」的一聲勁響，在兩位交警的注視下，車身沾滿泥土的小車，飛一般地駛離小巷。

停在路邊，余勇也顧不得撐傘，逕直往路口的奶茶店奔去。三米來寬的店面，被吧檯占據近半的空間。雨中奔跑的余勇渾身濕透，腰間的鑰匙叮叮作響。「人呢？」余勇喊了一聲，屋內僅有幾張空蕩的椅子，就連店裏的夥計兒也不見人影。「清妍！」喘著氣的余勇，奮力吼出一聲，在墨綠色吧檯的後邊，閃過一道紅光。

在雜亂的桌椅間穿行，余勇來到屋子的角落，發覺那個熟悉的女孩正低著頭，身上僅有一件薄薄的深紅外套。馬清妍渾身濕透了，正抱著自己瑟瑟發抖。她的身後有一臺半人高的電熱器，散發著暖氣。

「怎麼啦？」余勇蹲下身，從側面輕輕摟住顫抖的女孩。女孩抬起頭，她的雙眼通紅，彷彿經歷過一場生死。女孩撲入余勇的懷抱，她那柔軟的身軀死死地貼著余勇。

「你是她的表哥吧？」女聲從一側的衛生間傳來，余勇撇過腦袋，衛生間門口站著一位清瘦的女孩。「我是她同學，馬清妍不知道怎麼啦？」女孩走了過來，「我問她，她也不說，我就陪她過來了。你來了，那我就去學校了。」說罷，女孩提起靠在牆角的折疊傘，一面回首一面朝店外走去。手持雨傘的女孩停在了門口，回首望了望，消失在愈發猛烈的雨幕之中。

「怎麼也不把衣服脫了？都濕了，來。」伸出雙手，余勇想要脫去馬清妍的外套。「別！」馬清妍尖叫一聲，厭惡地將余勇推開，像是厭惡一件骯髒的東西。「怎麼啦？」余勇有些惱怒，叉著腰看著坐在木椅上的女孩。馬清妍意識到自己的失態，眼前的男人可是自己僅有的依靠，她趕緊抹了抹眼角，

「我……我裏面沒有穿。」

「怎麼回事，怎麼……」

「那個人，回來了！他，他還要對我動手！」

「誰？你在說誰？」

「那個人，房東。」說完，馬清妍把腦袋埋進臂膀之間，她那好不容易烘乾的頭髮，又被弄濕了。

不久前，出租屋裏的馬清妍赤裸身子，隨音樂起舞。聽不懂的英文旋律在屋內迴響，窗簾被一一合上，兩台空調源源不斷地往，狹小的屋子裏吐著熱氣。升騰的熱氣縈繞在女孩周遭，窗外的瓢潑大雨與她毫無瓜葛。嶄新的鐵門上掛有一張海報，畫中是一位窈窕的芭蕾舞者，馬清妍幾乎把男人所給的鈔票，都花在了這間並不屬自己的屋子上。躺在臥室衣櫃裏的銀行卡，估摸著只有幾千塊，儘管所剩不

多，依舊比同學們有錢得多。

自食其力的感覺令女孩倍感滿足，如同屋子裏環繞的音樂，富有韻律。她閉上眼，扭動著她那曼妙的身軀，想像著余勇在身後摟著她，由上至下，由淺及深，那難以描述的歡愉令她痴迷。在窗外的路口，那盞昏暗的吊燈下，她曾被那人揪住頭髮，如一頭被拖拽的牲口拽入鐵門之中，被扔在滿是汗臭味的沙發上。那一幕幕又浮現在女孩的腦海，可她卻不再躲避。只是，站在那位被蹂躪的女孩面前，記憶中的面容已模糊不清。

那些回閃的片段曾使她抓狂，曾在夜裏使她在床上翻來覆去，使她在無人的客廳裏舉起了銳利的剪刀……直到那個戴著墨鏡、留著鬍茬的男人的出現，那般無止盡的羞恥終於融化在三月的楊沙湖畔，化作春風裏的陣陣歡愉。

「咚咚——」鐵門傳來猛烈的敲擊聲，伴著強烈的震顫。「誰呀？」馬清妍輕聲說到，她依舊赤裸地立在客廳中央。門外也許是樓上的租客，那是一對年輕夫妻。

「你他媽的！把聲音關了，吵死個人！」門外傳來沙啞而低沉的聲音，這聲音有些熟悉，驚恐徐徐展開於馬清妍面龐，門外是那個……那個將自己拽入深淵的房東！馬清妍嚇得不敢說話，僵僵地立在原地。「跟你說話在，怎麼回事？他媽的！」男人猛地敲門，可馬清妍依舊不言語。她跑到茶几旁，穿起了睡衣。這是一扇嶄新的防盜門，不像先前的那般漏洞百出，也許等到男人敲累了，就會離開。

「媽的！」男人啐了口濃痰，厚實的鐵門傳來鑰匙插入的聲響，細小的聲響如一顆巨炮在馬清妍腦中炸開，他怎麼會有鑰匙？這門可是我找人換的！「砰——」的一聲，門被推開。門外站著的正是女孩的夢魘，高大的房東頭上戴著一頂絨帽。

「你……你不是搬走了？怎麼……怎麼又回來了？」面對門前的男人，馬清妍竟鼓起氣勢，厲聲質問到。

「要你管，老子的房子，老子想回就回，去你媽的！」房東習慣性地罵上幾句，可看到眼前的女孩，憶起曾經的諾言。在與牢獄相伴的恐懼下，房東曾承諾永遠地遠離這裏。「最近有些事，回來住幾天，你把那個聲音關了。」房東補上一句。

「不行！」強忍內心的顫抖，馬清妍將嗓音扯得老大，試圖讓自己的聲音傳到樓梯頂上的三樓，「你說了不回來的！信不信我報警！」

「老子的房子，老子都不能回？我看你是……」

「是什麼？你以爲我還是以前的那個！」女孩站起身，想要挺直身板，身上的毛絨睡衣卻從她的肩頭滑落，落在暗紅的地面。女孩赤裸地立在房東面前，慌張的她趕緊去拾起地面的睡衣。門口的男人笑了聲，「呵！沒想到小姑娘身材越來越好了。」男人朝前邁了一步，走進這間屬他的屋子，「我去！」驚嘆一聲，這間屋子已不是當初的毛坯房，凹凸不平的牆面上貼滿粉紅、淺黃的牆紙，廚房裏搖搖欲墜的窗戶被不鏽鋼所替代，牆上還掛著帶絨的落地窗簾。

「誒呀！」房東似乎明白了什麼，盯著已穿好衣服的女孩，戲謔地說：「不是吧，不是吧！咱們這小姑娘突然有錢了，不是吧！你說你個小姑娘，家裏條件也就那樣，唉！你是靠啥賺的錢？」

女孩漲紅了臉，說不出話來。

看著女孩游離的眼神，全沒了進門時的那般氣勢，「哈哈！」男人大笑，順勢關上身後的鐵門。

「你想搞什麼？」女孩尖叫著，趕緊起身跑到窗簾旁。

「這麼小個屋，你能跑到哪去？」男人張開嘴，露出黃褐的門牙，「你說你，肯定被人玩過，說不定還不止一個。唉！你說，這些都是我開發的，我開發得好呀！」男人步步逼近。女孩大聲喊叫，尖叫聲在過道裏迴響，卻無人應答。彷彿回到那個漆黑的夜晚，在無人的巷口奮力呼喊，劃過夜空的呼喊將一盞盞燈驚起，又眼睜睜地看著它們一一合上。

「喊個屁！這是老子的屋，你跑不了。」男人脫去外套，扔在了地板上，「你這有錢得很，空調開這麼高！你喊個屁，你要是以前的那個姑娘娃，那我今天就算了，你都成這樣了，不曉得被玩了多少次！還裝個鬼喲！」

「滾！你再過來，我就報警了！」身後的冰涼抵在女孩裸露的小腿，她奮力吼叫，耗盡全身氣力。

「報警？你他媽要是敢報警，早就報了，還用等到現在？」

聽到這句，女孩的身子軟了下去，連著她的心氣。

「挺好！小妹妹更漂亮了。」男人立在客廳中央，掀起身上的毛衣，「想當初，那一屁股的血，想起來就……哎哎！真是人間美味！」

男人的話刺破了馬清妍的神經。渾身顫抖的女孩轉過身，牆角立著兩隻空酒瓶，裏邊盛有她喝剩下的啤酒。女孩抄起酒瓶，朝正在脫衣的男人扔去，「嘶——」男人輕喊一聲，酒瓶落在他的肚皮上，又彈向地面，酒瓶摔碎了。「你他媽的，找死！」被酒瓶砸中的男人並未倒下，但腹部的疼痛令他愈發惱怒，「老子弄死你，你他媽的……」

話音未落，男人就倒在了地上，倒地的那一刻，碩大的身軀發出一聲悶響，整棟房子都在顫抖。女孩從臥室裏拿出外套，逃命般地甩門而去，留下躺在地上不斷呻吟的男人。鮮血在深紅色的地板上流淌，男人肚子上的贅肉軟趴趴地攤在地面，那皮肉的最中間插著破碎的、銳利的酒瓶。

窗外是菜販們的喊叫聲，遠遠的。酒店的房間裏，馬清妍從洗浴間走出，手裏拿著毛巾，身上裹著雪白的浴袍。走到臥室，屋裏是兩張鋪著潔白床單的單人床，余勇坐在窗戶旁，靜靜地看著女孩。

「趕緊去吹頭髮，別受涼了。」余勇朝女孩說到，又轉過身去，把遙控器對著空調按兩下。女孩背對著余勇，吹風機的熱風拂過她的髮梢，纖細的手指在滾燙的風中揮舞，頭髮被弄得淩亂不堪。「好了，好了。」余勇走上前，輕輕拿走女孩手中的吹風機，「別弄了，都弄亂了。」

轉過身來，雙眼通紅的女孩試圖奪回吹風機，卻被余勇一把抱住。「過去了！」余勇的大手輕撫女孩脊背，指尖傳來女孩突突的心跳，那是她心底的苦楚。

「對不起！在電話裏凶你了。」余勇一臉溫柔，令女孩感到好受些。

「我……我能求你件事嗎？」

「你說。」

「你先答應我。」

……

「不，不能！這可不行。」

女孩吸了吸鼻子，男人的回答在預料之中。男人的拒絕，反倒讓她鬆口氣。「行吧——」女孩的嗓音悠長而沙啞，她躺下身去，自顧自地說：「也沒得別的辦法，唉！我就是想要他死，他死了，這些就沒人曉得了。」

長舒一口氣，敞開這個憋在心頭許久的騏驥，女孩在說出口的那一刻，整個身心都舒緩下來。「去他媽的！」女孩咒罵一句，躺在床鋪輕聲呢喃：「就這樣吧，呵！都是這樣。」

「那就殺了吧。」平靜而低沉的嗓音傳來，女孩趕緊撐起身。立在床腳的男人正盯著她，眼神裏滿是冷峻。

「什麼？」

「都這樣了，殺了吧。」

二〇〇七年二月二日

狗年已近尾聲，豬年近在眼前。玻璃貼著的大狗被緩緩撕下，代替它們的是兩隻紅紙剪成的肚皮圓潤的小豬。小豬被車窗上的霧氣遮住了臉，僅望得搭在一起的尾巴。巴車照例在蜿蜒的水泥路上前行，穿過低矮的山丘與一望無垠的田野，前面就是冬日裏的楊沙湖，四季不歇的湖風從水面掠過，掀起那永不停歇的粼粼浪花。

大巴裏乘客不多，車廂中段的座椅旁擺著一筐蔬菜，菜上蓋有紫色絨布。竹筐旁坐著一位老人，老人的眼眸深深凹陷，旁人若從側面看去，也許會受到驚嚇。

車內的最後兩排座位裏坐落著兩位女孩，一前一後，落在空蕩蕩的座椅之間。坐在最後的是沉默的馬清妍。「琴琴！你先睡會吧，到了我叫你。」儘管關著窗，零下的寒風依舊從縫隙裏鑽入，馬清妍將羽絨服的帽子掀起，將腦袋藏在厚厚絨毛的羽翼之下。此行的目的地便是那個田野與山丘之間的、院牆高聳的地界。馬清妍望著窗外的湖水，沒想到這一趟班車竟會把自己最親密的朋友送向那兒。「帶我去！」朱琴琴的話語猶繞耳畔，隨後便是漫長的可怖的沉默，她那無聲的請求，如同在那男人面前的馬清妍。

菸草局旁的銀行櫃檯，馬清妍手裏是一張身分證，可那張證件上的姓名卻不是她。「兩萬！」聽到眼前的女孩報出令人驚訝的數字，年輕的女櫃員打量著她，仍收下了她的卡片。估摸著半個小時，馬清妍才走出那道玻璃門，等到她出來，頂上的枝頭已掛滿雪花。

「到農行，城東支行。」攔下一輛黝黑的麵包車，馬清妍朝司機招呼，提著小包上了車。麵包車在馬路穿行，天空飄著雪，玻璃窗滿是水汽，窗外的景象模糊一片。「十二！」「十塊行不行？」「那就十塊。」馬清妍遞過一張鈔票，下了車。在雪中漫步，在尚未有人踏足的雪地裏留下痕跡，腳印隨即埋沒在另一雙鞋下。挎著小包，女孩不緊不慢地來往於縣城的幾家銀行，當她回到那家華麗的酒店時，朱琴琴正躺在綿軟的床鋪。

輕輕推開門，馬清妍的鞋底剛落在木地板上，朱琴琴便睜開了眼，「你回了！」與馬清妍同樣清秀的女孩起了身，她的身姿是那麼的婀娜而迷人。「還痛嗎？」馬清妍坐在床角，握起朱琴琴纖細又白嫩的手掌來。朱琴琴沒有說話，淺淺地笑著，似乎在等待馬清妍的下一句。

「現在，我們一樣了！」朱琴琴的話語中透著釋然，卻刺到了一向冷峻又淡漠的馬清妍。馬清妍從包裏掏出一根菸，把自己在煙霧中點燃。如細腰般稚嫩的菸捲，在馬清妍的指縫裏燃起，繚繞的白霧模糊了她的面龐。

「給！」馬清妍將一張淺黃的卡片扔在床上，「二十萬，咱們說好的。」

朱琴琴伸出手，並未拾起那載滿金錢的卡片，而是起身朝馬清妍撲去，死死地抱住了高眺的女孩。菸捲的火花擦過朱琴琴耳畔，那炙熱的疼痛沒有將她擊退，她奮力將比自己高大的馬清妍摟入懷裏，露出久違的笑容。

「總算，自由了，我們自由了。」

菸蒂落在海綿般的被單，點點火光落入雪白的棉絮之中，兩人摟住彼此的身體，朱琴琴的熱吻如雨點般落在馬清妍的嘴唇，落在面頰、耳後，及柔軟的胸脯。兩人倒在被單裏，如一對炙熱的戀人。

就在此刻，百餘公里外的山間高速，越野車正背著夕陽而去，它的目的地在東邊。手握方向盤的男人正是余勇，他刮去下巴的一圈胡茬，穿起了深色的毛衣。寬敞的車內暖氣十足，窗外飄著雪。緩緩行駛在高架橋上，底下是近百米高的橋墩，前方不遠處是一台同樣緩慢的工程車，往地上撒著透白的顆粒。往窗外瞟一眼，道路兩側的護欄約摸半米來高，外面就是足以讓人粉身碎骨的深淵，幾輛小車拖著被綁上鐵煉的輪轂，跟在領航旗後邊，戰戰兢兢地向前。

本想在縣城喝幾杯的余勇，提前踏上歸家的路途，後視鏡裏的太陽僅剩半個腦袋。他在腦子裏盤算，按照這個速度，等到了省城，想必已是晚上九點。「唔——」余勇嘟嘟嘴，看來，回家吃飯的願望要落空了。

女孩的倩影在眼前回閃，余勇盡量不讓自己分心，畢竟山間的道路，左右皆爲深淵。窗外的山坡，那殘餘的枯黃的枝葉之間不時能望見孤零零的平房，這些散落在山間的小屋、山間的人，不知是如何生活的。依稀記得在向西前進的旅途裏，曾目睹兩隻猙獰的健碩的駿黑的野豬，在隧道入口頂上的草地奔襲，一隻偏小的野豬落了下來，生生地在車頂上砸出一個大坑。余勇踩下急刹，差點與後邊的小車相撞，前車頂上那隻豬翻過身，縱身一躍，消失在雲海底下漫無邊際的森林之中。

不覺中，夜幕已拉下，道路也不再蜿蜒。路過黑暗中的一片燈火，那是高速旁晝夜不歇的服務區，余勇卻沒作停留，因爲在夜空與大地的分界線，他已望見滿目的霓虹。進了城，車窗外是一輛同樣徐緩的列車，這輛晚歸的火車在錯落的樓房間行進，成排的窗戶裏是嬉鬧的人們。

輪胎脫離了鐵鍊的束縛，呲溜地轉動。小車奮力向前，從城西的平房到江邊的寫字樓，僅用二十來分鐘。高大的透明的寫字樓聳立於江畔，兩百來米的高度是這座城市的象徵，玻璃牆的那一頭，是燈光下的各式剪影。工作的人們依舊在工作，整棟樓一幅繁華欣榮的景象。余勇瞥了眼大樓，那裏曾是他夢寐以求的地方，那樓頂高聳入雲的塔尖，及夜裏的通宵燈火，象徵著財富與財富背後的玩物。

時隔十來年，心底的渴望如地窖裏的醇酒，愈發炙熱而猛烈。過了江，余勇將車停在路口，轉身進了一家店面。「哎喲！余總，好久不見！」一進門，暖氣直逼腳底，留著光頭的老闆迎了上來。

「余總，您可是有差不多半年沒來了。」老闆擠著笑，臉上的肉擠成一圈，見余勇一副疲憊不堪的樣子，趕緊喊道：「小朱，把二〇七空調打開！余總，還是那個老位置。嗯！還是老一套。」

「嗯。」余勇說完，便抬著疲軟的雙腿上了樓，找到那熟悉的房間。不大的屋子裏擺著一張長形木桌，僅有兩隻板凳。將外套搭在椅背，余勇悵然坐下。窗外是尖銳的鳴笛聲，余勇卻感到無比的親切。這久違的吵鬧聲、吊燈溫柔的光暈，及律動的音樂，令他陷入短暫的愜意。酒精鍋、羊肉湯、烤肉被一一端上，兩瓶啤酒擺在桌角，余勇給自己倒上一杯，一口冰涼的啤酒下肚，頓時清醒不少。

往日難得的閒暇裏，余勇總會從書房的抽屜裏抽出幾張鈔票來，拽著車鑰匙出門，來到這間並不寬大的屋子。一口肉，一口酒，口袋裏的手機調至靜音，將腦子放空。喧囂而孤獨的城市，這是他的一方天地。

可這次的余勇，沒能延續往日的閒適。匆匆吃下幾口，讓空蕩蕩的胃暖和一些，余勇便收起了身後的大衣，從錢包裏掏出三張鈔票來，拍在桌上。留下大半瓶啤酒，以及咕咕作響的香醇羊肉湯。「余總好走！」望著沒動幾筷子的吃食，知趣的店老闆沒有太多話語，忙著照顧其他顧客去了。

駕著車，余勇朝著家的方向而去。半年未歸，路口竟又生出兩棟樓來。想起曾對妻子說起房價的事，卻換得她的冷漠。沒辦法！她總是那般的淡泊。小車往右一拐，一扇護欄攔在了車前，護欄隨即升起。小車沿著湖畔道路緩緩而行，停在一棟三層樓的屋子前，余勇將車停在院子裏，就進了屋。

「爸爸回來了！」余勇還未脫去腳上的皮靴，一個小男孩就向他跑來。

「哎！讓爸爸看看，也沒長高呀！」余勇抱起男孩，用指尖輕彈那圓嘟嘟的臉蛋。

「哼！」男孩轉過頭去，望向客廳的方向。那邊的沙發上坐著一個女人，長長的頭髮，毛衣下的身軀看起來十分纖瘦。

「回來了。」女人朝這邊望了望，又扭過腦袋，繼續讀手中的書。

「走！咱們到媽媽那去。」余勇牽著男孩的小手，一同往客廳去了。

「余總！您回來了。」拐角的廚房裏，走出五十歲模樣的女人，那是家裏的家政阿姨，「余總！您可算回來了，要不要吃點啥？」

「不用，我吃過了。」將腳下的拖鞋甩至一旁，余勇踩著柔軟的毛絨地毯，繞到沙發後邊，從身後輕輕摟住女主人肩頭。「哎呀！還是回來了好！」余勇的臉龐在女人絲滑的秀髮間滑過，久違的溫暖觸及他的心坎。

「回來了，你和小寶去樓上玩吧！我還有點事。」女人淡淡的話語裏，透著一絲冷漠。余勇的臂膀滑過她纖細的肩頭，從肩頭至指尖。余勇一把抱起男孩，朝樓梯道走去。阿姨抱著一床被單，低聲說：「余總！徐教授這幾天老是熬夜，總是在看稿子。」

「好的，知道了。對了！趙媽，記得等下給她熬點小米粥，她胃不好。」

「這我曉得，你放心。」

阿姨往三樓去了，余勇帶著兒子朝另一邊走去，那是二樓的玩具房。二十來坪米的屋子擺滿了玩具，變形金剛、積木搭成的雪山及遍地的碎片，那是尚未完成的拼圖。塑膠櫃子的角落堆著些黝黑的紙盒，余勇走上前拿起一盒來，紙盒透明的窗戶裏是一輛嶄新的機車，這是上次的禮物。

「這個火車，是爸爸上次帶回的吧？」

「嗯。」

「怎麼還沒拆咧？」

「太多了。」小男孩揮揮手，指向角落裏成堆的尚未開封的玩具，「媽媽也買了，媽媽還陪我玩，你又不陪我玩。」望著坐在地毯上的孩子，余勇也坐在地板上，「上次回來的時候，爸爸不是答應你了嘛，等到這次回來，就不會再出遠門了。」

「出遠門？什麼意思？」男孩將手中的積木一扳，五顏六色的木頭隨之落在地上，散作一攤。

「嗯……就是說，再也不會幾個月見不到爸爸了。」

「我不信。」

聽到男孩的話語，余勇不知該如何繼續這場對話，便起身來到窗戶旁。男孩依舊自顧自地打理玩具，余勇掏出早已調至靜音狀態的手機，屏幕裏滿是祝賀的話語。倘若在之前，哪怕是一天前，余勇都會爲這般的成果而喜悅，可當這天眞的到來時，迎接他的卻是深深的失落。

那夢寐以求的「巨大的成功」，就擺在他面前，被疲軟的雙手緊緊握住，這滋味竟在他心底激不起幾分波瀾！也許是那個女孩吧，就此別過，那溫存也隨呼嘯的北風消散。當他把銀行卡交給女孩，女孩那隱秘而意味深長的神情，暴露了她心中的欣喜。在偌大的床鋪裏翻滾時，在女孩倒在懷裏哭泣時，在握著卡片走出銀行的時刻，余勇對那份情感還抱有絲絲幻想。可在女孩手握卡片、面露欣喜的時刻，一切也隨之消解。

「到頭來，不過是各取所需。」余勇在窗邊自言自語，不覺已是十點半，男孩已被趙媽帶回了房，余勇也上樓洗漱。

空曠的房間擺著一張大床，洗漱間裏正嘩嘩地流著熱水，男人裸身立在水瀑中。與偌大的臥室相連的，有一道半掩著的門，那裏通向一個小房間，這棟屋子的女主人正在房間裏伏案研讀。檯燈下的紙張堆砌在一起，足有一尺來高，女人戴著眼鏡，身後的書櫃堆滿了書。

解去浴袍，躺在寬廣的床鋪，余勇把身體窩在柔軟的被單，沉沉睡去。這一夜無比漫長，女孩在原野上奔跑，細嫩的臂膀拂過鋒利的草叢，她同眾多稚嫩的面孔一道，面朝山外的方向。山谷迎來春天，生命從泥土裏萌發，不一會兒，虞美人們在山谷的每一個角落綻放。頭頂的藍天白雲也生出了小花，它們蓋住了天，也蓋住了地，艶麗的花朵絢爛迷人眼。泉水從參天的松樹下流出，匯成小溪，鮮紅的鯉魚如綢帶般在水底的鵝卵石間游走。小鹿在風中的草叢裏躍動，牠的背上騎著一隻松鼠，牠們吸引了眾人的目光。

人們停下了腳步，在花香間逗留，在溪水旁觀賞，在無比香甜的空氣下感受陽光的溫暖。女孩望著躺在草地的人們，卻沒有停留的意思，在她小的時候，她曾到過山谷外面，汽車、高樓、大橋……那一切的新鮮玩意都在此刻向她揮手。她脫下了厚厚的棉衣，扔在小溪邊的石頭上，朝前跑去。女孩的前面是茂盛的綠植，依稀能望見一條小道，這條路想必走的人少，幾近被山野抹去了痕跡。

跑呀跑！太陽落下又升起，春天去了又回來，女孩依舊沒有停歇。鞋磨破了，她脫去了鞋，給自己扎上了草鞋，可草鞋沒過多久也磨損殆盡，於是她光腳向前。風吹日曬，身上的格子衫也不見了踪影，她就那樣赤裸地朝山口奔襲。終於有一天，她望見了小路的盡頭，那是幾棵松樹間的缺口，中間立著一塊大石頭，像極了一道石門。女孩趕緊跑過去，站在群山之間的她回首觀望，那些駐足的人們依舊在那兒，有的仍在曬太陽，有的不見了蹤跡。

他們去哪了？沒有人給女孩答案，可她卻驚恐地發現，繁花似錦的山谷竟是一幕假像！幾面巨大的玻璃橫亙在山谷之間，那漫山遍野的草木竟是鏡面中的倒影！天空的邊緣裂出一道縫隙，小小的，只有站在高處才能望見。黢黑的裂紋裏走出幾道人影來，他們搬弄著、粉飾著，一番過後，竟將貧瘠的山野換了番景象。

驚恐的女孩，立即轉身往山外跑去，可那塊高聳的石頭足有兩人來高，女孩伸出臂膀，無論如何也無法向上半步。女孩的手指、腳底及裸露的胸脯被曬得滾燙，還磨破了皮，疼痛充斥著她的身體，她也不退卻。終於，女孩顫顫巍巍地踩在石頭半腰的凹痕裏，伸出右手去夠石頭頂，卻有人從身後將她拉下。女孩重重地摔在滿是碎石子的地面，「啊——」她痛苦地呻吟，睜開眼，發覺眼前是一位高大而肥碩的男子。

男人緩緩解下褲腰帶，裸露著身體，朝不知所措的女孩逼近。「你，你別過來！」女孩蜷縮著身體，望著眼前肥膩的男人而不知所措，哈喇沿著男人的嘴角滑出，落在乾涸的大地。

「你是誰？你要幹什麼？你……」男人像是害怕了，拿他的大手緊緊捂住女孩的嘴。「啪——」地一巴掌，淤青落在女孩稚嫩的臉頰，她想要哭，嗓子卻噤了聲。男人臉上的贅肉一彈一彈的，朝女孩步步逼近，女孩甚至能聞到一股臭味，那是男人張開的嘴。

「砰砰！」兩聲，男人在地上發出兩聲悶響，他死了。一位臉龐稜角分明、穿著西裝的男子立在不遠處的岩石上，手裏握著一把長槍。槍孔冒著菸，男子走了過來，想要扶起受驚的女孩。男子握起女孩的細手，久違的溫暖直逼他的心坎，他愣住了，眼眸裏的女孩竟如此的俏皮！

「起來，讓我抱一抱。」男子扔下槍桿，想要尋回那朦朧中的溫存，可女孩卻一把將他推開，將他推下身後的懸崖。「為什……」沒能問出口，男人的身體已落在半空，墜向不見底的深淵。在他被狂風撕碎的最後一刻，依稀能望見雲霧裏的女孩翻越那道鐵石鑄成的門檻。

掙扎著從夢中醒來，余勇的胸口仍喘息不停，望了望兩扇窗簾間的縫隙，外面的天空仍是漆黑。牆上的時鐘指向五點五十，余勇轉過腦袋，發覺身旁的床單留有微微的凹痕。伸手輕撫，淡黃色的床單留著些許體溫，卻不見妻子的身影，想必是起床不久。

穿上拖鞋，余勇推開木櫃旁的小門，腦袋探進，妻子果然在書桌前凝神。妻子轉過身，點點頭，又撇過腦袋。「要不要咖啡？」余勇挺起身，朝前邁出一步。

「好。」

合上門，余勇一路來到一樓的廚房，路過樓梯道旁的保姆間，門裏靜靜的，想必趙媽還在酣睡。拿出一小盒咖啡豆，將其倒在笨重的咖啡機，等待的間隙，從櫥櫃拿出一袋乾麵條。鍋裏的水開了，咕嚕咕嚕的翻滾，將麵條置於鍋中，倒入幾份調料。深色的液體在濾網中滴滴落下，落入白淨的瓷杯之中，余勇端起托盤，盛著咖啡與麵條上了樓。

「哎！」剛剛邁上三樓的余勇，看到妻子正坐在小廳的沙發上，「你怎麼出來了？」

「我來吧。」妻子走了過來，接過余勇手中的圓盤，兩人一同走向晨曦初升的窗臺。「恭喜你！」妻子端起瓷杯，臉頰在晨曦下映出深深的溝壑。她也老了！余勇在心裏暗自感慨，眼前這位比自己年長六歲的女人，臉上的褶皺讓人心疼。

「恭喜你！你成功了。」

「嗯，也許吧。」

「怎麼，不開心？」女人如一位知心大姐，關切地看向盯著湖面出神的男人。從恍惚中回過神來，男人些許悵然。

「有點。就是覺得，就算我做到了，也沒有那麼開心，就像……」

「就像欲望！」女人的神態是那麼的愜意，她端起瓷杯，抿下一口咖啡。

「就像無底的欲望，一個看不見底的、無休止的深淵，只會讓我痛苦。」

「可欲望，本就是生活的原動力。」女人靜靜地看著男人，「我想，這也是你一路走來的動力。」

男人用雙手握起她的左手，放在他的嘴唇，「你比我更痛苦。」男人喃喃地說。

「是啊，你的欲望是金錢，它是有止境的，是看得見、摸得著的。」女人嘆了口氣，髮梢間的絲絲白髮清晰可見，「而我的渴求是知識，呼！這才是無休止的苦楚！」女人站起身，「咱們是同一類人，只是方向不同罷了，這是咱們的幸運，也是不幸！這些年，說實話，你也挺不容易！」

太陽從湖面升起，微醺的光斑在粼粼的湖面上搖曳。男人看著她，就像看著一位長者，他笑了笑，「沒辦法！我就是這樣的人，若不是這般的執著，也許現在的我在城中村做點小生意，或是南方的某個地方打工。不像你。」

兩人陷入了漫長的沉默。

「說點別的吧！」從兜裏掏出一根纖細的香菸，女人打算岔開方才的話題，「哎！你轉了一筆錢，我能問問用來幹嘛了嗎？」

「噢！」男人不緊不慢的，拿起方桌上的有線電話，「趙媽，我在三樓的小廳，能不能給我送一壺茶上來？謝謝！」

「嗯！有幾筆用來打點了，剩下的那幾十萬，工地裏有些工人家境不好，他們孩子有的輟學、有的打工，我就托項目上的人給他們捎了些。」

「你還是那麼善良，挺好的！也算是做了些善事。」女人望著倚在靠椅裏的恬靜的男人，憶起他的過往。他也曾受到資助，才考上了省裏最好的大學。

「中午咱們喝點酒，慶祝一下。」

「不用上課？」

「哎喲！你眞是太忙了，早就放寒假了，學生們早就各回各家了。」

「喲！我搞忘了。」

「行吧。」女人給自己披上了外套，朝樓下而去，還未到樓梯口，她又轉過身來，「今天好好慶祝一下！吃完飯去按個摩，咱們余總也是辛苦！要不再給余總找個年輕漂亮的姑娘，好讓……」

「別！別別！」男人趕緊打斷女人的話，慌忙說道：「你可別逗我了，就算我有那個心，也沒有那個膽呀！唉！」臉頰漲得通紅，男人狼狽極了。看著男人窘迫的樣子，女人不禁笑出聲來，「好了好了，咱們下去。」

太陽終是升了起來，兩人的對話也隨之結束。下了樓，趙媽正在給男孩穿鞋，余勇駕著車，後座裏坐著兩位家人。小車駛出湖畔的別墅區，奔向熱鬧的市中心。馬路的積雪被來往的輪胎碾壓得骯髒不堪，可陽光卻是難得的熱烈，也算是一個明媚的清晨。一夜的休養過後，余勇的精神好了些，手握方向盤，身後的座位裏是久違的交談聲。

心境愉悅的余勇一面駕車，一面盤算著要買些啥。暗自揣摩，估摸著這個時候，那六百萬，應該進入自己的戶頭。

走出車站，兩位女孩一前一後，各自拉著行李箱。雖是第二次來到這，眼前的景象仍是陌生，可想到身後的女孩，馬清妍趕忙收起心底的怯懦。

「這就是餘北的客運站，就隔一個湖，比咱們那暖和多了，眞是奇怪！」馬清妍唸叨著，領著朱琴朝馬路對面而去，「都三點多了，咱們先找個地方落腳，明天再過去吧。」客運站湧出一批中年人，他們揹著大包小包的行李在寒風中疾行，手裏提著水桶，肩上扛著厚厚的棉被；有的手裏還拎著鮮紅的臘腸，一串串的。

拉著行李箱，兩位女孩艱難地擠進一扇門，她們面前的是一面玻璃窗口，就像銀行的櫃檯那般。中年男人自顧自地撥弄著手機，似乎沒看到兩位女孩，兩人愣在原地，見小窗那頭的人不說話，一時不知該如何是好。「住宿啊？」男人突來的話語將兩人嚇了一跳。「對，對！」馬清妍連忙回答：「要一間雙人房。」

「身分證！」男人接過馬清妍遞過去的卡片，瞟了眼，又抬頭打量兩位女孩，略帶戲謔地說：「你這還沒成年咧！按道理，不能辦住宿。」

「那還給我。」馬清妍指了指男人手中白色卡片。

「別別！哪有不做上門生意的？那是傻子！」說罷，男人操作起厚重的電腦來，他將手裏的半截香菸按在木桌上，逕直扔到了地上，雙手操作起來。「聽你們兩的口音，不是餘北人吧？」

「是，不在這裏上的學。」馬清妍淡淡地作答。

「哦？」店老闆抬起頭，瞥了眼馬清妍，心想這女孩長得還挺俏皮！他繼續說：「哦！是那種情況吧？就是你們在其他地方借讀，是吧？」

「嗯，回來過年。」

「那好啊！歡迎回家！」店老闆突來的蹩腳的普通話將兩位女孩逗笑，尤其是馬清妍，露出白皙的門牙。「喏！算上押金，一百六。」店老闆也笑起來，露出一顆金牙，他將身分證與鑰匙一同遞給馬清妍，「二樓右邊，２０７！」

狹窄的樓梯道裏，朱琴琴雙手提著箱子把手，側著身子一步步上行。馬清妍低頭看著朱琴琴那笨拙的姿態，嘆了口氣，趕緊把自己的行李箱搬到二樓，又跑下來，接過了朱琴琴手裏的物件，「我來吧！」高挑的馬清妍雙手提著箱子。看著她的背影，略有散亂的頭髮搭在羽絨服的帽子邊，莫名的情愫在朱琴琴心底勃發。

將箱子推進屋內，馬清妍未來得及轉身，就被朱琴琴撲倒在床鋪。朱琴琴關上門，就這樣將身體壓在馬清妍的身上，底下的女孩也不掙扎，「你先在上面休息休息，記得下來就行。」馬清妍吸了吸鼻子，對身上的女孩無可奈何。倒是朱琴琴先起身，大概是覺得房裏有些陰冷，找尋空調遙控器去了。

「什麼破空調？眞是！」朱琴琴抱怨著，牆上的櫃機軟趴趴地朝屋裏吐氣。馬清妍倒是不著急，挎著皮包出了門。

「你去哪呀?清妍。」朱琴琴輕聲問道。

「我去買點東西,等下就上來。」說著,馬清妍又穿起厚厚的灰褐色的羽絨服,緩緩地下樓去。走出旅館大門,馬清妍來到人來人往的馬路。「師傅,哪裏有工商銀行?」看著窗外的女孩,頭髮些許斑白的麵包車司機愣了愣,思索一會說:「有,那邊菜市場過去,有一家工商銀行!」

「好多錢?」

「十二塊!」

「好。」

馬清妍上了車,就像在道口縣城的那次,踏上尋覓金錢的旅程。「師傅!你多轉兩圈,我想看看外頭。」司機遲疑著,見後座的女孩往副駕駛位丟了張鈔票,是張五十,他笑了笑,將方向盤往右打去。窗外的景象熟悉又陌生,人們在灰白相間的房屋間穿行,低矮的店面間偶爾能發現一家裝飾精美的餐館。與她熟知的道口差別不大,這令她有些失落。

麵包車沿著滿是雪渣的水泥路兜了一大圈,終是停在一處熱鬧的商場門口。下了車,泥濘的臺階底下擠滿了人,無數張腦袋在十來頂帳篷之間穿梭,有的戴著羽絨服的帽子,有的頂著毛絨頭套。掛在帳篷一側的喇叭賣力吶喊,充斥著刺耳的叫賣聲,可貼著喇叭來往的人們並不反感,人來人往,一幅其樂融融的景象。

「羽絨服!東北的羽絨服,最後三天!最後三天!」喇叭在高喊,馬清妍往敞開的帳篷裏看去,微胖的女人吃力地脫下身上的那件,好換上手中靚麗的羽絨服。穿梭其中,在馬清妍印象裏,東北是個很遠的地方,比北京還遠,他們怎麼到了這座小城?不回家過年嗎?可想到遠在北京的父母,馬清妍也就釋然了，原來大家都一樣。

擠在採購年貨的人潮之中，馬清妍也不反感，隨著人們往前。臘腸、臘魚、堅果……各樣的吃食映入眼簾；玩具、羽絨服，嘈雜的現場滿是挑選商品的人。逛了大半圈，沒有什麼能勾起馬清妍的購買欲，她失望地穿過人群，就在此時，一個男人引起她的注意。是那個！那個書院的老師，馬清妍一時記不起名字，在她印象裏，他是個靦腆的人。

人頭攢動，那人消失在人群中，女孩並未前去找尋。拐過街角，馬清妍溜進銀行的取款機，裏頭空蕩蕩的。將卡片插入凹槽、輸入密碼，當她按下那個按鈕，看到屏幕裏的數字，嘴角按捺不住地揚起。眼眸裏印著那串數字，久違的暢快圍繞在女孩周遭。那個男人如約將餘下的五十萬匯入，儘管卡片的戶名並不屬於女孩，可男人答應過她。

邁出玻璃門，女孩緊緊拽住搭在肩頭的皮包，堆積那麼些時日的壓抑，在此刻盡情釋放。蹲在銀行門前的人行道，馬清妍放聲痛哭起來，來往的行人奇怪地打量著女孩。保安走上前，不知所措地向玻璃門內的人招手，又離開了。

「誰呀？」

「我。」

「207」的門開了，屋內的朱琴琴穿著一件薄薄的毛衣，見到馬清妍回來，她開心極了，連忙將馬清妍拉進屋。「吃飯吧。」帶回些許吃食，熱騰的煎餅在桌上冒著煙氣。「不急，屋裏暖和著呢！」朱琴琴坐在屬她的床鋪，握著手機，屏幕裏的那隻企鵝不停閃爍。「清妍，等畢業了，你打算幹嘛？」

朱琴琴突然開口。

「畢業?」馬清妍嘴裏嚼著餅皮，咽下一口，緩緩說道：「噢，你是說高考吧，就我那點分數，還是別想著大學了。」

「聽說，你是你們初中中考第一名。」

「鎮裏的成績，不能作數。」馬清妍想起那個男人，他說過同樣的話。「我倒覺得，你應該回去，你好好複習，考個本科問題不大。」

「算了吧!」朱琴琴打斷馬清妍的話，「我還是想跟著你，你玷污了我的身子，你可是要……」說到一半，朱琴琴便放下手機，躺在床鋪不再言語。坐在木桌旁的馬清妍，將煎餅拍在桌面，兩人陷入了沉默。

「別生氣了。」緩緩起身，朱琴琴從身後摟住馬清妍的腰，輕聲說：「就算我考上大學，那個男人也不會讓我去的。我只是他的繼女，除了我，他還有兩個兒子。」見馬清妍依舊沉著臉，朱琴琴跑到她面前，蹲在地板，「清妍!我喜歡你!真的很喜歡你!我只能跟著你，我沒有別的地方可以去。」朱琴琴的話語，漸漸語無倫次，「要不!要不我把那二十萬還給你，剩下的也不要了!我只想跟著你，我不想回學校，不想回到那個屋!」

「吃吧!」馬清妍指了指桌上的塑膠袋，裏頭的麵餅已不再熱騰，「等下給書院打電話，你先吃飯。」

重回書院

二〇〇七年二月十五日

還有兩天就過年了，萬籟俱寂的書院，不見學生的身影。山丘的那一邊，尖銳的號角聲也少了，大概是天冷，都躲在暖和的屋子。麵包車停在食堂前的空地，一個瘦弱的身影從車上下來，那人手裏提著兩大袋東西，朝食堂大門走去。兩張紅艷的福字點綴在食堂的鐵門，底下掛著雪花。那人剛打算放下東西，往口袋裏掏鑰匙，身後傳來粗獷的嗓音：「回來了，我的黃酒咧？」

裹在肥厚的羽絨服裏的趙可，朝薛自更走了過來。薛自更將手裏的塑膠袋放下，看了看臃腫的男人，「唉！我說趙哥，你還是穿那件軍大衣吧，你這樣子有點……」

「有點啥？」

「有點傻！」

「哎！我去。」摘掉頭頂的絨帽，趙可故作凶狠地說：「我說你個薛自更，膽子肥了不少！敢笑話我了。」

「得了吧。」薛自更並未搭理，推開厚實的鐵門，拎著兩袋菜吹著口哨往裏去了。

天空飄起了雪，雪花落在草木之間，堆積在枯黃已久的枝頭。偌大的書院空蕩蕩，如同經歷了一場可怖的災難。北門外的那條街道倒是挺熱鬧，光鮮靚麗的小車停在幾棟屋子前，整年未歸的人們卯足了勁，向親友展示一年來的收穫。新大衣、新皮鞋、新手機，還有新的面孔，人們向逝去的日子作別，把還不算老舊的衣裳鎖進衣櫃深處。

書院的食堂，二十來張桌子如棋盤裏的棋子，錯落地擺在空蕩的大廳，靠近裏屋的那張掉著漆的桌面上，鍋裏的湯汁咕嘟咕嘟地翻滾。兩個裹著羽絨服的男人，手裏端著切好的牛肉片、肉丸，及幾瓶啤酒。「我說，你小子就搞了一箱啤酒回？不搞兩瓶白的？」趙可一面說著，一面撬開了一瓶，「啤的太脹肚子，還是白的舒服，老薛啊！你該不會是不會白的？」

「有喝的就不錯了！」薛自更從後廚弄來些乾辣椒，切碎了伴著香油，倒入瓷碗裏，那粗陋的白釉上畫有一隻喜鵲。鳥的影子從高聳的鐵窗裏掠過，筷子上的肉片便落入沸騰的汁水之中。

「也是，咱兩還有肉吃，哎！這牛肉不錯，醬牛肉，入味！」趙可大口嚼著肉，腮幫子一鼓一鼓的，又抄起酒瓶來，「哈！舒服！咱們在這吃香的喝辣的，咱們王校長還在吃牢飯喲！算了！不說了，這事咱們也是白操心，來！喝一個！」

玻璃碰撞的聲響在耳畔迴盪，兩人端著酒瓶就是一大口，兩人喝著酒，瞥一眼窗外，屋外的雪似乎更大了。「跟你說個事。」趙可打出一個響嗝，放下筷子，「我上午接了個電話，你猜是誰打來的？」

「你就直說吧。」

「那個聲音蠻熟悉，是馬清妍。」

「噢？咱們書院的院花，她打來幹啥？還想進來玩一玩？」

「哎！你還眞說對的！」鋁鍋升起的灰濛濛的水汽之中，趙可的面目沒了往日的硬朗，他繼續說：

「那女孩說，要帶一個人進來，她們一起在書院呆兩個月。」

「什麼？」薛自更驚訝不已，煮熟的土豆塊從他的嘴角滑落，落在大腿上，他趕忙用抹布去擦拭。

「就是這樣說的，我當時就說咱們這放假了，過年放假了，人都走光了，讓她年後再來。」

「人都走光了，按你的意思，咱們不算人？」薛自更打趣道。

「哎喲！把這個給忘了！」向來不怎麼咧嘴的趙可，也哧哧地笑著。「總之，沒讓她來。你說咱們這書院的大老闆剛出事，這書院說不定明天就沒了，咱們喝一頓是一頓，到時候好聚好散！」

「咕嚕——咕嚕——」墨綠的酒瓶見了底，面色微醺的趙可看起來心情不錯。那濃密的眉毛卻翹得老高，趙可盡情笑著，笑得桌對面的薛自更心裏發怵。

「怎麼了？趙哥，今天為啥這麼開心？」

「沒啥！」趙可半咧著嘴，稜角分明的臉龐微微泛紅，「本來就是個大大咧咧的人！平時……我平時總板著臉，那是工作需要。」

「打馬清妍屁股，也是工作需要？」

薛自更扔出一句，趙可的臉色頓時陰沉不少。薛自更意識到不妥，便不再言語，端起盛有肉丸的鐵碗，往鍋裏夾著。所幸，那緊皺的眉頭漸漸鬆弛，趙可吧唧著嘴笑道：「這裏就咱們兩，我就跟你說實話，我來這裏快兩年了，也罰過不少人。但是像那次那樣打得那麼狠的，只有一次！」遒勁有力的食指豎在繚繞的霧氣裏，比出個「一」來。

「我也不知道，那次為什麼下了狠手，把屁股打開了花。」趙可的嘴角張得很大，彎曲的嘴角擠出鬼魅的笑容，正緊盯著薛自更。「那次之後，我想了想，可能是因為她太漂亮了，就像……就像蹂躪一朵特別漂亮的花，讓人不能自拔。」

「你懂我的意思吧。」將這個藏匿已久的秘密傾盆洩出，趙可握著酒杯，神情裏滿是釋然。

看著目光迷離的趙可，薛自更沒有說話。這場寒冬裏的火鍋宴仍在繼續，高聳的院牆外，雪花被來往的車輛一片片輾碎，徒留滿地泥垢。院牆另一頭的書院，枯黃的草地上，半尺來高的積雪依舊在那兒不緊不慢地堆砌。酒精凝成水晶的模樣，在爐子裏燒成灰燼，濃稠的湯汁也不再沸騰，晚飯結束了。把沾滿醬料的鍋碗丟在狹長的洗刷池裏，當兩人戴上橡膠手套，抄起鋼絲球時，擰開的水龍頭卻罷了工。等了半晌，也不見那略帶沉澱物的自來水，趙可將手套脫去，扔在發黑的牆壁上，對著鍋爐自言自語：

「媽的！肯定是水管凍住了，這他媽的怎麼搞？」

有些惱怒的趙可跑到大廳，廳內傳來窸窣的響動聲，那回聲愈來愈遠，直至消逝在鐵門外的風雪中。薛自更踱步來到大廳，桌椅間殘留有火鍋的香氣，門板被寒風吹得來回搖曳，他從縫中窺見了那一邊的涼意，他沒有出門，坐在尚有餘溫的板凳。

掀起手機的翻蓋來，來回撥弄幾番。半個月前，在王校長未被那夥人挾走前，薛自更就給千里外的母親通了電話。母親本想在春節裏見上他一面，可當她聽到雙倍工資的事後，她的心思同薛自更一樣猶豫。方才趙可的言語激烈，讓本想多打聽打聽的薛自更知難而退，可「馬清妍」三個字如一根骨刺，抵在薛自更的咽喉。竟有主動要求來這的學生？薛自更實在想不明白。

算了！過完年，說不定這人生的第一份工作，也會隨風雪散去。肚皮鼓脹的薛自更，此時渾身充盈著辣子味，熱乎乎的。恍惚中，他趴在空蕩的大廳裏睡著了。

「還有幾個人？」

「六個。」

燙金的玻璃球，點綴著會客廳璀璨的頂燈，底下狹長的木質沙發裏坐著數人。程永旺翹著二郎腿，向吞吐菸圈的王校長彙報，窗外的朝陽投來幾束光，蜉蝣般的灰塵在陽光迷霧裏飄舞。等及程永旺唸叨完，王校長摁下殆盡的菸蒂，朝沙發外沿的薛自更說道：「小薛啊！還有一個來月就過年了，今年你值班吧！」

「嗯……」薛自更有些遲疑，嘴上卻答應了。

「咱們這兒年底兩個月工資，過年值班的，再發兩個月。」比著兩根手指，校長那不容推卻的語氣，將薛自更的話語堵在嗓子眼。校長那濃密的髮梢生出絲絲白髮，如祁連山麓被勾勒出的筆筆輪廓，群山間的一抹墨綠。在那夾縫中的色彩裏，住著姐姐、大舅，以及老得嚼不動烙餅的母親。

「王校長！去年過年，我就沒回去，今年我打算……」

「可以。」站在高處，王校長靜靜地看著尚顯稚嫩的男教師，「那……還有誰想留下？」見無人應答，他便看向牆角的趙可。

王校長向眾人招手，示意會議的結束。屋內的眾人紛紛起身，撣去褲腿的菸灰，回到各自的崗位。薛自更走在人群中，隨著一位年輕的女教師，靦腆的女教師平日裏不怎麼說話，此時的她不時地轉頭，朝薛自更看看，想要安慰又不知如何開口。下了樓，路過食堂門前，迎面而來的是搭著一件衛生衣的趙可。「趙哥！你不冷呀？」女教師朝趙可打招呼。

「還好！」趙可擺擺手，露出不太齊整的門牙。

「身體好呀！注意身體哈！」兩人四目相對，曖昧在空氣裏瀰漫。薛自更記得，每當趙可跨上那輛麵包車、駛出書院，辦公室裏那位戴眼鏡的女教師，也會消失上一兩天。

「老薛！」比薛自更年長三、四歲的趙可，一把摟住薛自更肩頭，「聽說今年你值班，到時候咱們好好喝幾頓！去年過年，我和已經離職的那小子，在大年三十晚上，一邊放煙花、一邊嗦燒酒，舒服極了！」見薛自更不說話，趙可心裏倒是敞亮得很，這小子多半是不樂意。趙可朝周遭望了望，輕聲說：「你要是想回家，也行。你把那份錢給我，我一個人也可以。」

「嗯。」嘴裏唸叨，薛自更的心緒來回掙扎，拎不出一個決斷來。

見他許久也不回應，趙可笑了笑，留下一句：「等你想好了，隨時跟我說。」

香菸的餘味迴盪於偌大的辦公室，王守國掏出一根新的，思索一會兒，將菸捲擲於漆木桌面。又是一年！書院即將邁入第三個年頭。在這個既是會議室也是辦公室的屋子，木桌上的時鐘嗒嗒作響，底下厚厚一沓紙張，是新一期學生的報名資料。身後的牆壁，畫框裏寫著：天道酬勤。望著那幾個字眼，王守國心裏感慨萬千。辭職創業這麼些年，起初共事的夥伴僅剩梁安祥一人。

「唉！」輕嘆口氣，王守國想起書院每年的百餘位學生，他們那看似高昂的學費，幾經折騰，最後落在手裏的也沒剩幾個。

「四百、六百、二百三……」算清每一筆賬，每一筆都是從戶頭裏割去的一塊肉。終於，王守國將面前的厚厚一沓推至一旁，躺在桌面紋理間的那根菸，終是被點燃。手裏捏著菸，瑣碎的算計搞得他倍感疲倦。「嗡嗡——」桌上的手機來回震顫，男人接過電話。

「哎！媽，我在學校咧！晚上回來。爸也來了，我能不回來嗎？跟你說，我前幾天剛從市里弄回一些海貨，有那個大蝦、海魚，我還特地給爸屯了箱黃酒，就那個『老河口』，爸就愛那一口！

「爸！哪個事？那個……曉月上學的事您就別操心了，這個事交給我，您還不放心？您和媽下午早點過去，我給下曉麗打個電話，讓她準備準備。」

掛斷手機，愁容又上眉梢。王守國再次按下撥號鍵，撥向梁主任，他清了清嗓子說：「老梁啊！下午有五個家長來接人，對吧？」

「對。」

「那還有一個學生，是誰啊？」

「那個胖子，有點傻的那個。」

「唔——」王守國吁一口氣，「就這一個了，那就留兩個人，其他人都放假。對了！老梁，你注意安全！」

書院飄著雪，梁主任踏上返鄉的旅途。臨行前，王守國特地往他包裏塞上幾個紅包，那是給他兩個孩子的。送別時，老梁的背影蹣跚而行，左腳踝往外撇著。好多年，王守國仍不知他那條腿爲何會這般，也許是意外，也許是仇家的烙印。

王校長與薛自更一同在門前送別梁安祥，直至載著梁主任的麻木車漸行漸遠，兩人才回過身來。

「嘀嘀——」另一輛敞篷三輪車駛入難得敞開的閘門，車後滿載辣椒、大蒜及認不出種類的紅肉，那是冬日的備菜。身著灰色衛生衣的王守國往門外而去，沿小道緩緩奔跑。平日的傍晚，王守國總會沿著書院跑兩圈，既是鍛鍊身子，也是檢查院牆的疏漏，防患於未然。

王守國邁著步子，沿著無比熟悉的道路慢跑，來到丁字路口，沒有瞧見那位大爺。往日跑得渴了，巷口大爺的瓷碗裏，滑溜的涼粉裏裏有黃桃碎，大口下去，酣暢淋漓。不遠處便是拐角，念及往南邊跑去，繞至書院的後門，路途些許遙遠。就到這吧！腳下略感疲軟，王守國沿原路返回。嶄新的轎車從他身旁駛過，睡眼惺忪的男孩腦袋倚在窗口，車裏依稀有兩個身影，一幅衣錦還鄉的景象。

「父慈子孝，多好的事！」王守國不禁感慨。前來接孩子的人們，在書院門前等候。王守國立在路口，遠遠看著熟悉的身影依次上車，直至門前不再擁擠，他才回到校門口。

「王校長，還沒回去？」拎著一塊生鏽的鐵皮，趙可面露詫異。

「我今天住這。」

「啥？住這？」停滯在原地，趙可詫異地看著王守國，「王校長，您要住院裏？這……也沒地方住，難不成住宿舍？」

「也行。」

狂風吹來，王守國下意識地捂住額角的髮際線，將在風中搖擺的髮梢收攏，他朝那棵參天的樟樹走去。大樹背面，薛自更正要去食堂，迎面遇見套著帽衫、腳踩運動鞋的王校長，一時竟有些恍惚。「王校長！您這一身……」

「剛去外頭跑了跑，解解乏。」王校長的語氣如一位和藹的長者，低緩而溫和，「小薛，你這是去食堂？」

「對。」

「那還得自己做飯，唉！你把趙可喊上，咱們去外頭吃。」

小車駛在石子鋪就的田間小道，秸稈、枝頭，窗外的世界幾近枯萎。靠在後座，薛自更不禁憶起初來此地的情景，從漏風的麻木車躍下，手裏拽著所有的家當，至今已半年有餘。每每談及工資，他總會不經意地朝電話那頭露出些許自得，他那不輸於省城的工資，總會令遠方的母親及姐姐羡煞不已。每月兩千五百塊，以及書院提供的吃食、住宿，這樣的日子遠比省城的同學過得舒坦。面對這麼好的待遇，他曾向梁主任打聽學生們的學費，梁主任卻對此諱莫如深，笑笑罷了。

不算威猛卻自帶威嚴的趙可坐在薛自更身旁，羽絨服的尼龍來回摩擦，吡吡作響，令薛自更感到不自在。前座的王校長裹著圍巾，閒適地哼著小調，他握著方向盤，一腳拐進鎮裏的水泥路。這僅容得兩三輛小車通行的水泥路，每每遇到托運石頭的卡車，便會堵上好一陣。薛自更搓搓手，窗外的風打在他的面頰，那冷峻的濕氣可謂咄咄逼人。

這一頓飯，奢侈是免不了的，打著哈欠的趙可在心裏盤算。手握方向盤的校長每週要見上兩三次，可請客還是頭一回。那棵蜿蜒向上的老樹頂著二樓的屋檐，枝葉與青瓦揪成一團，屋檐下寫著幾個大字「徐氏煨湯館」。

「走吧。」趙可拍了拍薛自更的肩膀，拽著他進了屋。

「老闆！兩份！」王校長熟絡地朝店老闆比劃兩手指，示意趙可與薛自更坐下，沒多久，店老闆就捧著瓦罐走了出來。戴著厚實的棉手套，店老闆青筋凸起的手背同瓦罐一般黢黑，滿是歲月的烙印。揭起漆木色澤的瓷蓋，鹹鮮的香氣溢滿屋子，那是一罐藕湯。緊接著，回鍋鹵肉、小米鍋巴都被端了上來。趙可夾著菜，咀嚼著還算豐盛的晚餐，隔壁桌的小鍋冒著煙、咕嚕咕嚕地響。「王校長！要不，咱們弄個鍋？」趙可開了口：「這大冬天的，菜容易冷，老闆！」

「哎——」王校長抬起手來，打斷了趙可的招呼，「別了，趕緊吃！你們兩還想要吃多久啊？早吃完早回去。」

「王校長，咱們吃個飯，著急什麼？」

「你個小子少廢話，快點吃，吃完快回去！」王校長拍了拍桌面，順便抄起手旁的一團沾有油漬的紙巾，拭去他那光禿的額頭上的細汗。王校長似乎有些生氣，他半低著腦袋，朝趙可說道：「書院裏還有個小娃，萬一整出啥事來……去年的那個事，這麼快就搞忘了？

「你小子！眞是四肢發達，頭腦簡單！」

一番嘲弄過後，趙可也就不再言語。三人誰都不做聲，自顧自地埋頭吃著，耳蝸裏迴盪著隔座的聲聲謾罵。兩個臂膀寬厚的男人大聲喊著，罵著昨日新聞裏的種種，「呵——」突地一聲怒吼，驚掉薛自更筷中的肉片。隱秘的怒火在薛自更心底升騰，他將它壓了下去。薛自更抬頭看向王校長，方才朝趙可頤指氣使的王校長，此時不見一絲惱怒。

「眞他媽的——」唾沫就著搖擺的橫肉，濺在王校長的肩頭。那人並未發覺，繼續他的演講：「你說！那個人把老人扶起來，反倒被訛了！老子在網上看了篇文章，專門寫這件事的。結果……唉！越看越氣！」

「你就是閒得慌、管得多！喝酒喝酒。」另一人往嘴裏送幾粒花生米，直呵呵地樂。男人氣得說不上話來，掂起塑膠杯的酒一飲而盡，「去他媽的！徐哥！你看我肚子，就是跟你們這些成功人士喝酒喝的！可我又算了下，我也喝了這多酒，怎麼就不能跟你們一樣成功咧？」

倚在桌角的那人放下木筷，擠出酣暢的笑臉來，「這麼跟你說吧！你小子想要混得好，先把酒戒了！別人是爲了談事情才喝的，你這是爲了喝酒而喝酒，能一樣咩？」

「有麼不一樣？噢！你們不就是有錢嗎？」男人大口喘氣，脫去身上的毛衣，露出衣襟下的肚臍眼，「我要是有你那家底，我也可以爲了談事喝酒，再說！你他媽那家底，是你的嘛？看你那裝逼樣！」桌對面的人也不惱怒，只是笑笑，給自己斟上一杯啤酒，又將玻璃瓶伸了出去。「不要！」男人一揮手，將湊近的酒瓶猛地推開，那糅著唾沫星的啤酒花，嘩嘩地落在王校長的後腦勺上。

王校長跳了起來。趙可也跳了起來，如腳底裝了彈簧似的。

「你個……」趙可還未說出口，王校長便打了圓場：「算了，算了！又不是故意的。」聽這麼一說，那人愈發驕橫，他盯著眼前兩個矮小的男人，以及一個瘦弱文靜、戴著眼鏡的書生，撂出一句：「不好意思！」便轉過身去了。徒留擦拭酒汁的王校長，及緊握雙拳的趙可。

「老闆！」肩頭的羽絨服上留了一攤水漬，王校長依舊不緊不慢，「結帳！」扔下兩張紅鈔票，起身離去。

「走吧！」薛自更拉著喝了不少酒的趙可，一同走出店門。

將外套扔在副駕駛座，王校長躺在背墊的毛絨裏，瞥見後視鏡裏的趙可依舊那副模樣，他笑著說：「趙可啊！幹嘛那麼沖？不就是灑了點水，笑笑就過去了。」

「不可能！要是潑我身上，老子搞死他！」

「哎喲！」王校長深深地嘆口氣，無奈地說：「跟你說了幾多次，發脾氣解決不了問題！有句話說得好，拳頭是最不堪的武器，有本事你拿槍撒！」

「又不是沒摸過槍！當年我可是……」

「停停停！打住，打住！好漢不提當年勇。」

沿原路返程，菜場門前的道路兩旁擺著菜籃，小車從人群中緩緩駛過，「老闆！要不要肉？」、「要不要魚！」胸前掛著圍裙的商販們賣力地吶喊，把一吊豬肉拿起，朝半開的車窗晃來晃去。

「要不要買點？」王校長的嗓音傳來。

「不用！冰櫃裏多得很。」

「好，那走了哈！」

小車轉呀轉，又繞到了田野深處，兩鬢斑白的老人待在門口，那是書院的門衛。駛進門去，遠處的號角聲若隱若現，那是武警駐地傳來的號令。「還以爲他們放假了咧！」下了車的趙可正喃喃自語。

邁入靜默而空曠的庭院，洩了氣的籃球躺在籃架腳下，如被戳破的流心糕點，蔫蔫的。許久未開賽的籃球場，自從那幾個高個子離開，這裏便不見喧鬧的景象，後來的幾場練習，那些瘦小的身軀實在難同七月裏的那些孩子相比。回到房間，空蕩蕩的書院倒令薛自更頗感不適。第一次在外過年，若不是爲了那些錢，多半已回到熟悉的老家，與母親及姐姐一同在炕邊取暖。閉上眼，書院的日子又將過去，日復一日的，倒挺閒適。

清早，兩位年輕人還沉浸在鼾聲裏，轎車已竄出那扇鐵門。後座躺著一位小男孩，男孩手裏拽著不知哪來的泡沫墊，小手捏著，在車裏劈啪作響。清早的菜場不見賣肉的攤販，倒是滿眼的擺著紙碗的麵條攤，擀麵杖在砧板上搗鼓，扯出一整把麵條來。

「要不要吃麵？」

耷拉著腦袋的男孩，痴痴地看著王守國，點點頭。王守國停下車，吃力地將男孩從後座抱起，這位六、七歲模樣的男孩有些沉。將男孩放在地上，王守國牽起他的手。「老闆！一碗牛肉麵，一碗三鮮麵。」說著，王守國用一隻手掏出錢包來，試圖用大拇指夾起鈔票。

「哎喲！王院長！您稀客呀！好久沒來了吧。」年輕的店老闆拿袖口擦擦汗，咧著嘴對王守國說：

「別！付什麼錢？不用，不用！」

「那哪行！」

「哎呀！大夥看一下。」店老闆呼喚周遭的食客，「王院長可是咱們這的名人！搞教育，救了那麼多學生，可是功德無量呀！」幾人看向懷抱男孩的王守國，眼裏閃著光亮。

「哎哎！打住，打住！你別跟我在這瞎扯。」說罷，王守國將兩張鈔票摁在銀白的桌面，就牽著男孩朝屋裏走去。麵條端了上來，碗口微微破損的瓷碗裏，白花花的麵條上鋪滿一層牛肉，另一碗則是香菇、火腿腸及豬肉條。王守國無奈地笑笑，隔壁桌剛端上的那碗三鮮麵像是被吃過一般，肉條不及王守國這碗的一半。

「來！」男孩坐在王守國的大腿，鼻涕流了下來，扭過腦袋，將黏稠的汁液擦在王守國的外套。王守國也不惱怒，從兜裏掏出紙巾擦淨，隨即夾起一塊牛肉，送往男孩的嘴邊。男孩聞到了肉香，沒了方才的掙扎，拿小嘴吮吸肉塊所裹挾的湯汁，那乾燥的生了皮的嘴唇不停吧唧著。等及男孩吃飽，抗拒地擺手，王守國才將他放至身旁的塑膠椅。王守國伸手握住男孩臂彎，右手彆扭地夾起一塊切成方形的火腿腸來，艱難地放入嘴中。

「呀呀——」坐在一旁的男孩竭力掙脫，卻被王守國死死拽住。男孩戾氣十足地叫喊著，將木桌踢得搖搖欲倒。王守國不得不放下筷子，「好了，好了！咱們走。」他抱起男孩，穿過鋁鍋中升起的重重迷霧，初升的太陽底下停著他的車。

裹在外套裏的男孩似睡未睡，咿呀的鼻音既似鼾聲，又似故作的聲響。王守國小心把著方向盤，時不時瞥一眼後視鏡裏的狀況，直至男孩入眠，才稍稍踩下油門。小車繞了近路，往道口縣城去了，這條不太平整的水泥路旁，起伏的山丘裏依稀能望見卡車的背影，那是拖運碎石的車輛。這些被砸得稀碎的石子將被運到山那頭的工廠，輾成石灰、築成樓房。

駛入縣城，小車停在客運站旁。歸家的人們出口湧出，湧向停滿麻木車的廣場。王守國緊緊握住男孩的手，在人群的湍流中矗立，直至嘈雜退散才見到那個並不熟悉的身影。「王校長！」那男人笑著上前，「王校長！我來接他了。」說罷，那人從王守國手裏接過男孩的胳膊，一把拽到自己身旁。

男孩被拽疼了，咧著嘴哭。男人不好意思地看向王守國，隨即牽著男孩的手走遠。兩個背影漸行漸遠，被有力的胳膊牽著，滿是不舒服的男孩掙扎不停。不耐煩的男人伸出腳，一腳將男孩踹倒在滿地泥垢之中。

站在路口，王守國靜靜望著，直至父子兩拐入鐵門。緘默的王守國轉過身，他的座駕一直候在路旁。挑著扁擔的人從略顯陳舊的小車旁掠過，扁擔輕輕擦過車門的扶手，劃下幾道印痕。神色慌張的老人立在原地，四處張望，如一位做錯事的孩子在人群中探尋。

「啾啾——」車燈閃爍，老人轉向步步走近的王守國。他盯著王守國，目光躲閃，酒窩裏爬滿了深色的褶皺。老人看著王守國，肩上的擔子同他一樣一動不動，他在等待王守國開口。

「沒得事！您呀放心，您先走！」王守國樂呵呵的，彷彿自己做錯事般，一臉誠懇地朝老人解釋。劃了車的老人放下擔子，掏出一串肉紅的東西，長長的，是一大串曬乾的香腸。老人也不說話，逕直將肉腸往王守國手裏塞。

「別！不用，不用！」

老人用力推開王守國的臂膀，怒氣十足地瞪眼，全沒了方才的驚慌。將臘腸放在車前蓋上，老人挺起佝僂的腰背，往菜場的方向去了。王守國也不再勸阻，從車裏拿出一塊陳舊的抹布，拭去臘腸留下的油漬。

車站在縣城東邊，把縣志裏的地圖沿著城中的公園疊起來，與車站重合的便是王守國的家。繞過一個彎，王守國將車停在幾輛隨意停置的小車之中，那是一大片無人打理的草地。閒暇的時候，王守國也會同其他車主一樣，跑到院牆旁的舊屋子，拎出那台割草機來。

草地的西邊是一條蜿蜒的坡路，通往山丘下的幾幢屋子，五、六層高的樓房外牆全是青灰色，一派肅穆的景象。老人坐在樓下成排的板凳，嘴裏叼著菸斗。儘管外頭寒風肆虐，孩子們照例在門前奔跑、追逐，裹上厚實的大衣。深吸一口氣，迎接王守國的將是上百級的臺階。六樓，最外頭的那一戶，家裏人正在等待。

「回了！」女人搭著不算臃腫的外套，手裏端著青花瓷盤，「都等著在，你快點！」

「哎喲！咱們王校長回咯！」頭頂花白的老人朝王守國揮手，餐桌圍了一圈人，見到王守國，屋裏的氣氛瞬時升溫不少。「爸爸！」窩在老人懷裏的女孩朝王守國大喊，雙眼瞇成一條縫，女孩身旁的男孩則沉悶地低著腦袋，手裏握著搬磚似的遊戲機。

王守國一路小跑，將女兒攬在懷裏，輕撫髮梢，溫暖在胸口肆意蔓延。「咱們吃飯！」王守國坐在老人身旁，望了眼桌上的十來道菜，有魚有肉，還有臉盆般大小的瓷碗裏盛著的藕湯。妻子仍在廚房裏忙活，老人高喊：「曉麗！過來吃了。」

「你們先吃，還有一個菜。」凹凸有致的毛玻璃映出妻子的身影，纖細而曼妙。她不時舉起胳膊，擦去額頭的汗水。

「爸爸！」柔和的嗓音從身後傳來，是那張熟悉的面孔。十歲模樣的女孩，個頭比坐著的王守國還要高，她的臂膀緊緊貼著父親。四個大人、三個小孩，圍著圓桌夾著菜，王守國同老丈人酒杯交碰，指尖與杯沿相互交錯，蕩起的縷縷醬香溢滿整間屋子。

就連老邁的丈母娘也喝著酒，同幾人聊得不亦樂乎。兩老人在酒肉之中咧嘴，露出殘缺的門牙。兩人開心極了，似乎忘卻了他們女兒的存在。直到曉麗解開圍裙，將一盤油光滿滿的肥腸端上桌，一家人才迎來大團聚。

「祝賀你們！祝福你們！祝福你們一家！」岳父舉起杯，朝夫妻兩搖晃。

「曉麗，喝一點。」王守國往杯中倒上些許啤酒，將其遞給妻子。

「守國！祝賀你的事業更上一層樓！」

「爸！我敬您！」

「坐坐坐，坐下喝！」

「哎呀！你看你的三個娃，個個都教育得好！長得又俊！眞是勞苦功高呀！」

「別這麼說，要不是有爸媽當年的支持，我也走不到今天。」

……

男人們的情緒在酒精中蓬勃，愈發激昂。女人們靜靜地聆聽，照看著孩子們，將滾燙的金錢肚從沸騰的鍋裏撈出，晾涼些送到孩子們嘴邊。寒風颳著廚房的玻璃窗，一家人圍在暖和的餐桌旁，笑著、喝著。三十歲出頭的女人面龐泛著紅光，一幅微醺的模樣。

酒喝完了，宴席也就收了場，兩個微醺的男人地瞇著眼朝裏屋去了。年邁的女人哄著躺在嬰兒車的莉莉，年紀稍大的女孩，跑到另一間房去了。年輕的女人望著淩亂不堪的桌面，那被吃淨的殘留著花椒、菜葉的盤底令她感到欣慰，她咧著嘴笑笑，露出別致的虎牙來。

散了場，年輕的女人照舊收拾著餐盤。女孩跑過來，扯著母親的袖口，「媽媽，我幫你收碗！」女人拒絕了，將女孩趕向沙發，「記不記得，你上次把盤子搞碎了！」聽到這話，女孩垂下腦袋跑遠。忙活了大半上午的女人，深深的倦意從周遭襲來，她撐著纖細的腰身、掐弄胳膊的皮肉，又端起滿是紅油的餐盤來。

「哪天把這個房子給換了！」矮小的身軀擠成一團，王守國蜷在屋內的沙發裏頭自言自語：「今年書院的收入還可以，嗯！那幾片魚塘也不錯，該換個房了。」

「是不……會不會有點早？」老人聽到這話，從沙發的另一頭緩緩坐起，手肘劃過牆上的綠漆，剝下半片綠皮來。酒後的悵然刻在老人面頰，他收起笑意，「守國，還是要一步步來，房子的事都是小事，早買晚買都一樣，得把錢花在幾個娃身上！」

「爸！這不耽誤。」躺在生硬的板床，昏暗的房間裏僅望得窗口的微亮。王守國輕聲說：「我看了，公園旁邊的那個小區，前年做好的房子。一百三十坪的，加上裝修也就十來萬。」

「你也就這多了吧。」老人那深邃的雙眼，似笑非笑地看著王守國。被洞穿了心思，王守國無奈地笑笑。老人繼續說：「我老媽子在的時候，總跟我說，『日本人來了，一日三餐；洪水來了，一日三餐；男人走了，還是一日三餐。』莫總想得那麼遠，顧好眼前的，該來的總會來。」

沒有說話，王守國躺在硬板床，瞥見老丈人身下的沙發。那年紀十來歲的漆木沙發凹凸不平，面上的軟墊掩不住底下的潰爛。搬到這間租來的屋子，已有許多年，眼前的老舊意味著失敗，戶頭每一次進賬，心底對逃離的渴望便增添幾分。王守國曾無數次在內心掙扎，當初的辭職，是否對得住這個家庭？這份惶恐如黑夜裏的幽靈，無時無刻不在身後催促，催著他前行。

屋內鼾聲漸起，兩男人搭著被單沉沉睡去。忙活完的女人靠在陽臺的座椅，男孩與女孩從面前跑過，爭吵聲並不令人厭煩，徒添幾分過年的熱鬧。紙飛機在空中飛舞，躍過欄杆，落在陽臺對面的山丘。與屋子正對的五彩斑斕的山丘，滿是人們的遺棄物，包裝袋、開水瓶、電視機……層層堆疊的雜物，將山丘變成垃圾場。每到夏天，薰人的惡臭便溢滿整個坡地，這棟樓的居民誰也不敢開窗，清理車停在底下滿是碎石的小道，身穿工作服的人們清理著滿山的渣滓。

距離上次清理，估摸有一個多月。女人思忖著，天氣冷了，清理的人也來得少了。夕陽掛在樹梢，坡頂高大的柏樹遮住了霞光，世界黯淡下來。房間另一頭的老人鼾聲依舊，王守國卻起了身。「醒了！」女人從身後摟住王守國，胸脯傳來男人的呼吸聲，「我給你倒杯茶。」

順勢坐下，男人腦後斑駁的牆壁上掛著一家五口的合照，那時的兒子才滿月。門被推開，男孩的腦袋露了出來。「過來！到爸爸這來！」男人向男孩招手，可那圓滾的腦袋又縮了回去，消失在那扇門的後面。

「小心燙！」

接過玻璃杯，男人將它捧在手心，枯葉在滾燙的杯底片片綻開，浮出水面。「唉！」男人輕嘆口氣，「你看，小崽子還是太內斂了，你說，這以後怎麼搞喲！」

「要不，我給他報個班？」女人輕聲問到。

「什麼班？」

「我看到廣場那有小孩玩輪滑，看起來……」

「算了！算了！你這麼忙，要是報了班，哪有時間看著他？」

女人沒有說話。她心裏清楚，她的生活早已滿當，被孩子們的瑣碎日常填滿。「你不要急。」將指尖搭在男人的膝蓋，妻子細聲說道：「現在好多了！我曉得你想換個房子，咱們不急，慢慢來！」

「唔！我整天在外頭，也沒時間照顧娃。要是沒得這三個娃，那我們……」

「行了，行了，淨說些屁話。」

「行吧，不說這。」男人將胳膊伸向女人的細腰，指尖在絨粒間游走，「又要過年了，明年得更上一層樓啊！那幾個魚塘，靠釣魚賺不了幾多。我倒覺得，書院可以好好搞一搞。」女人沒有說話，等待他的下文。可對話戛然而止，男人抿了口微涼的茶水，進了屋。等及夜深，滿屋的人都睡了，王守國立在陽臺的冷風中，點燃一根菸。

清早，酒氣未消的老人拉開門，便瞧見熟悉的身影在廚房裏忙碌。「咿呀——」的聲響，滿身銀灰的王守國擠進門，脫去腳上的運動鞋。

「守國，你這早起鍛鍊，堅持好久了？」

「爸，你起來了！我這跑步啊，估摸著也快兩年了吧。」將軟底鞋塞進櫃子，王守國咧出慣常的憨笑，「我這也是迫不得已，剛出來創業的那兩年，那應酬呀！簡直是從早到晚！後來肚子大了、又查出了脂肪肝，不得不鍛鍊鍛鍊喲！」

「你小子做事沒得分寸，只能怪自己！」老人沒好氣地說：「你就是太拗！做啥事都拚命搞！唉！不過說回來，也就這樣的人才能成事，唉！」

「爸！大早上的，嘆什麼氣呀！」女人自廚房出來，對老人言語：「爸！你就別整天琢磨這、琢磨那了，趕緊把媽喊起來吃飯了。」

話音未落，年邁的女人推著嬰兒車走出，「早起來了！我都喊你了，你在做飯，沒聽到。」半人高的粉紅嬰兒車，女孩躺在棉被裏，瞪著兩汪清澈見底的眼眸。「莉莉，抱一抱！」王守國如笨重的企鵝那般，一顛一顛地跑向走廊盡頭，從被窩裏舉起女孩來。女孩在臂膀之間升起，她的左腳掛著嬰兒鞋，右腳卻光禿禿的。王守國將女孩摟在懷裏，看著女兒的眼眸，憶起昨日那臉蛋滿是鼻涕的男孩。

厚實的手掌彷彿托著一截木樁，那是女兒的大腿根，王守國抱著女孩坐在餐桌旁。年長的女孩與男孩循著煎蛋的清香跑來，妻子也解下滿是油垢的圍裙，一家七口又聚在一起。「爸！喝點粥，暖暖胃。」妻子將第一碗遞給老人。儒雅的老人接過粥，重拾往日的神態，昨日的酩酊大醉已成過往，篤定的眼神似乎在說：昨夜的醉態，就不要再提！

白粥、煎蛋、菜薹，搭配昨夜剩下的黝黑的臘腸，一家人在清早的陽光裏喝粥。女人望著眼前的眾人，忙碌的日子倒也挺有趣。到了寒假，她的忙碌緩和了些，直至父母的到來。

臨近春節，院子裏滿是嬉鬧的孩童，他們樂此不疲。伴著折疊凳下樓的老人，在樓梯間一圈圈的來回，聽到上樓的腳步聲，便停下腳步、靠在牆邊，給歸家的男人、攜著菜籃的女人、頭頂足球的男孩讓出一條道來。耗上十來分鐘，老人才來到樓下，推開鐵門，冬日的暖陽便灑在滿是褶皺的面龐。

裹著臃腫的棉衣，老人將身子搭在不算粗壯的樹幹，渾身泥垢的孩子們跑過眼前，留下清脆的吵鬧聲。老人就這樣沐浴在陽光下，任由泥土濺在他的臉龐，男孩們揣著地裏挖出的細小的石塊，相互擲著。鼻尖的一陣刺痛，老人也不在意，眼前的場景似曾相識，可在他日漸模糊的記憶裏，實在覓不得兒時的碎片，眼前的陣陣嬉鬧，全當是往歲月的河流裏扔石子罷了。

「幹嘛呢？」低沉的吼聲將老人驚醒，睜開眼，不遠處是身穿牛仔馬甲的男人，男人朝頑皮的男孩們吼著：「不要玩了！砸到人了，還玩！」男人如鷹隼般揚起的雙目，與老人四目相對。老人笑了笑，說道：「沒事！小屁娃，不要緊！」男人依舊不依不饒，揮動半握著的拳頭，虛張聲勢地嚇唬男孩們。男孩倒也不害怕，嬉皮笑臉地跑遠。

將孩子們驅趕殆盡，男人便上了樓。望著空蕩蕩的沙坑，老人心底滿是失落，孩子們的叫喊映著暖陽，本是冬日裏的愜意，硬是被男人的自作聰明所攪亂。起身，老人收起板凳往單元門走去。眼前的幾幢屋子全是清灰，雖不那麼亮眼，也比從前的紅磚房齊整不少。夕陽將至，老人的步伐透著慌亂，每每瞧見那熊熊燃燒的火球幾近落下，他便會驚恐萬分。死亡對他來說並不陌生，幾次與終點擦肩而過，令他不敢去回想。那無人可及的無止盡的虛無，會在夜裏令脊背發涼。

氣喘吁吁地上樓、敲門，在王守國詫異的目光下，老人進門後坐在沙發上。「爸！怎麼搞的？喘得這狠？」

「鍛鍊身體！學你的。」

「您這，不會爬樓梯了吧？您這……」

「行了，讓我躺一下。」

……

還有兩日便是除夕，昨夜的晚間新聞，女主持帶來雨雪將至的消息。窗外落下片片雪花，屋裏的人們忙忙碌碌，為出門作準備。「媽呢？怎麼沒下來？」王守國在樓下只看著眼前四個人，朝妻子詢問。

「媽說要照顧莉莉，不去了。」

「不是跟你說了，大家都去。」說罷，王守國飛奔上樓，過了許久，他便抱著小女兒出現在門口。王守國的身後跟著年邁的女人，女人手裏推著嬰兒車。一大家子來到坡下，見到牆角的白車，幾人這才明白過來；原來，王守國大早出門，弄來一輛商務車。嶄新的商務車在樹下威風凜凜，望著那比隔壁小車長上一大截的車廂，扎著馬尾的女孩不禁讚嘆連連。

「上車！」王守國一聲招呼，眾人上了車。女孩呲溜地跨進敞亮的後座，順勢扶住年邁的外婆，嬰兒車放在兩人中間，後面仍舊寬敞得很。

商務車駛在蜿蜒的水泥路，窗外的街道熱鬧得很，嬰兒車裏的女孩夠著脖子，興奮地朝外張望。嘈雜的人群熙熙攘攘，不時傳來「糖葫蘆」的叫賣聲，女孩愈發的亢奮。將縣城地圖沿兩對角線翻折，正中的那塊便是公園，城裏人稱它為「中央公園」，稱謂頗有些氣勢。公園西側的廣場人頭攢動，斑斕的帳篷間擠滿了人，直至夜裏的燈火燃起，人群也不見消散。往日的廣場舞被占據了地盤，有的舞者潛至馬路對面，在藥店前的空地搖擺，更多的就是湊個熱鬧，竄進採年貨的人潮之中。

「圈圈！圈圈！五塊錢十個。」圍欄前的石板地上，八縱八橫的擺著幾十個小玩意，塑膠狗、罐裝可樂、金魚缸……琳琅滿目亂人眼。愈往後，擺著的玩意兒、愈發誘惑，鐵柵欄底下那鐵籠裏，幾隻雪白毛絨的兔子正打著鼻鼾，耳朵耷拉著，似麥穗低垂。

手鐲般大小的竹圈在空中搖曳，落在瓷質公牛的脊背上，又滾了下去。些許失望的男孩一口氣扔出三輪竹圈，扔向正中央的那隻大牛，「哎——」男孩叫出聲來，只見竹圈牢牢地掛在牛角，任由風吹也不會掉落。老闆娘忸怩地穿過滿地的竹圈，將金燦的大黃牛拾起，遞到男孩手中。男孩興奮壞了，捧著老牛左右端詳起來。

男孩的眉眼躍動，王守國的心思也隨之澎湃起來。男孩身旁的嬰兒車裏，已近十歲的女孩手裏握著竹圈，吃力地朝外投擲。唉！看那模樣，王守國不禁暗自嘆息，同齡的孩子已入學多年，而女兒卻只得由妻子照料，她的未來同她的大腿根一般模糊不清。裹緊大衣，王守國收起行將泛濫的愁緒，朝妻子說道：「你在這看著他們，我去瞧瞧爸。」

邁著大步，男人急匆匆地朝帳篷那邊去了，熟悉的身影就在眼前，「爸、媽，在這看什麼咧？」老人言語幾句，朝人群深處而去。望著老邁的背影，男人有些焦急的跟上，就在這時，兜裏傳來鈴聲。兩老人手裏拎著糕點，往最熱鬧的帳篷走去，身後的男人卻不見踪影。只見，王守國一言不發地握著手機，立在昏黃的燈光下。

街角的警車來得格外早，停著兩輛，羽絨服鋪子裏的店主吐出白煙來，打量著帳篷外的幾名警察。王守國撥通了家人的手機，沒多久，一家子便在圍欄旁的玻璃頂棚會合。

「怎麼啦？出什麼事了？」妻子瞧見男人的愁容，輕聲問到。

「有點小事。」男人揚起嘴角，露出一貫沉穩的笑容，「爸！媽！書院裏有點事，你們繼續逛，我得回去一趟。」

「什麼事啊？非得這時候走？」丈母娘皺著眉。

「書院有個學生回家，半路摔傷了，我得去處理下。」

「哎喲！嚴不嚴重喲？」

「我也不曉得，我先過去了，曉麗！你等下帶著爸媽和娃娃們回去，我打個車過去。」

「行！小心點！」

王守國朝另一邊走去，身後的幾人還在那，不知商量些什麼。直至男人消失在拐角，老人才開口，「咱們去那邊看看，剛才看到幾件衣服，還挺好的。」

王守國的臂膀貼著冰冷的圍欄，從欄杆的縫隙裏看到孩子們同妻子離去，才長吁一口氣。他閉著眼，掏出翻蓋手機來，「不用了！王院長！我一直盯著在。」陌生的嗓音從面前傳來，王守國睜眼一瞧，不遠處的報亭旁是一位中年男子。一身黝黑的男子扔掉手中的香菸，將尚有餘煙的菸蒂輾碎，朝前走了幾步，掏出一小本子，「王校長！你辦學校的事我都聽過，挺佩服你的！走吧！」

沒有一絲抗拒，王守國走在男子身側，兩人一同上了車，那是一輛灰色的麵包車，車裏坐著兩位穿制服的男人。「謝謝啊！」王守國戴上手銬，卻朝扣住自己的那人說出。

「王校長，我也不想抓您！再說，肯定不會當著家裏人的面。」

與來時相仿的麵包車，駛過假山旁的小道，朝市區的方向駛去。夜幕緩緩落下，市集愈發熱鬧。「那個！我要那個！」女孩指著櫃子頂的那隻熊，興奮地嚷嚷。「買！」老人爽快地答應，將毛茸茸的小熊擱在嬰兒車前小桌。女人望著滿臉歡欣的女兒，舒心的笑了，等明年開春，就可以把她送入學校。

似乎，終於，忙得不可開交的日子算是熬到了頭。

二〇〇七年三月五日

麻雀立在枝頭，屋檐下砌著的燕子窩空蕩依舊。幾張老舊的稚嫩的面孔從門縫裏擠過，更多的是即將熟識的面容。今天是開學的日子，薛自更待在書院裏，望著花叢的積雪漸漸融化，直至生出綠芽來。冬日漸遠，百無聊賴的薛自更終是度過了這假期。

十來位學生入校，身邊伴著年長的人們。薛自更站在綠芽初生的枝頭下，凝視著來往的身影，他手裏拽著把瓜子，腳底滿地碎屑。敞開的後門，幾輛接送的小車靠在牆邊，人影來來往往，也不見馬清妍的面容。那女孩說要來書院，卻遲遲不見踪影。正當薛自更遲疑時，手機鈴聲響起，正是馬清妍。

「薛老師！」是馬清妍輕柔的嗓音：「薛老師，我和那個女孩在市裏，有點事。」電話那頭的話語斷斷續續，如碟機裏淤塞的圓盤，拖出嘶啞窸窣的尾音來。

薛自更掛斷手機，將餘下的瓜子擲向樹後的水塘，朝後門的麵包車奔去。寒冬漸行遠，暖春漸近至，初春的田野已是一片蓊鬱之景。小車從田野間駛過，一路朝北，薛自更踏下油門，窗外的湖風也不再凜冽。「您撥打的電話暫時無人接聽，請……」將手機扔至副駕駛座，不祥的預感湧上心頭。

與歸途的車影相向而馳，小車一路奔襲，往女孩所說的照相館而去。那女孩的面容些許模糊，記不起，又浮現半臉輪廓來，似湖面濺起的漣漪。輪轂不斷向前，窗外的景色也成了山丘，兩人來高的卡車掀起漫天的塵土，撲向車玻璃前的雨刷，車前一片昏黃，「他媽的！」薛自更吐出幾句。抄了近路，小車沒有走縣城，而是沿著楊沙湖一路向北，直抵市區。

馱著長筒水箱的灑水車，迎面駛來。噴湧的甘泉灑向沾滿塵土的麵包車，僅僅幾秒，便還了車身一片清淨。這條路來過幾次，每次都能瞧見那熟悉的灑水車，直至遭遇滿天的揚塵，薛自更才明白了些：提前洗洗車，免得到了市區，髒了新鋪就的瀝青路。

山間的坡地築起一幢幢高樓，市區的道路陡峭不平，比縣城的小道還要令人生畏。「誒！大哥！麻煩問個事，高坪苑小區在哪？」停在路旁，抓著一個男子便問。髮頂蓬亂的男人，打量著麵包車裏的薛自更，「哥們！送貨啊！前頭往右拐。哥們！那個側門壞了，車進不去，得走後門，牛肉館那的門。」男人一面說，一面搱著鼻頭。

被誤認爲送貨的薛自更，仍舊揚手示意，「感謝老哥！」老舊的麵包車停在路口，分明是綠燈，幾輛摩托車卻忽地上前。一個急剎車，滔天的聲響伴著路面的印痕，驚得薛自更心裏發怵。「媽的！」低聲咒罵，薛自更踩下油門，麵包車向右拐去，呈現在薛自更面前的竟是一道陡峭的坡路。眼前的小路猶如直登雲頂的天梯，險峻而漫長。「呦！這……」正當他遲疑時，身旁的轎車駛了上去。

小心翼翼地緩行，麵包車行駛在陡峭的道路。道路兩旁那看似歪斜、實則平整的屋子裏，老人的身影穿梭於櫥窗，端著餐盤、手捧青菜，窗內一派祥和之景。見此，薛自更心底的慌張便緩和幾分。不覺已至坡頂，映入眼簾的是幾個高聳的大字：高坪苑小區。往左右覷一眼，極目而視，望得底下成片的房屋，原來是到了百里的最高處。

望著眼前兩幢深紅磚瓦的樓房，這麼高的山頂立著這麼高的房子，若是住在頂樓，那視野想必愜意極了！與遠處的藍色頂棚相比，毫無疑問，這裏的住戶必定不是一般人家。麵包車停在峰頂的路燈旁，薛自更瞧見高樓腳下的照相館。些許遲疑，想不到馬清妍在這裏給自己打電話，薛自更打量幾番，在這裏開店的照相館怕是些許昂貴。

果不其然，高大的玻璃牆、金燦的吊燈，透著一股貴氣。剛邁入大門的薛自更，還未來得及欣賞大廳的華美，便聽到輕柔的呼喊：「薛老師！」大廳的沙發上，坐著兩位穿著羽絨服的女孩。見薛自更來到，其中一位朝門口跑來。那是久違的馬清妍，她的面頰消瘦了不少，顴骨微微凸起。

「怎麼了？路上打電話，怎麼也沒接？」

「手機沒電了！」噘起淺淺的酒窩，女孩輕聲言語：「呀！薛老師，你可算來了，趕緊過來結帳！」

「什麼?!」聽到這話，薛自更心底滿是窘迫，甚至有些憤怒。見到薛自更的不悅，馬清妍趕緊補充道：「薛老師，別誤會！是這樣的，我把錢包放在了賓館，我估計拍個照片也就幾十塊錢，沒想到……」

「噢！我明白了。」面向店員模樣的男孩，薛自更說道：「多少錢？我來付。」倚在桌旁，男孩手裏挼搓著一條布料，放下衣衫、直起身來，有條不紊地說：「先生您好！這次的消費是一千六百元，這是單據，您看看！」翻弄錢包的手掌懸在空中，薛自更滿臉詫異，「多少？」

「一千六百元，這是消費單據。」薛自更接過紙條，黃紙黑墨寫得清楚，晚禮服、大畫幅……陌生的字眼映入眼簾，薛自更些許恍惚，一千六百塊，可抵得上大半個月的工資！他抬頭望了眼沙發旁的女孩們，馬清妍朝他咧嘴，點點羞澀。

「能不能刷卡？」遞過卡片，薛自更故作輕鬆地笑笑。馬清妍湊過身子，輕聲說：「麻煩薛老師！等到了賓館，把錢還給你。」女孩睡眼惺忪，耷拉的秀髮稍顯淩亂，讓人忍不住伸手去揩。

「咱們準備走吧！那邊是朱同學？」

「嗯。」馬清妍轉身，對朱琴琴招手。

偌大的大廳如宮殿般富麗堂皇，薛自更昂起額頭，頂上的吊燈耀著金燦的光芒，讓人不敢直視。雄渾的木質桌椅擺滿整個大廳，延至望不見盡頭的長廊。怎會有這般的照相館？若不是瞧見那張賬單，薛自更斷不會相信，百里竟有這般奢靡之地。

穿過老屋間狹小的道路，麵包車駛向城東的旅館。踩下油門，望著陡峭的坡地，薛自更心裏依舊有些發怵。鎏金鍍邊的紙袋足有近半人高，裏頭裝著的僅是一沓相片。坐在後座的女孩們舉起照片細細端詳，兩人哧哧地笑著。望著後視鏡中的兩人，細嫩的面龐透著一絲緋紅。

「就在前面，旗子那右拐。」沿著馬清妍的指揮，麵包車停在一處宅院前。與照相館的華麗不同，眼前的三層屋子青磚紅柱間透著復古的雅致，令薛自更念起書院的教學樓。這般的旅館，價格怕是不菲！望著女孩們邁入庭院，薛自更不禁暗自詫異，沒想到，女孩的家境不錯呀！「走啊！」輕聲的呼喚，驚擾薛自更的思緒。見薛自更呆滯在門前，神態窘迫又憨澀，馬清妍不禁笑笑，露出淺淺的酒窩。

一步一頓地，薛自更跟著兩位女孩進了門。沿著木製臺階而上，幽靜的長廊盡頭藏有女孩的房間。將雙手搭在大腿，揉搓手背那冬日留下的裂痕，薛自更坐在進門處的木椅，不敢吱聲。狹長的屋子，床鋪裏邊是寬敞的洗漱間，將外衣扔在純白的床單上，馬清妍往裏屋去了。陌生的女孩背對薛自更，側過臉龐，面容是那樣姣好！

過了半晌，空調吁出暖氣來，熱騰的氣流在屋內翻滾，薛自更緊繃的神經這才稍作緩和。陌生的女孩未開口，埋頭打理衣物，她沉默，薛自更也是沉默的。馬清妍的身影從簾後步出，僅穿睡衣的她，在房間裏來回。暖氣四溢，薛自更臉龐被吹得通紅，他望著不遠處的馬清妍；馬清妍也瞧見了他，也不躲避，反倒挺起那傲人的胸脯，朝他淺笑。兩人相視而笑，擦出片刻的溫馨。

視線移至另一位女孩，怒視替代了笑靨，那位陌生的女孩竟狠狠地瞪著薛自更。薛自更退卻了，趕緊低下腦袋來，直至馬清妍的聲音在耳畔響起：「薛老師，咱們出發吧。」

「好！」薛自更的應答急促又斷啞。提著不算重的行李箱，薛自更下了樓，女孩們隨在他身畔。

「往左拐。」馬清妍輕聲言語，見薛自更稍許遲疑，便繼續說：「那邊有家銀行，我去取點錢。」車門靠邊，馬清妍下了車，沒多久便回來了。

「給！」女孩扳開粉綠的雛著花兒的錢包，漏出一沓粉紅鈔票來，薛自更瞥見那疊在一起的錢幣，愈發震驚了。伸出細嫩的拇指，女孩遞來一疊鈔票，薛自更接過，於手中摩搓一番。「兩千？你這……」薛自更還未繼續言語，馬清妍已開了口：「多的那幾百塊，要感謝薛老師！」

「挺有錢的嘛！」薛自更笑著說，從手裏抽出餘出的幾張，交還給女孩。「你還是留著吧！就算有錢，那也是父母的錢，省著點！」

「父母的錢？」後座的那位不曾張口的女孩，忽地出了聲：「這些錢都是我們賺來的！」女孩神情激動，倚在椅背的纖細身板硬是直挺起來。薛自更將笑意憋住，不再與她爭執，「回學校了！」

此刻的書院裏，辦公室二樓的走廊，王守國正望著不遠處的學生們。年輕的孩子們幾乎都是空手而來，沒有行李，這是書院的規定。就在昨日，在近十位員工面前，王守國下達了新的指令，也是書院新的規矩——不允許攜帶手機。學生們的手機不准許進入書院，而不比從前那般，可以將其托給教師們保管。院牆外頭，父母們大都聚在水塘旁的小院，有的還在觀望，有的已上車、即將離去。牆邊的枝頭立著鳥兒，「啾唧——」地不停叫喚，襯著底下的人們那漫長的緘默。

「王校長！」是程永旺，過了個冬天，小夥子的臉龐圓潤了不少。

「程老師！」聽見王校長的呼喚，程永旺一時有些恍惚，平時王校長大都以「小程」稱呼自己。許久未見的王校長，今日的舉止與往日大相逕庭。

「程老師！教師資格證拿到沒？」

「嗯，早就拿到了。」

「那就好。」王守國似在自我言語，灰燼從指尖的菸頭飄落，落在樓下的泥壤裏。「九點鐘開會，準時來。」扔下一句，也扔下了菸蒂。菸蒂從二樓墜落，王守國也進了屋。

春雨落在屋頂，瀝於青灰的石瓦，滴在人們的袖口上。逗留的家長們依次離去，邁出院子前還不忘再嘮上幾句，講述彼此的煩悶。新來的教官守在門前，他的一側是空蕩的球場，一側是十來位無所事事的學生。院後的小車不見了，教師們也不見了，不久前還在院子裏晃悠的趙可也不見蹤影。

那隻從南邊歸來的鳥兒，立於枝頭，在牠的親見下，人們沿著曲折的樓體走入走廊盡頭的木門。那扇門裏黝黑、望不見光亮的鐵門，直至最後一人跨了進去，才緩緩合上。那隻尚未褪去絨毛的鳥兒，暖意連綿的陽光勾勒出牠的輪廓，牠攀於枝頭，偶爾換個姿勢，想要覷見鐵門那頭的種種。可牠始終沒能瞧見，窗後米黃色的簾布，被人拉上，整座書院也隨之緘默。雨水淅淅瀝瀝淋在樹冠的枝葉，鳥兒也不驚慌，躲在枝幹下邊，沉浸在太陽雨奏起的樂章。

太陽攀至頭頂，又往西邊去了，直至隱沒於眼前的磚瓦之後。黃昏已至，仍不見裏面的人走出，牠夠著腦袋，往前張望著。這詭秘的一幕著實令牠感到費解。屋頂瀰漫而出的紅暈失了色，窗裏亮了燈，直至夜幕落下，那扇門才緩緩打開。當程永旺邁出那道門檻時，枝頭的鳥兒早已不知去向。

薛自更面色凝重，幾個人跟在他身後，同是板著臉。「那你就給老子滾！」憤怒的吼叫從門裏傳來，耳根漲得通紅的程永旺疾步而出，從幾個人之中穿過，匆匆下了樓。「還有誰要走？盡快！」那是王守國的聲音，嗓音沙啞而低沉，沒有人理會他，他們僅是朝外頭走著。可趙可依舊面色輕緩，吹著口哨，一把搭過薛自更的肩頭。

「留下的，每個人，工資漲百分之五十，咳咳！」停頓許久，校長的聲音再次傳來，「砰——」的一聲，那道門也隨之合上。

偌大的辦公室裏，西邊的簾布下擺有院長的辦公桌，另一頭的角落裏，兩條沙發並排而立，那是供人議事的地界。此時的王守國，默然地倚在沙發裏，方才的爭吵令他與程永旺一樣，臉頰憋得通紅。將外套扔至身旁，肚腩咕咕地叫著，整整一下午的商議使他疲憊不堪。

已逝去的時光裏，映著陽光的桌面漫捲堆疊，新的規矩寫成了黑字白紙，遞到每一位員工手裏。電擊、電擊、電擊……這些聞所未聞的條例，化作在場每個人臉上的驚駭，每個人如受驚的綿羊那般縮在原地不敢吱聲。王守國冷峻地端坐在長桌盡頭，審視著每一個人，瞧見眾人複雜不一的神情，他心裏也沒有底。那些嚴苛的、施與學生身上的舉措，萌發於王守國的心底，誕生於那令人生畏的牢房。

在那個夜裏，手足無措的王守國被推進了牢房，獨自一人的牢房，滿目都是冰冷的圓滑的稜角。為什麼是這裏？為什麼？他不斷地問自己，那幽閉的深不見底的恐懼感，將他包圍，將他裹在冷酷的夜色裏。岳父與岳母，以及幾個孩子，想必正與妻子一同閒逛，想到這，淚水從男人的眼角滑落。將濕潤的臉頰擦乾，卻又濕潤了，他坐在床板的裏頭，徹骨的冰冷從脊柱襲來。

徐柯出事了！那個家境優渥的孩子躺在街頭，將他的腦瓜擊出凹槽的同爲書院出去的孩子。對於這些王守國並不意外，只是往日出事的孩子是那麼微不足道，哪能和徐柯的家境相提並論！這下怕是難以收場，那個總是瞇著眼的老人也就是徐柯的外公，是上過戰場的人。那男孩身子裏流淌的紅色血脈，豈是幾個錢能擺平的？

空蕩狹小的屋子裏，王守國下意識地伸手探進外套兜裏，兜中空空如也。沒有菸，也沒有茶水，眼前有的僅是靜謐。倚在牆面，憶起往日的時光。那紅磚房裏的漫漫正午，女兒與兒子墜落於這個世界時，頭戴紅帽的接生婆捧著的，既是他心中的歡喜，也是隨之而來的懲罰；那初夏的積水逾過門前的沙袋，輕而易舉地越過他砌起的堡壘，將屋內的紙箱浸透，那紙箱裏藏有他賺來的第一桶金；那秋末的傍晚，引水河旁的那家西式餐廳，曉麗坐在落地窗旁，那是他兩的第一次約會。夜裏，喚上一輛的士，將外套披在她的肩頭，她離去了，錢包空蕩的他，在取款機的格子間中挨過一夜……

這些稀碎的片段恍如昨日，本以爲挨白眼的日子已然過去，日漸寬厚的身板已使他足夠強大。可在這從未涉足的牢籠裏，他又被打回了原形。環顧四周，王守國放聲嘶吼，如挫敗的雄獅那般撕心裂肺，可始終無人應答。那十七個夜晚，十七個使家人焦頭爛額的白夜，如鐫刻般長久刻在王守國靈魂深處。所以，當程永旺拍案而起、咬著牙盯著他的雙眸時，他沒有如往常般地退卻。王守國吼了回去，那勢不可阻的氣勢，驚得梁主任許久合不攏嘴。

屋子恢復了平靜，除卻王守國，僅有梁主任沒有離去。梁安祥倚在窗戶旁，望著窗外的學生，吐出眼圈來，說道：「老王！聽了下午說的話，我覺得挺好的。我支持你！」王守國猛地抬頭，望著昏黃燈光下的老搭檔，他攥起身，等待老梁的下一句。

「你想啊，現在的年輕人，沒有經歷過咱們那個年代，不曉得安穩的可貴，只會空談些理想、自由，還有那些破詞。在我看來，他們那些所謂的追求，不過是求人施捨罷了。

「老王，我和你在這辦學校，也有好幾年了，什麼樣的學生咱們沒見過？打架、逃學、早戀，還有什麼同性戀，這些玩意咱們年輕時，誰沒經歷過？特別是那個同性戀，又不是什麼新鮮玩意兒，記得我讀大學的時候，隔壁那公園下邊有家酒吧，裏面全是那個。剛開始還覺得蠻新鮮，後來就見怪不怪了。

「說實話哈！我覺得這些娃也沒必要管，咱們當年不就是沒人管，自生自滅。現在的父母，基本上只有一個娃，你看！這樣一來，咱們的生意就來了。」

「行行行！」王守國打斷梁安祥的話語，「別扯那多，眼下這個事情要緊，你就說吧，弄不弄？」

「弄啊！」梁安祥杵在牆角，微微扭曲的左小腿搭在櫃子邊，「我看這個弄好了，書院的生意能好不少！有錢賺，哪個跟錢過不去咧！」

「那程永旺還碎碎唸的，真他媽不識相！」聽到王守國的這句話，梁安祥笑了，這老王真是大變樣！從前那個處世謹慎、言語恭敬的老王，竟像換了個人一般。梁安祥扶了扶眼鏡，篤定地說：「就是說說，誰他媽跟錢過不去，那小子明天就好了。」搭上外套，王守國與老梁一同往食堂去了，肚子咕咕的實在難受。令王守國沒想到的是，就在第二天清早，程永旺遞來了辭呈。

依舊是那張木桌，面目俊朗的程永旺，與王守國相視而坐。年輕的教師將辭職信置於王校長眼前。王守國坐在獨屬自己的座椅，瞧著面前不發一語的年輕人。拂過下巴處的鬍茬，身著風衣的程永旺瞥向窗外，看向窗臺的幾隻麻雀。「行吧！」王守國將那張紙放入抽屜，又抬起頭，「等下，讓梁主任給你開離職證明。」

擰開門把手，迎面撞上矮上半個腦袋的趙可，程永旺逕直離去，也不顧趙可欲言又止的神情。「王校長！那個事，梁主任都跟我說了，什麼時候出發？」進了屋，趙可朝王校長問到。摸過桌面的紙盒，王守國掏出一根菸來，緩緩點燃，他不緊不慢地呑吐，絲毫不慌著去應答門口的人。直至菸捲燃燒過半，王守國才抬起頭，一字一頓地說道：「馬上！就你跟小薛，他年紀輕輕的，怕是沒見過這陣勢。」

「行！馬上就去。」等候多時的趙可，乾脆利落地回答，當他正要離去時，又回過身來，「王校長，我覺得你變了。」

「噢？怎麼說？」

「變得……更像個領導。」趙可咧著嘴，未等王守國開口，「砰——」的一聲，已轉身離去。

踩在雨水浸過的地面，鞋底滿是泥濘。趙可與薛自更越過食堂前的池塘，蜿蜒的石子路的盡頭，有人在那等待。那人是新來的教官，瘦高的個子身型與程永旺相仿，名爲孫銘貴。「哎？咱們換了輛車？」薛自更朝趙可問到，孫教官身旁的那輛黑色麵包車，遠遠看去，還以爲是哪位家長的。

「舊車給食堂了，你說哈！咱們王校長也算是新年新樣子，破天荒的把那個破車給換了！」趙可說著，招呼身邊的兩人上車。崗亭的玻璃窗裏，門衛大爺翹著腿躺在靠椅，手裏拿著望瞧不清封面的雜誌，直至趙可踩著油門駛過崗亭，他都沒有瞅麵包車一眼。

「媽的！」趙可嘴裏罵著：「你們說哈！這大爺的日子可眞是舒服！每天看看報紙，到了飯點就屁顚屁顚地往食堂跑，這日子連我都羡慕咯！」後座的兩人沒有回話，自顧自地摁著手機，薛自更半臥在最後排的座位，屏幕裏的方塊遊戲激戰正酣。「哎呀！」薛自更輕聲痛呼，這把激戰又以失敗告終。撂下手機，王校長的話語忽地在心頭浮現。工資上漲五成?!薛自更不禁感到懷疑。不過話說回來，倘若眞是如此，這本就不低的待遇竟能……

「呵——」想到這，薛自更忍不住笑出聲。

「傻笑啥？是不是想著那工資？」後視鏡裏，趙可的雙眸來回張望，「別惦記了，我感覺不靠譜！不過話說回來，老王這次回來像變了個人，有股當初的氣勢。」

「氣勢？什麼氣勢？」

「以前剛來的時候，王院長和幾個老股東整天窩在辦公室。」把著方向盤，趙可感慨道：「那時候算是創業階段，大家幹勁足，後來咧……」說到一半，話語戛然而止。窩在後排的薛自更，瞧見後視鏡中滿臉嚴肅的趙可，也不再追問。那必定是段不愉快的回憶。

嶄新的麵包車駛離田間的小道，來到了鎮上，節後的馬路格外壅堵。一輛兩層樓高的卡車堵在路口，來往的小車紛紛搖下車窗，朝卡車司機喊道：「怎麼弄的？」、「會不會開？哪個師傅教的?!」

等待的間隙，趙可撓撓脖子，朝孫銘貴說道：「小孫！那個衣服給咱們的薛老師看看，讓他見識見識。」

「衣服？什麼衣服？」薛自更正嘟囔著，孫銘貴已從座椅底下抓出一件深色外套，外套格外眼熟，像是門衛大爺偶爾穿上的那件。薛自更接過衣服，將其緩緩攤開，那肩扣上掛著銀質徽章的物件，衣領與口袋之間，赫然繡著幾個數字。徹底攤開，瞧見衣袖的側面，薛自更心中一驚，這是一件警服！

「趙哥！」薛自更大聲喊叫：「趙哥！你這是要幹嘛？」

「你小子別激動，還在開車咧！」駕駛座裏的趙可有些不耐煩地回應：「就說你小子沒見過世面！警服算個屁，大驚小怪的！懶得跟你解釋，到了你就曉得了。」

「你不是說……」

「閉嘴吧！」趙可不耐煩地揮揮手，「小孫，你跟他說一下，我還要開車。」被老大哥訓斥了一番，薛自更也不再追問。麵包車沿湖畔而行，目的地看樣子是市區。嘈雜的車內恢復了平靜，麵包車繼續向前，行駛在雨後行車稀少的縣道。

男孩的故事

二〇〇六年九月五日

「據悉，此次合作將對本市的市政建設、旅遊投資……」大廳裏的屏幕正播著新聞，高樓、卡車，以及無數佩戴頭盔的人們，在熒屏中反覆出現。反覆言語、不斷地廣播，主持人那亢奮嘹亮的歌喉，迫不及待地宣示百里進入了新時期。

「你看這些人噢！整天在這拖來拖去，搞得路上滿是灰，眞是讓人心煩！」

「我倒不這麼覺得，你看電視上整天播的那些新聞，這個協議、那個協議，搞得整個城挺有活力的！哎喲！這個小地方能有這麼大的動靜，上一次還是三十年前。」

「我看不見得，新官上任三把火，這次領導拍腦門搞的招商，過幾年換了人，政策說不定就換了，又多了一堆爛尾樓。你想，楊沙湖就有一大片爛尾別墅。當時你還想著，給你屋裏那個買一套，呵！」聽聞這話，呂明的臉色立刻陰沉下來。丈夫怒氣見漲，女人趕緊接過話來：「好了好了，搞那麼大火氣幹嘛，被你兒子氣的？」妻子這一打趣，呂明的火氣更旺了，他吼出聲來：「不要給我提那個傻逼，聽到他的名字，老子就煩！」

「這不沒提名字嘛……」瞧見丈夫愈發嚴肅的神情，女人便不再言語，逕直下樓去了。

「呂總！下來了。」樓下偌大的華麗的大廳裏，身著工作服的男孩呼喊著呂明。在二樓房間逗留了一會兒，呂明換上頗具古韻的灰白格子衫，及淺色的布鞋。大廳裏，男孩爲客人端上茶，一面招呼客人，一面等待呂明的現身。幾分鐘過去，呂明這才沿著蜿蜒的、鑲著鍍金護欄的階梯緩緩而下，他那一身樸素又不失文雅的穿著，活脫脫一副古時先生的模樣。

大廳燈火通明，厚重的木質沙發與琉璃吊燈的華美交相呼應，在裝飾上融合了東方的典雅及西式的奢華。寬厚的皮質沙發端坐著一位女人，那人身著長袖襯衫，看起來，與門外的炎熱顯得格格不入。

「哎喲！葉總！您來了，稀客，稀客呀！」用手揾著臉蛋，呂明的臉上堆滿笑意，彷彿方才與妻子的不愉快從未發生。女人端坐於沙發，挑頭望了望，朝呂明點頭示意，又繼續打理自己的妝容。呂明也不著急，將掌心搭在護欄，矗立於樓梯的半山腰，默默地觀賞女人握起的粉筆，及沁入人心的眉眼。

一身儒雅的呂明緩緩行至沙發前。

「呂總！」見到高眺的男人立於大廳中央，女人輕聲呼喊，順便將手中的紗質手套輕輕脫下，宛然一笑。

「哎喲！今天是哪來的西風，把葉姐給吹來了！」呂明瞥了眼身後的男孩，男孩心領神會地離去，去了裏屋。

「好久不見了。」面對呂總的誇耀，女人一番很是受用的神態。這位四十來歲的女人體態依舊曼妙，如她那細膩光澤的臉龐。只是腰間的些許贅肉，顯得不合時宜。「呂總！這次麻煩你，給我來幾張。唔！下週孩子回家，還想給屋裏人拍一組。」她說著，沙發兩側的立式空調源源不斷地將冷氣灑在她的肩頭，若不是穿著這身長袖，怕是受不起這般清涼。

「孩子回了！蠻好！我姑娘還在英國，一年都回不來一次。」端立著，呂明輕聲言語。女人望著男人，微張的雙唇欲言又止，倒是男人接著說：「走吧，咱們進屋吧。」

兩人進了屋，二十來平方的房間立有一扇鎏金的落地鏡，鏡旁的衣櫃擺滿各式衣裳。望著滿櫃五彩斑斕的旗袍，女人讚許地點點頭，衣櫃的另一側是一扇木門，那是用來更衣的屋子。方才廳內的男孩，已在此等候多時。「怎麼沒瞧見小李？」女人見到面相青澀的男孩，詢問女孩在何處。

「小李回家嫁人了，這是去年底來的小朱，小夥子挺踏實的，就是有點靦腆。」男人的語氣一貫的和緩。

「嫁人咯？」唸起扎著馬尾的女孩，女人自言自語道：「嫁人了也好！挺好的！小李在你這做了多久？」

「嗯……四年多吧，確實是個蠻踏實的女孩。」

「她多大年紀來著？」

「二十三。」

「早了些！」女人輕嘆，將手中的小包置於梳妝檯，「不過也沒得事，女人嘛！賺錢有賺錢的好，成家有成家的好，唉！一個女人在外頭闖，多不容易呀！不是所有人都能像呂總這般，事業有成！」

「過了，過了！」男人走至女人身後，輕撫椅背，鏡中的兩張面孔相視一笑。男人繼續說：「葉姐！咱們認識得早，你也曉得，要不是依靠各位的提攜，我這小小照相館哪能走到今天！」

「這麼說不對，你的勤勉、你的才華，才是你引以爲傲的東西。」

「哈哈！那我謝謝葉姐。」咧嘴笑笑，男人朝窗旁的男孩示意，繼續說道：「葉姐，那我先去準備了！小朱在這，有啥事跟他說。」

「嗯。」

屋內僅剩兩人，女人說著，男孩做著。深紅的旗袍，肩頭掛著厚厚的絨毛，女人挺直身子觀賞鏡中的自己。若不是照相館裏隨處可見的空調，在夏末的時節穿上這些毛絨大衣，定要叫人燥熱難耐。這些復古的衣裳，與牆角的留聲機、雕紋的窗簾一般，雖說是拍攝所需的道具，卻都是貨眞價實的玩意。這些昂貴的物件不僅是百里的獨一份，哪怕放在省城，也同樣華貴迷人眼。

戴著禮帽、身著旗袍，女人在咿呀作響的地板上前行，鞋跟底下那些木頭並非珍品，僅是故作老舊。走進另一間屋子，半人來高的四腳架矗立在女人眼前，漆木的厚重的腳架置著一台同樣笨重的相機，搭有深藍色的簾布。這架造型古老的相機，黢黑的鏡頭對著一張木椅，女人嫻熟地坐下，將雙手扣在小腹。

「左肩放鬆些，對對！就是這樣！」男人再次現身，將腦袋鑽入簾布，輕聲指揮著，富有磁性的嗓音從鏡頭後邊傳來：「好的！完美！」男人的面容再次出現，他將簾布掀起，雙手搗鼓著。不一會兒，底片被取了出來，從身後的櫃子中取出一張，男人將新的底片塞了進去。就這樣，男人操作著這台厚重的相機，如同完成某種古老的儀式，一張張的更換、一次次地摁下快門；女人起身又坐下，穿著不同的衣裳進出，直至身旁的紙箱堆滿了黑色底片。

拍攝結束，女人換回初來時的衣裳。女人向男人作別，接過男孩遞來的皮包，轉身邁出照相館的大門。男人本想目送她離去，可小車的尾燈明亮刺人眼，也就作罷。男人轉過身，行車稀少的路口正是照相館高聳的琉璃大門。眼前這兩山之間略微平整的土地，立著這座城市海拔最高的兩棟樓。兩面牆的落地玻璃內，塑膠模特與相框裏的人影交相輝映，整條商業街裏，「『思明』古典留影館」幾個字，格外引人注目。

路口一側的餐館店面同樣寬大華麗，卻不見多少顧客。照相館與餐館之間，崗亭與捲閘門居於其中，那是小區的大門；大理石鑄就的牌匾上寫著：高坪苑小區；這裏便是百里最爲昂貴的住處，百里人戲稱爲「山包包」。男人踱步而入，邁過崗亭旁的小門，玻璃窗裏的保安，朝男人舉手示意。

步入小區，瀰漫的香氣撲面而來，指甲蓋大小的紅黃相間的花朵，生在水泥間的每一處縫隙。西邊的噴泉停有一排小車，池水後的健身器材處，依稀能瞧見小孩的身影。男人抬眼望去，高聳的住宅如砧板上的鯽魚，鱗片已被剝去不少，外牆深紅的瓷磚片片脫落，露出淺白的肌理。從側面望去，如兩條盡是補丁的褲腳。此時的外牆空蕩蕩的，往日，偶爾能瞧見懸著鋼繩的工人，修補殘缺的外牆。

「再好的房子，該老的還是會老！」自言自語的呂明，抬腳跨入電梯門。

電梯門貼滿紙條，裏面同樣如此。內壁滿是手機屏幕大小的貼紙，疏通的、維修的、開鎖的……這琳琅滿目的紙條，男人早就習以爲常。眞不知小區門口那些精神小夥子在幹什麼，看似密不透風的安保背後，爲何溜進如此多的廣告單？

鈴聲響起，「14」按鈕亮起，呂明邁出電梯。右手邊的窗外足以盡攬整個百里，映入眼簾的紅旗在兩山之間的凹地飄揚，那是一所學校，是市里最好的高中之一。而這個時節，本是那人入學的時候，「唔——」想到這，呂明便嘆息不止。

進了屋，敞開的鞋櫃裏擺有各式皮鞋，與鞋櫃相對的是滿櫃金燦燦的獎杯，及令人目不暇接的獎證。半人來高的青花瓷瓶旁，時鐘的指針指向下午五點，妻子躺在沙發裏，電視正放著歌。「這是什麼？」呂明望這餐桌上的透明餐盒，疑惑地向妻子詢問。

「魚，中午到王姐那兒吃飯，王姐自家做的魚乾。」

涼風颯颯，空調的涼風呼向呂明面頰。他湊近瞧了瞧，透明的餐盒裏，有十來隻紅油包裹的小魚，炸過的麵粉摻著紅艷的剁椒碎，底下是厚厚一層紅油。掀開蓋來，濃郁的辣味混著蔥香的油味兒，瞬間溢滿整間客廳。呂明吸著鼻子，這突來的油膩感令他感到不適，手裏的餐盒落在桌面，紅油飛濺，灑滿了桌面。

「唉！」忍著腸胃裏的翻湧，呂明朝妻子大聲喊道：「拿回來做麼事？不新鮮！」

「怎麼？你以前不挺愛吃的。」妻子感到疑惑，「再說了，王姐非要塞給我，你說，我哪好意思不收？」

「我曉得！我曉得王姐心好，這個魚，唉！」也不再言語，呂明將餐盒與塑膠袋一同拎起，扔進垃圾桶。拉開冰箱，取出堅硬的掛著冰花的牛排，呂明在廚房裏自言自語：「我曉得，王姐人挺好。」許久沒見過王姐，記憶中的她總是那位隔壁笑得樂呵的大姐。臘肉、魚丸，每每逢年過節，王姐總會出現在門口，手裏端著肉，嘴上笑嘻嘻，似乎總有講不完的樂事。

猶記得那棟紅磚房裏的日子，偶有買回一條鰱魚，望著砧板上堆疊的魚肉，呂明總會呼喚妻子給王姐端去。「嘿！哪是大方噢？那個時候沒得冰箱而已。」桌臺的砧板旁，呂明握著菜刀喃喃自語。

升騰的水汽在鍋頂瀰漫，沁出青蝦的鮮甜。窗外的雲朵微微泛紅，那是落日的色彩，晚風拂過男人的面頰，愜意極了。縱覽窗外的城市，瞧見不久前落成的圖書館，那造型別致的樓體，屋頂立有一隻尾羽綿長的大鳥，似鳳凰又似孔雀，正仰天長嘯。

晚風吹拂孔雀的羽翼，將吹落的絲絮拋向夜空，一路向東去了。城市東邊，是一片喧鬧的工地。底下的燈火亮起，又緩緩熄滅，直至機械的喧囂傳來，又是整片的燈火通明。百米來高的吊塔如幽靜中的燈塔，指揮這忙碌的地界。駕駛室裏的男人可以瞧見遠處的那兩棟樓房，最頂端的那扇窗正是呂明的家。工人穿行於鋼筋之間，身旁滿是嗡嗡作響的軋鋼機，以及源源不斷駛來的卡車。這些無一不宣示著這片被選中的土地，將成爲繁華的霓虹之地。

徹夜通明的燈光下，滿載殘渣的卡車駛出山麓，飛揚的塵土在人群中肆意瀰漫。卡車往更東邊的地界去了，在水泥路落下深深的印痕。如此往返，那些車匹也不覺疲倦，等及太陽再次升起，城市已被裹上厚厚的塵土。

「哎喲！」滿是灰塵的街口，女人嘆著氣，看著遠去的灑水車將清水灑向路面，兩側的水溝裏積滿泥垢。路口一角的雨棚，掛有「『小劉』快餐」的招牌，女人站在招牌下，端著盆，把盆中的污水潑向地面的塵土，便揣著盆進屋。

「小呂！你把那個餡端過來。」女人呼喚著，清瘦的男孩端著滿盆的肉餡，吃力地走出。男孩青澀的臉龐在屋內走過，他的瀏海幾近遮住眉眼。將肉餡置於桌臺，小呂進了屋，端出堆疊的纖薄的餃子皮，及一盆熱氣升騰的清水。

「來碗餛飩，不要辣的！」天濛濛亮，今日的第一位顧客邁進了屋。小呂並未搭理那人，手裏握著的木筷在溫水中蘸蘸，又將那筷尖拈起粉紅的肉餡來。肥瘦相間的豬肉被攪成爛泥，盆中的肉餡泛著紅潤的光澤，冷藏後有些生硬，被沾有熱水的筷子輕輕一搓，便軟了下來。

「今天搞了個頭彩哈！」五十來歲模樣的男子，爲今日第一碗餛飩而亢奮，笑嘻嘻地坐至長椅，翹著二郎腿讀起報紙來。門外天色漸亮，食客們陸續來到早點店，年輕的女人攜著男孩，呼喚在木桌間穿行的身影。將報紙攤於桌面，男子一字一頓地讀起來：「我市將設立新的經濟開發區，汽車製造、畜牧養殖等一批高附加值的產業將……」讀到這，男子亢奮地呼喊：「老闆，城東有大動靜，把店開過去，趕緊的！！等那些廠建起來了，肯定能賺一筆！」

桌臺後的店老闆，不大的眼睛瞇成一條縫，笑著說：「算了！那種錢想賺賺不到，沒得那個命！」「黃老師噢！」將一碗麵條置於桌面，麵條上鋪著的肉絲香氣四溢，老闆娘接著說：「黃老師，你不能把我們兩個跟你比！我們都是苦命人，賺點辛苦錢，不像你喲！有政府養，有退休金！

「我們又不是『山包包』的人，要是虧了本，那要去喝西北風咯！」

老闆娘戲謔地說著，瞪大的眼睛像兩隻銅鈴。男人笑得更歡，朝在椅腿間玩耍的男孩喊道：「你要好好讀書，到時候那邊建起了好單位，到那邊去上班！」褲腿黏有泥垢的男孩停下腳步，若有所思地張望，若無其事地跑開。「餛飩好了。」將兩隻塑膠碗擱在桌臺，小呂喊出聲，他的嗓音如蚊蠅般細小，嗡嗡的。男人終是閉上了嘴，捏著報紙一路小跑，端起碗餛飩來。

三個深紅的簍子，盛有不同樣式的麵條，夫妻兩在沸騰的鋁鍋旁忙活，往碗中舀著醬料。食客們侯在餛飩攤前，散亂的坐著，無形的隊伍催促著裏邊包餛飩的小呂。小呂不緊不慢地抄起方形的薄皮，蘸蘸水，舞著裙襬的餛飩掉入翻騰的鍋中。沒多久，餛飩便浮出水面，隨咆哮的波瀾上下翻滾。兩分鐘過去，將熟透的、綿軟的餛飩抄起，倒入盛有雞湯的碗中。

店內的餛飩攤前，滿是等候的食客，才推出不久的雞湯餛飩，儼然成了店裏的招牌。咕咕作響的湯水裏堆滿不見多少皮肉的雞架，沉默的男孩拈起麵皮，包出一片餛飩。頭戴鴨舌帽的老闆望著店內的眾人，有的閒聊、有的看報紙；再看看一絲不苟的男孩，店老闆心裏百感交集，不知是喜還是憂。

蝦米及紫菜漂浮於見了底的湯汁，桌上擺滿扒拉乾淨的塑膠碗。太陽升至頭頂，食客們也逐漸散場。小呂往裏屋去了，直至他的身影消失在門後，老闆娘才小聲說：「你說哈！小呂哪裏都好，做事踏實、靠譜，就是不愛說話。」

「是啊！」老闆解開胸前的圍裙，摸了摸下巴的汗水，「那麼好的條件，是可惜了，餛飩做得再好，也是個廚子！可惜咯，可惜咯！」

「呵呵！」

「你笑什麼？」老闆見老闆娘咧著嘴，一臉疑惑地問到。老闆娘依舊咧著嘴，說道：「怎麼還自己看不起自己咧。」男人愣了一會，也笑了，「這有什麼！早就認命咯！廚子就是廚子，一輩子都當不了官，也搞不了文化。看得開了，過得還踏實些！」

夫妻兩正在打鬧，男孩已換下圍裙，半低著腦袋往門外去了。公交車上，小呂尋得一處靠窗的座位。夏末的風沿玻璃窗縫隙吹入，這樣一來，身上豬肉與蔥花的氣味便不那麼濃烈。前座的女人依舊撇過腦袋，臉上掛滿不悅。見此，男孩將腦袋轉向窗外，望向山頂的雲朵。

淡綠的車廂在城區緩行，時而上坡，時而下行，揚起的塵土打在玻璃上，雨刷揮個不停。臨近正午，炎熱的街頭行人不多，街角灰白的牆面印有鮮紅的大字——「拆」。公交向上去了，下一站，便到了那令百里人羨煞的「山包包」。停在坡頂，男孩邁下車去，腳底的馬路滾燙難耐，早晨出門匆忙，套上了雙薄底的板鞋。

眼前是那家熟悉的照相館，幾扇被打通的落地窗占據好幾個門面，玻璃窗內的模特兒往這邊望著。進了小區、邁出電梯，男孩將鑰匙插入門鎖。鑰匙連續的轉動，欣喜湧上心頭，家裏沒人。脫下沾有油漬的板鞋，男孩進了屋，那是屬於他的空間。與床鋪一般大小的沙發，與偌大的床鋪相鄰，床後簾子旁

的桌椅若隱若現。掀起刻有卡通人物的窗簾，半敞開的陽臺裏是他的摯愛——略微捲曲的寬大的顯示屏，及靜置於桌面的鼠標、鍵盤。「呵——」高喊一聲，男孩一屁股窩在電腦椅上。

摁下按鈕，如科幻電影裏的機甲啓動般，鍵盤、鼠標、顯示器湧出深藍的火焰，機器錚錚作響。機甲被激活，將耳機戴上腦勺，男孩的雙眸炯炯有神，透著亢奮與饑渴。點擊圖標，那遊戲隨即啓動，男孩緊皺眉頭狠狠地盯著屏幕。狙擊鏡中是一根豎線，那是牆體的邊緣，可男孩死死地盯住那根線，盯住那空蕩蕩的一角。

空氣開始凝滯，足以聽見男孩的聲聲鼻息，他屏著氣盯著屏幕，食指貼著鼠標微微顫動。突然，狙擊鏡中出現一個黑影，「砰——」的一聲，手落槍響，一道血光濺在屏幕上。命中了！鏡頭裏的那人倒下了，男孩的眉頭也徐徐揚起。還沒得意多久，新的對手已然到來。槍擊聲、爆炸聲及隊友的呼喊聲，充斥著他的耳蝸。他的嘴角時而緊閉，時而破口大罵。瞥一眼桌上的腦中，不覺中已過去兩個小時，男孩摘下了耳機，疲倦地躺在座椅裏。摁住腦門，強烈的眩暈感在腦中揮之不去。

門外傳來窸窣的聲響，是鎖孔扭動的叮嚀聲，門開了，一位男人走進門來。將皮鞋置於鞋架，呂明瞧見底下那雙沾有泥垢的板鞋，停留一會，就往客廳的沙發去了。呂明躺在綿軟的沙發，慣有的疲憊已不再令他困擾，茶几上擺有今日的報紙。「百里日報」的字樣飛揚跋扈，在淡藍的玻璃桌面裏分外醒目。儘管倦意尚未退去，男人仍掀起桌面的紙張，湊到眼前細細讀著。

妻子也回來了，黑中透金的髮梢在玻璃珠簾後擺動，將車鑰匙落在桌角，女人從冰箱取出兩袋果汁，朝男人說道：「不熱咩？也不開個空調。」

「還好，你幫我把電扇打開。」男人將報紙壓低，露出黑框眼鏡來。

西邊的屋子裏，男孩閉目側臥，聆聽門外的動靜。自從尋回了那把鑰匙，將它塞入抽屜的最裏端，他再也不會被突來的身影所驚擾，房門被緊緊鎖住，這令他感到輕鬆。女人的話語從隔壁傳來，側耳聽去，定又是那抑揚頓挫的通話聲。

「嘉欣呀！哎喲！終於打通了，昨天晚上打電話，怎麼不接咧？

「唉！曉得你學習忙，記得多休息！

「哎喲！真是我的乖女兒，越來越有出息了呀！哈哈！」

……

將耳機重新戴上，鼠標不停地拖拉，很快，律動的歌聲充斥整個耳蝸。也不知隔壁的話語是真是假，多半是假的吧，男孩對此已習以為常。那個女人時常端著手機，講一些話。不止一次窺見女人手中漆黑的屏幕，頓時露了餡，電話那頭並沒有人。可女人依舊握著手機，她的話語看似朝向那頭的女兒，實則講給身旁的男孩。不知何時起，藏於顰笑之間的虛假成了這屋子的常態。

姐姐，男孩窩在綿軟的靠椅，憶起那張留著短髮、戴著黑框眼鏡的面龐。出國兩年多了，她的笑容漸漸模糊，可男孩始終記得那個幼時的灶臺。

那時候的男孩尚小，無論如何扒拉，也攀不上那高高的灶臺。深紅的木質茶几上，瓷碗中的紫菜蛋湯見了底，可一旁巴掌大小的飯碗，仍餘下不少米飯。醬油色的香菇炒肉覷著兩人，男孩哭喪著臉，望著湯碗直發愁。失去了湯汁，這米飯該如何下咽？姐姐瞅著他，無奈地笑笑，她放下手中的碗筷，挽起袖口露出白皙的小臂，進了廚房。男孩緊跟著，他站在洗手池旁，望著姐姐擰開煤氣罐的閥門。

將大碗的清水倒入鍋中，深藍的火焰在底下呼嘯，哧哧地。水汽從鍋蓋的邊緣溢出，水沸了，姐姐拿起幾個包裝袋，朝裏面倒著佐料。他認不得那些調料的姓名，只曉得那白淨的鹹鹹的顆粒，他就那樣望著，直到姐姐踩上板凳、從頂上的櫃子裏掏出一捲乾紫菜。他曉得了，又能嚐到那口鹹鮮的滋味。

新的湯汁被稚嫩的手掌端上茶几，男孩趕緊給自己舀上一勺。不見蛋碎的紫菜蛋湯，將不再熱乎的米飯及香菇泡暖，就著湯汁，男孩大口吞咽。一勺接著一勺，男孩來了興致，姐姐則夾起一片肉來，笑著望著男孩那饞嘴樣。

英國是怎樣的地方？男孩並不清楚，那電腦屏幕裏偶有閃爍的企鵝，點開，能瞧見姐姐在那邊的模樣。母親的話語再次浮現，數次的通話，她都在叮囑姐姐，「多發點那邊的照片，好玩的那種，讓你弟弟看看！」過山車、派對，及教堂裏的留影，姐姐在英國的日子想必多姿多彩，可這在男孩心底激不起一點漣漪。

「心情好呀！一想到我姑娘這麼有出息，我就心情好！」隔壁的女人繼續說著：「跟你說呀，要是你弟弟能有你一半……」女人還未說完，「咚——」的一聲，猛烈的關門聲傳來。男孩跑到洗漱間，往臉上狠狠抹了把涼水，隨即甩門而去。關門聲在偌大的屋子裏迴盪，牆角露出女人的臉龐來，沙發裏的男人目睹了這一切，陰沉著臉。女人朝客廳的方向覷著，自知又弄砸的她不知該說何話，就那樣站在走廊，手裏空蕩蕩的。

「做不做飯了？」男人的話語打破了平靜。

「懶得做了，我下去買點。」

「算了，算了！我去吧。」男人站起身來，久坐的痠痛讓他直捂腰。「哎喲！我這把老腰喲！」男人一手撐起腰桿，邁出門去。

照相館的金色大廳，小朱正忙著打理衣物，他似乎總在整理這些古董玩意。見呂明進門，小朱微微抬頭朝老闆示意，又繼續疊衣服。「小朱！」呂明呼喚勤勉又青澀的小夥子，「我有點事，要出去一趟，你去那邊買點吃的，給你師娘送過去。」「好！」小朱的話語輕如蟬翼，他也不慌張，不緊不慢地疊完灰白格子衫。

越野車緩緩下坡，一路向西。手握方向盤的呂明些許恍惚，一時憶不起那餐館在何處，依稀記得是個老舊的路口。終是被他尋著了，呂明將車靠在路邊，不遠處的幾扇空窗裏是男孩擦汗的側影。那一頭的男孩端著裝有回鍋肉的餐盤，穿過嘈雜的人群，隔得老遠都能瞧見髮梢甩下的汗珠。

屋子一角，暗沉的木桌上擺滿各式安全帽，紅的黃的，安全帽的主人們則散布於屋內各處。臂膀黝黑的人們，身前的泡沫盒裏擺有各式菜餚，撬開一瓶又一瓶啤酒，大口暢飲。他們邊吃邊議論，唾沫在空中飛舞，落在桌面、落在熱氣升騰的蛋黃，也無人在意。男孩端上新的菜餚，那白皙的面龐在人群中格外醒目。男孩來來回回，勤勉得如同照相館裏的小朱，全然未發覺不遠處車窗裏的男人。

「一點八元一兩」，白底紅字的紙板鑲在鐵皮餐車的邊緣，招攬來往的顧客。終於忙完的男孩，坐在臺階握著毛巾不住地擦汗。見此，遠遠凝視著的呂明心裏五味雜陳，既爲男孩的邋遢，也爲男孩的勤勉。畢竟，那還是自己的孩子。

就在這時，陌生的身影步入呂明視線。

「呂連城！」聽到熟悉的聲音。男孩仰起腦袋，是扎著馬尾、挎著背包的女孩。女孩的髮梢在風中搖曳，高挺的鼻梁搭著深邃的眼窩，鼻頭綴有幾顆稀疏的斑點，黑痣如繁星隱於女孩清瘦的面龐。見男孩不說話，女孩便蹲下身說：「對不起！我來晚了，看把你累得！滿頭的汗。」

「呵——」男孩撇過腦袋，「你來了也沒用，你那瘦身板，拿得動那些菜？還不得我來。」

「嘻嘻！」女孩瞇著眼笑笑，抱歉的朝男孩說道：「那我進去啦！」女孩側身而入，在她轉過身的剎那，男孩一貫耷拉著的眉眼竟揚了起來！這久違的笑意，直擊男人的心坎。呂明坐在車裏，對不遠的男女之情既意外又無奈，他當然明瞭一顰一笑裏的情愫。痲煩還未了結，又來了件煩心事。

這苦惱令人心煩！苦心經營的一切難道又得回到原點？老子苦心培育這麼些年，竟培養出這麼個胸無大志的廚子?!愈發憤懣的呂明猛踩油門，越野車扭動它那強有力的輪轂，掉過頭沿原路返程。滾動的輪軸如男人的心境一般翻湧，思緒混沌的男人猛地踩下油門。「開得這慢！」前邊的小車駛得緩慢，呂明超車而過，瞥見車窗裏披著捲髮的面孔。並排而行的車內，女人全然沒注意到呂明，自顧自地捋頭髮，墨鏡下的面孔看起來十分悠閒。

「唔——」繼續踩油門，呂明超車而去，可就在車身超出的時刻，一個身影忽地出現。刺耳的剎車聲劃破小城的寧靜，路旁的行人駐足而立，朝這邊看來。越野車停在十字路口中央，墨黑的剎車痕如草地的石板，一條接一條的印在瀝青路面。嚇壞了的女人僵僵地立在馬路正中，她手裏推著自行車，黃褐色的雙唇不住地顫抖。「哎！」險些撞著女人的呂明，此時卻大為火光，操著近乎咒罵般的口吻質問：「紅燈！紅燈！看不到?!」

瘦高的女人呆在原地，盯著車窗裏的呂明，不知該做何、該說何。唉！瞧見女人呆滯的神態，呂明暗自嘆氣，全當今日運氣不佳罷了。正當越野車打算離去，「咣——」的一聲巨響，感覺身子被推向天空，呂明眼前一黑喪失了知覺。

過了許久，躍過漫長而冗雜的夢境，等及再次睜開眼，呂明望見天花板落下的輸液管、身上的白色床單。「呂明！」女人呼喚他的名字，「你可算醒了。」微微抬起腦袋，呂明瞧見這不大的屋子裏，僅有自己和妻子。

「出車禍了？」往床頭挪一挪腦袋，環視四周，呂明瞧見滿是燦白的房間。

「嗯。」

「跟姑娘說了麼？」

「還沒，本來想說的，怕你又……」女人坐在病床旁，陰沉著臉。

「那就好！我這個傷不要緊吧？不跟她說也好，免得耽誤學習。」男人試圖坐起身，可極深的疲憊頓時湧上腦門，強烈的眩暈感模糊了他的雙眼，淚花不住地往外湧，令他不得不再次躺了。見狀，女人趕緊說道：「哎哎！好好躺著。」

「醫生怎麼說？」閉著雙眼，男人喃喃低語。

「腦震盪，輕微的，還有你那個手。」女人說著，從床頭的籃子裏挑出一隻蘋果，「你這睡了兩天，店裏的事都是小朱在打理。」

「嗯。」呂明摸了摸自己的左手，已被綁上厚厚的石膏。「你有沒問醫生，什麼時候能出院？」

「我記得，醫生好像說過，還得……還得半個多月吧。」聽到妻子這麼說，呂明趕緊撐起右臂來，自言自語道：「那不行！半個多月！那店子不得垮掉咯！」

「你還想出去不成？」女人連連喊道：「你給我安心休息！」

屋子陷入沉默，女人默默地削蘋果，男人緊閉雙眼。過上許久，男人才開口：「連城沒來？」

「沒。」

「唉——」長吁一口氣，男人坐起身來，「哎！我記得，就那個女的，真他媽的煩！闖紅燈就算了，還他媽的愣在路中間，不肯走！真是點背！哎！那個女的怎麼樣了？」女人不回答，手中的果皮片片落入底下的垃圾桶。見妻子不說話，呂明也未太在意，心裏盤算著店裏的幾個項目。再過半個月，得去省城進一批貨了。

「死了。」女人的話語傳來，呂明翻動的嘴唇脫口而出：「啊？」

「死了。」依舊是那個答案。

望向削著蘋果的女人，手裏的銀刀亮得晃人眼。「那個女的，真他媽的……」話語卡在喉嚨，如一根尖刺從嗓子眼直抵呂明心頭。

天空飄著雨，落在灰磚的縫隙，醫院西門前長長的臺階積滿厚實的苔蘚。沿石板而下，在陡峭的臺階盡頭有一個分叉口，往前是轎車往來的馬路，往左是孩子們嬉鬧的小巷。窄窄的巷子僅容得一輛車駛過，兩邊的住宅大都不及三層，偶有抄近路的小車經過，總會將本就擁擠的道路塞得滿滿當當，引得附近居民的聲聲斥責。

巷子的盡頭，路口的快餐店裏排隊的人絡繹不絕。呂連城照例拈起透薄的餛飩皮，將肉餡包好，置於巴掌大小的漏勺，等及勺內積滿一碗的分量，這些令食客垂涎的餛飩便紛紛落入滾燙的沸水。

「噫！劉老闆，你看，自從來了這個小夥子，生意好得不得了喲！」腦袋頂瞧不見幾根頭髮的男人，瞧見桌臺那頭的男孩，扯著那慣有的菸嗓問道：「哎！小夥子，哪的人咧？」男孩卻不說話，低沉的模樣不像是不想應答，更像是未聽見男人的話語。

「不是本地人吧。」男人輕聲呢喃，又瞧著不遠處正忙活的老闆，一臉關切地說：「小夥子剛來百里吧？有點生，不敢說話，這正常！多熟悉就好了。」見無人搭理，男人自言自語道：「我以前教書的時候見多了，有些學生成績好，就是不愛說話。說到底呀！還是眼界太窄了，讓那些孩子上臺說幾句，一個個都緊張得發抖！」

店老闆靜靜聽著，默默笑著，想必那退休多年的老頭把男孩當成外來的窮小夥子。殊不知這位不善言語的男孩，是這城裏最富有的人家之一。

「餛飩好了。」男孩終是抬起了腦袋，輕喚一句，又繼續忙活。等及正午，屋頂的吊扇不得不搖晃起來，鋁盆中的肉餡便見了底，食客們也不見踪影。該收攤了，抄起鐵製的托盤、瓷碗，男孩握著鋼絲球搓洗起來。

「小呂！」老闆的嗓音傳來：「怎麼，中午不回去？」

「嗯，不想回屋。」

「那就吃個飯吧。」

老闆娘端上了兩個菜，置於屋子正中的木桌。平時供食客吃食的餐廳，也是兩口子的客廳。三人圍坐一圈，如同一家人。黃瓜、豆角，還有一丁點肉末，握著木筷的男孩，不停地拈起小碗裏的腐乳。見到男孩吃不習慣，女人起身往後廚去了，端回一盤熱氣升騰的回鍋肉。

三人吃著飯，誰也不說話。扒拉一口米飯，老闆心裏細細琢磨，倘若眼前的男孩是自己的孩子，那該有多好！勤勉、踏實，最重要的是，這家稍有起色的小店算是後繼有人了。可命運無常，他生在了富貴人家！這令店老闆苦惱，也讓男孩的父母操碎了心。

「唉！」男人不由地嘆息，微微顫動的嘴唇欲言又止。等及碗中的米飯見了底，老闆終於開了口：「小呂，跟你說個事，那個……那個餛飩攤，以後就不弄了。」奶白的腐乳粒仍掛在嘴角，男孩抬起腦袋、瞪大雙眼，愣愣地盯著老闆。

「爲……什麼？」過了許久，男孩才擠出這句話。

「我……我們想做一個煎餅攤。」男人的話語磕磕巴巴，撇過腦袋不敢直視男孩眼眸，「就是想做點別的，是吧！」男人瞥向女人，老闆娘卻自顧自地吃食。看到這一切，男孩頓時明白，是那個男人在搗鬼。「什麼意思？」一向內斂的男孩站起身來，高聲質問到。

「你坐下，你不要急！」男人慌了神，連連擺手。

「爲什麼要換？」男孩不依不饒，瞪著眼說：「我做的餛飩賣得那好！你看，每天早上六點開始排隊，排滿了人，就是爲了吃一碗！」

「好了！好了！先把飯吃完。」女人連忙勸阻，伸出寬厚的木筷，往男孩碗中夾一塊肉，「先吃飯，吃完再說。」

「不要！」男孩一把推開女人的手，筷中的肉片落在桌面，濺起油漬來。男孩神情激動地說著：「我這個攤子，做得這麼好！要是沒得我，你們這個館子做得下去？」

「怎麼說話的？」將筷子拍在桌面，男人也來了脾氣，「呵！沒得你，這個館子就弄不下去了？太把自己當回事了！再說了，那個雞湯是你弄的？不都是你張姨每天早上跑起來熬的！眞他媽的……」

「算了！算了！少說幾句。」女人趕忙扯住男人的手臂，示意他不要再說，可男人卻沒有停下的意思，「你說啊！就你剛才那個態度，就算做事做得再好，我也不要你了！脾性不行，做得再好，有什麼用咧?!」站立的男孩，滿臉的倔強依舊，男人卻扯著嗓子說：「你爹出了車禍，你去醫院看過沒？」

男孩沉默。

「你爹出了那麼大的事，你都沒有去看過！這種不孝的人，我哪敢用咧！你說，萬一你哪天偷個錢、使個壞，那不是要我命！」

更深的沉默。

猛地起身，眼眶通紅的男孩衝出門去，腳下一哆嗦，重重摔在門前的石板。劇烈的疼痛從膝蓋傳來，滲出了血，將棕黃的褲腳染得通紅。男孩爬起身，不顧身後老闆娘的呼喚，向巷子深處奔去。正午的路口人影稀疏，瘦小的身影消失在巷子盡頭。老闆娘轉身看向男人，皺起眉頭說：「用得著這樣？你這搞得。」

「老子能麼辦？」男人灌上一口啤酒，將玻璃杯狠狠地拍向桌面，「我也不想啊！只能這樣搞！連城這麼倔的一個娃，只能這樣弄，我也是爲他好！」說罷，男人又給自己倒上一杯。女人抄起酒瓶，給自己倒上酒來。見男人的胸脯依舊起伏，大口喘著氣，女人收起方才的情緒說道：「好了！人都走了，就別想那多，別把自己氣到了。哎！那個呂總，他怎麼跟你說的。」

「也沒說什麼，就是要把小呂搞走。」

「沒別的？」

「給……給了一萬塊錢。」

拖著鮮血淋漓的膝蓋，呂連城在正午的陽光下奔跑，那骨瘦如柴的雙腿一瘸一拐地前行，暗紅的血水順著褲腳流下，濺在水泥地面。巷子兩旁的屋檐下，人們打量著這個奇怪的男孩，卻無人上前。呂連城的腦子裏滿是女孩的面孔，此時的他不知有何處可去。女孩家暗紅的鐵門就在前頭，已有一個星期未見，也不知女孩家裏有何事。

前面就是那間屋子，低矮的平房門口隨意地擺有棕色花盆。呂連城扶住膝蓋，大口喘著氣，抬起雙手，才發覺膝蓋的血塊已凝成黑痂。他鼓足勇氣緩緩走近，敲響了那張鐵皮，敲了三下，「咿呀」一聲，門開了。一尺來寬的門縫裏是陌生的中年男人，他操著嘶啞的嗓門，朝呂連城問道：「找誰？」

「我……我找倪瑤瑤。」

「找她幹嘛？」操著戒備的神情，男人審視著眼前的男孩。呂連城的心緒有些慌亂，有些磕巴地說：「嗯，我……我是店裏的，找她有事。」

「瑤瑤！你過來！有人找。」男人朝門內大喊，又側過身對呂連城說道：「那個館子是吧！我姑娘以後不去了，有什麼事快點說。」門縫被拉開了些，呂連城這才瞧見屋內的境況，屋裏坐著許多人，老的小的，眾人坐在低矮的板凳湊著耳朵輕聲言語。

熟悉的面孔出現了，女孩垂著腦袋，有氣無力的模樣。「怎麼啦？」呂連城見女孩此般模樣，一臉的關切，礙於不遠處的那個覷著這邊兒的男人，他又不敢靠得過近。「沒啥！」女孩的臉蛋似哭過一般通紅，她一直半低著腦袋不肯再說。

「怎麼啦？是不是有人欺負你？」瞧見女孩失落的神態，男孩心裏愈發著急，他的嗓音變得激動起來：「有什麼事，跟我說呀！」

「別問了！」刺耳的喊叫在小巷裏迴響，女孩的父親朝這邊望著，趕緊朝門口走來。女孩終於按捺不住，扯著嘶啞的嗓門吼道：「你能不能別問了！我媽媽沒了！」

門縫在崩裂聲中合上，女孩的背影也消失在那頭。不知所措的男孩呆呆地立在原地，一時未反應過來。「死了，死了，死了……」女孩的話語在天地間迴盪，灼熱的陽光將地面烤得焦黃。男孩站在鐵門外，過了許久，才挪動他那僵硬的雙腿，「啊——」他痛苦地呻吟，連他也搞不清楚，這難以承受的疼痛來自於膝蓋的傷疤，還是心中的苦悶？

尋得隔壁屋子的拐角，躲在屋檐的陰影中，他不想被女孩或是相識的人所瞧見。腕錶的指針指向兩點，正午的陽光灼人眼，巷子兩側的人們躲進了屋，路面空蕩蕩的。縮在牆邊的男孩將褲腿挽起，任由泛黑的血痂在空氣中爆裂，疼痛陣陣，他也不理會。

二〇〇七年三月六日

「給老子滾！」刺耳的喊叫在樓道裏迴盪，傳到每扇窗子，女人不安地朝外望著。鄰居們早已不再疑惑，那戶人家如靜默的火山，隨時都會噴發。

花瓶的碎片落滿地，地板凹出不少坑，發洩過後的男孩胸膛來回起伏。猛地合上門，男孩站在電梯一側的窗口，窗外飄著雨。電梯壁面的數字緩緩跳動，時間也變得緩慢。能去哪呢？摸過兜裏的幾張鈔票，不過是網吧，亦或旅館。正當呂連城盤算著，「叮——」的聲響，電梯門開了。

緩緩下坡，走在人影稀少的街頭，男孩心裏滿是掙扎。不想再回去！可無論怎麼反抗，終究要在幾張票子面前低頭，回到那間看似寬敞的屋子。嘆口氣，望著疾步而行的路人，男孩往右拐去。空氣裏飄著泥土的氣息，雨水滴落於面頰，街上人影稀少，倒是馬路對面停有一輛麵包車，陌生的男人抽著菸，像是在打量著男孩。

剛轉過身，一個男人擋在男孩面前。穿著深色的外套，男人肩上的徽章格外醒目，這是……是警察！男孩心頭一緊。「是呂連城吧？」膚色黝黑的男人直勾勾地盯著男孩。男孩愣在原地，許久才憋出一句：「嗯。」

「你朋友出車禍了，情況比較嚴重，你跟我們走一趟。」那人說罷，男孩發覺男人身後還有一人，同為警察模樣。「走吧！」還未等及男孩回答，臉龐稜角分明的男人握住他的臂膀，將他架上車。

發動機嗡嗡作響，小車沿緩坡而下。「這要去哪？」望著窗外熟悉的街道，男孩低聲問道。「二醫院，你朋友傷得很重。」將他架上車的男人正手握方向盤。

「哪個朋友？」男孩滿臉的疑惑。可車內無人作答，男孩靠在最後排的座位裏，中間的椅背上，兩個臂膀耷拉的男人同是沉默。車內的空氣緩緩流淌，氣氛凝重而詭異。小車確是朝東邊駛去，男孩的腦中依稀有些印象，城東的水庫旁坐落有一家老舊的醫院。雨滴落在車頂、車窗，劈劈啪啪的，雨水愈發猛烈。小車在行車不多的馬路上前行，車速愈來愈快。男孩將臉龐湊近玻璃，仔細打量著窗外的一切。廣場、菜場、水庫，再往前，就快到那家醫院了，可在水庫旁的丁字路口，麵包車往右拐去。

「哎！搞錯了吧，應該是往左拐，醫院在那邊！」男孩朝車內的眾人喊著，可無人搭理他。高瘦的男人側過身子，將大腿橫亙在麵包車側門前，男人目光深邃，如夜裏的牆角的螢火。「哎！」男孩終是喊了出來，他叫著，試圖令這輛飛馳的小車停下。身前是三位身著警服的男人，男孩想要衝上前，雙腿卻不聽使喚。朝窗外望去，熟悉的街道已不見，代之的是起伏的山丘及藏匿於田野之中的水牛。

意識到異樣的男孩不再叫喚，使勁揉搓雙手，掌心滲出細小的汗珠，搓一搓手心、手背便滑膩不已。指尖在發顫，恐懼瀰漫於他的每一根血管，怎麼辦？怎麼辦？怎麼辦?!他不停地問自己，劇烈的壓迫感充斥著他的大腦。「啪啪——」的聲響，引得穿警服的人的注意，兩人回過頭，發現後座的男孩正猛地敲擊腦門，那表情痛苦不已。

「搞什麼？」倚在外側的男人湊上前，試圖抓住男孩來回捶打的手掌。駕駛座的男人瞥見這一幕，滿不在乎地咧起嘴角。

一聲悶響，剎車的尾音劃破鄉間小路的平靜，麵包車彆扭地靠在路邊，幾個身著深色制服的人慌忙跑出，跑到布滿枯枝的路邊草叢。在雜亂枝葉之中的男孩痛苦地呻吟，臉蛋被擦得通紅、羽絨服也被劃破。「你怎麼沒拉住？」駕駛座跑下的那人，一臉斥責地問到。

「我拉了，他還踹了我兩腳，呲溜一下，就開門跑了。」

「趕緊過去看看，呵！膽子還挺大，敢跳車！」

躺在泥濘之中，劇烈的疼痛令男孩無法動彈，淅瀝的雨水落在頭頂，眼前一片昏暗。不遠處，似乎有人朝這邊走來，男孩心裏清楚，必定是那幾個假警察，他努力撐起胳膊，卻抵不住那鑽心的痛楚。眩暈感愈發強烈，男孩終是放棄了抵抗，昏昏睡去。

再次睜開眼，已在陌生的房間，灰白的牆壁、老式的吊燈，孤零零的吊燈裏掛有一隻暗黃的燈泡。男孩從床鋪爬起，發覺這是一個宿舍，三張上下鋪，如同初中那臨山的潮濕的宿舍，只是其他床鋪空蕩蕩的。

從床上爬起，身上依舊殘留著痠楚，男孩瞧見自己的外套搭在窗旁的木桌。陽光映在羽絨服的袖口，劃破的口子已被補上，可那縫上老舊的補丁，在顆粒分明細膩的材質上顯得過於突兀。門外傳來咳嗽聲，車內的恐懼仍在心裏，男孩警惕地側過身子不敢動彈。沾滿灰塵的窗外閃過一只腦袋，頭頂斑白的樣子，原來是位老人。

「醒了？」裹著酒紅色、中山裝樣式外套的老人，推開了門。男孩望著他，實在無法將眼前羸弱的老人，與之前那三個凶惡的男人聯繫起來。一番檢查過後，老人後退幾步，倚在門外不遠處的靠椅，溫和的陽光打在老人面龐。木門再次合上，警惕減緩幾分的男孩抄起桌上的保溫瓶，將瓷杯裏的溫水一飲而盡。男孩渴壞了，往日裏，他連別人用過的塑膠杯都不會碰，何況這掉了漆的、不知經多少人觸碰過的瓷杯。

饑餓感從肚底升起，在屋內搜尋一圈，卻不見一點兒吃食。男孩來到門前，遲疑了一會兒，還是拉開了身前的木門。門外是一處宅院，電視劇裏的四合院那般，青磚、柱樑，院子正中的假山旁圍幾叢不知名的草木。老人依舊窩在靠椅裏，瞇著眼，打量著瘦小的男孩。「你進去。」老人扔出懶洋洋的一句。男孩卻顧不得太多，朝老人喊道：「我餓了，要去買點吃的。」說罷，男孩的一條腿已邁出門檻。

「進去！」老人忽地站起身來，他的神情凝重起來，「我說了，你進去！不許出來！」

「我……」被老人突來的氣勢所震懾，男孩的話語有些磕巴，「我肚子，肚子餓了，去買吃的。」

「這裏沒得賣東西的，你要吃飯……咳咳！要吃飯，等……等到了飯點，會有人給你送。」老人擋在男孩身前，儘管他身材瘦小，依舊比男孩要高上半個腦袋。

沒東西？沒食堂？老人的話語令男孩摸不著頭腦，這到底是什麼地方？憶起從麵包車一躍而下的情景，不祥的預感便湧上心頭。男孩一把推開身前的老人，任由那老人的聲音落在身後，他不顧屋內的外套，不顧臉上才結痂的傷口，朝前奔去。假山、紅柱、桌椅……依次映入眼簾，不知該往何處的男孩玩命地奔跑。繞過池塘，前邊是一處帶有房屋的院子，軍綠色的長袖、陌生的面孔從眼前閃過，直至平靜的人群喧鬧起來。

「抓了他！」

「趙教官，又來一愣頭青，趕緊的呀！」

「你他媽的，只曉得喊教官！」

「呵！」

……

猛烈的撞擊打在男孩脊背，男孩重重地倒在混著石子的泥濘地。隨後，腦袋暈乎的男孩被人拎起。一輛三輪車駛了過來，穿著淺灰外套、身材健碩的男人如抄起一隻牲口那般，將男孩扔向三輪車的貨倉。男孩的身軀與鐵皮碰撞的脆響，令方才嬉鬧的人群稍稍平靜。三輪車緩緩駛離，男人咬著臉頰的肌肉朝眾人吼道：「有什麼好看的？」

人群鴉雀無聲，男人繼續喊叫：「剛才，誰動的手？」

眾人的目光聚集到一個人身上，那人盯著威嚴的男人，在人群中不敢說話。「幹得好！」男人的話語出乎眾人的預料，「就該這樣做！有人違紀，不守規矩，你們就應該出手！相互監督！聽懂了沒有？」稚嫩的臉龐面面相覷，無人作聲。

「聽懂了沒有？」男人愈發惱怒，吼聲更加響亮。

「聽……懂了。」回答得淩亂又低沉。

「聽懂了沒有？去你媽的！」男人的話語刺破天機，他掀起衣角，露出腰間那粗壯猙獰的皮帶來。

「聽懂了！」這一次的回應齊整而嘹亮。

再次醒來，已不在那間滿是床鋪的屋子。眼前一片漆黑，男孩在黑暗中摸索，堅硬、冰冷的玩意應該是牆壁。緩緩抬起胳膊，僵硬的手肘如生鏽的機械一般，每動一下，關節中的痛意便溢出幾分。撫摸自己的胸口，發覺被裹上厚實的外套，軟軟的，隔著布料就能體會到棉花的柔軟。

轉過身，不遠處竟有一扇半開的門，門縫的微光映在地面的雜草，枯萎的細長的稻稈愈發的昏黃。男孩趕緊向那束光奔去，踩在濕滑的稻稈，他摔倒了，可他顧不及那麼多，連忙爬起。

「別去了！」漆黑中傳出說話聲，嗓音輕柔得很。

男孩停下腳步，朝四周張望，可漆黑的屋子望不見任何人影，他加快了腳步，慌張地往門口跑去。那道光觸手可及，男孩已迫不及待地探出了臂膀，終於摸到了！把門縫扒得更開，好讓陽光漏進來，可就在開門的瞬間閃過一張面孔。門外立著一個人，那冷峻的目光正是那天麵包車裏的男人。男人的注視如一把利刃，直戳男孩內心最孱弱的部分。男孩不自主地後退，方才衝出牢籠的喜悅在男人面前緩緩退散。終於，男孩退卻了，他轉身跑回屋子，跑回幽暗深處。

心跳聲在烏漆嘛黑的屋子裏迴響，緩上許久，男孩這才微抬起腦袋，往出口的方向看去。手錶呢？想起那塊陪伴自己多年的玩意，男孩站起身，借著門外的光亮在屋子裏摸索。謹慎地邁步，生怕將它踩碎，可搜尋許久也未發現。

沒了手錶，便丟失了時間。

不知過了多久，「咚——」的一聲，門被推開。一個高大的身影立在門前，逆光下的面孔模糊不清。那人手裏端著什麼東西，他半蹲下身，將手裏的東西放在門內，又起身離去。黑影消失了，狹長的陽光便打在男孩的臉龐，男孩下意識地伸手捂臉，又聽見不遠處傳來的聲響。那聲響像是金屬磕碰發出，清脆的回音就在不遠處。男孩恍然大悟，想必隔壁也是這樣的屋子，原來還有同伴。習慣於獨處的男孩這時才發覺，能有個伴是多麼的令人寬慰。

爬起身，男孩小心翼翼地朝門口走去，縷縷熱氣從鐵門旁擺放著的碗蓋升起。他餓極了，連忙抓起並不算燙手的鐵碗，以及碗後的一瓶礦泉水。迫不及待地擰開碗蓋，碗中黏稠一片，土豆、萵苣，汁水與米飯黏在一起，看起來如同廁所裏的隔夜糞便，暗黃而黏稠。

飯菜的熱氣繞過男孩鼻梁，那香濃的氣息喚得肚皮咕咕叫，他倚在鐵門上，橫下心閉上眼，捏著鐵勺舀起那糊狀的飯菜往嘴裏送。閉眼而食，土豆的滋味在舌尖融化，是別樣的滋味。沒想到往日裏難以下咽的米飯，是如此的香甜！光亮的鐵勺在碗底吱吱作響，米飯見了底，意猶未盡的男孩瞧見掉落於地的米粒，不停吧唧嘴。

陌生男人靠在院子裏的木椅，也不瞧男孩一眼。也許是小腿太過痠痛，也許是上次的重擊仍歷歷在目，男孩全沒了逃跑的想法。不見那個老人的踪影，憶起那次的魯莽，男孩心中些許愧疚，那一摔，也不知老邁的身板現今怎樣？

樹影東斜，木椅裏的男人收起了手機，百無聊賴地四處張望，他身後的牆壁裏是整排的鐵門。那些與男孩身後的無異的鐵門，大都被鎖上，僅有最裏頭的那扇門半掩著。這些柵欄般的鐵門，如黃土坡裏鑿出的石洞，排列齊整，卻沒有鑿出窗戶來。想必那間屋子裏，也有一個同樣饑餓的人。男孩清楚現在的境遇，在他被踹倒之前，那身著迷彩服的面孔、喊著口號的人、院牆頂上的鐵絲網……瞧見那種種，他已明白一切。

天色漸晚，男孩在門內打盹，等及醒來門外已是一片漆黑。晚風吹拂面頰，鼻梁早已凍得僵硬，男孩趕緊跑向鐵門，猛地將門合上，將稚嫩的雙手從袖口伸出，使勁地揉搓臉皮。捂著眼返回，「哎呀！」一個踉蹌，他險些摔倒。

「小屁孩！」

誰？那女聲再次傳來，男孩四處張望，關上了門，四周的牆壁一片漆黑，瞧不見任何東西。難道是鬼？他心頭一緊，試圖張嘴，嘴唇卻不住地顫動。「誰呀?!」男孩鼓足勇氣高喊。他的嗓音在屋子裏迴邊，回聲愈來愈小，直至淹沒於黑暗。也許是幻聽，男孩在心中自我安慰，可他剛一抬腳，那個聲音再次響起：「叫那麼大聲幹嘛？有毛病！」

在那邊的角落！

「你別過來！」男孩的喊聲愈發嘹亮，他面朝牆角，如一只拱起脊背的貓，等待那黑暗中的鬼魂。

「有病吶！」那個聲音似在發怒，又像是嘲弄，黑暗中的人接著說：「唉！膽子小！小屁蟲！咳咳！我們在你隔壁。」

我們？還有誰？懷著疑惑的男孩拾起地面的沙粒，擲向漆黑的牆角，確認再三，他才緩緩挪步至那個角落。摸著黑，男孩謹慎地朝前，可到了牆角，依舊是一片空蕩。

「你……你在哪？」無人應答，倒是牆角傳出幾聲敲擊。男孩俯下身，順著牆壁的肌理，往最裏端瞧去。忽地，一束金黃的光亮如破土而出的利劍，刺破牆面。男孩將腦袋湊近，原來是牆角的一個孔洞，將左眼湊近，透過那道溫和的光亮望見了一個身影，模糊的瞧不太清。

緊繃的心臟終是鬆弛下來，男孩倚在那束光亮旁，過了良久，才開口：「嗯……你……不對，你……你們也被關進來了？」牆壁那一側的人沒有回答，倒是朝男孩說道：「哎！聽說你家裏挺有錢的，好像……好像是百里的首富？是不是呀？」

「怎麼可能？」男孩下意識地否定，況且「首富」這個詞，未免過於誇張。他連忙說道：「沒得的事，不要瞎說！」

「嘿！怎麼還急眼了咧？」那一頭的女聲依舊不緊不慢，「算了！懶得跟你說這個，我跟那個教官聊了，你還是挺聰明的哈！曉得不往外頭跑。」

「跑什麼？」

「往外頭跑呀！那些教官機智得很！跟你說，之前有個男的，就在你這間房。那個男的剛來就想往外頭跑，跑了幾次，哪跑得出去喲！」

背後的涼意滲過厚實的外套，男孩將後背挪開，不再緊貼壁壘。那頭的言語並不算意外。早就料到那扇並未鎖上的鐵門，既是一道考驗，也是一個警告。

「來，還是熱乎的。」隔壁的那人像是在自言自語，男孩這才想起，那句「我們」。另一個聲音從男孩的耳畔飄過，細得像貓一樣，是兩人在說話。

「不會吃了那個？」

「嗯……吃了一點點。」

「跟你說了的！不吃那個。他們故意弄的那一坨一坨，看得就噁心！」女聲如長輩訓話，和緩中透著嚴厲。緊接著是一陣碗筷磕碰的聲響，淡淡的肉香從小孔溢出，飄至隔壁屋子。久違的香氣湧入鼻息，乾燥的舌底生出津液來，男孩感覺到手背濕漉漉的，伸手一摸，原來是口水滴落其上。

記憶湧上心頭，明亮的餐桌、盛有烤肉的餐盤，彷彿近在咫尺。男孩忍不住伸出手，眼前一片黑暗。堵住透著光亮的孔洞，屋子愈發幽暗，隔壁的笑聲、爭吵聲不絕於耳，男孩也無心傾聽。

「咿——」門開了，強光刺人眼，一個女子的身影立在門前，纖細的胳膊握著手電筒。那人走到屋子中央，將手電筒置於地面、燈罩扭向天花板，漆黑的屋子頓時亮堂不少。

男孩這才看清那人的臉，儘管那人髮梢略顯散亂，身上的褐色外套是那麼的老舊，可那高挺的鼻梁、細長的眉眼無不透著幾分秀麗。女子看起來與自己年紀相仿，男孩頓感輕鬆。

女孩打量著男孩，放下手裏的餐盒些許戲謔地說：「好小的個子吶！這還有半隻雞，還是熱的，你吃吧。」說罷，她便將鐵盒放下，隨即伸手去拿手電筒，打算離去。

「哎！」男孩鼓足勇氣，朝那背影輕聲問道：「你怎麼進來的？」

「走進來的呀！還能怎麼進來？」

「哎哎！你別走，我……我我……我去那裏看了，院子裏有人……有人守著，你……你怎麼能到處走？」強光照向門外，將門外的樹杈映得一片慘白。女孩並未回答，往右邊去了，正是男孩上次奔逃而出的方向。

那個夜晚，男孩的身子不再蜷縮，一覺直至天明。天亮了，男孩來到那扇鐵門旁，細微的霞光從對面的青瓦洩下，映在院中的枯草上。他憶起高聳的窗臺上那隻銀灰的恬靜的肥貓，此刻的自己同牠一樣，溫順而忍讓。若是在那棟高樓，這般的束縛多半會令他爆發，若不及時衝出防盜門、衝向電梯、衝出牢籠般的樓房，那些玻璃、碗碟多半會淪爲一地碎渣。

餘下的日子，男孩都待在屋子最深處，每日透過那空洞與隔壁的女孩言語幾番。往日不善言語的男孩與隔壁瞧不清模樣的女孩相談甚歡，等及飯菜送至門前，那短暫的安寧裏，他才意識到自己與往日的不同。女孩的話語是那麼慢，如夏日窗外遠遠的蟬鳴聲，她喜愛跳舞、喜歡彈吉他，每當望見熒屏裏歌唱的女孩在眾人的歡呼中躍起，她的心跳便靜止了。

她有一位在政府工作的父親，以及在醫院工作的母親，她想離開那個縣城，去省城、去北方，去學習她喜歡的東西。可她沒有錢，僅有父親輕蔑的眼神，在腦海一次次的浮現。「不可能！」一次又一次的冷漠過後，她便不再開口。男孩靜靜地聆聽，腦袋倚著冰冷而生硬的牆壁，「爲什麼要做廚子？一個做飯的，哎喲！」熟悉的質問是父親的口頭禪。男孩明白女孩的心思，那種炙熱的渴望，如一團烈火在軀體深處灼燒。

「嗯，你家應該挺有錢，不就是搞個培訓，這簡單的事……」男孩像在自言自語，對著空蕩的屋子嘆氣。而牆壁的另一頭，女孩同樣倚著牆，兩人就這樣背靠背，眼前的屋子堆滿枯黃的草莖。

「你家不是更有錢麼？」女孩突來的話語，令男孩心裏一驚。「我曉得，清妍都跟我說了。」女孩接著說道：「你家這麼有錢，不也是這樣？」她說完，靜靜地等待高牆那頭的應答，可那頭是沉默的。戲謔許久的女孩，被這突來的沉默堵住了咽喉，「唔——」她長嘆口氣，望向那扇半掩著的鐵門，門外的草地已泛起金黃的光澤。

黃昏將至，又虛度了一日。

接下來的幾日，門外偶有人影閃過，新來的人不知被關進哪間屋子。不出所料，撕心裂肺的吼叫、低聲的啜泣混著半夜的鳥鳴，在院子的上空久久盤旋。傍晚，男孩咀嚼著碗中的蘿蔔塊，一個身影從門前閃過，墨綠的運動鞋掠過眼前，那是一隻鞋底快要脫落的球鞋，露出的豁口是那麼的顯眼。男孩探出腦袋，瞧見一個微胖的身影正玩命地朝大門奔跑。男孩又縮了回去，繼續吃飯，不出所料，「砰——」的一聲過後，便聽見教官亢奮的叫罵聲。

「他媽的！你他媽的像個傻逼一樣，跑了一次還要跑。」

「真當我看不見，媽的！」

「把他搞回去，明天不給飯。」

家長開放日

二〇〇七年四月十日

楊沙湖畔的楊柳，枝條早已生出簇簇翠綠，柔軟的柳絮被湖風吹起，隱匿於掛滿白雲的天空，又落在成片的田野之上。頭頂草帽的男人正伸手舀起池塘裏的涼水，清洗小臂的泥垢，忙活完的水牛在不遠處的雜草地撒歡。身板厚實的牛兒如一隻脫繮的黑狗，在草地裏來回飛奔，「嗡——」的一聲悶響，水牛被絆倒在地，牠也不急著起身，竟在草地上打起滾來。

兩輛小車停在池塘不遠處的石子路，黑色的轎車屁股被擦去了油漆，露出大塊灰白。兩車僵持著，前車的車門開了，下來一位男人，他緊皺著眉頭朝後方走去。男人一身的休閒裝，腳上的皮鞋擦得鋥亮，泛著春日的亮光。他瞧見眼前灰白的廉價的麵包車，後視鏡的油漆幾乎剝落殆盡，車門開了，走下來的男人身材瘦小、皮膚黝黑，目光裏透著膽怯。

「哎！你這……你來看看。」高大的男人朝瘦小的男人招手，示意其過來。兩車追了尾，膚色黝黑的男人瞧見那大塊的斑白，緊張得不停喘氣。這倒讓皮鞋男有些不知所措，他盯著眼前的男人，從兜裏掏出菸來。

「哎！老哥，不是我說你！」皮鞋男一邊說，一邊給自己點上一根菸，「你說你急麼事？是吧！我從那邊拐過來，你要是趕時間，等一下不就行了，哎！你這搞的！」

瘦小的男人依舊不說話，心裏急速盤算，算算得賠多少。皮鞋男看出了他的心思，給他遞上一根菸。皮鞋男吐出眼圈，繼續說：「老哥，你這是急麼事咧？」

「我……我趕著把娃送到書院。」瘦小的男人終是開了口：「大哥！大哥！確實是不好意思！我這個車是借別個的，就是送個娃，吱！別個一直在催，我這一慌，搞得……哎喲！都怪我，確實不好意思！」

「清源書院？農莊的那個？」皮鞋男放下手裏的菸捲，眉頭不再那般緊皺。「是啊！屋裏的娃不聽話，我管不住，學校也管不住，怎麼辦咧？」瘦小的男人愈發委屈了，立在原地如一位無助的小孩，可他額頭的皺紋裏藏有深深的泥垢。

「哎！我跟你一樣。」皮鞋男嘆口氣，他身後的轎車裏，同樣坐有一個令自己頭痛不已的男孩。將菸捲扔到地上，狠狠踩熄，西裝男朝另一個男人直擺手，一臉釋然地說道：「算了！算了！咱們都不容易，這個車就這樣吧，你不管了！」

「這……」瘦小的男人心裏既欣喜，又感到陣陣不安。

「沒事！」皮鞋男擺擺手，重新回到漆黑光亮的轎車，踩下油門，轎車再次踏上通往書院的路途。

三樓的走廊裏，個子不高、肚腩微微隆起的男人，正望著教學區那仿舊的片片青瓦。古典的磚瓦後邊，依稀能望見些許小車，那略顯擁擠的街道背後是同樣熱鬧的菜市場。王守國望著熱鬧的校門，手裏的菸蒂燃起一縷青菸，他從口袋裏掏出手機，撥通了電話，「哎！趙可，那幾個出來了吧？還有幾個？」

「兩個！還沒到時候。」趙可沙啞的嗓音從手機裏傳出。

「嗯！好！要看嚴，千萬別放出來了。」

「曉得！王校長，這個你放心！」

「嗯，你還是喊我『院長』吧！搞齊整點。」

掛掉電話，手裏的菸捲燃燒殆盡，將菸蒂摁在水泥欄杆，轉身扔進近半人高的垃圾桶。在樓梯道的拐角，立有一面一人來高的鏡子，王守國駐足打理，滿意地朝鏡中的男人笑笑，身上深藍色的風衣得體又不至嚴肅。他換上一幅笑容，咧起嘴角往書院大門而去。

「又要拯救一批失足少年！」高聲爲自己打氣，明媚的陽光映在王守國的面龐，也催促著院子裏那些尚未萌芽的草木。一位矮胖的男人輕快地行走在草木之間的水泥路，踩著富有韻律的步點，還不忘補充上一句：「噢！還要拯救少女。」

整排的平房，古典的造型引得眾人四處打量，十來位著裝各異的男女站在教室前的草地，等待校長的到來。姍姍來遲的王校長終是出現了，一身風衣、梳著油頭的校長，儒雅又不失時尚。從進校門處起始，直至教室的外牆，無不張貼有介紹王院長的紙板，「教育學博士」、「政協委員」、「教育專家」……那些目不暇接的文字，鋪面整面牆。

「哎呀！不好意思啊！」王院長走向家長隊伍，方才還窸窸窣窣的眾人頓時安靜下來。家長們身後還有六、七張稚嫩的面孔。「咱們走吧！去看看咱們書院的環境。」隊伍朝書院深處而去，幾位著裝光鮮的男人走在隊伍最前方。王守國與其並排而行，如一位和藹的嚮導，向游客們講述書院的發展歷程。幾位即將入學的學生跟在隊伍後邊，與家長們隔開一段距離，幾位教官則緊緊跟隨。

「我以前是公職人員，也做過學校的管理工作。」王守國挺起胸膛，饒有興致地憶起自己的過往。

「噢？」領頭的男人來了興致，撇頭問道：「哎！王院長呀！那你爲什麼開了這間書院呢？恕我冒昧哈，儘管這間書院口碑不錯，業績自然也不差。可它畢竟只是一所教育機構，哪能與公立學校想比咧？何況還是公職人員！」

「這位家長怎麼稱呼？」王守國放慢腳步，不緊不慢地說。

「免貴姓姜，姜子牙的姜。」

「嗯！姜先生呀！您說得不錯，這百里方圓數千平方公里，號稱水稻之鄉。可咱們心裏也清楚呀，種稻子種得再多，那也只能賺些血汗錢，難以過上體面的生活。我想這也是各位家長望子成才、望女成鳳的緣由。」王守國扯動毛衣的領口，將外套的褶皺捋順，繼續說道：「那麼，怎麼改變孩子的命運呢？」

「讀書。」人群中，有人低聲應和。

「對呀！」王守國的嗓音變得高亢，「讀書才是唯一的出路，『萬般皆下品，惟有讀書高』這句話就是老祖宗留下來的箴言呀！有的人可能覺得這句話過了，怎麼會呢？永遠不過時！對不對？各位家長您們想想，無論是經商、從政，或者是去做演員、歌手，都是要學習的呀！都是要有師傅的呀！難道做個廚子不需要師傅嘛？

「師傅是什麼，就是老師！小學老師、中學老師、大學老師，只有到了更好的大學，他才能跟著老師學本領，才能有資源、有路子呀！我在學校做校長的時候，不知見過多少天資聰慧卻貪玩厭學的孩子，看到那些孩子輟學、去外地打工，我那個心痛得喲！後來，我辭了公職，開始做生意，再後來創辦這所書院。『清源書院』，寓意正本清源！就是希望每個孩子都能夠祛除邪魅，早日回到人生的正軌！」

院長的話語慷慨激昂，家長們反應卻不甚熱烈，幾人張望起院子裏的桃花，令王守國感到些許尷尬。「哎呀！王院長。」領頭的男人蓄著短淺的鬍鬚，撇著嘴朝王守國喊道：「您是教育專家，您說的肯定有道理，可咱們要的是結果呀！咱們一大早也聊了很多，聊了聊各自的困難。咱們的境遇都差不多，實在是管不住！要麼也不會送到這來。」

「對啊！」一位四十來歲模樣的女性也開了口：「也不只是學習，學習這個東西，我覺得也要看先天的，我屋裏娃學習不好，我也不怪他。我和他爹當年讀書的時候，也就那樣！

「主要是脾氣的問題，讀書的事咱們也沒太指望，結果他出去上網，一搞就是好幾天，整天窩在網吧裏，衣服餿了也不出來！唉！這就算了，找我和他爹要錢出去上網，不給錢就偷！不給錢就摔東西！後來去找奶奶要錢，最後我們斷了他的零花錢，還要拿刀砍人，大家說這……這該怎麼辦喲！」女人急得直拍手，淚水在眼眶裏打轉。

「他有沒說，他以後想幹嘛？」另一位女人遞來紙巾，輕聲問道。

「沒……沒說，跟他都沒話說，也不跟我們說話。」

「呵！我家那個倒是說了，說什麼，嗯……聽說國外有玩電腦玩出名的，他也想去搞，搞個屁！當時就想呼一巴掌上去。」

眾人紛紛附和，王守國望著焦躁的眾人，看來，因爲電子遊戲被送進來的學生，成了自己的第一大生源。「停停停！」領頭的男人又開口：「小聲點！小聲點！後面聽著在，要是鬧起來，又搞得人頭大！」他清了清嗓子，接著說：「也不能這麼說，你看咱們那個時候，要麼就是讀書，要麼就是做事、賺錢，是吧！」眾人停下了腳步，望向那個看起來像個幹部的男人。王守國趕緊招手，示意後方的趙可停下，不讓幾個男孩靠得太近。

「我覺得吧！」男人繼續說道：「不是咱們孩子變懶了，也不是電腦的原因，你看，老王的孩子就喜歡打球，還有喜歡唱歌的、看小說的，也不都是打遊戲。我覺得吧，是因爲這個電腦啊、手機啊，這些東西讓他們開了眼界，讓他們誤以爲這個世界有很多的選擇。」

誤以爲，三個字抵在王守國心口，嗡嗡作響。

「呵！選擇個屁！就他媽的是懶，就是他媽的本性難改！老子管不了這多，哪個能把我的娃治好、整服，老子就信哪個！就給哪個錢！不像你們這些個當官的，就曉得磨嘴皮子！」

「哎哎！怎麼說話的？」領頭的男人咬緊牙關，臉上的笑意變得生硬。

「咱們去前頭看看。」見架勢不對，王守國趕緊岔開話題，領著隊伍往池塘而去。原本還算熱鬧的人群已消停下來，男人、女人悄悄瞅著，腦袋瞥向路旁待放的花蕊。

竹筏飄在池面，波紋間殘留有墨綠的浮萍，有的散落邊角，有的抱團成群。池塘岸邊有幾級臺階，滿是凹痕的石板上留有些許字跡，石板靠岸的方向正是那棟兩層樓房。隊伍隨著王院長，前往那豎起籃球架的院子。一隊學生早已在院子裏等待，二十來位學生身著齊整的墨綠外套立在球場中央。面對突來的參觀者，學生們目不斜視，直勾勾地盯著前方。

玻璃門前擺放有幾排鮮紅的塑膠椅，在王守國的示意下，家長們前往那邊坐下。這些遠道而來的父母，有的帶著那令他們頭痛不已的孩子，有的則獨自而來。

「趙可！你去指揮。」王守國立在籃球架一側，呼喚趙可的名字。趙可忙跑到球場正中，頂替那位高瘦的教官，「聽我指令！」趙可拿出慣有的氣勢，近乎吼叫地喊出：「立正——

「稍息——

「立正——」

洪亮的口號響徹雲霄，院外的田野也隨之震顫，遠處瞌睡的水牛被驚醒，站起身望向扎滿鐵絲網的圍牆。王守國抬起雙臂，緊緊地揉搓手掌，儘管已記不清這次第幾次招生，可每每面對這些新的面孔，他的心裏仍有些許忐忑。趙可繼續發號施令，正步、跨步，二十來位年輕的面孔、一支齊整的隊伍，展現在眾人面前。

那位身著光鮮的男人站在人群之中，瞥向倚著牆壁的兒子。他的孩子昂著腦袋、臉上掛著慣有的桀驁，絲毫未看向齊整的操練隊伍。轉向面前的隊伍，這些年輕的面孔模樣各異，無一不揚起額頭、緊盯前方，隨著教官的呼號踏下整齊的步伐。男人心裏思索，他本不喜歡這些如出一轍的容貌，那傲立於群雞之中的白鶴才是自己的期許。不遠處的那張熟悉的面孔，男人是多麼地希望他能成爲獨特的一人，可他必須是白鶴呀！怎麼能是一隻撐不開翅膀、整日只知撒歡作樂的野雞！

「你過來！」男人朝牆角招手，男孩倚於灰白的顆粒分明的牆體，一米八來高的個子確是「鶴立雞群」，稜角分明的面孔轉向這邊。男孩垂下腦袋，又揚起來，咧著嘴、皺起眉緩緩走來，嘴角滲出一絲鮮紅，緊咬的唇角一開一合。男人卻未察覺，伸手拍在男孩的肩頭，語重心長地說道：「孟達，你看那個，你覺得怎麼樣？」

「哈——哈——」舞臺上的學生們操起了拳頭，在空氣裏揮舞。盯著半空的一眾拳頭，男人靜靜地等待，只要身旁的兒子提出拒絕，哪怕是暴怒，他便會立馬起身，毫不猶豫地帶其離開。

「你當老子蠢？」

男人並不意外，依舊有條不紊地坐著，佝著背。「哎！」女人的尖叫聲將他驚擾，也驚起原本有序的觀賞團。轉過腦袋，男人眸中的平和消散不見，代之的是深深的惶恐。那個高瘦的男孩手裏拽著一把匕首，生生的懸於半空，「別以爲老子不曉得！別把老子當小孩！老子曉得你要搞什麼！老子曉得這是麼鬼地方！」死死地咬住嘴唇，鮮血於男孩的嘴角滑落。

「你這是……」男人一時竟不知所措，起身、立在原地，高聲喊著：「這刀哪來的？」

男孩沒有應答，失措的人們朝球場跑去，將男人獨自留在觀看區。幾位教官往這邊緩緩地靠近。「哎！小朋友。」方才還在指揮軍體拳的教官來到臺階前，臺階下方便是杵在原地的父子兩。「把刀給我！」教官的嗓門不大，卻透著不容置疑的意味，他的雙眸死死盯著男孩。男孩朝後退幾步，後背抵在留有水漬的玻璃牆，男孩拚命地揮動右手，巴掌長的匕首不住地晃動，將空中飛舞的柳絮割得稀碎。

「放下來！」教官逕直衝了過去，用他那久經沙場的臂膀去奪取白絮環繞的匕首。「你別過來！」餓虎撲食般凶狠的面孔朝男孩躍來，他絕望地喊叫，手裏的銳器也不再緊握，彷彿丟失了力氣。

「叮叮——」匕首磕在水泥地面，敲出清脆的迴響，暗紅的水滴散落一地，緊接著便是伴隨疼痛而來的嘶吼。那位面相勇猛的教官痛苦地倒在地上，男孩右手滿是鮮血。男孩瞥了一眼倒在地面的教官，便頭也不回地朝大門的方向跑去，幾位教官未反應過來。血水滴落於地，化作絲綢般的印痕，延伸至院子外的池塘邊。

眼前忽明忽暗，無數條黑絲從眼前掠過，朝男孩的腦門奔去，將他的思緒攪得混沌不堪。他沿著來時的路拚命奔跑，身後傳來急切的呼喊，他也不理會。腦子暈乎乎的，如喝醉般，一路好幾個踉蹌，男孩差點摔倒。一路狂奔，他終於來到那扇狹小的鐵門。門是鎖著的，男孩朝屋裏的老大爺怒吼：「給老子開門！」瞧見滿身是血的男孩，大爺嚇壞了，坐在木椅裏一動不動。

男孩蹬起綿軟的右腿，噌的衝進屋子，一把奪過木桌上的鑰匙，又奔向那扇門。「哪一個？哪一個？」握著沉沉的一串，男孩望著手中的各式鑰匙自言自語，瞥見那把U型鎖的鎖孔，掏出最小的那把插進去。重重一擰，鎖開了！興奮的男孩將鐵門一腳踹開，朝外頭奔去。

路旁的拖拉機、紅磚砌成的平房，以及滿臉詫異的老人，靜靜地立在一車來寬的水泥路上。男孩來不及思索，便朝道路盡頭的矮樹奔去。他不敢回頭，生怕有人追來，路旁的景象化作幻影，如鋪於宣紙的筆墨絲絲飄遠。眼中的種種被一一扭曲、拉長，柳絮如雪花般洩下，擋住男孩的雙眼。他一面奔跑一面扒開那潔白的渾濁，陌生的老人立在面前，他想上前，老人卻往後退。男孩揮手，細長的手臂殘留的血滴，濺在老人的衣領、面頰，老人也不慌張，仍倚著磚牆靜靜看著他。

該來的還是來了，幾個身著迷彩的人影朝這邊追來，迷迷糊糊的。他不得不向老人作別，踏上逃離之路。拐過丁字路口，彷彿又回到那書院的鐵門，紅磚、灰瓦、牆角的拖拉機，與先前的街道幾無差別，他顧不得那多，依舊玩命地向前。渾濁的氣體從喉嚨噴出，起伏的胸脯漸感疲憊。

男孩獨自向前，在視線逐漸模糊的路面。多想停下腳步，回到那寬敞的房間，躺在床鋪的柔軟之中，可背後忽遠忽近的追逐令他又不敢停留。這般的痛楚撕裂著他的心，爲何要這般的痛苦？爲什麼？前面就是路口，來往的麵包車鳴起焦躁的喇叭。男孩望著車，擠出肺中僅留的一口氣，死死咬住牙關。眞恨不得一頭撞上車身，僅需一次撕心裂肺的吶喊，便能結束這無盡的逃避、無盡的苦痛。

「咚——」一聲悶響，瘦高的身影倒在麵包車前。隨處都是裂痕的水泥路，麵包車劃出漆黑的剎車痕，人們側身觀望，一個髒兮兮的人躺在馬路正中。不遠處的商場，身型臃腫的女人抄起水盆，渾濁的液體便沿青石臺階而下，緩緩流淌至那人腳底。那人不住地揉搓面頰，兩條淺色的袖口沾滿污漬，只好解開拉煉，捏起衣角往臉上湊。他終於邁出步子，他應是瞧見那個路口的那個牌匾，那是派出所。

車窗裏伸出腦袋，朝他怒吼：「搞什麼？他媽的不要命了！」那人抬起頭，司機這才看清他的臉，滿臉的血痂如乾涸的河床般密布，又如一道道肌體的裂紋。「殺人了！殺人了！」司機驚恐地叫喊，他不僅沒有縮回車內，反倒拉開車門，興沖沖地踩在水泥路上，指向滿身污垢的男孩。

「這人一身的血，肯定殺人了！」身材矮小的司機興奮地叫喊，身子如舞蹈般左右扭動。

人們走上前來，將那個手足無措的人包圍其中，將來往的小車擋在身後。外邊的人朝裏面擠著，依舊看不到那個殺了人的人，裏邊的人義憤填膺，高聲叫喊：「別讓他跑了！」派出所牌匾旁，兩個穿制服的男人往這邊走來，「警察來了！」、「派出所的來了！讓一讓！讓一哈！」人們自覺地讓出一條道，兩位警察探著脖子朝人牆裏邊張望，瞧見那個滿臉血污的男孩，猶豫許久，才往人群裏邊走去，將男孩押回派出所。

鎮子如炸鍋一般，每個人都在談論那個滿臉血污的男孩。有人說他是從湖邊的養殖場跑出來的，人們一談起楊沙湖常年套著橡膠外套的漁民，那手持長刀、頭頂黑帽的形象便浮現於腦海。旁人表示讚許，必定是哪家漁場的童工，被欺負久了，拿到捅了老闆。

「不對呀！」有人提出異議，「那麼高的個子，長得也挺俊，我看不像窮人家的娃！」

「不好說，說不定是拐過來的。」

「拐個屁！上個月才搞的嚴打，我就不信還敢搞？」

正當眾人議論時，頂著軍帽的中年男人朝這邊而來。「嘿！你們就麼瞎唸咯！」男人一路小跑，嘴裏大口喘氣向幾人說：「搞清楚咯！我剛從我家小柳那回來，哪是什麼打魚的喲！是那個書院跑出來的！」

「書院？」中年女人站起身，滿臉詫異地望向男人。「那還有假！他屋的小柳是衛生所的，一般不會錯！」旁人插嘴。

「對對對！書院，那個叫什麼書院來著？對！清源書院。」男人示意身旁的人挪挪，一屁股壓在低矮的板凳上，接著說：「就是那些不聽話的娃，被送過來，想出去，把教官捅了一刀。」

「哎喲！我才聽到，他們書院要弄什麼開學儀式，弄個屁！裏面的東西被學生娃看到了，不鬧才怪！要我說，直接關進去，關個把月就好了！先弄進去再說！」

「對喲！」

「哎！你這一說，我想起來。去年的這個時候吧，那個書院跑出來一個娃，我就在水塘那，我一看這個小娃，肯定是裏面跑出來的！我忽地一下，用那個擔子把他搞倒了，就那樣把他搞回去了。」

「曉得曉得，你說了幾多回了！」女人不耐煩地擺手。另一人倒是來了興趣，湊過來問：「啊！還有這回事？」

「嗯！那個王校長還要塞給我幾百塊錢，我沒要！」

「爲什麼不要咧？」

「哎喲！甭提了！我的那個小孫子，原本聰明得很！結果咧！讀了初中，完全就……」說到這，年紀稍長的男人抬起左手，滿臉的無奈。半晌，他才氣沖沖地喊道：「老子怎麼能收錢咧！那些娃就應該在裏頭好好改造。他們要是再跑出來，老子看到一個就捉一個。」

整個下午，人們都在議論。滿身是血的男人被送入派出所旁的衛生所，又來了救護車，載著幾人前往縣城。而那被圍困街頭的男孩，竟從所裏衝出，幾位警察、人們熟知的王院長，以及一位陌生面孔的男人，在後邊瘋狂追逐。菜場、商鋪及狹小的巷子，男孩穿行於小鎮的每個角落，握著一人來長鐵棍，一面奔跑一面還擊。

女人們嚇壞了，慌忙中將孩子護於身後，等及男人抄起木棍衝出，男孩早已不見踪影，只有身著制服的警察從眼前奔過。直至太陽落山，東邊才傳來落網的消息。接下來的一周，人們每每路過路口的派出所，總要停駐一會，朝裏邊觀望。人們紛紛猜測，那個拿刀捅人的男孩怎樣了？

清晨，鎮上的早點店煙火裊裊，新出籠的肉包被端上木桌。「老闆！再搞一籠包子。」說罷，食客緩緩攤開報紙，一頁頁地翻弄，閱過的幾張便將其隨意疊起，墊在瓷碗下邊當作桌布。

「據清源書院負責人王守國介紹……」食客端著報紙，嘴裏輕聲唸叨，他的面頰漸漸泛起光，隨即朝對面的人說道：「你看，那個男娃被送回去了。」身旁的人接過報紙，上面寫著：「王守國表示，書院的各位老師有信心挽救這孩子，定於五月二十日的『家長開放日』，將集中展示書院的教學成果，歡迎社會各界前來指正！」

二〇〇七年五月十二日

「薛自更，給！」身穿藍灰短袖的孫銘貴，面龐的顴骨格外凸顯，他將紙盒置於薛自更掌心，轉身離去。孫銘貴漸行漸遠，抹入走廊的拐角。薛自更這才抬起手，將手中的膏藥揣進兜裏。「薛老師，你過來下！」玻璃窗裏的身影，朝薛自更招手。「不對，應該是薛副主任，哈哈！」那人笑得爽朗。

「別貧了！」薛自更走進屋子，將兜裏的紙盒放在進門處的木桌。他接著說：「趙哥！你看你那個肚子，都長了一圈。」趙可的臉上依舊掛著笑，他躺在嶄新的躺椅裏，胸前的薄毛衣凸出一塊，他掀起腹部的毛絨，露出略微鬆軟的肚腩。滿臉春光的趙可自言自語：「天天練體能，就是爲了捶這幾塊腹肌，這休養了一個月，倒是舒坦不少哈！」

「倒是你小子！」趙可抬起頭，朝木桌旁的薛自更言語：「你小子一下子成了主任，前途無量咯！」

「副主任！副主任！」薛自更趕忙糾正道：「就是個副主任！再說咱們這個小廟，主任算個屁！不就是一幹活的。」

「別這麼說，咱們書院不比以前了。」

「怎麼？是不是因爲那個男的，快要垮了？」

「呵！」趙可瞥一眼薛自更稚嫩的面孔，輕輕一笑，吸著鼻子說：「梁主任沒跟你說？」瞧見薛自更滿臉疑惑，趙可笑出聲來，「呵！看來你這個副主任是個空架子！真沒跟你說？」

「說什麼？」

「呵！還眞不曉得，嘶——」從躺椅裏微微起身，胸口的傷口依舊疼痛難耐，趙可緩緩地說：「你以爲，王院長最近忙來忙去，就是爲了那個劉孟達？你錯了，最讓王院長心煩的，是去年的徐柯。」

「徐柯？」薛自更腦中浮現一個身影：高大的個子、修長的臂膀，及一張偶像劇裏男主角般俊朗的面孔。薛自更不禁扭過腦袋，窗外的籃球場曾留下那個男孩的身影，伴著觀眾的山呼海嘯般的歡呼。那一幕彷彿重現於球場，隔著布滿水霧的玻璃薛自更都能聽到尖銳的口哨聲，及炙烈的聲聲助威。

「哎喲！」薛自更將思緒拉回屋子，屋子另一頭的趙可正伸出右手，費力地去掏取牆角的罐裝啤酒。薛自更喊道：「趙哥！你這傷還沒好，就少喝點。」聽這麼一說，趙可收回了身子，朝薛自更叫喊：「你小子也沒個眼力勁，過來！幫我拿兩罐。」

薛自更笑笑，不再堅持，從紙箱裏掏出兩罐易拉罐，遞一罐給趙可。「呲——」涼氣絲絲溢出，薛自更灌下一口酒，「趙哥！你剛才說的那個徐柯，我想起來了，那個高個子。他不是早就走了。」

「我曉得。」灌上一口酒，拿袖口拭去嘴角的啤酒花，趙可抿抿嘴，「先不說那個徐柯，你記不記得那個光頭，叫……叫，我也忘了叫什麼。當時咱們都喊他謝光頭，記不記得？」

「噢，跟馬清妍談戀愛的那個？」

「對對！就是他。程永旺當時還說，馬清妍找了他，就是鮮花插在牛糞上頭。」將酒罐放低，趙可又躺下身去，「那個時候，徐柯和謝光頭打了一架，打得還挺狠。當時請了家長！」

「嗯，我記得。那哪是請家長！徐柯那麼狠的家底，當時梁主任把他家裏人請來，那簡直是……」

猶記得那天的辦公室，謝光頭獨自蹲在角落，面對徐柯家裏那威嚴的氣勢，眞不知光頭作何感想。

「唉！」薛自更嘆口氣，喃喃自語：「謝光頭那小子，也是命苦！」

「謝光頭把徐柯砍了。」趙可粗獷的嗓音，傳至薛自更耳畔。薛自更猛地抬頭，歪著脖子叫喊：「什麼？」

「砍了，砍了！」

「這……這，用刀砍的？」

「屁話！不用刀砍，用手砍？」

「那……那個徐柯怎麼？」

「癱了，這輩子怕是廢了。」趙可縮起眉頭灌下一大口啤酒，扎有繃帶的胸口緩緩起伏，他平靜地說：「就因爲這個事情，王院長被警察帶走了，這麼大個事情，咱們書院也脫不了干係。」

「那咱們這不是要垮了？」薛自更心中隱隱發怵，略帶涼意的鋁罐在掌心來回摩挲。

「當時聽到梁主任說這事，我也是這樣想的，但是咧，挺奇怪的！」趙可繼續說：「我要是王院長，惹了這麼大的事，肯定就跑路了！謝光頭屋裏那窮，他爹媽恨不得把他賣了，他們哪賠得起喲！最後都是王院長解決的，聽說花了好大的代價，不光是錢的事！

「這麼一說，王院長跑路，或者乾脆不辦這個學校，那咱們也能理解，是吧！可是王院長不僅沒跑路，還把他其他的產業都賣了，一心要把咱們這書院做大！

「說什麼，要做大做強！」

口號聲隨微風飄來，那是孫銘貴在整理隊列。空蕩蕩的院子只聽得咕咕蟲鳴，空地已生出寸寸翠綠，夏天就要來了。屋子裏的兩人喝著酒，腳邊的酒罐堆疊起來，難得王院長與梁主任都不在，兩人享受著無拘束的自在。

「休息十五分鐘！不許出這片草地，上廁所要打報告！」新來未久的孫銘貴說完，抹了抹額頭的汗水，尋得樟樹下的灰石而坐。三十來位學生稀稀拉拉地坐在草地，那些沒能占得樹蔭的學生，只好揚手擋在腦袋頂，用以躲避灼熱的陽光。有的男孩卻不在乎，任由陽光照在身上，將黝黑的脖頸曬得發亮。

「那個女的，怎麼從來不訓練？」

「那不是學生。」

「看那樣子也就是個高中生，不是學生，跑這來幹嘛？」

「我也不清楚，就是聽說，聽說她蠻有錢。」

背靠纖細樹幹的呂連城靜靜坐著，聆聽幾人的交談。不遠處的池塘旁，一位身著牛仔褲的女孩，在岸邊悠閒地漫步，俏麗的身姿吸引著這邊的目光。身旁的幾人依舊在討論，他們在猜測，也許那女孩是老師的家屬，也許是教官的女朋友，也許是那幾個領導的女兒。

撇過腦袋，呂連城看向喋喋不休的幾人。他心裏清楚，那個女孩名叫馬清妍，在小黑屋的日子，那女孩時常跑到院子來，給隔壁的朱琴琴送來烤肉、飲料。運氣好的話，呂連城也能分上一杯羹。那時的他也不明白，這位俊俏的女孩爲何能在戒備森嚴的院子來去自如？爲何能拎著盛有魚肉的飯盒在教官面前淡然走過，順帶幾句說笑？

倚在牆壁的孔洞旁，隔壁名爲朱琴琴的女孩給了他答案。原來，馬清妍是朱琴琴的姐姐，來書院陪伴朱琴琴，每月要向書院繳一大筆費用。「爲什麼不把你接出去？」呂連城感到困惑。

「家裏人把我送進來，姐姐偷偷來的，偷偷來陪我。」

「挺好！」呂連城倚著牆，要是有這麼個將盛有燒雞的飯盒端至眼前的人，那該是多麼的令人滿足！倘若如此，便無需忍受那難以下咽的飯食。想到這，呂連城竟發現，一個月以來，他已漸漸適應那本令人抓狂的午飯。望著頂上的太陽，反在心裏盤算起來，何時才到飯點。

「集合！」哨聲響起，年輕的教官立於草地東邊，「十！九！八！」嘹亮的倒數聲響起，散落四處的學生們急忙起身，往教官的方向奔去。「零——」尾音拖得很長，孫銘貴掃視著眼前的隊伍，大聲吼道：「不要動！我說了，到了『零』，不管有沒有站好，都不要動了！聽明白沒有?!」

「明白！」學生們的回答迅速而俐落。呂連城縮在隊伍深處，平靜地望向教官，驚訝於教官的嗓門，整天吼來吼去、依舊亮如洪鐘。瘦高的身影往人群而來，扭作一團的灰綠領口淩亂不堪。那人正是名震小鎮的劉孟達，他的事跡書院無人不知，他將教官捅倒在地，滿地鮮血。幾日未見，劉孟達耷拉著腦袋，一幅毫無生氣的模樣。這讓呂連城頗感意外，猶記得幾日前，劉孟達的神態還令人望而生畏。

「歸隊。」教官淡淡地說。

「稍息！立正！向右看齊！女生去跑步，二十圈。」十來位女學生齊刷刷地右轉，幾近磨平的鞋底掠過被踩得乾癟的草地。餘下的男學生直挺挺的立於原地，他們在等待教官的指令。孫銘貴跨步而立，沉默地審視眾人。學生們也習慣與此，誰也不吱聲，在日光下等待教官的下一句。

清風拂過枝頭，喜鵲撲哧著黑白相間的翅膀審視底下的人。被剃得光溜的頭顱依次排開，如湖面發黑的木樁，「現在——」教官將尾音拖得老長，「兩百個俯臥撐，預備——」一聲令下，眾人紛紛向後退，向後三大步，留下俯身的空檔。正當眾人彎下腰，手掌觸及生硬的草地時，耳後傳來教官的怒吼：「你在幹什麼?!」

手撐著地，呂連城順著肚皮與腳尖，望見一人的倒影。那個面頰圓潤的男孩並未俯下身，而是弓著背不知所措地望著他人。「俯臥撐，聽不懂？」教官輕聲喊道，話語裏滿是冷峻。「我說了，俯臥撐準備，爲什麼不準備？」那人依舊呆滯地望向教官，嘴角來回抽動，似乎是要說話。

「說！」教官不耐煩地說。

「嗯，我……我，報告教……教……報告教官，我……做……做不了那多！」汗水沿著耳根滴落，男孩的臉蛋漲得通紅，磕磕巴巴地說：「我最多……做多能做十個，多……要是……是……多了，多了就做不了。」聽到這話，稀疏的笑聲從俯撐的人群傳出。呂連城的臂膀微微顫動，撐得累了、想要放下膝蓋，可身旁的人依舊挺直身板，他也未敢鬆懈。「做不做？都等著在！」不出所料，焦急的喊叫從人群傳出。

「聽到沒？都在等你。」

聽到這話，後排的男孩環視四周，所有人都在等待，紛紛歪過腦袋、斜著眼望向他。教官淡定的看著，草地的氣氛愈發凝重。男孩依舊立在那，兩百個俯臥撐，簡直就是天方夜譚！「你他媽的！給老子趴下。」近乎是跌倒在地，男孩的胳膊撐在滿是石子的草地，硌得生疼。男孩身後的學生，將他重重推倒在地，嘟著嘴喊：「要你做就做！兩百個就兩百個，有什麼大不了的！大不了廢條手！」

所有人都趴在草地，等待教官的口令，「一、二、三……」隨著計數，二十來具黝黑的軀體上下起伏，臂膀彎曲又打直。一眾頭顱隨口號而晃動，起伏的腰身如楊沙湖那全年不休的濤浪，亦如夏風拂過的稻田。

「二十一、二十二……」教官的呼號在繼續。呂連城瘦小的身軀藏匿於起伏的波浪之中，賣力地撐起身體。喘著氣，沒曾想能摸到肋骨的身子，此時竟如此沉重。呂連城心裏沒有底，每次那一百次亦或兩百次的任務，他從未能夠完成超過五十次。他記得清楚，大概是上週的操練，他努力地撐起試圖做出第五十一個，卻還是趴在了地上，任由碎石子在臉頰刮出劃痕。

不像那個剛來的胖子！呂連城心裏清楚，兩百個俯臥撐僅是玩笑，盡力就好。

「四十八！四十九！」拚命地撐住胳膊肘，呂連城再也忍不住，低沉的吼叫從嗓門擠出。「五十六——」呂連城喊出這個數字，筋疲力盡地跪在草地，渾濁的氣體從嗓子眼湧出，大口大口地喘氣。呂連城緩緩翻身，便瞧見一大團白淨的雲朵，似蓬鬆的棉花糖懸在空曠而遼闊的穹頂。

「七十二——七十三——」播報聲漸緩，呂連城身旁的人也依次倒下。沒人能夠做完，僅有後排的幾個籃球少年，能做上一百來個。撐起身子，呂連城朝後邊望去，「喲！」他在心裏驚呼。靠近水泥牆壁的灌木叢旁，那個耽擱大夥幾分鐘的胖男孩，依舊撐起臂彎，一邊喘氣一邊撐起臃腫的身體。

「九十六——六——」田野之中呼喊聲戛然而止，二十來具軀體或趴在草地，或坐於其上，痛苦地喘氣。教官踱著步子，往方才掙扎許久的男孩而去，戲謔地說：「不是說就能做十個，我看你做了七、八十個。」躺在草地的男孩瞇著眼，說不出話來，僅聽得沉重的歇斯底里的喘息。

「所以說，不要急著否定自己。」教官自我言語，瞥向池塘邊走過的女孩。

幾個身影從池塘而來，那是歸來的女生。她們結束了慢跑，草地上的休憩也隨之收場，操練結束的男孩們一窩蜂地往院子奔去。豆大的汗珠從黝黑的脖頸灑落，汗臭味在大廳裏飄蕩。男孩們湧向大廳的角落，那裏擺有銀灰的泛著光澤的水桶。甘冽的泉水流過漆面，落入眾手之中的瓷杯，他們揚起水杯大口喝著，清涼便浸透全身。

等及呂連城來到大廳，哄搶的人已所剩無幾，僅有兩人守在鐵桶旁伸手舀起半杯。高個子男孩向呂連城招手，晃動手中的瓷杯。接過水杯，呂連城一口喝下，猛地咳嗽起來。「你別玩他了。」兩人哧哧笑著往走廊走。呂連城孤身一人，又嚐了一口，辛辣的滋味濃烈無比，似白酒、又似草藥熬製的湯水。

「咳咳——」不住地咳嗽，呂連城伸手拭去鼻梁的淚水，仍舊將其喝下。他太渴了！將胳膊伸入桶中，瓷杯在桶底嘶嘶作響，將水桶傾至跟前才勉強舀出一杯。「咣當——」鐵桶倒在地面，偌大的屋子不住地震顫。小腹酸痛的呂連城扔下瓷杯往廁所奔去，那水果然有問題！

「咚——咚——」蹲在貼滿瓷磚的茅坑，排洩物傾瀉而下，屎尿的碰撞聲與隔壁的屁聲交相呼應，在狹小的空間裏奏出一曲交響。沿長長的溝槽望去，白花花的屁股一隻挨著一隻，幾人面對面、背靠背，就這麼挨著拉屎。瞧見一坨漆黑的排洩物，呂連城趕緊別過腦袋，將目光移向純白的瓷磚。

「撲通——撲通——」濺起的水花打在屁股蛋，腹部舒暢不少。呂連城暗自發力，想要盡快將肚中的污穢排盡，低吟著、擠弄牙齦，憋住一口氣。「呼呼——」他喘著氣，終是拉盡了最後一粒。趕忙提起褲子，逃離似地跑出這間屋子。

倚在門前的石階，呂連城的面頰漲得通紅。他不解，那長溝兩側的瓷磚依舊能瞧見細碎的痕跡，那是拆卸留下的印痕。可以想見，廁所的每個坑位本有隔斷，便不會相互望著拉屎。真不知是誰想出的注意，將擋板一一拆除，實在教人無法理喻。

夏天隨之而至，日子也躁動起來。「家長開放日」就要到了，每個下午，書院裏都能瞧見師生們忙碌的身影。偌大的院子，行李箱模樣的音響立在球場正中，於晴空下奏樂。

「感恩的心，感謝有你，伴我一生，讓我有勇氣做我自己。

「感恩的心，感謝命運，花開花落，我一樣會珍惜。」

溫婉的嗓音繞於耳畔，眾人隨歌聲起舞，有的張臂而立，有的卻癱坐於地面。歌聲愈發深情，曲譜匯成的絲網在操場上空盤旋，織成絲、編成網，籠罩在每個人頭頂。學生臉上泛著淚光，如湖面的粼粼波光，紅撲撲的臉蛋直勾勾地望向前方。梁主任倚靠在籃球架，將傷殘的小腿支起，靜靜地看著眾人。

「你們好好想想，為什麼要讀書？」手持話筒，低沉的嗓音在院子迴響：「你們為什麼要讀書？你們不讀書，就只能一輩子待在底層！

「小學畢業，你們可以去工地搬磚，去當保安、做服務員；可高中畢業呢，當你有了手藝，你就能去做技工；等到大學畢業，你們！你們就能在敞亮的辦公室裏上班，就成了白領！

「白領——白領——白領——」梁主任的話語透著一股勁，音箱的聲浪在樓宇間迴響，將眾人裹挾其中。他繼續說道：「等你們成了研究生，成了碩士、博士，你們就能成為公務員！成為科學家！成為大文豪！成為人上人！

「人上人——人上人——人上人——」

玻璃牆內的躺椅，立式電扇正對著的是單手撥弄手機的趙可，他緊緊盯著屏幕，身體陷於綿軟的靠墊。身後的牆面點點斑白，綠漆片片剝落，殘存的老皮捲作一團。薛自更胳膊搭在窗臺，指尖的香菸散出一縷煙塵，將菸蒂摁在灰褐的水泥，瞧見遠處的梁主任嗓子幾近沙啞。

梁主任的眼中噙著淚、泛著光，他帶著扭曲的腿腳朝學生們忘情地吶喊：「讀書，是你們唯一的出路！」泛濫的淚花同樣掛在每個人的臉龐，他們豎耳聆聽，無不直勾勾地看向前方。眾人的目光從薛自更耳畔越過，投向更遠的遠方，似乎他們能透過這棟屋子，望見想要抵達的地界。薛自更又點燃一根，煙霧湧出鼻腔，他看著那面朝他的學生們，卻發覺無人看向他，彷彿他並不存在。

「聽到沒有？」梁主任猛地怒吼，驚得薛自更指尖一顫，淡黃的菸捲落於斑紋點點的地面。「你們不讀書？能有什麼前途?!」夾有哭腔的嗓音從籃球架那兒傳出，梁主任喊出這句，癱軟地坐在滾燙的水泥地。學生們依舊目視前方，如蓄勢待發的木偶，於烈日下等待梁主任的下一句。除卻薛自更，無人注意到一旁的梁安祥。

梁主任中暑了！察覺到異樣的薛自更，趕忙跑到籃球架旁，抄起滾落於地面的話筒，喊出一句：「休息！」

循環了大半下午的歌聲終是停了，靜謐的人群熱騰起來，久待烈日下的學生們往大廳湧去，「老趙！給我留點！」「他媽的！哪個踩老子？」「哪個在罵人?!他媽的！不是說了，不准說髒話。」方才還熱淚盈眶的男孩們如出籠的猛獸般相互吵鬧，躍下高聳的臺階。

眾人往陰涼的大廳湧去，身材矮小的男孩走向一旁，蹲在樓房的陰影裏。垂著腦袋，望著腳下的水泥地發呆，默唸心中的盤算，「還有六天！」六天後便是「家長開放日」。等到那一天真的到來，可不知該如何面對。電腦、雪糕，及綿軟寬大的床鋪，多麼的令人期待。可書院裏的這麼些日夜，無數次拽緊拳頭，在肚子餓得咕咕叫、疼痛與空虛共同襲來的夜晚。那坡路拐角的驚恐，麵包車、男人及那黯淡無光的小屋，沸騰的鮮血便湧上腦門。他憤怒，他不解，他用稚嫩的拳頭猛捶床板，卻只敢捶擊兩三下，生怕驚擾到下鋪的高個子。

「等到老子出去！」他朝著昏暗的天花板咬牙，等及出去了，真恨不得抄起一把菜刀，將那個虛偽的男人剁成餡。念頭一閃而過，這個念頭使他感到害怕，猛地拍打面頰，將那些東西驅散。

「吁——」尖銳的口哨聲再次傳來，學生們紛紛湧出，奔向被烤得愈發炙熱的水泥地。「再來一次！」歇息沒多久的梁安祥跛著腿而來，他的面容疲憊不堪，話語卻遒勁有力。梁安祥一米六出頭的個子，每日穿著舊式的格子衫，亦或是深色的風衣，總是一幅羸弱模樣。「立正！」梁安祥握著話筒，嗓音高亢嘹亮，將學生們的脊背驚得一震。連屋子裏的趙可也吃了一驚。

「誰呀？外頭。」撐起身子的趙可，朝窗外的薛自更喊道：「哪個喲？喊得這麼凶。哎哎！老薛，外頭是哪個在吼？」

「劉孟達！把手收緊。」薛自更還未回答，又來了聲更加響亮的。

「梁主任。」頭也不回的，薛自更丟下一句。

「誰?!」

「梁主任，梁安祥。」側過臉，薛自更高挺的鼻尖，與遠處扎有鐵絲圈的高牆映在一起，他吐出一道菸圈，說道：「外頭就孫銘貴和梁主任，這嗓子一聽就曉得，肯定不是小孫。」

「噢？」忍不住撐起身子，趙可不太相信一向慢條斯理的梁主任，竟有如此嗓門。「看來，我再休息幾天，教官的位置怕是保不住咯！」自我打趣，趙可從床底的紙箱掏出一罐飲料，朝薛自更揮手，「老薛！你下次去縣城，能不能帶點別的回？這涼茶我都要吐咯，還有兩箱，唉！」

「老薛，薛自更。」見無人搭理，趙可高聲喊道，回首卻發覺窗外的身影已不見。「咚——咚咚——」像是話筒落於地面，幾聲悶響，隨之便是刺耳的蜂鳴聲。一窗之隔的操場傳來些許躁動，「抓住他，摁死了。」聽那調調，應是孫銘貴的話語。外頭仍舊嘈雜不堪，趙可沒有理會，將身子重新窩回躺椅，好不容易養養傷，也輪不到自己再操心。不過又是場鬧劇，罷工、逃跑，早就習以爲常。高牆、鐵絲網，還有隨時隨地見義勇爲的學生，他們能去哪？就算跑出了書院，身無分文的他們也會被人扭著送回來。

鬧事的男孩跑出院子，不知跑向何處。奔走於烈日下的水泥地，孫銘貴幾人腦袋暈乎乎，算了，也不再去追。那個男孩再怎麼跑，也跑不出如來的五指山。將紙盒搭在頭頂，薛自更不緊不慢地向前，孫銘貴不知從何處尋得一把傘，遮擋令人窒息的陽光。

水塘旁的樟樹生出漫天的枝葉，將陽光擋住。兩人路過樹旁碉堡似的紅磚房，聞及縷縷臭氣，薛自更倒也習慣，仍抬手掩住口鼻。樟樹另一側的石板上，纖細的身影半蹲於石階，舀起一勺池水灌溉在盆中的衣物，那人是馬清妍。如此動人的背影與溢滿惡臭的茅廁共處一框，著實刺人眼。馬清妍依舊在那，纖細的肩膀隨胳膊輕輕顫動。薛自更看在眼裏，心裏唸著不見蹤跡的劉孟達。

「哎！馬同學。」薛自更繼續向前，身後卻傳來孫銘貴的聲音，回首，瞧見孫銘貴不緊不慢地往石階走去。「這不臭嘛？」話語輕柔，孫銘貴朝馬清妍說：「這個水也不乾淨，幹嘛要到這洗？」

「紅樓的水管壞了，洗不了。」馬清妍轉過腦袋，打濕的髮梢黏在一起，在她紅潤的臉蛋邊兒搖擺，她笑著繼續揉搓。

「院子裏有，去那邊兒洗唄！一樓和二樓都有。」孫銘貴本想再靠近些，卻被薛自更扯住了胳膊。

「走了！別耽誤了。」薛自更拽著比自己高大不少的孫銘貴，繼續追擊的步伐。被這麼生生拽走，孫銘貴倒是頗爲不愉快，板著臉說：「我的薛總呀！咱們急個啥？」攤開手，孫銘貴撅起嘴唇，「不就是跑個人，多大點事！又跑不出去！就不能讓我和漂亮美眉說說話？

「你想！那個劉孟達，又沒手機、又沒錢的，能跑哪去？何況上次那個事一鬧，鎮子裏的人都曉得他，都曉得他是從咱們書院跑出去的，他能去哪？你說！你說他能去哪？」孫銘貴唸叨著。薛自更沒心思和他貧嘴，皺起眉頭，急匆匆地往北門而去。

鐵門敞開，連供車輛通行的閘門也不再緊閉，見此，薛自更心生隱憂。他趕緊跑向門衛室，推開半掩的紅漆木門，一團藍布縮在銀灰的櫃子旁。定睛一瞧，地板躺著的是安保大爺，身子癱軟在地。「媽的！」瞥見窗子裏的身影，孫銘貴叫罵著往門外去了。「嘶——」大爺緩緩撐起身子，捂著屁股坐在青白的瓷磚。

「喲！那個小子，等老子捉到，看老子不打死他！」薛自更吼著，越過貼著臺階的門檻，想要將大爺扶起，卻被滿是褶皺的手一把推開。「沒得事！不弄！不弄！」倚著牆，顫顫巍巍的臂膀摁在腿根，大爺撐起身子，邊喘氣邊嘟囔：「不是那個娃弄的！搞滑了，我搞滑了。」大爺連連擺手，急切地爲男孩開脫。薛自更試圖上前，卻換得愈發激烈的拒絕，只得後退半步，退出狹小的門衛室。孫銘貴已不見身影，僅剩在水溝旁搖曳的狗尾草，也不知那小子跑到哪了。

「坐！」倚在老舊的躺椅，大爺朝薛自更說到。「嗯——」嘆氣似的，薛自更站在門前，不知該往前追捕還是留在這兒。

「抽菸？」摸出菸盒的大爺舉著臂膀，朝薛自更晃晃。

「嗯。」

「哎！聽說薛老師以前不抽菸。」

「那是從前，現在還挺喜歡。」

「噓——」一縷煙塵在幽暗的屋子飄散，大爺半閉著眼，回味方才的痛楚。將淡黃的紙盒扔向薛自更，大爺低聲說：「這有火機。」薛自更吐著菸圈，瞧見細細的汗珠掛在大爺額頭，積在褶皺裏。大爺不緊不慢地將身子蜷入靠椅，似乎在思索，又似陷於呆滯。「我說大爺呀！在想啥咧？」望見那靜謐的神情，薛自更的焦躁也漸漸冷卻。擠弄布滿皺紋的眼角，大爺過了許久才開口：「薛老師啊，你還不曉得我叫什麼吧？」

「啊！」手中的菸捲險些掉落，被這麼一問，薛自更頓感窘迫。

「你看咧！來了一年，都不曉得我叫什麼。」將菸蒂摁於玻璃菸缸，年邁的男人盯著年輕的男人，像是自言自語：「再過半年，等到屋裏事弄完，我就回去享福咯！薛老師！我看你也差不大多，在這的再搞一年，也就該走了。」

「走？」望著滿臉褶皺的老人，薛自更深感詫異，「我能到哪去咧？」

「你要說去哪的，也不曉得，哪的好玩就去哪，哪的賺錢多就得去哪！」枯黃菸葉燃起的塵霧，從屋內飄至門前。伸手扯去嘴角的死皮，老人接著說：「我曉得你著急，再過幾天家長都來了，那男娃還是老樣子，不聽話。」一根接著一根，菸盒見了空，老人的舉止同他的言語一般緩慢而悠長，「莫急！這根完了再來一根，兩根弄完，船就到岸咯！」

「老趙！」躁動從院牆那頭傳來，粗獷的嗓音呼喚著老人。「船來咯！」將菸蒂摁於漆木桌面，大爺掀腿而起。薛自更卻搶先一步，朝門外跑去，瞧見絲絮漫天的小道上幾個向這邊走來的身影。頭頂草帽的男人與另一位稍顯壯碩的男人，正摁住一人的肩頭。身材修長的男孩身著淺灰中透著墨綠的短袖，被壓彎了腰，他如同犯人般被死死摁住，被押至書院門前。

果然，男孩還未跑遠，便被五花大綁押送回來。

等及走近，薛自更看得更清了。被扯開的衣領裏，露出沾滿泥垢的皮肉，鎖骨下的漆黑如深邃的峽谷般可怖，男孩被拇指粗細的麻繩死死綁住。薛自更往那頭張望，不見孫銘貴的身影，想必他仍在找尋眼前的男孩。

身後的男人開了口：「這位老師！給你弄回來了，趕緊關進去。」保安大爺撐著佝僂的腰，緩緩來到門前，操著詭秘的眼神打量門外的幾人來。薛自更瞥一眼，男孩的臂膀被勒出深深的印痕。顫顫巍巍地朝書院裏走去，高個子男孩全不見平日的狠勁，儼然一幅失魂的模樣。漸行漸緩，鞋底的淤泥落於綠油的草葉，男孩停下腳步，被五花大綁的身子坐在草地，滿是泥垢的領口隨喘氣而上下起伏，透出深深的疲倦。薛自更也不著急，兩人在草地等候，瞧見門口的幾人正大大咧咧地言語。

「我跟你說，那個小娃勁可大了！差點搞摔了！」

「身子不行咧，連小娃子都弄不過。」

「嘿！這有什麼，搞不過就搞不過，沒得什麼丟人的。」

從兜裏掏出深色的皮包，幾張紅票子在指尖舞蹈。「不用搞！」面對老人手中的鈔票，溝壑遍布的大手將其推開，粗獷的嗓門愈發高亢：「不用，眞不用！把這些孩子捉回來，是做好事！行善積德的好事啊！換作哪個都會這樣搞！」

「往死裏打！打多了，自然就好咯。」將男孩押送回來的男人，操著粗獷的菸嗓高聲言語。他的話語在高牆之間迴響，落在臺階上的玻璃碎，落在不遠處的草地，落在男孩腳底的翠綠。

二〇〇七年五月二十日

清早，陽光透過綠葉的縫隙，灑在小鎮的水泥路。霧氣瀰漫，鎮子還未睡醒，菜場前已滿是來往的人，尚未沸騰的鋁鍋於屋檐下等待。朦朧中，挑著擔子的老人，從麵包車的夾縫中緩緩而來。身材瘦小的男人在菜場前的過道中佇立，齊整的髮頂、筆挺的腰桿，在一眾喧囂中顯得格外突兀。他將金黃的柑橘握起，又輕輕放回簍中，轉過身，白瓷碗已置於桌臺。隔著十來米，男人彷彿能聞到麵條的香氣，連忙朝早餐店而去，卻差點與一人迎面相撞。險些摔倒，男人迅速衣襟、恢復原有的儒雅，迎面的是一位清瘦的男子。

身著制服的男人是鎮裏的城管，這幾年，「城管」可不是個好名頭。那人吹著哨子，盯著菜場門前老人簍中的柑橘，隨手挑起兩在手裏掂量。手握兩隻柑橘，那人往馬路對面去了。麵館裏的男人髮梢烏黑油亮，他目睹了這一切，瞧見那人端著兩個柑橘朝對面的大門走去。穿過欄杆圍起的庭院，那人消失在迷霧之中。

店主的呼喊傳來，男人才唸起那碗不再熱騰的牛肉麵。微涼的麵湯，全無了滾燙的鮮美，夾起兩片鹵牛肉放入嘴中，吞咽過後，男人便放下了木筷。「嘀嘀——」擦得光亮的轎車拐過丁字路口，朝面前的人們輕按喇叭。身著各式衣物的人們依舊不慌不忙，手持扁擔、拖著小車，湧向高聳的菜場大門。

三輪車、麵包車，雜亂的堆在路旁，僅留下一條溝壑般的通道。來往的車輛緩緩而行，生怕被磕碰。愈來愈多的小車從北邊駛來，深色的轎車首尾相接，匯成狹窄水泥路上的一道風景。打理完西服的男人邁著長腿，朝路旁的轎車而去。清晨的迷霧漸漸消散，攜著水汽的白霧從身後的幾間早點店飄來。男人打算拉開車門，卻瞧見方才的灰衣男子，正是那個竊走柑橘的人。那人目光游離，似在躲避西裝男的眼眸，匆匆往前，他來到仍在打理果籃的老人身後，將柑橘輕輕放回。

西裝男感到不解，一碗麵的功夫，那人將柑橘拿走又放回。並未太在意，坐在寬敞的駕駛座，後視鏡裏的面龐稜角分明，眉宇間透著英氣。出發前的精心打扮，也僅爲接下來的幾小時。「嘀嘀——」的聲響催促小車前行，往窗外望去，越野車、轎車、痲木車，滿是來參加「家長開放日」的人們。這些車輛連成一片，憑空生出一隻黝黑的蜈蚣，在兩排低矮的屋子間前行。蜈蚣的觸角們齊整地越過槐樹旁的紅磚房，一頭扎入齊膝高的稻田。

高聳的鐵門緩緩敞開，男人輕踩油門，將小車駛入院內。首次到此的男人打量著車窗外的種種，畫得不錯嘛！兩側的白牆上，身著古裝的老者衣襟如斑斕多彩的瀑布，落於腳底的木板之上。男人第一次來到這，踩在堅硬的泥土，眼前的樟樹、木屋及不遠處的池塘，儼然一幅農莊模樣。

麵包車旁斑駁的牆面堆滿雜草，一側的水池中立著假山，男人走近，發覺池底空空如也，乾癟而貧瘠。身旁走過各樣的人，有的西裝，有的牛仔外套，還有打著補丁的格子衫，男人打量著眾人，得意地瞥向自己那絲綢般順滑的衣袖。「清源——書院——」默唸著，眼前的書院未免也過於破舊。

隨著隊伍踩過池塘邊的軟泥，穿過一片樹林，這才豁然開朗。一幢三層樓的瓦房出現在眾人面前，灰牆青瓦的樓體優雅而復古。一樓的過道立有兩根漆木圓柱，宣傳冊中的景觀這才向眾人展現。

「各位家長！現在是七點四十六，學生們還在上早課。」人群前方傳來話語：「各位先到休息區，就在那邊，那邊的教室。」男人大步向前，將家長們甩在身後。正對著的兩間屋子，敞開的木門中能瞧見木質沙發，及散出縷縷熱氣的茶壺。「少年易學老難成，一寸光陰不可輕。」響亮的誦讀聲沿著瓦礫的縫隙鑽入屋子。眾人來到一窗之隔的房間，有的端起茶杯，窗外的玻璃中是齊聲朗誦的身影。隔著玻璃，家長們終是見到各自熟悉的面孔。

「有句詩，『人生不得長歡樂，年少須臾老到來！』意思就是說，人生的歡愉總是短暫的，青春很快就會過去，年老很快便回到來！」面目清秀的教師伸手扶了扶眼鏡，繼續授課，「貪玩，是小孩子的本性。電腦遊戲、網絡小說，多吸引人呀！大家說是不是？」

臺下的學生們默不作聲，緊緊盯著豎起的書本，倒是教師繼續說：「肯定的！誰都不想吃苦、誰都想著玩樂，每天打打遊戲、睡睡覺，閑來沒事就去找幾個朋友喝酒，哎喲！多舒服！」

「但是——」男教師的語氣突地加重，學生們紛紛昂首，從紙張的沿角窺向講臺。教師環顧一周，挑起眉眼說：「可是，歡愉總是短暫的！苦痛很快就會到來。當你們走入社會，帶著高中文憑、初中文憑，當你們帶著這副脾性！你們的生活能過得多好?!」玻璃外頭的人們朝屋裏張望，屋內的學生屏氣凝神。書皮滑落，落於油皮桌面的潤滑。

「只有讀書！你們才有出路！只有讀書！你們才能在這個社會立足！老話說得好——書中自有——千鍾粟——書——中——自有——黃金屋——書中自有——顏如玉——如玉——玉——玉——」

激昂的話語在迴盪，如風鈴般作響，鑽入無數隻稚嫩的耳朵。他們眼睛忽地張大，眨巴眨巴泛著光亮。方才的話語如醍醐灌頂，點亮眼眸裏沉寂已久的光斑，他們望著、瞧著，胸口隨著呼吸此起彼伏，久久不能平息。窗外的人看著屋內的一眾面孔，茶點的細碎落於潔白的瓷磚，家長們轉過腦袋相互致意，對於課堂秩序頗感滿意。窗內的學生歪著腦袋，面朝滾滾而來的慷慨陳詞，他們眼中噙著淚，他們伸手掩住微顫的嘴角。熱浪於屋內升騰，將每個人裹起，旋轉又旋轉，將氣氛推至頂點。

「叭——」淚水滴落於玻璃，家長們望向纖瘦的女人，女人倒也不在乎，並未擦拭眼角的濕潤。她望著屋內熟悉的面龐，那張時常充斥著怒氣與不屑的臉蛋，此時顯得如此的虔誠，如她在廟宇之中、在威嚴的佛像前一般。女人環顧四周，與她同來的人們大都如此，他們目不轉睛的盯著屋內的孩子，臉上寫滿了震驚。進門處的王院長，那位並不高大的男人立於晨光下，筆挺的西裝之上是突起的顴骨及炯炯的雙眸。

瞧著西裝筆挺的王院長，在女人眼看來已不僅是初見時的儒雅，又添了幾分偉岸。

盯著窗內的面孔，直至學生們排隊而出，男人才緩過神來。正當他手足無措，試圖將雙手插入荷包時，那張熟悉的面孔從眼前劃過。「琴琴！」他脫口而出，呼喚著女兒的小名，那精緻的眼眸、玲瓏的小嘴竟是如此陌生！男人的心臟劇烈震顫，想要高聲呼喊，卻換來雙唇的一陣顫動。那張熟悉又陌生的面孔，裹挾於人群之中，消失於檐下的樹蔭。女兒並未察覺男人的到來，她穿著淺灰的外套隨無數件淺灰一同離去。

轉眼就是操場，整排的樟樹下、紅藍相間的塑膠椅上，男人與女人們搖著扇子，扇面的四個大字在風中搖曳：清源書院。陽光愈發灼熱，樹蔭下的人們使勁搖擺手中的塑膠扇，操場對面是高聳的主席臺。高臺的屋檐下，深紅的桌布後，是相互交談的十幾人，他們是出席此次開放日的嘉賓。立於主席臺邊緣的薛自更，伸手抹去領口的汗漬。薛自更瞥向身側西裝革履的人們，深色的布料緊貼身子，在這炎熱下看起來就難受。

忽地，高亢的曲調從操場四周傳來，熟悉的曲調正是《運動員進行曲》。偌大的枝葉下，是草帽、棒球帽，及帽檐軟趴趴的布帽。家長們紛紛回首，目光所及的是一支齊整的隊伍。墨綠摻著黑點，黢黑中透著淡黃，學生們如身披水草的螞蟻齊刷刷向前。

「一！二！」

「一！二！一！」

顴骨來回抽動的教官恨不得將牙根咬碎，猛烈的音浪噴湧而出，響徹整個大地。其後的學生們一身墨綠，喊著、邁著，朝檢閱的人們走來。那位髮頂烏黑光亮的男人，於人群中格外凸顯，他迫不及待地起身，探著身子向前張望。「正步——走——」伴著渾厚的嗓音，那張清秀的臉龐映在眼前。「琴……」句子到了嗓子眼，女兒就在不遠處，男人卻沒能喊出那句。

隊伍繼續向前，瞧見女兒黝黑的脖頸，男人心裏不是滋味。他不明白，女兒爲何不辭而別，來到這偏僻的鄉野，來到這老舊的名不見經傳的書院？思緒萬千，此時的女兒邁著步子，如一滴融入江河的清泉，是如此的不起眼。見到這，男人心裏頓感寬慰，這一幕令他不禁落淚。那麼多的時刻，他多麼的希望女兒能夠融入同齡人，融入這個和睦的世界。

音樂、繪畫，這些令她痴狂的玩意兒，也曾令男人恍惚。是啊！自在的生活是多麼的自在！機車、檯球、大哥大……那些玩物也曾是他的悸動，可他明白，渴望只會讓人愈發乾渴，直至乾枯。

在女兒無數次的痴狂與淚水面前，他也曾軟下來。讓她去吧！讓她去過她喜歡的人生，男人也曾在心底唸叨。不！不行！他那決絕的語氣如一把利刃，狠狠地插在女兒心頭。直至她不再言語，直至她的髮梢變得金黃又捲曲，直至他的巴掌落在她的臉龐。

她不再爭吵，不再發怒，成了一隻溫順的花貓。他也不在意，他是琴琴的父親，他的過往已深深鐫入軀體之中，他明白自己在做什麼。

三十年前的夜晚，夜幕尚未退去，他便從咿呀作響的床鋪翻起。將木門的豁口搭上，他踩著蛙鳴出了門。穿梭於漆黑的樹林，飛快地向前，涼鞋底在草莖上咿呀作響，腳下的每一處坑窪都熟記於心。越過田埂，他興奮地朝塘邊的荊棘走去。「吡吡——」笑容逐漸凝固，他呆滯著，憤怒在心底生發。扒開枝葉，樹枝底部僅剩下一截細繩，那是用來釣魚的尼龍繩，卻被人割斷了。他趕緊朝山包包的另一頭跑去，兩根、三根、四根、五根、六根，所有的都被人剪斷，連周遭的莖葉也是一片淩亂。「狗日的！媽的個狗日的！」他喊著、罵著，微光從天際線散開，天空仍舊那麼暗沉。

「哪個搞的?!」他微微顫顫地踱步，一腳踏空，跌落於泥濘的田地之中。坐起身，厚重的喘氣聲在靜謐的田野之中迴盪，聽來格外瘆人。「唔——」他萬萬沒有想到，藏得嚴嚴實實的漁線，竟被一一剪斷，僅剩毫無斬獲的幾根。六根！足足被剪斷了六根！那可是六個月的生活費呀！

滿身泥濘的，呲溜地跑回家去，顧不上家人詫異的目光，他奔向裏屋的衣櫃。純白的陶瓷罐底，是塞滿繡花針的塑膠盒。父親的目光掃過僅有的豬肉皮，還是給了他，細線穿過針孔，鐵針扎進了肉皮。

直挺的繡花針，裹著薄薄的豬肉皮，掉入了水面。再次將漁溝投下，經歷了昨夜的盜竊，他不敢再離去。整夜，他坐在一旁的巨石上，伸手將身子死死抱住。漫天的蚊蟲落在脖頸，「啪——」的一聲，掌心滑膩一片。他想到水塘旁，洗去滿手的血漬，卻停在粼粼的波光前，水鬼的故事浮現於腦海，「一隻枯黃的老手，一把就把你抓住！拖進水中，把你按在底下，把你活活嗆死！」

幼時的故事，他倒也不再恐懼，只是擔憂掀起的水花，會驚走潛在的獵物。他終是回到原地，不住地揮舞臂膀，去驅趕孜孜不倦的花斑蚊。無休無止的蛙鳴，在耳膜上舞蹈，不知名的昆蟲從腳踝掠過，他也不在乎。一秒又一秒，他在心中默數，時間對他來說，竟是那麼苦痛的煎熬。盼望著，在天明的那一刻，能再有幾分收穫。倦意襲來，眼皮直打架，他再也忍不住，合上了支撐已久的雙眼。

「啊呀！」渾身一陣寒顫，他於夢中驚醒，夢裏的稀碎令他不安。發覺自己睡著了，趕忙爬起身，顧不得落下的涼鞋，他匆忙跑至水塘旁。沿著月光的指向，小心地撥開藤蔓，沿著水塘檢查一周，見到每根線都完好無損，這才鬆一口氣。

餘下的記憶已漸漸模糊，天明時的疲倦、收線時的驚喜，仍會不時地冒上心頭。死死拽住，將甲魚拎出水面，他提著裝了半桶的塑膠桶，匆匆踏上前往縣城的巴車。他常常會想，若沒有那半桶凶猛的甲魚，等待他的，便是湊不齊的學費。若沒能考入大學，他便同幾位哥哥一般，永遠困在無盡的曠野。

「下面，有請市教育局的傅科長發言！」佩戴厚實的眼鏡框，王守國高聲講著，隨即側身，面向邁向立式話筒的男人。傅科長身材修長，比王守國高上大半個腦袋，戴著墨鏡的臉龐顯得格外颯爽。

「尊敬的肖局長！尊敬的閔科長！爲百里教育事業做出卓越貢獻的王校長！以及遠道而來的各位家長、辛苦操練的各位同學，大家上午好！」

「好——好——」標緻的腔調在白牆間迴響。傅科長略作停頓，身後的掌聲響起，他連忙回身示意。再次回首，眼前的人群如荒原般靜謐，無數隻黑眸直勾勾地盯著傅科長，那些深邃的洞穴如望不見底的深淵，令他的脊背不禁發涼。「咳咳——」稍作調整，傅科長再次端起手中的白紙。

「少年易學老難成，一寸光陰不可輕！

「各位遠道而來的家長，想必你們也不願出現在這裏！

「意味著你們的孩子，並不是一個好孩子！

「好孩子——

「有多少人？

「早戀、逃課，那些遊戲機，那些垃圾小說！

「垃圾小說——」

……

噙著淚水，深凹的眼瞼波光閃爍。楊沙湖的波濤透過白雲，映在傅科長深情的面龐。湖風吹來，將手中的稿紙拂向半空，隨著眾人目光起舞。傅科長的目光隨夏風飄散，又落在眼前的數十張面孔，震顫的音浪從嗓子眼湧出：「你們爲什麼要這樣？看看你們！回頭看看你們爹媽，看看他們臉上的皺紋！想想父母爲你們所做的一切！」

不遠處的鐵柵欄外，掉了漆的麵包車扎在眾多麻木車之中，丁字路口的幾輛轎車格外引人注目。院牆、樹幹，爬滿年輕的身影，他們探著脖子朝裏頭張望，這麼熱鬧的陣勢在鎮子可謂罕見。灰白的瓷磚上，「公共廁所」幾個大字些許泛黃，側門盡頭的紅磚牆，背面立著一排繁茂的樟樹，大樹下的人們使勁地搖著扇子。一位髮頂泛光的男人，身上的深色格紋格外醒目。

「三次！整整三次！老師才把我收下……」傅科長的故事在操場迴盪，他的淚水落於塵土之中，又飄至燥熱的天空，落在每位學生的臉龐。低聲的啜泣傳來，樹蔭底下的家長滿臉不解，同周遭的人們一同張望，才發覺是孩子們的哭喊。「學習！才是最大的幸福呀！書中自有黃金屋！書中自有顏如玉！」。聆聽著傅科長的故事，淚水從學生們的臉龐滑落，幾位家長也忍不住擦拭眼角。

炙熱的淚水，滾落在琴琴瘦弱的肩頭。黝黑的脖頸一塊斑白格外突出，像是傷疤、又像是新生的肌膚，多半是被人打了。男人望著，酸楚湧上鼻頭。

學生們散開又聚攏，化作草地上的圓弧。王院長那異常低沉的嗓音，再次傳來，「感謝傅科長！下面請觀看節目《感恩的心》！」

「我來自偶然，

「像一顆塵土，

「有誰看出我的脆弱？」

黑匣子般的音箱裏，女人在歌唱、在指引，指引著每一個姿態。學生們齊刷刷地回身，面向闊別已久的親人。當墨綠的身影轉向大樹，朱琴琴目光四處游離，很快，便發現了立在牆角的父親。不同於以往的閃躲，女孩眼眸裏滿是平靜，靜如止水的眼神令男人頗感不適，男人別過腦袋。可清澈的雙眸依舊炯炯，不緊不慢地在空中游蕩，目光始終望向牆角的父親。

記不清了！記不清有多久，未這般的四目相對?!男人鼓足勇氣，將脊背挺得更直些，他使出渾身力氣驅散風中的細碎，兩人的目光在夏風中交匯。沒有言語，女孩的眼神透著光斑，似在說話。那清泉般的鏡面裏，男人瞧見了玻璃杯的破碎、紗巾的飛舞，及漸行漸遠的背影，一幕幕的回閃在腦海裏翻湧。灼熱的淚水再次襲來，男人並未擦拭，任由其緩緩滑落。

「感恩的心——感謝命運——」

就在那一刻，淺淺的淚珠再次女孩的眼角滲出。她隨著曲調擺動著身體，好似電影裏的藍衣舞者，淚水沿高挺的鼻梁滑落。男人看著這一切，他讀懂了。他夢寐以求的一切，女兒的諒解、懺悔及那多年未見的質樸，都在此刻噴薄而出。

人影交錯，女兒淹沒其中。無盡的恍惚之中，每張面龐都掛著淚，淚珠於烈日下枯萎，隨即又生出新的來。家長們瞧見滿臉虔誠的孩子，既詫異又欣喜，他們望向主席臺上的王院長，那矮小的身影無比高大。「這搞得……」家長們低聲的交談，訴說著內心的訝異，平日裏特立獨行、生怕與常人言語無異的孩子們，竟被教育成這般！僅僅兩個月，在這間神奇的書院裏，他們重獲新生！

歌聲緩緩消散，隨之躍動的身影也消停下來。立在高高的看臺，王院長開了口：「想必，有的家長已經聽過，那個單挑警察的男生。」

「警察？」

「那個……我曉得！差點把警察捅了。」

看臺底下一陣窸窣，家長們低頭言語，「就是後頭，最高的那個。」「就那個崽，翻出去好幾次，有一次喲！拿到鋼管到處跑，弄傷了一個警察喲！上了都市報！」

原來是他。男人記得清楚，白紙黑字的寫在那份廣爲流傳的報紙。哪怕與百里相隔數百里，男人也曾被這則故事所吸引，一字一頓地唸：「『猖狂少年』捅傷執勤民警，六名警察合力將其制服……」那張模糊的臉龐，男人還以爲是多麼凶狠惡煞的人物，未想到竟是這所書院的學生，與女兒一道的學生。

「傾訴，再傾訴，將心裏話說出來。溝通，是解決衝突的最佳方式。」院長的話語拉開下一節目的序幕。主席臺側面的幕布緩緩落下，頂上的遮陽棚緩緩展開，好似電影院裏的開場。幕布後的薛自更不住地揚起腦袋，直至陽光被徹底遮蔽，他才放下心來。雲朵遮住了太陽，操場頓時陰沉下來，草地的投影儀也緩緩轉動。

兩件迷彩服再次出現，樹蔭下的男人定睛一瞧，那身影是如此的熟悉。脖頸被曬得通紅的女兒無助地縮在草地，身旁的正是那捅傷警察的瘦高男孩。如待宰的羊羔般，兩人緊縮肩膀、望向一眾觀者。

「莫跟老子過來！」

巨大的幕布播放著兩人的影像。瘦高的男孩正拚命嘶吼：「再過來，老子就搞死你們！」晃動的畫面，男孩在成排的襯衫中穿梭。女人的驚叫、男人的怒吼，通通被甩至耳後，數件制服發瘋地追著。鐵棍落於水泥地，鏡頭裏的男孩也應聲摔倒，他顧不上停歇，操起鐵棍向小街深處奔去。

石頭砸在後背，男孩也隨之倒地。「他娘的！」兩個身著制服的男人，衝上前將其狠狠按於地面。稚嫩的臉龐在水泥地摩擦，滲出鮮紅來。「啊——」男孩發出野獸般的低吼，竭力掙脫身上的臂彎，「啊——」「哎呀——」兩聲慘叫過後，那位矮胖的警察癱倒在地，雙手捂住腹部，痛苦地滾動。男孩手裏提著鐵棍，肩膀綿軟的耷拉著。

「呼——」竟然把警察捅了！見到這一幕，操場的人群中生出一陣驚呼。頭戴草帽、手提皮包的女士尖叫著捂住雙眼，別過腦袋。屏幕裏脫臼的臂膀垂得很低，幾人不禁捂住各自的肩膀。

男人看著，又看向男孩身旁的女兒，不祥的預感在心底生發。

果然，畫面一轉，女兒的側影若隱若現。男人心頭一緊，瞧見屏幕裏女兒的面孔，他忽地起身，身後的數隻塑膠椅跌落一地。同樣的嘶吼、同樣的搖擺，幕布裏那張滿是汗漬的面孔，高喊：「別拍！跟你說了，別拍了！」可鏡頭不爲所動，反而靠得更近，女兒的面龐顯得愈發圓潤。有人朝女孩走去，瞧那身型也是位女孩。

「啊——」屏幕裏的女兒舉起手中的玩意，形似水杯的玩意，朝微胖的女孩砸去。一下又一下，每一聲悶響都伴著一聲慘叫。尖叫聲從幕布傳出，游蕩於草地，洞穿於曠野。西邊的鐵柵欄旁，躲於樹蔭的觀眾愈來愈多，老的少的，紛紛朝這邊觀望。

掙扎、嘶喊，漆黑的音箱繼續鼓動，整個操場聒噪不堪。纖瘦的女孩靜靜站在草地中央，平和地望著眼前的人，身後的屏幕裏是她舉起鐵塊、狠狠砸下的畫面。「嗡——嗡——」音箱傳來刺耳的長音，所有人都捂住了耳朵。僅有男人不爲所動，直挺的立著。鳥兒從周遭飛起又落下，操場也隨之安靜。「太可怕！」有人在唸叨。眾人望著草地之中的兩人，如同打量兩隻怪物。他們將人腦袋打開花、肚子捅爛的畫面歷歷在目，沒想到兩個面相稚嫩的學生，竟如惡魔般可怖！

「狗屎！」有人叫喊，體態各異的人們面面相覷，想要找到那個咒罵的人。「這種娃要不得！」又是一聲。緊接著，話語愈來愈多，議論愈發熾烈。陣陣聲浪將兩人埋沒其中。架勢越來越猛，頗有失控的趨勢，可高臺上的人們卻不爲所動，如看戲般靜靜看著這一切。

「對！嗡——」刺耳的聲響再次傳來，炙熱的人群稍作冷卻，目光聚集於手持話筒女孩。身子縮成一團，微微顫顫的女孩好似蜷縮的狸花貓，蹲在操場中央。「對不起！對不起！」操著幾近嘶啞的嗓音，女孩低聲訴說：「我很後悔！我愛發脾氣，不愛讀書！我經常向我的爸爸發脾氣，把花瓶砸碎，把他的水晶獎杯砸碎。

「練習了好久，整天對著鏡子練，終於拿到演講比賽的獎杯。那……那是他最愛的獎杯，被……被我摔……摔了一地，我當時真覺得……」短暫的沉默過後，女孩哭出了聲。低聲的啜泣隨風蔓延，聽聞哭聲，喧囂的人群逐漸安靜。被捲起的莖葉在風中轉了兩圈，落在女孩肩頭。眾人的目光轉向女孩，透過嬌小的身軀，望見了她的悔恨。

「哎！百善孝爲先！」女孩的雙眸炯炯，淚珠透著光亮、熠熠如輝，雙唇顫抖地說：「我……我連孝順都做不到！連最愛我的長輩都不能尊敬！我還能去愛誰？」「我連我自己……」女孩轉過腦袋，清澈的眼眸在人群中尋找，終於，她望見了那個男人。她的雙眼一動不動，輕薄的雙唇說著：「爲我操勞半輩子的爸爸，我都不能體諒他！我怎麼能愛自己呢？我怎麼可能去愛其他人呢?!」

「愛——其他人——

「他人——

「愛——人——

「人——」

話語飄散於夏風，女孩張著嘴。眾人昂首期盼，等待她的下一句，她卻蹲在草地，似在思索，又似在僵持。連身旁的男孩都忍不住瞧上幾眼。

「爸爸！我愛你！

「愛你——你——」

稚嫩的嗓音，從音箱噴湧而出。聽到這句僅在電影裏才有的話，眾人陷入沉默，沉默良久，稀疏的掌聲從人群之中響起。眾人之中的男人倚在滾燙的塑膠椅，這位風度翩翩的男人任由豆大的淚珠滾落在絲滑的西服，他終於卸下了防備，不顧周遭的目光，掩面哭泣起來。

「媽媽！我愛你！」忽地，又一個聲音傳來，身旁的男孩奪過女孩手裏的話筒。「愛你——愛——你——」人群沸騰了，樹蔭下的幾十人紛紛起身，一面叫喊一面朝牆角的隊伍揮手。他們的孩子往樹蔭奔來，一路小跑奔向各自的歸屬。低聲說著，在耳畔嗡嗡作響，每位家長臉上都洋溢著幸福。女孩走在最後，邁著微顫的步子來到男人跟前。「你……」語句卡在喉嚨，男人伸手輕撫女孩面龐，觸及的瞬間才發覺掌心早已濕透。「對不起！」男人想要縮回手掌，卻被女孩一把握住。就這樣，兩人四目相對，厚實的大手緊貼那輕柔的面龐。

千言萬語隨沸騰的血液一道湧上心頭，卻堵在嗓子眼。看著比自己矮上一個腦袋的女兒，男人想要說話，卻不知如何開口。女兒的眼眸清澈見底，如清晨裏的老屋後的淳淳清泉。「爸爸！」女孩開了口：「對不起！我再也不惹你生氣了。」望著眼前的女兒，男人再也按捺不住情緒將她摟入懷中。

院長揮揮手，便引得一陣驚呼，臺上的男人如同明星般，成了此刻的焦點。在家長眼裏，王院長便是老天爺派下來的救星。欄杆旁的樹杈上，圍觀的人越來月多，他們望向人聲鼎沸的操場。幾台攝像機從四周圍攏，院長的話語、家長的神情化作無線信號，從鄉野間的書院傳向外頭的世界。

「大家安靜！安靜！家長請回到座位，還有兩個環節。」

二〇〇七年六月十七日

「小薛！你過來。」掛下電話，男人走向書櫃旁的鏡面，輕撫鬢角的髮絲，那是才染黑的，漆黑的染料掩過兩鬢白髮。「唉！」王守國為自己的早年白髮傷悲，未及多想身後便傳來敲門聲。

「進！」

「咿呀——」一聲，木門被推開，薛自更走進門來。「王院長呀！您這個門得修了，您看！這聲響聽得都瘮人！」薛自更手持一沓紙張打趣到。

「等等吧！咱們最近有點緊，這個事就別提了！」王守國回到厚實的漆木桌前，伸手，薛自更便麻利地將文件遞上。「坐！別站在。」王守國示意，薛自更便坐在木桌另一頭的木椅。

「最近招生不錯！」王守國翻弄著紙張，嘴角不住地上揚。

「還行，比我想的差一點。」

「差一點？你小子胃口不小！」

「咱們那個電視臺，還有其他的媒體投放，可花了不少錢！」嘟囔著嘴，薛自更朝院長言語：「院長啊！不是我說，那個媒體是眞的貴！一個版面，一個小方塊，收了咱們一萬多！」

「你曉得個屁！」瞥了眼眼前的男孩，王守國扶了扶鼻梁上的眼鏡說道：「你小子，這點錢算個屁！好歹也是媒體呀！你以為是咱們這種服務業，媒體可是掌控話語權的，牛皮哄哄！哎！這麼一說，我倒是想起了當年，我剛畢業的時候就想著當記者，多牛呀！我屋裏從小就跟我說，『想要不被欺負，就得當公務員、當警察、當記者！』」

「爲啥想著記者咧？」端起桌面的報紙，薛自更隨意翻弄起來。

「有錢吶！打個比方，當時是九八年、發洪水那年。那年我剛畢業，學歷史的，要是當老師一個月也就百把塊錢。你曉得那時候當記者，一個月能拿多少？」王守國半眯著眼，有些神秘的看向薛自更，似笑非笑。「呲——」一向嚴肅的院長，此時的神態倒是把薛自更逗樂，薛自更笑著說：「六百？八百？估摸著，最多一千吧！」

「呵——」放下手裏的鋼筆，王守國不屑地說道：「一千？呵！那個時候，咱們市裏的報紙，一個記者一個月起碼得五千。」

「五千?!」聽到此話，薛自更瞪大眼、咧著嘴說道：「九幾年！那時候當老師也就一百多，唉！」

「嘆什麼氣？」王守國從紙下摸出一盒菸來，呑吐一口，不緊不慢地言語：「老師、老師，老而爲師。也就歲數大了能圖個清淨、圖個快活！想發財？想想就行咯！」

兜裏揣著院長給的香菸，薛自更踩在狹小的樓梯間，身側斑駁的牆面被刷上新漆。若不是異味尚存，薛自更眞想在這陰涼之地多待會。出了辦公樓，濃烈的氣味撲面而來，薛自更略感頭暈。揉揉眼，唉！原來是池塘邊的麵包車，揚起的車尾旁堆滿油漆桶。

眯著眼從車廂旁走過，腳下的草地被烤得滾燙，薛自更的步子邁得更快了。迎面走來的是一位手持太陽傘的女孩，長裙下的涼鞋踩在石子路嗒嗒作響。她是新來的教師，前幾日才辦的入職。女教師的兩根馬尾辮隨風搖曳，她笑著朝薛自更打招呼：「薛主任！」可薛自更像沒看到似的，生生從女教師身側擦過，留下滿臉疑惑的女孩。

「記者、記者、記者……」院長的話語迴響於耳畔。薛自更終是忍不住，朝西邊的宿舍樓狂奔，「呼呼——」喘著氣跑回幽暗的房間。斑駁的吊扇在天花板搖晃，薛自更長舒一口氣，躺在床鋪的身子鬆弛不少。辦公室的交談似在暗示，難道他知道了？不！不可能！躺在床鋪的薛自更思緒亂的很，生怕王院長察覺到什麼。

酒館的牆角，那張陌生的面孔從二樓的拐角走來。「為什麼找到我？」薛自更自言自語，對面的男人是一位記者，他的名片躺在抽屜的紙張下，打開百度、敲下回車，密密麻麻滿是他的名字。新聞獎、名記者、臥底毒販老巢……指尖滑動於鼠標，白光映在薛自更臉龐，記者的過往緩緩展現於眼前。白底黑字寫就的故事在腦海中流淌，炙熱的浪花逐漸冷卻，可那般感動依舊令薛自更心緒難平。竟然還有這樣的一個職業！既能前往偏遠山區，在土屋下聆聽老者的哭訴；又能邁入華麗的高堂，去質問權貴的所作所為。這樣一位大名鼎鼎的記者竟找上了自己！薛自更緊握拳頭，興奮與恐懼在心底來回交織。

「薛老師你好！看看這個。」男人遞來的紙張上，印有兩張歪歪斜斜的照片，是一張熟悉的面孔。思索一會，薛自更脫口而出：「徐柯！」

那位少年的事已在書院傳開，據說王院長消失的那段時間，正是被帶到了公安局。身材修長的少年、刷過籃網的籃球，及水泥球場裏的陣陣喧囂，依次浮現於薛自更眼前。「這個事情，薛老師曉得吧？」男人又掏出一張，是一根鐵棍。薛自更盯著照片裏的鐵棍，及底下的一灘污漬，不禁打了個寒蟬。他清楚那是什麼，正是那根鐵棍，將徐柯的頭顱捶開了花。

「這……這個事，不是已經擺平了？」薛自更盯著滿臉痘痕的記者，不知對方是何意。

「嗯，按司法程序來說，的確結束了。」冷冷的句子在酒桌上低吟，記者腦門光禿禿的，凹陷的鼻根旁滿是坑窪。望著微光下的面容，若不是在屏幕裏見過，薛自更斷不相信眼前的男人便是那令無數權貴畏懼的名記者！單論相貌，更像是電視劇裏的黑社會。吐出眼圈來，額頭滿是褶皺的男人眼神深邃不見底，他伸出略顯臃腫的小臂，遞來一根菸。

沒有猶豫，薛自更接過香菸，淡黃的菸嘴鑲有繁密的金色紋路。「回頭再聊吧！我約了一位警察，他經手的這個案子。」說罷，將菸頭摁在水晶菸灰缸，男人轉身離去。襯衫下的臂膀稍作抽動，那是肌肉的跳動。望著男人離去的身影，那略顯發福的身材又藏有些許線條，讓薛自更想起了趙可，彷彿是多年後邁入中年的趙可。

「唉！」思緒拉回眼前，屋內的空氣緊張中透著窒息。薛自更躺在棕黃的涼席，心中思緒萬千。作證？作什麼證？證明徐柯的癱瘓與書院有關？

「如果連最親的人都不愛？還能去愛誰?!」操場裏的呼喊猶在耳畔。薛自更不明白，對這些孩子的管教何時成了一種罪惡？從男人口中得知，那場「家長開放日」的彙報，記者就在人群之中，在隨風搖擺的樹下審視著。

爲什麼？爲什麼?!猛地捶打床板，被褥生起層層浪花，薛自更腦門嗡嗡作響。「爲什麼?!」薛自更放聲呼號，吼聲越過木門，迴盪於空無一人的走廊。爲什麼？爲什麼那個記者目睹了這一切，目睹了兩位少年從無惡不作到心懷感恩，他依舊認爲這是惡？

當喊著要拿刀砍死老媽的男孩，在母親的懷中掩面而哭，這難道不是正義嗎？倘若這一切都是正義，那個光頭記者爲何要揪著不放？倘若那個記者是錯的，那他所獲得的種種讚譽又從何而來？可怖的裂痕在薛自更腦中生發，翻滾、撕裂，硬生生撕出一個豁口，痛苦源源不斷地噴湧。「個狗日的！」筋疲力竭的薛自更翻過身子，頭髮被涼席夾掉幾根也不在意。「唔！」他感到噁心，二十五年的人生中，這般的折磨還是頭一遭！一邊是受人敬仰的王院長，另一邊則是正義的化身、爲民請命的記者，實在叫人左右爲難！

書院那麼些人，爲何偏偏纏上自己？難道是自己善良、易於攻破麼？想到這，薛自更倒是有些記恨，記恨那渾身痞氣的光頭記者。合上雙眼，雪山腳下的母親正朝他走來，慘白的山頂熠熠生輝，耀得母親的白髮都失色幾分，母親挺起矮小的身軀，如螻蟻般邁步在遼闊的大地。

「不行！不行！」父親尚在時，總會在母親面前低下頭，靜聽她的呵斥。「你對人太好了！做人不能這麼！啊！」爐火升起，水壺滋滋作響，母親提起滾燙的鐵壺進屋。母親太善良了，善良得連借出的小羊都不忍開口催還。可就是這樣的母親老是斥責父親，咒罵他的軟弱、和善。「要想不被欺負，不能對人太好！」薛自更脫口而出，猛然起身。

「他也不是個好人。」坐在床鋪的薛自更自言自語，窗外的陽光打在鼻梁，他呆呆地盯著牆面，眼中的輕柔漸漸退卻。那個記者不過是一個自私的人！鬼知道他爲了自己的利益，害了多少人。「呵！他不過是想弄垮書院，來換取自己的名聲罷了！」想到這，薛自更釋然了。他點上一根菸，瞧著桌角的菸盒發呆。「呼——」地煙霧繚繞，不知從何時起，薛自更已習慣於這股焦香。

初夏的餘北，鎮子開始熱鬧得一如既往。儘管天氣炎熱，馬路上的卡車仍舊絡繹不絕，尤其到了夜裏，一輛接著一輛。街旁的電視裏，嘴唇抹有紅妝的主持人饒有興致地言語。光著膀子、膚色黝黑的男人來到商店，從冰櫃裏掏出一大瓶飲料，咕嚕咕嚕往嘴裏灌。

紋短褲上。

「那個在說什麼事？」滑膩的液體從嘴角溢出，汗水就著飲料沿胸脯流下，男人伸手一抹，擦在格

「說要開發了。」屋內的男人搖著扇子，回應到。

「開發什麼？」

「說要搞一個產業園，要拆房子。」

「拆就拆吧！跟我們這些小老百姓，有什麼關係喲！」又掏出一瓶凍成冰塊的紅茶，男人伸手拂去瓶身的水汽。「記到賬上！」膚色黝黑的男人拎著兩瓶水滿意地離去，消失於丁字路口。

西邊的馬路，依稀能望見兩座山丘的影子，昏黃得很。將山頭遮蔽其中的，是被湖風揚起的沙塵。又一輛滿載沙石、三人來高的卡車，在一眾小車的避讓下朝西邊滾滾而去，揚起的塵土飄揚許久。

「嘿！你們搞快點！」路旁的麵包車後走出一個身影，一瘸一拐的，正是手扶眼鏡的梁安祥。梁安祥催促著，可兩年輕的男人依舊躲在車後不肯上前，他身旁的中年男人同他一道立在路口，任由漫天的沙塵落在頭頂。

身著工服的男人瞥見車後的兩位小年輕，倒也不催促，僅是轉過頭來朝梁安祥笑笑。梁安祥也不生氣，緩緩地朝麵包車走去。等及灰塵落下，天空明朗了些，那三人才動身幹活，將包裹的櫃機搬入車廂。領頭的男人抹一把汗，踩下油門，小車便朝田野而去。

駛出偌大的樟樹林，道路盡頭便是熟悉的鐵閘門。梁安祥朝那頭望去，書院鐵門敞開，卻不見車輛或人影，著實令人奇怪！「你們先去吧！還是那個樓。」麵包車停在門口，梁安祥朝司機說到。小車漸行漸遠，梁安祥這才回過頭，朝裏頭看看，又朝外頭瞧瞧。「哪個搞的？媽的！」梁安祥罵著，一想到

要用自己的這條殘腿，一瘸一拐地去合上兩人來高的鐵門，他心裏便不舒坦。

「咳咳——咳咳——」正當梁安祥不悅時，院外傳來兩聲咳嗽。「誰？」

「梁主任！」熟悉的面孔從拐角走來，是薛自更。「哎！這個門是你搞的吧！」見到薛自更，梁安祥愈發的生氣，厲聲說道：「我說你呀！怎麼不關門！要是學生跑了，你說怎麼搞？」

「怎麼會咧？梁主任。」薛自更擠出笑臉，挑著眉，「咱們剛走了一批學生，書院裏也沒幾個人了，再說呀！跑了又怎麼樣？」

「你這說的……」聽到這話，梁安祥頓時惱怒不堪，剛要發作，卻被薛自更的話語堵住。「梁主任！哎！哎哎！你看！劉孟達那樣的人，操著鋼棍跑了，都被廣大群眾給抓回來！現在院子裏就幾個女生，有啥好操心的喲！」薛自更笑著，眼睛瞇成一條縫。「再說，以咱們書院現在的名氣，就算跑出去了，不到半天，就被隔壁村子的送回來咯！」

梁安祥依舊皺著眉，薛自更朝大樹下睡眼惺忪的大爺招手。大爺緩緩走來，將厚重的鐵門拉上。望著薛自更漸漸走遠的背影，梁安祥心裏不是滋味，難道自己多年的勤勉要付之東流了嗎？

水塘邊的樟樹愈發繁茂，從中穿過，便能感受那徹骨的清涼。薛自更疾步而行，朝行政樓而去。樹下的石凳旁，兩位女教師在閒聊，見到匆匆而行的薛自更，想要打招呼卻欲言又止。等及薛自更走遠，兩人敞開了話匣子。

「薛老師挺帥的呀！」

「你以前可不是這麼說的，你還說他有點老土！」

「哎喲！人都是會變的。我去年來的時候，他那時候的說話呀，包括穿衣服呀！確實挺土的！可現在不一樣了咯！」

「是嘛！」

「上個星期，咱們的員工大會，不是漲了工資咩。聽慧敏說，財務那的工資單，薛老師的工資全書院最高！」

「最高！多少呀？」

「這我就不曉得了，不過薛老師現在是代理的招生辦主任，有權有勢！聽說還會接班院長！」

「那裏還不趕緊，趕緊的！」兩人互使眼神，女教師頓時面紅耳赤，在陰涼裏拍打起來。池塘的另一頭，那個蹣跚的身影駐足不前，兩人的話語一句不漏的鑽入耳蝸。不知立了多久，兩位女教師早已離開，梁安祥仍站在池塘旁，灼熱的陽光照在他鬆弛不已的皮膚，卻滲不出半顆汗珠來。

陰沉著臉，梁安祥又回到那高聳的鐵門前，推動才合上的門。沉重的鐵門將梁安祥外翻的腳踝壓得生疼，裏屋的大爺趕緊跑出，與其一同推門。「咚——咚——」的悶響，鐵板撞到了院牆下的木石，望著梁主任陰沉的神色，大爺並未多言。掉了漆的銀白色小車往門外去了，梁安祥瞥向後視鏡，高聳的鐵門旁空無一人，無人過來關門。

踩下剎車，白車停在僅容得一車通行的田間小道。猶豫一會，梁安祥終是駕車離去，不再理會身後的種種。駛過樹林，迎面來的是一輛白色麵包車，轎車靠邊等待。「梁主任！」車中的男人朝梁安祥喊著。還是那輛送空調的車，梁安祥卻不理會。

城東的加油站，清洗過後的小車煥然一新，小車駛過丁字路口，路口旁立著的塑膠板寫有：「加油滿一百元，送免費洗車一次！」轎車駛入加油站一側的小巷，徐徐前行，梁安祥緊握方向盤。門前的老人輕聲呼喊，提醒來回瘋跑的孩子們。

「回來了！」掀起圍裙，又放在漆木桌面，腹部略微隆起的女人從廚房端出兩盤菜。「今天蠻準時。」女人的身子輾轉於桌椅之間。「哎！我來，我來！」梁安祥一把抓過女人的腰身，輕輕地將她摁在木椅。回到這個老舊的屋子，他的苦惱霎時消散不見，話語寫滿了溫柔：「我說了，不用你做飯！等我回來，我來弄。」

「哪有那麼矯情？」長髮及腰的女人，擺擺手，可她的心裏滿是愛意。「又不是不能做，這才三個月！這整天也沒事做，搞點菜咧！」

「哎！」梁安祥的神情嚴肅起來，板著臉說：「說了！你不要做，聽話！我每天盡量早點回，回來就做飯。你要是餓了，再給你買些吃的。」

「不用——」女人昂起腦袋，看著戴著眼鏡的丈夫，臉上寫滿了幸福。她小聲地說，差點笑出聲來，「櫃子都裝滿了，昨天又買了兩盒牛肉乾。」

「那我們說好，以後你不做飯。」

「嗯，行！」女人輕聲答應，坐在鋪滿報紙的餐桌前。沒一會兒，梁安祥便端來了餘下的兩盤。紫菜蛋湯、清蒸魚、肉末蛋羹、清炒白菜，三菜一湯，以及兩隻巴掌大小瓷碗，兩人動起筷子來。

「呼——」嘴裏咀嚼著，梁安祥放下筷子，朝女人身後的櫃子張望。「看啥咧？」一口濃郁的北方腔，女人也停下了筷子。

「櫃子那個。」順著梁安祥的手指看去，木櫃的玻璃裏躺有半瓶辣椒。

「幹啥？」

「那個，給我。」梁安祥神情堅定，指尖直指櫃中的玻璃瓶，女人愣了一會兒，滿臉疑惑地問：「怎麼？吃那個幹啥？」

「嘴裏沒味道，就吃一口。」

「你這身體，毛病又多，眞是！就一口哈！」女人嘴裏唸叨著，還是轉過身去，取出那瓶蓋滿是細塵的玻璃瓶。「哎呀！淨是灰，好幾月沒碰了，別吃了，別吃了！」梁安祥一把拿起桌上的玻璃瓶，嘴裏叨咕：「有什麼不能吃的？當年苦的時候，蒼蠅爬了一晚上的菜都能吃！這有什麼！」說完，便擰開瓶蓋。開蓋的瞬間，濃郁的酸辣味從中溢出，經過數月的二次發酵，這香味簡直絕了！夾起一坨放入嘴中，久違的辛辣沒入咽喉。

「啊——」一聲輕嘆，梁安祥滿臉愉悅。

到了夜裏，窗外陣陣蟲鳴。女人沉沉睡去，細小的鼾聲從床頭響起，「吁——吁——」像是在說夢話。檯燈散出的白光映出男人的背影，桌上的文件夾疊在一起，藍的白的，整理得井井有條。

「唔！」梁安祥揉揉眼，疲倦從周遭襲來。

靜下心來，梁安祥趴在課桌上小憩，如同一位午休的學生。寧靜的夜晚，女人的鼾聲聽起來格外響亮。梁安祥看著涼席上的妻子，淺色背心下的面龐是如此的動人！隨呼吸上下起伏的小腹，裏頭孕育著兩人的未來。

即將年滿四十，梁安祥看向鏡中的自己，蒼老的面容哪像四十歲，說是知命之年也不爲過。輟學、打工，憶起青春歲月，梁安祥心中滿是苦澀，他不願再去回憶，他的雙拳也不再憤怒。哪怕是薛自更的日漸跋扈，也僅能在他心頭撥弄幾下，僅此而已。知足吧！知足吧！他不過是個孩子！梁安祥在心中默唸，哪怕他坐上院長的位置，也沒什麼。

梁安祥俯下身子，女人的溫熱便沿面龐而來，他側身從背後摟住女人的腰。她的溫存沿著脊背及胸脯，將梁安祥的身子暖得火熱，幾要融化他的心。他的熱吻落在女人的髮梢，落在耳後，落在纖細而曼妙的脖頸。女人翻過身，微光下的臉蛋泛著紅。

抬頭，時針指向十一點半，該歇息了。梁安祥起身，踩著咿呀作響的床鋪，麻溜地爬到隔壁的小床。藍黃相間的布質板床僅有一人來長，這是一條沙發，原本置於院長辦公室的窗簾旁，供梁安祥午睡。自從女人的肚皮大了些，梁安祥便與其分床而睡，生怕夜裏的擠壓影響到肚裏的孩童。

躺在窗戶旁，耳邊的蟲鳴愈發嘹亮，如針刺扎在耳膜。梁安祥看向不遠處的女人，她隆起的腹部在黑暗中上下起伏，那模樣安詳極了！

「眞稀奇！這一個月見不到一次的，今天來了兩！」菜場門口的早點攤，幾人正在言語。背著水罐的灑水車哼著曲，將自來水噴向滿是塵土的馬路。道路被洗刷得乾淨，一輛卡車駛過，又掀起些許塵霧。熟悉的音樂再次傳來，又一輛灑水車帶著使命而來，把將將升起的沙石死死摁在地面。

鑰匙在半空劃過，落在小夥子的掌心，接過車鑰匙的他往洗車店跑去。梁安祥將小車靠邊，往對面的早點攤走去。熱氣升騰的攤位擠滿過早的人，女人數著鈔票朝裏頭高喊：「兩碗粉！一碗熱乾麵！」鎮子僅有一條不足公里的馬路，道路兩側就這家有熱乾麵，其他店也不弄點這玩意！梁安祥心裏想著，這家的紅油熱乾麵賣得老好，也不見其他的效仿，眞沒商業頭腦！

豬肉的膻味從隔壁緩緩飄至，梁安祥早已習慣這般氣味，他同眾人一樣端著鋪滿肉絲、榨菜的紙

碗，在門前尋得一個座位。半人高的塑膠椅，比膝蓋還要矮的板凳。高的是桌子，將早餐置於其上，

「呼——」吹上一口，夾起吸滿湯汁的粉絲。

「我的孩子，比你的強一點，起碼他脾氣好！」標緻的普通話在嘈雜的人群中格外突兀。梁安祥瞥上一眼，穿著休閒的幾人在不遠處嗦著麵。

「那遠?!」女人驚訝地說，身旁的男人從數百里外的省城而來。

「怎麼辦咧！好多地方都去過了，像那些軍事化管理、封閉訓練營，都去過了。」男人放下手中的油餅，對眾人說道：「有一次，把他送到外省去，花了我兩萬塊！」

「咦喲！兩萬塊！你也是捨得。」

「再麼樣說，也是自己的孩子！該花的錢還是得花。」

「後來咧？」另一個男人湊更近問道。

「哎喲！不提了！」男人連連擺手，彷彿要趕走那段尷尬的回憶。細碎的雞蛋殼落在深紅的塑膠椅，嘴裏咀嚼著，直至咽下最後一口，男人才繼續說：「別提了！哎！本來是個有點叛逆、有點慫，怎麼說咧？額！是個有點內斂的叛逆男伢，結果在那個鬼軍事訓練營待了兩個月，回來後……嗐！」男人從捲紙中扯出一截，擦拭於嘴唇。

「怎麼，怎樣了？」女人催促著，另外兩男人湊得更近了。

「結果……結果，成了一個強硬的、喜歡打架的男娃！哎喲咯！」男人苦笑道，眉眼皺成一團。眾人聽罷，忍不住放聲大笑起來。「哎喲！錯上加錯喲！哈哈！」爽朗的笑聲匯聚起周遭的目光，幾人也不在意，那個訴苦的男人眼角都笑出淚花。

在一側靜靜聽著，梁安祥也被逗樂，他吃完最後一口，一面擦嘴一面看向不遠處的幾人。他們有的來自省城，有的來自楊沙湖的那頭，穿著靚麗的衣服，想必生活還算富裕。可他們依舊攜帶各自的苦惱，來到這間偏遠的書院。

果然，幾人的對話戛然而止。談及各自的孩子，幾人頓時陷入沉默。初次見面的他們，此刻有著別樣的默契。低首、側目，融洽的氣氛消散不見，「叮——叮叮——」悠揚的啼鳴，隨遠處的灑水車一道緩緩飄來。「又來！」身著深紅背心的男人，趕忙起身，端著碗往店鋪跑去。梁安祥也跟隨其後，躲避即將來襲的湧泉。車窗內的司機打起哈欠，歪著腦袋，完成又一輪的噴灑。猛烈的水流越過路邊的溝渠，直衝整排的塑膠椅，座椅如標靶般被一一擊倒，揚起的泥沙將小腿扎得生疼。

「媽的個！搞麼鬼！這幾天盡是灑水車，又搞檢查了？」

藍白相間的槽罐漸行漸遠，隨行的樂曲也不再刺耳。梁安祥拍拍褲腿，招上一輛麻木車，往書院去了。三隻輪子的小車行駛於田野之間的砂石路，梁安祥的身子也隨之搖晃，他不緊不慢地打理衣物，抹去藏於褶皺深處的泥土，光潔的皮鞋映出他的臉。

今天是個大日子，想到那些遠道而來的家長，梁安祥的心窩就直癢癢。離書院尚有兩路口，「嘀嘀」的聲響便不絕於耳，各式小車停在路旁。見到如此多的小車，梁安祥心裏不是滋味：如此多的家長來到，業績報表必定好看得很，可這竟不是自己的成績。

「哎！」低沉的呼喊擾亂梁安詳的心緒，麻木車師傅回過頭，咧著嘴說：「前面堵死了，過不去，你就走過去哈！」探出腦袋，瞧見前頭滿是小車，「嘀嘀——」地爭吵，梁安祥邁出步子，下了車。

「六塊！」梁安祥掏出錢包，掏出一張十塊來。往日的八塊錢成了六塊，師傅在兜中摸索許久，只見得兩鋼鏰。見狀，梁安祥會心一笑，開了口：「算了，算了！」

狹長的小道擠滿著裝各異的人。儘管頂上的朝陽燒得灼熱，底下的人們仍盡力展示著皮囊，深色的格子衫、靚麗的長裙，最引人注目的是人影中的一身軍裝。肩章上的兩杠三星金燦燦，軍帽下的面龐滑膩不已，面頰的皮肉掛滿細汗。身型各異的人們排著隊，沿僅容得一人的鐵門緩緩通行。趙可與身著軍裝的男人擦肩而過，這身軍裝激起久違的悸動。軍營裏的生活如鐫刻般烙在趙可心底，手握鋼槍的歲月恍如昨日，打量幾番過後，他還是向人群後的梁安祥打招呼：「梁主任！」

眾人回首，目光聚焦於身後那身材矮小的男人。淺灰襯衣、深灰長褲，頭戴眼鏡的梁安祥緩步向前。眾人自覺地讓出一條道來，目光裏滿是崇敬。梁安祥走進書院，身影消失於青磚屋檐底下，他走進了屋子，那幢青磚灰瓦、透著古典氣息的屋子。穿著紅衣的年輕志願者，舉著喇叭指引前行的路，可眾人不以爲意，推開女孩的手往屋子走去。數人邁入低矮的木門，「咿呀——」一聲，屋內的景象便顯現於眼前。

深紅的木製桌椅擺得鬆散，成排的桌面滿是坑窪，黑板占滿整面牆，破敗感撲面而來。抬頭看去，寬厚的木質房樑被打入嶄新的鋼管，偌大的吊扇轉動個不停。紅漆的窗戶旁，一人來高的空調立於窗簾旁，空調內側立著一顆地球。

「喲！這玩意兒，是個好東西！」男人指著地球儀，朝身邊的人喊道。湊到窗簾旁，將大手摁於懸浮的球體，底下的推力又將其推回。「噢喲！磁懸浮喲！」男人驚呼，周遭的人們也湊攏，圍觀籃球大小的懸浮地球。大手拂過，汗水落在喜馬拉雅的峽谷，聚成溪、匯成河，往南邊奔去。餘下的幾滴，灑落於乾涸的大地，不久便消逝不見。

偌大的屋子裏，家長們坐得分散，有的聚於吊扇下，有的獨自待在角落。臺上的男人駐足打量，估摸著屋裏有百來號人。屋前屋後的兩台立式空調，呼呼地不停吐納冷氣，可屋內依舊燥熱難耐，人太多了！木門處依舊有人在往裏擠。人們手裏搖著扇，顴骨隨節拍而張合，如虔誠的朝拜者望向牆面的每一張牌匾，密密麻麻的文字裏藏有書院的過往。

「王院長來了！」身著中山服的男人跨過門檻，屋內便響起潮水般的掌聲。人們站起身、踮起腳，竭力一睹院長眞容。草地上的一幕幕，女孩與男孩的暴戾，及他們聲淚俱下的懺悔，已隨網絡傳至無數角落。叛逆少年的救世主、神奇療法治網癮、妙手回春的王教授……人們捧著虔誠的心從各地趕來，爲了一探這所書院的奧秘。

「感謝！感謝！」王守國樂開了花，面頰的皮肉擠作一團。掌聲經久不息，全沒有停下的意思，「王校長牛！」「看了視頻，幹得好！」呼喊聲此起彼伏，彷彿置身於狂熱的追星現場。數分鐘的掌聲連綿不絕，無數隻眼眸盯著臺上的院長。笑容逐漸消退，臺上的王守國見到這架勢，心中的喜悅淡了幾分，又增添幾分畏懼。

「嗯！」緊握手中的話筒，王守國發覺雙手竟微微顫抖。百餘張神色各異的面孔，有的皺眉，有的咧嘴，有的瞪大雙眼、滿臉期待。「呼——」王守國的喘氣聲在擁擠的屋子迴盪，他終是說出口：「各位家長！感謝大家的遠道而來！請允許我代表書院全體教職工，向各位的到來……」

「說重點！」標緻的普通話從人群中傳出，打斷王守國的話語。臺下的眾人相互張望，隨即附和起來：「是滴！王院長，客套話就省咯！」、「咱們還是講講具體的。」、「對呀！直接進入正題。」

「行！把投影搞出來。」略感窘迫的王守國大手一揮，身旁的年輕男人便搗鼓起來。方形的幕布緩緩落下，掛在木樑上的投影儀，投下一張稚嫩的面龐，那是一位男孩。面龐黝黑的男孩，隔著短袖能瞧見臂膀的線條，他光著腦袋、脖頸映出一條青龍。男孩轉過身來，那張不羈的面孔，引得屏幕外的人們陣陣低吟。

臺下的女人撇過腦袋，躲過那張令人生厭的臉，男人們大多皺起眉，透出些許期待。燈光投下的是一張令人厭惡的臉，突然，一隻大手摁在他的肩頭。畫面逕直，王守國又握起話筒，他的話語已不再顫抖：「各位辛勞的父母，各位望子成龍、望女成鳳，願爲孩子獻出一切的父母，我想和大家說幾句話。」

方才的窘迫將心中的忐忑釋放殆盡，渾身輕鬆的王院長坐在臺階般高低的水泥板，緩緩道來：「我從事教育行業十來年了，我將青春獻給了教育，獻給了腳下的這片土地。」

「咳！」停頓，又停頓，在人們的期待下，王院長俯首沉吟：「有一個事實，可能我們都不願意接受，可它就是事實，就在那！躺在楊沙湖的中央，等著我們去發現它，去接受它。」他抬頭，發覺所有人都看著自己，在萬眾注目下，他說出了那句：「其實……教育就是馴化，就是讓孩子們向這個世界妥協，去模仿那些本應不屬於他們的話，不屬於他們的……他們的做法。」

王院長呆滯地坐著，冷風刮過後背。眾人並未言語，偌大的屋子靜謐如夜。身著軍裝的男人掏出一支菸，翹起左腿，菸圈兒於眉眼間迴旋。「王院長呀！咱們別矯情了！直接弄。」濃烈的北方腔調，從軍裝男口中說出：「整這幹啥？老大個人了，搞得恁矯情！」

「哈哈！」爽朗的笑聲響起，繼而充斥整間屋子，原本低沉的氣氛被攪得不見蹤跡。「哎喲！呵！」王院長也笑出聲，伸手拭去眼角的斑點，他起身退至一旁。

影像繼續，男孩的聲音從畫布躍出：「跟老子滾！老子就算死了，老子也不進去！」咒罵、掙扎、扭打，幾人擰作一團，嘴角、胳膊沾滿污漬，每一聲哭喊都化作一把利刃，扎在眾人的心坎。或薄如蟬翼，或堅如磐石的心門，無一不被戳開一道裂痕。這情景是多麼的熟悉！畫布中的男孩就像各自的孩子，觀眾們心底的往事滴滴往外流淌。

穿軍裝的男人倒是顯得淡然。在撕裂般的吼叫聲中，他將窗戶拉開一條縫，每吐一口白霧，便揮揮手，將煙霧往窗外搧搧。

如被捕的雄獅，屏幕裏的男孩肢體雄渾有力，卻被死死摁住。兩身材魁梧的男人，將不再掙扎的軀體抬進綠漆裝飾的門內。「砰——」的一聲，屋子重回寧靜，窗簾下的陰影倒映著那扇綠門，門上的牌匾寫著「13」。僅剩下那扇門一動不動，牆角的音響安靜下來，死一般的沉寂。

每一幀影像在平鋪的白板上跳躍，屏幕裏躍動的斑點，告訴觀者這並非靜止。時間一分一秒的流過，那扇「13」下的鐵門靜靜矗立。畫布外的百餘人靜靜望著，誰也不急。「13」上頭的牌匾散著綠光，「50、49、48⋯⋯」的倒計時，「9、8、7⋯⋯」隨著數字的跳動，眾人無不屏息凝神。後排的人站起身，踮著腳，試圖窺見門後的秘密。

「過來！」沙啞的嗓音掠過，門開了。方才竭力掙扎的男孩，緩緩走出昏暗的鐵門，忽然亮起的燈光打在那張面龐。不見憤怒，不見掙扎，那張黝黑的臉隔著幕布，看向屋內的眾人。沒有淤青、沒有傷痕，男孩修長的面龐掛著笑，淺淺的笑、微微點頭，額頭的汗水散落幾滴。「大家好！」男孩笑得愈發燦爛，露出缺了半顆的門牙，他的眼眸清澈無比，已不見入門前的暴戾。「感覺好多了！」鏡頭沾滿霧氣，畫面逐漸模糊。伸手擦拭，這樣，男孩才看得清屋子裏的眾人，這些遠道而來、潛心觀賞的人們。

面目不再猙獰，男孩那祥和的長臉，如一位和善的鄰家男孩。

「唔！」眾人驚訝不已，渾身戾氣的男孩被送入鐵門，二十分鐘，僅僅二十分鐘！走出時已如綿羊般溫順。

燈光亮起，畫面也就此定格。身材矮小的王守國站上講臺，熾烈的掌聲將他包圍。淚水從女人面龐滑落，她忙擦去眼淚，在呼嘯的掌聲中站起，融入歡呼的隊伍之中。王守國被團團圍住，不得不攀上嶄新的木椅，朝後邊的人們招手。虔誠的人們，如潮水般湧向高聳的王院長。

「咚——」那件被熨得平整的軍裝，猛地撲向地面。眾人以爲是暈倒，忙上前攙扶，湊近了才發覺那男人跪倒於地，一個又一個不停地磕頭，腦門磕得咚咚作響。金燦的徽章隨肩膀來回搖晃，那象徵地位的標徽令旁人連連後退，讓出一條道。王守國跳下木椅、邁下臺階，男人懷中的軍帽掉落於地，露出頭頂的一片空白，禿了頂。

「王院長呀！」男人坐起身，坐在大理石鋪就的地板，滿眼通紅的喊叫：「終於……終於，我他媽的！終於找到了！找到了！看到那個就想到我的娃，跟那個一毛一樣！哎喲！哎喲喲！找了無數個地方，總算是找到了！

「找到咯！」

桌角的信封

二〇〇六年十二月六日

「每一次，都在徘徊孤單中堅強；每一次，就算很受傷也不閃淚光。」歌聲穿過鼓膜，沿著蜿蜒的脈絡直抵昏昏欲睡的腦門。窗簾的縫隙中落下一道霞光，挺起綿軟的身子，那一束輕柔令她心顫。

「嘶——」窗簾被拉上，窗旁的男孩緊皺著眉，筆尖在白紙上沙沙作響。朱琴琴抬頭張望，數十張後腦勺無不低頭匍匐。講臺上的女人同他們一樣，厚重的鏡片倒映有無數個字母。就在她前方，一位扎著馬尾的女孩，鏡片下的臉蛋小巧而精緻。瞧瞧那位低頭書寫的女孩，再看向前方，朱琴琴彷彿看見女孩的宿命。強烈的窒息感從每個角落襲來，如無數隻大手，狠狠掐住她的脖頸、臂膀、腰間。「不！」她高喊，教室裏的眾人回過首，看向後排的女孩。可那些目光很快沉寂，又低下去，做著各自的事。椅腳在地面摩擦，生出刺耳的聲響，朱琴琴站起身，一把拉開後門的鐵栓，跑出門去。

扎起馬尾的女教師面無波瀾，她抬起手，示意後邊的男孩將半掩的門合上。

蜿蜒的樓梯一路向南，拐過牆角的整排的花壇，寒風拂起額角的髮絲，女孩將其捎至耳後。南邊是一座小山，僅剩黑影的樹梢後映著晚霞的餘暉。舒暢多了！朱琴琴閉上眼，感受掠過路口的冷風。沒過多久，寒意已侵襲全身，她裹緊純白的羽絨服，往圍欄走去。

嘹亮的喊叫聲，從一人來高的鐵欄杆那頭傳來，頂上的白燈極其耀眼。球場旁的臺階，朱琴琴曾在那兒看過無數次日落，從懸在屋頂直至全然不見。尋得一級臺階，她將臀後的衣角掀起，輕輕坐下。男人們在草地跑動，腳底的籃球來回傳遞，又被猛地挑起，籃球從頭頂劃過，落在禁區前，一腳射門，卻偏出了橫樑。「哎——」嘆氣聲四起，射門的男人低頭，用衣角拭去鼻梁的汗水，將濃痰吐向凹凸不平的草地。女孩看著，她不明白，在這刺骨寒風中的球場，這些身著短袖的人爲何大汗淋漓？

屋頂的光暈逐漸黯淡，兩根高聳的圓柱，頂上的大燈愈發刺眼。朱琴琴半捂著眼，在她的印象中，這兩盞燈從未亮起，不對！在一年前的運動會上，她曾見過。

撇過腦袋，圍欄外枯黃的柳樹，數輛小車停靠其中。這所封閉式管理的學校，卻時常瞧見外頭的車，停在這個足球場，或停在教室那一頭的籃球館。「哦豁！」歡呼聲打斷朱琴琴的思緒，進球了。

「唔——」留有小鬍子的男人一個後空翻，汗水在燈光下亮晶晶，濕透的短袖下是線條分明的身板。

「牛哇！」男人們聚在一起，慶祝方才的進球。肚腩隆起的男人衝來一把抱過那人，歡呼致意的兩人翻滾於草地。

晚霞徹底不見，眼前的遊戲著實令朱琴琴提不起興致。站起身，球場外的路燈已亮起，那頭整排窗戶能瞧見無數張側臉，飄來朗朗讀書聲。該去哪？她心裏也沒底，回教室已是不可能，而此時回家，也不是一個好的選擇。怎麼辦？去哪兒呢？難道留在這，觀看這場無趣的球賽？她立在臺階，一時不知該去向何方。

「哎呀——」一聲尖叫，白色的身影倒在滿是坑窪的臺階，哭腔從欄杆旁升起。哭聲愈來愈大，女孩摔倒在地，身旁的籃球仍在跳動。操場的人們看向不遠處的女孩，趕緊朝臺階跑去。匆匆忙忙，爲首的男人跑到女孩身邊，發覺臺階上的女孩一動不動。男人愣住了，沒想到會這麼嚴重。

「嘶——」微胖的男人隨後而至，見到那小巧的臉龐掛了彩，耳朵被撕開一個口子。「趕緊的，送醫院！送醫院！」幾人喊著，留有鬍子的男人將女孩抱起，任由鮮血流在熱氣升騰的球衣，往道旁的小車奔去。

懷裏的女孩痛苦呻吟，咬著牙，哭喊聲隨抖動而愈發猛烈。二樓的窗口，好奇的學生探出腦袋，看到底下的一幕發出陣陣驚呼。「醫務室在那邊。」一人指向教學樓另一頭，男人將女孩放在後座，將毛巾放在耳後，又不敢用力摁壓。「哪有人咯！趕緊去醫院！」「王老師，你們學校的學生，你也一起去。」男人招呼著，將女孩抱入轎車。體型臃腫的男人踩下油門，黝黑的轎車憋足了氣，奔馳而去。

敞亮的屋子，蜿蜒的針管點點滴落。視線逐漸清晰，朱琴琴在病房中醒來，眼前一片陌生，想要起身，卻發覺身子沒了力氣。這是哪？盡力回想，臺階、大樹、鐵柵欄……右臉隱隱作痛，伸手去摸，才發覺右臂動彈不得。像是鐵片的玩意，將大臂死死固定住，深紅的針管從底下延伸出來。餘光中的灰白繃帶，將面頰緊緊包裹。

「別動！」門開了，身形俊朗的男人朝病床走來。「朱同學，不好意思！額，晚上……」男人皺起眉，憋出扭曲的笑容，「晚上踢球的時候，不小心……把你踢到了。」

吊針下的女孩沒有言語，直看著他，露出紗布下水靈靈的眼眸。「別擔心！你家裏人馬上就到。」男人坐於床尾的木椅，身上的球衣皺作一團，他理了理上衣繼續說：「眉毛和耳朵破了，流了些血，你別怕！醫生說沒什麼事，都給你包好了。」

說罷，屋內陷入沉默。

「叔叔！」女孩率先打破沉默。將腦袋往枕頭挪一點，女孩望著窗簾旁的中年男人，輕聲說道：「你是幹嘛的？」男人一愣，發覺那雙炯炯的眼眸正看向自己，遲疑一會兒，他有些磕巴的回答：「我……我是做工程的。」

「做房子麼？」

「嗯，房子、馬路，這些都會做。」男人說完，又是漫長的沉默。

「叔叔！那些大城市的房子，也是你們做的吧！」女孩躺下身子，面龐被灰褐色的被套遮住，「那些在大城市生活的人，眞好！」

「哪裏好了？」將手機置於褲面，男人看向頂上的吊針，清澈的藥水，滴得很慢。

「那些高樓、大廈，長江邊的公園是，多好呀！好想去那！」

「去哪裏？北京，還是去上海？」

「我也不曉得，嗯……去哪都可以。」

「唔——」靠在椅背，男人長吐一口氣，自顧自地說道：「我們這不是來了麼！把房子帶來了。」

「可我還在這，估摸著……要在這過一輩子。」

「這裏挺好的，過得挺舒服。」

「不好。」望著窗臺旁的男人，女孩眉眼低垂，「外婆每天都在做飯，做好中飯想著晚飯，做完晚飯就開始準備早飯。我媽媽也一樣，每天都在做飯，她想讓我和她一樣，找個穩定的工作，整天做飯。」

「咿——」門開了，是熟悉的聲音。女孩咬著牙，吃力地撐起身子。母親的面孔漸行漸近，門口的父親向肚腩凸起的男人示意，母親陰沉著臉，父親雙手合十、臉上堆滿笑意。

天空飄起了雪，薄薄的雪花落在瀝青路，便化作一攤水。望著窗外來往的行人，在房間養傷幾日的朱琴琴倍感無趣，站在落地鏡前，瞧見鏡中的自己。肩頭繞著繃帶，石膏下的手臂依舊緊繃，醫生說問題不大，十來天便可拆掉。可父親依舊堅持打上綳帶，將身子裹得嚴實。

「出來嗎？」鈴聲響起，電話那頭是馬清妍的聲音，「我在奶茶店。」望向鏡中的自己，朱琴琴想起那位扎著馬尾、戴著牙套的醫生的話，猶豫一會兒，小心翼翼地扯開小臂的線頭。一圈又一圈，直至將綳帶徹底卸下，臂膀舒坦多了。試著搖晃僵持多日的手臂，也不見疼痛，欣喜有加的朱琴琴拎起錢包，便往樓下跑去。

「你認得？」臉蛋貼著紗布，身後人來人往，狹小的過道裏書包與高腳椅來回磕碰。朱琴琴挪動身子，讓後邊的男孩通過，吮上一小口奶茶，望向右側的女孩。

「唔——唔——」哈出幾口熱氣，白霧在指尖消散。裹著圍巾的女孩轉過腦袋，那張清秀的臉正是馬清妍。「嗯！」回答乾脆利落，隨即又抿上一口，滑膩的珍珠在口腔中開花，滿是香甜。

「嗯！是我的表哥。」馬清妍自顧自地喝著。

「咿呀！清妍，沒想到你有這麼帥的表哥！」朱琴琴放聲大笑，喃喃自語道：「那天我聽到了，他好像是一個公司的老總，從省城來過來的！嘖嘖！真是又帥又有才！」倦意襲來，朱琴琴的話語令她厭倦，將一張鈔票扔在桌面，馬清妍起身離去。等及那身影穿越過道、消失於屋外的風雪，朱琴琴這才發覺馬清妍的離去，滿頭霧水的她呆滯地困於座位。

馬清妍疾步向前，任由指甲蓋大小的雪花簌簌落在頭頂。思緒飄在半空，朱琴琴的話語在耳畔迴響，馬清妍裹緊外套，可冷風仍湧入領口。抬起手，手裏拽著手機，舉起又，放下猶豫再三還是按下。

「喂！是我，想和你見見。」輕柔的聲音留在飄雪的燈下，纖細的身子倚於牆面。穿著藍色校服、揹起書包的女孩從拐角走過，瞟向那張熟悉的面孔。

「我不管！」一聲驚叫，女孩驀地回首、拉起書包帶，加快了步伐。「我說！要你來！」馬清妍瞪著眼，隨即掛斷了電話。

道路那頭的捲簾門緩緩敞開，放學了。花壇旁等待的人們紛紛挺直腰板，等待各自的孩子。寂靜的路口熱鬧起來，撐著傘、拎著書包，成雙成對的人們一高一矮，湧入明暗交錯的巷口。「月考怎麼樣？」、「還可以吧！嗯……數學差了些。」肩膀並不寬厚的男人摟著女孩從燈下走過，他們的討論令馬清妍感到厭倦。

無數張面孔重複著同樣的話語，在漫天的雨雪中尋找各自的落腳處，無人注意到路燈下穿著靚麗的女孩。那女孩就像站街女般來回跺腳，抬起微顫的手，點燃一根香菸。

「呼——」人群漸漸散去，銀白的小車停在空蕩的路口。車門開了，身型高挑的男人走了出來，朝拐角的一抹昏黃而來。「哎喲——」尾音拉得老長，見到臉蛋凍得通紅的女孩，男人趕忙上前，將她摟入懷中。

小車行駛在空蕩的馬路，鬆軟的雪花鋪滿並不寬大的水泥路。鏡中的女孩眉眼低垂，「去哪？」余勇試探性地小聲問。

「怎麼認識她的？」副駕駛座的馬清妍，嗓音冷峻不已。

「誰？」

「別以爲我不曉得！回答問題！」往常話語輕柔的馬清妍，直勾勾地盯著前方。

「誰呀？」男人臉上依舊堆著笑。

「別他媽的裝了！你什麼時候搭上她的?!」女孩放聲嘶吼，緊接著，刺耳的刹車聲劃破小城的夜。

額頭磕在車窗，劇烈的疼痛令馬清妍渾身發顫。抬起頭，身旁的男人緊咬著牙，硬朗的面龐滿是怒氣，他吼道：「這是半夜呀！這個時候把我喊出來，你到底想幹什麼?!」

話音未落，女孩似被嚇壞了，啜泣聲從低垂的腦袋傳來。突來的哭泣驅散男人的怒氣，方才還怒不可遏的男人，頓時有些慌亂。男人脫下外套搭在女孩肩頭，女孩並未抗拒，可哭泣聲愈發洪亮。馬清妍身子蜷作一團，臉蛋緊貼冰冷的車窗。

「爲……爲什麼？」哭聲就著質問，「爲什麼，要找……找我身邊的人？她是我……我的最……最好的朋友。」

「誰？」

「琴琴！」

「呵呵！」男人遲疑許久，才想起病房裏的那位女孩，他笑著言語：「那個呀！被我踢球踢到了，把她送醫院了。怎麼？她迷上我了？」

一番解釋過後，馬清妍將信將疑地揮起臂膀，拳頭落在男人胸口，緊張的氛圍溶解於兩人的打鬧。丟失了力氣的女孩倚在男人的肩頭，男人把著方向盤，駕著小車緩緩而行。花壇一側滿是藍色圍欄，路燈忽明忽亮，銀白的轎車隱匿其中。小車繞城一周，又回到昏暗的巷口。身著風衣的男人撐著傘，將一襲雪白的身影送至同樣陰暗的三層樓下。直至二樓的窗戶亮起，男人才回過身，回到路口的小車。

指針指向零點二十六，回到車裏，身子倒是暖和些。攤開的五指殘留有女孩的體溫，方才的嬉鬧，倒是令他舒緩些許。余勇望著眼前，路燈、花叢、屋頂、人行道，一片慘白，一片空蕩。朝巷子望去，一盞孤燈躍動於幽暗的盡頭，燈火旁的屋子是他從未涉足的地界。他曾無數次想像，與女孩在那間屋子裏相處的情形。如夫妻般、如情人般，每個微光映入的清晨，圍裙、早餐，及出門前的一聲問候。

算了！哪怕是千里外的，在那個令人羨煞的屋子裏，這些不過是期望罷了。還未燃起的思念，被余勇生生掐斷。

小城入眠得早，每每來到九點，街頭便難覓人影，僅剩北邊的兩學校及西邊的幾幢屋子，還留有些許熱鬧。身後這偌大的學校，每個深夜的結伴歸家是小城的安眠曲，當學生們結束一天的忙碌，小城也步入夢鄉。

雪愈飄愈大，給每一片裸露的土地蓋上被單。停在巷口的小車卻沒有離去的意思，直至下一個天亮，孩童伸手拂去玻璃上的水霧，透過半掩的車窗，發現裏頭有一個男人。「那裏有個人！裏頭有人！」男孩興奮地叫喊，奔向路旁的早點攤，來往的行人順著他的指向望去，那兒有一輛掛滿積雪的小車，前頭的車標寫著不菲的價格。

踮起腳，人們望一望，又各自離去。失了興致的男孩不再手舞足蹈，鑽入了巷口的鐵門。窗外的敲擊聲喚醒裏得嚴實的余勇，伸手擦臉，沒想到竟在車中度過一夜！邁出車廂，余勇捂住生硬的腰板，眼前的景象令他著迷。雪白鋪滿大地，裹著圍巾的人們悠閒地前行，老人推著冒有熱氣的推車緩緩而行。

「呼——」拳頭大小的雪球從耳畔劃過。余勇回首，嘴角掛著鼻涕的男孩在雪地奔跑，幾個相互追逐，取下枝頭的積雪捏成球，盡力投去。幾人衝向馬路，在道路正中追逐。緩行的車輛見到這些孩子，也不著急，也不鳴笛，靜靜望著，等待他們的離去。嬉鬧的身影掠過眼前，余勇不禁憶起童年，東邊的街頭同這兒一樣。那滿是高樓與工地的地界，每年都會飄雪，可雪花剛觸及地面，便消逝不見。整夜的雨雪過後，還未來得及踏上雪地，滿載鹽鹹的清掃車已拂去一地的皚皚。「呼——」余勇輕聲呼喊，那時的他多麼渴望滿是雪花的世界。

撥通手機，嘟嘟過後，傳來女孩的聲響。

「在哪？」

「在屋子。」

「好！我到樓下了。」

老舊的玻璃窗被拉開，女孩探出腦袋，那張睡眼惺忪、嘴角揚起的臉蛋，是清早的一壺熱茶。半掩著的鐵門，門把手滿是鏽跡。沿幽暗的階梯而上，那個臃腫的身軀一把扯住女孩的黑髮，將她拖入門後的深淵。這一幕，曾在他的夢中回閃，一次又一次，如連續劇般不曾停歇。拾級而上，那扇透著光亮的鐵門，裏頭是他的女孩。門開了，炙熱的氣浪迎面而來，晨曦裏站著姿態婀娜的女孩，透著一股淡淡的馥郁香。

「進來吧！」

第一次來到她的閨房，整面的牆紙滿眼粉色及藏青，頂上的空調呼呼地往外吐氣。余勇便脫下外套，僅剩一件輕薄的毛衣。往屋裏瞧去，僅披著睡衣的女孩對鏡打理面容。

「又不上課了？」余勇高聲問道，靠在略顯生硬的沙發。

「不想去，太冷了！」

「行！我這幾天，也蠻閒的，要不去市區轉轉？」

「嗯……算了，外頭太冷。」

推開門，脫去硌腳的皮鞋，淺色的襪子踩在綿軟的地墊，余勇走入屋子，從身後摟住女孩的腰身。

「等下，馬上就好。」鏡中的女孩指尖劃過鼻梁，將一小撮粉色液體，抹在嬌嫩的肌膚。男人看著她，一心塗抹的女孩全然未看向男人。

這般的粉飾令男人感到失落，他向後倒去，倒在鬆軟的床鋪，被彈起漫天的清香落在他的鬍鬚。

「好了！」輕佻的話語，在男人耳畔廝磨。不出所料，女孩將睡衣脫去，僅剩深色的蕾絲，她的雙唇落在男人的脖頸，又往下去。輕柔的指尖劃過上衣，摁在皮帶下的凸起。閉上眼，男人深吸一口氣，溫熱的手掌在下體摩擦，熱氣灌入喉嚨，饑渴傳遍身體的每個角落。

「呼——」男人撐起身子，將女孩推至一旁。男人扔出一句：「今天不想。」

女孩躺在被單，瞥見絨褲被脫去一大截的男人，僅剩內褲下的濃密腿毛。全身僅有一條內褲的男人走向窗戶，坐在窗旁的木椅，梳妝檯的角落躺有一包拆開的香菸。掏出纖細的女式菸捲，吐出眼圈來，果然！那股薄荷的滋味，使嗓子好受些。

「第一次抽吧！」女孩坐起身，柔軟的胸脯從杯罩掉出。儘管被男人拒絕，她也不在意，反而笑得愈發香甜。「這個菸，我喜歡。哎呀！嗯……基本上，兩天一包。」打個懶腰，額角稍顯淩亂的女孩，慵懶得像一隻貓。

男人沒有回答，靠在椅背下的枕頭吐出綿長的白霧。他抬頭觀看，這幢外牆都是赤裸的房子，裏頭的天花板貼滿淡藍的牆紙，一間老舊不堪的屋子，經一番粉飾成了溫馨的小屋。

「你看！」女孩昂著腦袋，興致勃勃地指向牆角，「這些牆紙都是我選的，弄了一個多月，你看那邊！櫃子和椅子，都是奶白的，這個氛圍呀我很喜歡。」女孩笑著，露出淺淺的酒窩。

「這一切，都是我的。」男人淡淡的一句，女孩的笑容逐漸凝固，她那清澈的雙眼不解地看向梳妝檯旁的男人。「嗯。」灰燼落於水晶菸灰缸，四目相對，男人淡然地說：「這些，都是我的錢。」

「嗯，你沒必要強調。」

漫長的沉默。又點燃一根，直至手中僅剩下菸蒂，男人才開口：「明年，我可能要調回去，你怎麼辦？」倒在床鋪，瞧不清女孩的面容，她的回答倒是乾脆：「該怎麼過，就怎麼過唄！」

「怕是等不到你畢業了，怎麼辦？把這些都收回去，你還回得去麼？」

皮包、高跟鞋，及錢包裏的銀行卡，眞不知丟了這些，那緊巴的日子還回得去嗎？女孩心裏發怵，平和的心緒生出些許波瀾。「沒了我，你以後麼辦？」男人輕嘆，接著說：「還是去讀書唄！沒得一個文憑，往後的日子很難。」

「爲什麼？爲什麼?!」女孩失了力氣，話語軟趴趴的，掉落於床底。「爲什麼要讀書？嗯，你告訴我。」想要再取一根，又作罷，男人不爲所動，靜靜地說：「你看外頭的那些人，早點、書店，他們那些，他們每日勞作，起得早、睡得晚，可他們能賺到多少？

「像我這樣的，整天喝喝酒、踢踢球，卻能賺得更多，賺得比他們多得多。這是爲什麼？」

無人回答，安靜的屋子僅聽得時鐘的轉動。「做得少、賺得多，日子過得好，這他媽的就是特權！」男人話語變得激動：「那些狗屁書本，本就沒得用！不過是維護特權罷了！你讀書，就是爲了……」拉起脖子，男人看向躺著的女孩，那半裸著的身子一動不動。唉！也許她並不在意這些。略感失落的男人，咽下嘴邊的話語。

「說點別的，給你帶了禮物。」聽到此話，女孩緩緩轉過腦袋，看向故作神秘的男人，她的話語綿軟依舊：「什麼東西？給我一張養老的卡咩？」

「嗯……先坐起來。」

「不要，你直接說。」

男人起身走出房間，等及回來，手裏握著偌大的棕色，那是一個信封。「給你看個東西，你過來。」另一隻胳膊，端有一瓶橙色飲料，遞到女孩跟前。輕輕抖動，卡片也隨之掉落，被套的陰影裏，是幾張陰鬱的相片。

「啊——」驚叫聲，女孩猛地坐起。照片裏躺有一隻斷手，血淋淋的如一隻被切斷的豬腳。女孩不住的後退，直至脊背觸及身後的壁壘，可她並未躲避，那肥厚流油的臂膀，是那樣的熟悉。緊接著，男人掏出第二張，昏暗的畫面中，一束耀眼的白光打在缺了半邊的面龐。那張耷拉著的掛著鬍茬的臃腫的面龐，正是在那個夜裏將她拽入屋子的男人。

「他……他死了?!」馬清妍微微顫抖的話語，透出幾分欣喜。

半裸的男人，坐在床鋪一角，將剩餘的幾張扔在床面。他笑了，笑裏透著邪魅，「我沒動手喲！他侄子把他弄了。」

「侄子？」

「嗯——」男人起身，去撿拾落在地墊上的絨褲，「說話算話！那個胖子已經沒了。對了！這個房子現在是他侄子的。反正，在你畢業前，這個房子只有你一個人，沒人會來打擾！」

不知何時起，窗簾掩映下的玻璃落上了雪花，一片又一片，直至融成滴滴水珠。一室一廳的屋子裏，一高一矮的兩人在狹小的客廳游走。男人出了門，攜回黑色的塑膠袋，將袋子置於桌面，洋蔥、蘿蔔滾落在灶台，牛肉的腥臊味從中飄出，溢滿整間屋子。

如夫妻般，兩人在熱氣升騰的廚房裏忙活，洋蔥切成丁倒入滿是蘿蔔碎的鐵腕。淋上熱油，卻濺在細膩的小臂。女孩輕聲的驚叫，男人趕緊拿來濕毛巾，爲自己的生疏致歉。女孩卻不在意，稍作清洗便回到砧板前。切得參差不齊的肉塊放入瓷盤，撕去玻璃瓶的包裝，倒出些許料酒。第一次，在這間廚房準備晚餐，面前的餐盤、佐料，全是陌生的，可女孩按捺不住她的笑意。

燈下的女孩笑得燦爛，男人看著她，心中感慨萬千。女孩心裏明白，這般輕鬆的日子已不長久，想要盡力爭取將其拉長些。那就享受吧！霞光、美酒，及這靜靜流淌的時光，如初見男人時的那般妙不可言，令她如痴如醉。

天邊的雲彩終是黯淡下去，吊燈亮起，兩人圍坐於低矮的茶几。男人坐於板凳、躬下腰，夾起煎得焦褐的肉片放入女孩的碗中。兩人吃著，沉默是他們的共識，偶爾相視一笑，等待彼此打破這默契。晶瑩的液體倒入乾癟的塑膠杯，抿一口，窗外傳來嘈雜的話語，那是放學歸家的人們。寂靜的灣子熱鬧起來，如同高樓外的鳴笛，眼前的晚餐彷彿將他們拉回市中心，摩天大樓裏的燭光晚餐。

「你說，是什麼？我們之間的關係，是什麼？」女孩開口，鼻音裏滿是慵懶，「你覺得，我們之間有愛情嗎？」

男人看著她，看著這位未滿十八的女孩，沒有回答。

「錢——」女孩伸手，卻發覺深色的酒瓶已空空如也。轉動臂膀，她的指尖劃過優美的弧線，如舞臺的舞者打量著掌心中的溝壑，她自言自語：「我們之間，不過是……各取所需罷了。你有萬般才華，有花不完的錢，而我，只有一副皮囊。」杯中殘留的幾滴落入乾渴的雙唇，女孩飲下最後一滴，塑膠杯落在紅漆沙發。

目光落在女孩肩頭，男人平和地說：「這段日子，我很喜歡。」

「下個月，我就要走了。」停頓許久，男人補上一句：「清妍，以後……」說到一半，男人收起了話語。

「在你面前，沒必要遮掩。」女孩靠在沙發，空調的熱氣呼過髮梢，她的臉蛋緋紅不已，「我就是一個另類，嗯！另類嘛！不過是不認命罷了。最讓我感傷的，不是老天把我捏成了另類，而是它給了我一顆不安的心，卻沒有給我堅韌。」

「堅韌？」

「堅韌。我只是不安分，但是沒得恆心、沒得毅力，吃不了苦，空有一副臭皮囊。」

夜幕徹底落下，窗外的世界又陷入寂靜，僅聽得忽遠忽近的犬吠。歸家的學生們早已回到各自的歸屬，剩餘的回到山丘那頭的教學樓，回到了書本跟前。晚飯過後的女孩，端起碗筷回到廚房，流水落在滿是滑膩的餐盤。掌心在碗底揉搓，想要將那污垢洗淨，卻不見效。久未開廚的桌臺，沒有洗潔精。女孩加大力氣，肌膚在瓷底來回摩擦，吱吱地響。

水流滑過，污垢仍在。用力地揉搓，女孩盡情釋放著倔強，直至皮肉生了皺，才換得幾只潔淨的圓盤。走出廚房，已不見男人的身影，不知何時，他已悄然離去。酒紅的茶几漆面滿是劃痕，偌大的文件袋躺在桌面，靜候女孩的觸碰。挑開紅線，一封寫滿黑字的紙張緩緩落下，女孩坐在茶几將信紙捧起。到底是怎樣的話語，需要近在咫尺的男人以這種方式道來？

天花板的圓燈灼人眼，掀開身上薄薄的棉被，馬清妍不禁打個寒顫。昨夜未開空調，想到這，馬清

妍有些失落，想到那個男人離去，似乎缺了什麼。

鏡中的身型窈窕婀娜，馬清妍看著鏡中的自己。她從未懷疑過她的軀體，從村子的田野始，旁人的目光，總會在她的身上多停留一會。溢滿血腥味的開端是苦痛的起始，而與余勇的歡和已將一切撫平。性，之於她來說，早已無關苦痛，僅有無盡的歡愉。

擺平那個男人？無非是多一個男人，眼前的身軀修長又迷人，趁它尚有幾分姿色，不如再去換取幾分。穿上內衣、毛衣、外套，窗外依舊飄著雪，可蝸居多日實在令人煩悶。馬清妍趕緊換上皮靴，到街上晃悠幾圈。

刺骨的冷風沿著樓道呼呼而來。馬清妍縮縮脖子邁出一步，卻遲遲未關上門。她半瞇著的雙眸，死死盯住樓道盡頭的微光，身子立於原地，思緒也變得緩慢。她站在一樓的鐵門旁，痛苦地低吟。掏出手機寫下簡短的訊息，指尖稍作停留，馬清妍終是將其摁下。

拐角第二間，本就狹小的門面被櫃檯占去近半。「兩杯巧克力，燙一點，要等人。」熟悉的店面，熟悉的語句。屋外的叫聲依舊，粗獷的嗓音議論著昨日見聞、遊戲的種種。習以爲常的馬清妍塞上耳機，等待熱乎的濃郁。

「清妍！」爽朗的聲音，一身雪白的朱琴琴現身於店門口。招手示意，馬清妍拎起兩杯熱飲往門前而去。「喲！這麼冷，咱們去街上呀！」不情願的朱琴琴被馬清妍拉起臂膀，往南邊去了。

「今年的雪，好長。」幾近膝蓋的積雪蓋在並不寬大的人行道，身著橙衣的環衛工抄起鐵鍬將雪塊擲入花壇，半人高的樹枝被壓彎了腰。兩人漫無目的地向前，一身雪白的朱琴琴幾乎融於這個白茫茫的世界，僅有黝黑的短髮在空中躍動。

「琴琴，再過一年多，咱們就該畢業了！」
「畢業？你也沒上什麼課呀！哈哈！」琴琴笑著，看向手捧奶茶的馬清妍。
「畢業了，打算幹嘛？」
「沒想那多，不過咧……這個事也沒想過，不曉得喲！」
「嗯，你不是一直想學畫畫麼？」
「嗯！」滿口的篤定，朱琴琴來了興致，嘟著嘴說：「畫畫，是我一直想做的，一直想找個老師，整天教我畫畫！」那些話語，馬清妍一直記在心底，身旁的女孩重複過無數次。畫筆、顏料，無人指導的朱琴琴將自己關在屋裏，畫累了便在床鋪上歇息。等及睡醒，便再次提起地板上的畫筆。如痴如醉的她整日待在屋子，除卻吃飯、睡覺，便是與半人來高的畫布爲伴。
「省裏那個畫院，你不是一直想去？」
「唔——」嘴唇呼出的水汽在風中凝結，朱琴琴拂起遮住眉眼的髮絲，「何必說這個？你又不是不曉得。嗯……有時候，我都想提個行李箱衝到火車站去。」馬清妍望著琴琴，那一顰一笑如此動人，如鏡中的自己。停下腳步，朱琴琴也隨之停駐。馬清妍盯著那黝黑的瞳孔，說道：「琴琴，既然你想去，那就去吧！」
站在花壇邊緣，朱琴琴疑惑地望著。馬清妍滿臉的篤定，她牽起女孩的手朝巷子深處跑去。越過巷口的縫紉店，寬敞的馬路顯現於眼前，高大的清潔車停在空曠的路口。「農業銀行」刻在墨綠的牌匾，兩女孩手拉手呲溜地鑽入玻璃牆。「咚——」將門鎖拉上，兩位身材高挑的女孩擠在狹窄的隔間。馬清妍也不遮攔，插入卡片、摁下密碼，一串數字現於眼前。

「一……」朱琴琴差點叫出聲，身旁的馬清妍趕緊摁住其肩膀，示意其小點聲。湊得更近，細數每一個數字，琴琴不禁捂住了嘴。六個零！一百萬！整整一百萬！琴琴猶記得客廳的交談，大伯提起水庫旁的房子，那令人羨煞的一百六十坪的房子，幾經砍價，最後賣了十萬塊。可眼前的取款機，寫著整整一百萬！朱琴琴驚訝得合不攏嘴，她轉過腦袋，發覺身旁的馬清妍微笑依舊。

走出銀行，馬清妍走在前，個頭稍矮的女孩緊隨其後。走了許久，直至臉蛋被吹得通紅，才覓得無人的街角。兩人挨得緊，將嘴唇貼在肩膀，低聲交談起來。

「哪來的呀？」

「親戚給的。」

「哇！是你那位表哥吧?!」

「你別管是誰的，這些都給你。」蹲在濕漉漉的臺階，馬清妍目光如水，「說實話，這筆錢給你，不僅僅是我們之間的關係，有個事情想拜託你。」

雙腿痠痲的兩人坐在潮濕的臺階，不顧屁股下殘留的泥水。兩人輕聲言語，雪花落在頭頂、落在肩頭，落在滿是絨毛的皮靴。雨傘就在手邊，靜靜地躺在水泥地板，卻無人理會。寒風中的兩個身影愈靠愈近，說著悄悄話，終是如情侶般、如親友般，依在彼此肩頭。

十三號房

二〇〇七年八月二十六日

天空飄著雨，連日的燥熱被洗去幾分，車內的人們搖動塑膠扇，不住地朝窗外張望。兩人來高的巴車穿行於無盡的曠野，遠道而來的人們有的蒙眼酣睡，有的觀望著窗外的種種。

臉龐生滿鬍鬚的司機，舉起剪開一個豁口的塑膠條，將咖啡粉倒入口中，細細咀嚼，驅趕藏於軀體深處的困倦。眼前陌生的水泥路及身後的幾十人，令他不敢有絲毫懈怠。迎面而來的卡車，男人不由得減速，滿載砂石的卡車掀起數米高的塵霧，落在洗得光亮的車身，蒙上一層老舊。

車內的人們似乎對這並不在乎，緊閉的車窗，冷氣從頭頂緩緩落下，仍止不住車廂裏的燥熱。過道的兩側十來排座椅，坐著著裝各異的人們，靠窗那邊全是稚嫩的面孔。一個挨一個，每一張成熟的面孔身旁都有一位孩子。一如既往的深色短袖，隔著數米都能令人感受到壓迫感的男人，坐在靠近車門的座椅。身著同款短袖的薛自更坐在空蕩的後排，審視著車內的眾人，欣喜又帶著忐忑。前頭的趙可臂膀的黝黑淡了不少，那股生猛的氣勢也減了幾分。儘管首次見到趙可，眾人仍會有幾分忌憚。

「師傅！到了農機站，往右拐！走小路！」薛自更扯起嗓子，朝前頭高喊：「前頭在修路，咱們繞著走！」

巴車駛在狹窄的水泥路，成片的田地生滿綠油油的西瓜。頭頂草帽的瓜農，守在田埂遍布的草棚。青灰的瓦礫，在繁茂的枝葉之間若隱若現。「快到了！」薛自更高聲喊道，驚醒困倦的人們，倒是前頭的趙可不發一言。靠近過道的家長們始終繃緊神經，佩戴墨鏡的男人，起身去拿頂上的黑包，將其拴在肩頭。二百六十度的拐彎，寬大的巴車拐入僅容得一車的小道。路口高聳的路牌，鮮紅的指向旁，鐫有「清源書院」。

「清源，清源！正本清源！祛除邪魅！好名字呀！」男人興奮地言語：「王博士就是有水平！」他站起身，右手牽著僅及肩膀的男孩，往車門而去。見此，車內的人們躁動起來，他們紛紛握起身旁的手臂朝前頭走去，在過道裏排成隊。安靜許久的車廂，頓時嘈雜不堪。薛自更不解地看著人們，前面就是書院，眾多年齡各異的人們擠成雜亂的隊列，搶著下車。

司機見到這一幕，被嚇壞了，懸空的手指遲遲不肯落下，遲遲沒有開門。數十張面孔齊刷刷地看向駕駛座，趙可起身朝司機言語：「開門，不要緊。」終於，厚實的鐵門緩緩轉動，僅敞開一點，那個男人便從中擠過。臂膀的皮肉被擠得變形，男人也不在意，生生擠過幾人，來到已站滿人的鐵閘門。

每個人都想搶先，擠在狹小的車門處。身後的男孩不幹了，車身的鐵鏽劃過裸露的手背，留下深深的紅得瘆人的印痕。被硌得生疼的男孩，一把甩過男人厚實的手掌，光亮的錶鏈落在泥濘的土地。「不管那個錶鏈，趕緊去排隊。」男人回過身，伸手去拽男孩纖細的手臂。忽地閃躲，男孩避開那魁梧的身軀。就在兩人僵持時，身後的人們如潮水般湧過，從兩人身旁擦過，滾滾的朝書院奔去。

眨眼的功夫，兩人已落在後頭，男人看著身後的男孩，兇狠從眼中閃過，「唉——」一聲長嘆，緊繃的身子頓時鬆弛下來。

「大家不要擠！注意安全！」手持喇叭扭著身子的梁安祥，正高聲呼喊。可人們不為所動，將孩子推在身前從人縫中擠過，瞅一眼書院門內的空地裏，數頂帳篷依次排開。

「身分證！」、「交錢去那邊哈！哎哎！只收現金。」鈔票在手中揮舞，一沓又一沓，扔在嶄新的桌面。「嘀嘀——」幾聲，點鈔機飛速轉動，將成堆的鈔票吞下又吐出。門外的巴士車旁，一輛輛小車接踵而至，後來的人們同樣焦急，帳篷前的身軀爭先恐後地往前擠，將混著汗液及唾液的鈔票，和身分證一同拍在工作人員面前。不遠處的門衛室，佩戴墨鏡的男人透過窗子審視著這一切。那個男人正是王守國。兩鬢斑白的門衛，立在門前，他瞅著窗內的王院長，那張略顯蒼老的面孔面無表情，不知在想什麼。

成堆的鈔票，被扔入厚重的鐵箱。此時哭聲傳來，大家紛紛回首，原來是倔強的男孩被父親甩了一巴掌，臉蛋留著深深的血印。哭聲很快被淹沒於嘈雜，無人在意，人們繼續慌忙，提筆寫下各自的姓名。鐵門外的車輛愈來愈多，他們拉開車門便朝這邊湧來，幾名身材高大的教官將他們擋在門前，僅容單人通行。

粉紅的鈔票在墨鏡前揮舞，墨鏡下嘴角也隨之揚起。

「好了！」一瘸一拐的梁安祥，再次舉起喇叭喊道：「感謝！感謝各位！感謝各位家長的遠道而來，爲了這一期特訓班的教學質量，只招收六十名學生！」

「呼——」哀嘆聲四起，未能搶得名額的家長失落地垂下臂膀。那些將鈔票扔進鐵箱的人們如獲大獎般，難掩得意之情。

爭執聲被甩在身後，王守國與薛自更沿石板路而去。跟在王院長身後，方才的熱騰在薛自更腦海中重現，那是每個學生的學費，一沓鈔票便是一萬元，六十人便是六十萬。薛自更實在不明白，爲何不多招些學生？那些焦急的未能搶得名額的家長，手中的票子亮閃閃，著實可惜！似乎窺見薛自更的心思，王守國取下墨鏡，微微笑道：「小薛！招生搞得不錯！這個月的績效，多給你發些！」

兩人一同走進院子，籃球場已鋪上青藍的塑膠，薛自更陪著王守國，來到宿舍區查看。兩位年輕的女教師正於玻璃門前等待，見到新來的教師，王守國上前問候一番，便上了樓。沿新鋪就的地板而上，細細的刺鼻的氣味迎面撲來，王守國皺起眉頭，隨即掏出了手機。

「老梁！油漆味太重……我不管，就這兩天，必須搞定！」放下手機的王守國，面對幾位年輕人，語重心長地說：「哎呀！都是我的疏忽！你們說，這麼重的甲醛味，學生能搬進來麼?!真是的！」

眉頭緊皺的王守國再次戴上墨鏡，沿著滑膩的臺階而下，還未檢查完畢，便打算返程。陽光落在嶄新的院子，方才還滿地水漬的地面被曬乾近半。來到院子高聳的鐵門，王守國停駐不前，面朝喧囂的方向，似乎在等待什麼。

薛自更立在王院長身側，看著比他矮上半個腦袋的院長。年初的那件事，那些流言過後，王院長的確是變了，變得愈發沉默，偶爾的幾句話卻透出從前未有的硬氣。拆了池塘邊的老屋，給每一幢教學樓刷上新漆，空調、床鋪……整個書院煥然一新，平常精打細算的王院長，大手一揮，幾十萬就這麼沒了！算上前幾日登報的「招聘啓事」，這麼闊綽的開支，令首次當家的薛自更著實捏把汗！

「咳咳！」不遠處傳來的輕咳，將薛自更的思緒拉至眼前，他朝那頭看去，一位顫顫巍巍的老人往這邊而來。老人身後的是同樣一瘸一拐的梁主任。「王院長！」見到王守國，頭頂花白的老人如重回青春，蹬起有力的雙腿，疾速奔來，「咚——」的一聲，跪在王守國跟前。這可把薛自更嚇壞，趕緊蹲下身伸手扶起，卻被老人一把推開。

「咚咚——咚咚——」老人連連磕頭，在濕漉漉的泥地磕出聲聲沉悶。襯衣的鈕扣陷入泥土，老人卻未停下，直至一個趔趄，整個身子倒向一旁的泥坑。「哎！」隨後趕來的梁安祥見狀，一聲驚呼。

薛自更趕緊跑上前，將老人從淺坑中拽出。

滿身是泥的老人從泥沼中起身，一把推開攙扶的兩人，逕直朝王守國而去。「王院長！求您了！給我孫子個機會！求您啦！」操著幾近沙啞的哭腔，老人死死拽住王守國的褲腿。弄得滿身泥漿的王守國也不生氣，扶起半跪著的老人，他不緊不慢地說：「您先起來！您看，大家把孩子送到我這兒來，都是爲了孩子好。我總不能爲了您的孩子，耽誤了其他人，您說是吧！我看您也是個明事理的人，您不能讓我爲難呀！」見老人不肯站起，王守國也一同蹲下，院長的面龐寫滿委屈。

「這是我一輩子存的錢。」老人低聲說，從懷裏掏出黃色信封，他將封皮鼓鼓的信封夾在懷裏，不讓身後兩人瞧見。老人小心翼翼地說：「三萬塊，還請王校長收下！」

「您這就不對了！」院長高聲的回答嚇得老人渾身哆嗦，老人連連擺手。王守國的嗓門卻更大了：「您這是在侮辱我！難道我會爲了這三萬塊錢，置其他學生於不顧?!」振聾發聵的話語令老人滿臉通紅，他站起身，不顧薛自更的攙扶，一瘸一拐地沿原路而返回。留下仨人靜靜看著，薛自更開了口：「王院長！我看老人家也不容易，要不就收了唄！反正收多少人，也是咱們說了算。」

拂去褲腳的泥土，並未回答的王守國朝辦公樓走去。

西北邊的校門，固執的人們依舊在那，他們攥著不情願，沿狹窄的門緩緩離去，留下幾十張稚嫩的面孔。十來位膚色黝黑的教官，擋在學生跟前。灼熱的陽光，照在兩樓之間的蜿蜒，忽明忽暗的樹林間，高大的身影穿梭其間。樹蔭裏的男人疾步而行，面朝池塘旁的辦公樓，忽地緩下腳步，停駐於石板路盡頭。整理衣襟，繫好鈕扣，陌生的男人彷彿對此地熟悉得很，逕直邁向教學樓。

「咚咚——」陌生的男人推開半掩的門，光禿的額頭搭配一張稜角分明的臉。王守國抬起頭，不遠處的男人看起來凶狠得很。王院長沒有言語，左手伸向抽屜深處，握住那冰冷的鐵物。「王院長！」門口的男人一開口，便打破這僵硬，他的嗓音低沉溫婉，就像是收音機裏和藹的主持人。男人說得緩慢：

「王院長！哎呀！不好意思呀！」他彎下腰，深鞠一躬，依舊在門口等候。

「進來吧！」

緩緩走進，男人猶豫一會兒，終是坐在了木椅。掌心來回揉搓，緊張的男人將深色的皮包置於雙腿，游離的目光始終不敢看向對面。王守國不禁在心裏發笑，樣貌如此粗獷的男人竟是這般靦腆。

「有什麼事？」整理衣襟，王守國將身子挺得老直，居高臨下地說。

「哎……」男人漲紅了臉，試探地說：「王……王院長，哎呀！我的娃不太聽話，就是……唉！」

「不急，慢慢說。」

淚珠在眼眶打轉，男人竭力止住，仍不住地往下落，滴在刻滿字跡的紙張。見到這般，王守國掏出一整包紙巾，推到男人眼前。男人時而唯唯諾諾、時而些許激昂，將心中的苦楚傾瀉而出，爲他的孩子而感傷，爲沒能報上名而懊惱。「王院長！我的姐夫哥，是報社領導！」男人激動得直哆嗦，「那個……那個廣告，報紙一個版面，可值一兩萬咧！要是您能收了我的孩子，我……我我……我讓我姐夫哥，給咱們書院連登十個版！」

「哪來的報紙？」王守國一頭霧水，何來的報紙，一個版面上萬塊！「哪來的一兩萬？百里的報紙最多兩千。」話音未落，男人舉起手中的一沓紙張，將其攤開，熟悉的景象赫然其上。那是書院的大門，及學生疊軍被的身影，上頭寫有幾個大字「清源書院」。

「噢？」接過報紙，這份以省城命名的報紙印有整版的廣告。王守國將其翻過，上頭的日期就是今日！他跑到書櫃旁的鐵架，架上的報紙疊在一起，抓起今日的報紙猛地翻開，書院的圖文隨之映入眼簾。沒想到！這樣的大手筆，他竟然毫不知情。

「誰搞的?!」

「薛主任，他一手安排的。」似乎受到驚嚇，男人回答得小心翼翼。

「啪——」將報紙扔在地板，王守國眉頭緊鎖，喊道：「誰讓他弄的?花這麼多錢！」

「王院長！這個事，沒花錢哈！」聽到男人的回答，王守國將信將疑，趕忙掏出手機。握著手機一番言語，王守國的面龐漸漸鬆弛，他看著同樣起身的男人，緩緩伸出了手掌。兩位男人雙手緊握，連連握手。

「怎麼稱呼？」王守國開口。

「王昆，昆侖山的昆，咱們是本家！」

「王琨！」，「到！」腦勺光禿禿的男孩，立在兩身材魁梧的教官之中，他的頭頂僅有教官肩膀來高。連排的塑膠座椅，將男孩裹挾其中。深邃的寂靜的走廊，僅有樓梯口及盡頭的那束燈下，擺放有兩排老舊座椅。兩盞昏黃的燈泡映在走廊兩頭，之中裹著無盡的幽暗。從窗外看去，走廊上的每一間屋子，頂上的排序若隱若現，「1」、「2」、「3」、「4」……直至最後那扇燈火映照的鐵門，門上的燈牌異常醒目，「13」，那便是13號房。

滿牆的屏幕裏，是男孩竭力掙扎的軀體。叼著菸的梁安祥，在隔壁屋子觀看著。顱頂反光的王昆朝梁主任咧嘴，笑容裏滿是憨厚。梁安祥瞥一眼王昆，那股北方的大大咧咧令他感到親近，卻又有幾分輕蔑。「昆、琨，這名字起得好！」梁安祥將調子拉長，「鑾像你咧——」

「能不能不抽了？」沉默多時的王守國開口，眉頭緊皺。梁主任趕緊將菸頭摁於牆壁，藏青色牆面留下深邃的黑孔，面對嶄新的漆面，他卻如往常隨意。梁主任回首，滿臉陰沉的王院長正盯著他。

「才刷的新牆。」

牆面印痕黢黑，突兀得很。面對院長的責難，梁主任長嘆一口氣，在眾人的注視下走向角落。「多大點事！」薛自更上前安慰，卻被梁安祥推開胳膊。梁主任的眼神從未如此空洞，屋內的氣氛尷尬不已，幾人面面相覷。倒是那個矮胖的王昆，在木桌旁咯咯直笑。

「坐！」輕拍肩膀，王院長示意王昆坐下。額頭滲著細汗的王昆倒也不靦腆，逕直坐在本屬王院長的座椅。

屏幕裏的「13」閃爍依舊，燈影在黑暗中躍動，另一塊屏幕裏那個名爲王琨的男孩被按倒在地。掙扎、嘶吼……苦痛穿過屏幕、越過壁壘，直至將監控室填滿。撕心裂肺的哀嚎從13號房傳出，走廊另一頭的男孩，心坎爲之震顫。候場的男孩明白了什麼，拔起腿朝樓梯跑去，卻被旁人死死摁住。門牙在水泥地摩擦，滿口的鹹鮮味。男孩竭力掙脫，可稚嫩的身軀在兩健碩的男人前，顯得羸弱不堪。

「嗡——」的聲響，迴盪於空空的長廊。門開了，裏頭空蕩的，僅剩一張板床，及生滿褶皺的白色床單。如即將被扔向案板的豬崽，男孩做著最後的掙扎，卻被死死摁在半人來高的床板。「咿呀——」兩聲，手術室般裝飾的屋子，牆角的門被推開。方才還與男孩父親交談的王守國，從昏暗中緩緩走出。院長一襲白褂、手裏捏著菸，儼然一副醫生的模樣。「咚咚！」床腳稍稍騰起，又落下，生出嘈雜的聲響。那是男孩的掙扎，他憤怒、驚恐，生怕那個滿臉油光的男人抽出粗大的針管。

沒有針管，也沒有皮鞭。男人不知從哪兒拎出幾根線，似電線，又似網線，昏暗中瞧不清。額角被貼上異物，男孩餘光裏是一根細線。緊接著，小臂、胸脯、大腿內側，都黏上一股冰涼。男孩試圖抬頭，看看那到底是何物，身子卻動彈不得。

「病歷！」王守國輕呼，教官隨即遞來一本冊子。翻至下一頁，男孩的病情赫然其上：網癮，通宵打遊戲；有暴力傾向，毆打老師。「噢喲！還是個狠角色喲！」將菸頭摁在鐵板，王守國咧著嘴。

「王琨，你這天天打遊戲的，跟個瘋子一樣。」王院長將外套捂得嚴實，屋內的三臺空調，顯示屏裏無一不寫著「16」。冷氣凝成的白霜落在男孩身體，化作一個又一個寒顫。

「喲——」話語拉得老長，王院長從兜裏掏出一根菸，再次點上，「你這個網癮呀！是一種病，一種精神病！」

「跟老子滾！」院長的話音未落，憤怒便湧出男孩的嗓子眼，「你他媽才是神經病！老子好得很！跟老子滾！」

「打老師、打同學，你錯了沒？」

「錯你個錘子！趕緊把老子鬆開，要麼老子找人搞你！」

飛濺的唾沫，濺在王守國手背。院長也不惱怒，眉頭卻皺得更緊，一字一頓地問：「我再問你一遍，你知道錯了沒？」

「老子說了，老子錯你媽個……」滿含怒火的話語，忽地停下，又再次響起：「啊——啊啊——啊——啊——啊啊——」哭喊聲在屋子裏迴盪，男孩的身體愈發扭曲，臂膀的青筋一一突起，似乎要掙脫軀體的束縛。

「咣當！」院長將指尖摁在按鈕，那是痛苦的根源，當他摁下「開始」，那蘊藏其中的電流便順著電線，湧入男孩身軀。渾身貼滿深褐色的貼片，洶湧的電流猛烈地奔過，刺入那白嫩的皮膚，鑽入疼痛能抵達的每個角落。

「啊——啊啊——」呻吟聲愈來愈大，冷氣搭上電流，將致命的苦痛抵入骨髓。男孩臉蛋漲得通紅，並不算長的身子在鐵煉的束縛下扭成一張弓，隨時都會炸裂。

「錯了沒？」

「沒——錯——啊哈——」

「錯了沒？」

「老——老子錯你媽！」

屋內的哀嚎仍在繼續，與其一牆之隔的監控室，男孩的父親正與薛自更一同觀看著這場精心的治療。每一聲嘶吼、每一次掙扎都傳入這間屋子，映在兩人眼眸。王昆緊握雙臂，就像觀看一場足球賽，眼中的男孩扭動著身體，王昆的目光也隨之搖擺。

立在一旁，薛自更靜靜地看著。眼前的這位男人歷經哀求、花費重金，只爲將自己的孩子送到此地，換取這般治療。「錯了！」男孩終於喊出那句話，凝視許久的王昆從木桌旁躍起，如目睹了一粒進球般亢奮。

「錯了沒？」

「錯了！」

「以後還上不上網？」瓷磚上的菸頭愈堆愈多，王院長咧著嘴，看向不遠處的床板。

「不，不去。」喘著氣的男孩，擠出有氣無力的話語。

「聲音大點！」調高音調，王院長摁在最右側的按鈕。「啊呀——嘶——」電流加到最大。男孩的身體劇烈抽搐，想要吼出，卻僅聽得沙啞的低吟。

「還去不去?!」

「不去，不去了！再也不去！」幾近被榨乾的嗓子，盡力吐出最後一句。

站起身，滿臉得意的院長向兩位教官致意。院長轉過身，朝來時的角落而去。門開了，王院長踱步而來，朝另一間屋子的兩人走來。「王院長！」滿臉熱情的王昆，抄起手邊的紙巾朝滿頭汗水的院長走去。接過紙巾的院長，坐在冰冷的茶几喘著氣。

來回揉搓，院長的臂膀顫個不停，隔壁治療室實在太冷。「兄弟呀！」院長呼喚著王昆，示意他走近些，「這個病屬精神病，你看！一次治療就這麼費勁。

「那麼些精神病患者，最後要麼瘋了、要麼自殘，都落不得一個好下場！唉！你看，網癮也是一種精神病，但是！網癮屬病情早期，治一治，還是有很大餘地的！

「要防患於未然，要扼殺於萌芽！」

面對院長的一番語重心長，王昆感激連連，鼻涕沿著胡茬往下流，捏起衣袖擦去。王昆伸手示意，王院長卻沒有動彈。才發覺到袖口滿是黏稠的王昆尷尬地笑笑，縮回手、轉身找尋紙巾。

「在美國，網癮是一種精神障礙，也可以說是情感障礙，需要及時矯正。」接過紙巾，王院長一臉嚴肅地說。兩中年男人搬著板凳坐在一起，又一同起身，在屋子裏晃悠。薛自更撐於木桌，裝茶葉的鐵盒裏掉落幾顆瓜子，他抓起鐵盒嗑起瓜子來，看著屋子那頭的兩人。

「砰——」門開了，一瘸一拐的身子被兩位教官攙扶著。王院長招手，兩教官便將男孩扶至木椅。站立許久，男孩始終未坐下，似乎有什麼卡在大腿根，顴骨凸起的五官瞧不見一絲波瀾。閃亮的鈕扣在褲袋上顫抖，來回閃動，「咚——」的一聲，男孩的肩頭被一把摁住，重重地坐在座椅。

「以後還上不上網？」

「不了。」

「不什麼？」

「不上網。」

「以後還打架麼？」

「不打架。」

露出滿意的笑容，佩戴黑框眼鏡的院長轉向身旁的王昆。兩人握手，在雙眼無神的男孩面前，王院長點燃一根菸，遞到王昆手中。

治療室的空調依舊在翻湧，將空蕩的屋子裝飾成寒冬。那盞「13」早已熄滅，半掩的鐵門傾出絲絲寒意。盡頭的昏黃終是熄滅了，走廊陷入徹底的黑暗，聽不見丁點聲響。長廊成排的厚實的玻璃窗旁，深紅的冗長的窗簾被死死拴住，窗外的陽光灼熱耀眼卻透不進半點。屋外的氣溫炙熱難耐，兩層樓來高的枝頭上，夏蟬不知疲倦地鳴叫。底下的草地空無一人，那些教官、學生，不知去了哪。倒是另一幢屋子的窗子，翻出一個身影來，那是皮膚被曬得黝黑，如黑人般光亮的男人。他的腰間吊著粗繩，抓過牆體外沿，一躍而起。三樓的窗子，空調外機緩緩落下，落在早已嵌進牆壁的鐵杆。

汗水落在男人的後背是蟬撒的尿，灑在早已汗濕的深色襯衫。戴著草帽、身著藍色襯衣的男人從底下走過，身後的門欄前幾人正向他道別。底盤高聳的小車，朝書院後門駛去。車內的王昆扯下胸前的鈕扣，腳踩油門，駛出書院那高聳的鐵門。馬力十足的小車在田野間奔馳得愈來愈快，帶著王院長及書院一眾人的期望，沿來時的道路而去。

聖誕夜

二〇〇七年五月二十日

「讓！讓讓！」狹長的麵包車停在商場前的丁字路口，從窗戶探出腦袋的趙可，朝肩挑水果的老人高喊。驅散路口的幾人，麵包車開足馬力，往小路盡頭的衛生所而去。

拎起掛於衣架的白褂，男人從窗子勾出腦袋，聆聽趙可的話語。聽完，男人緊皺眉頭，「這邊搞不了，趕緊送縣醫院！那個……」還未等他說完，麵包車已掉轉車頭離去。車裏的後座，面色深紅的男人耷拉著臂膀。趙可及薛自更坐在男人身旁，誰也不敢去觸碰，生怕弄出什麼亂子。「快點！快點！」兩人不斷地催促，催促孫銘貴開快些。

麵包車漸行漸遠，消失於操場的拐角，消失於小鎮的西邊。書院的日子宣告終結，方才熱鬧的操場已不見幾個人影，僅留得樹蔭下的排排座椅。「你不要聽那個人瞎說！不是中暑，絕對不是！」朱琴琴倚在馬清妍懷抱，在樹蔭下低聲啜泣。

就在不久前，太陽仍掛在頭頂。朱琴琴正手持話筒，重複重複過無數次的演講。烈日灼燒她的面龐，燒得滾燙也不在意。只要讀完心中的那段話語，她便能回到闊別已久的家，哪怕這趟旅程是她自選的，她也已對這書院感到厭倦。

「對不起！對不起！對不起！」將女孩摟入懷中，馬清妍不斷輕拍她的後背。就在不久前，在女孩講起那個夜晚，那個杯影交錯的夜晚，講到她在幾個男人面前脫去衣服，任由那幾人爬過她的身子。樹蔭下的人們靜靜聆聽，他們張大了嘴，不敢相信女孩口中的種種。臺上的王院長，平靜地看著這一切，如樂隊指揮般揚起搖晃的胳膊。琴琴的敘述，已演練過許多遍。

「唔——」伴著朱琴琴的話語，眾人逐漸亢奮，直至女孩父親倒在人群之中。

偌大的操場僅剩下兩位女孩。馬清妍摟著朱琴琴，她眼中噙著淚，她早就預料到這天，可當這天眞的到來，那股懊悔仍不住的湧上心頭。那個夜晚全起於自己，看向懷中神色呆滯的女孩，馬清妍將巴掌落在自己的面頰。

雪花簌簌落下，將寂靜的小城裝飾得白皙，聖誕的夜晚冷得出奇。城西的路口，幾輛小車在鋪滿白雪的道路緩行，將步履蹣跚的大爺留在電線杆下。夕陽西下，映在三層高的樓房，在隔壁成片荒地的映襯下，這幢樓顯得格外高大。滿是積雪的草地連成片，被一人來高的院牆圍起，留下數不清的殘破缺口。立在高聳的白淨的土丘，手持樹枝的雪人審視著周遭，不見將它堆起的孩子們。銀白的麵包車停在路口，一身毛絨的背影走下車，小車隨即離去。

瞧見走下車的女孩，站在二樓窗口的余勇沒有迎接的意思。手裏的香菸燃燒近半，猛吸一口，將其扔向窗簾旁的鐵桶。緊貼身子的毛衣看起來無比幹練，余勇立於樓梯口，等待女孩的出現。

「來了！」將調子調高，余勇朝款款而來的馬清妍說道。女孩並未言語，擦過他的肩頭，朝余勇身後的沙發而去。倚在寬大的柔軟的沙發，馬清妍從包裹掏出粉色紙盒，「借個火。」

連忙遞上，微小的焰火在菸葉間迸發，生出絲絲香氣。偌大的長廊裏，手持掃帚的阿姨匆匆走過。馬清妍脫去外套，露出曼妙的曲線。余勇立在一旁，縮回懸在半空的手臂。

「唔——」將菸蒂摁於菸灰缸，馬清妍露出清甜的面容。宛然一笑，令余勇感到如釋重負，鬆下端在胸口的僵硬臂膀。余勇看著眼前的女孩，她令人著迷的地方遠不止外在的青春靚麗。她那顆捉摸不定的倔強的心，如一首輕盈又複雜的曲調，每每走近，總會嚐到別樣的滋味。她抬起手，纖細而修長的胳膊搖曳於半空。余勇看著，眞想上前將女孩摟入懷中！可現在不行，以後恐怕也是不行了。

「剩下的，明天給你。」本想寒暄幾句，余勇卻脫口而出。

女孩的眼眸晶瑩閃爍，不知是對男人的感激，還是對那筆錢的嚮往。抽出一根菸，馬清妍輕挑指尖，挑起茶几上的銀質打火機。

「這位女士，這裏不允許抽菸。」火焰尚未燃起，與馬清妍年紀相仿的女孩已向這邊走來。

「嗡——」火焰如期而至，潔白的菸捲忽地發黑，香菸被點燃了。馬清妍昂起腦袋，瞥向身著制服的女孩，那女孩十八、九歲的模樣，只是那臉蛋比自己遜色太多。余勇抬起手臂，向女孩的自找無趣示意，女孩灰頭土臉的離去。

望著女孩遠去的背影，那股深沉的失落，如同馬清妍曾度過的無數夜晚。「哈哈！」馬清妍的笑聲在金燦的屋子迴響。踱步而行的女孩，加快了逃離的步伐。

金燦的陽光透過窗子映在翠綠的花瓶，夕陽漸行漸低。偌大的屋子陷入寂靜，屋內僅有相向而坐的兩人等待夜幕的降臨。暖風拂過面頰，女孩起身走向窗戶，輕輕推開，迎面而來的冷風令人清醒不少。

「謝謝你！」背對余勇的女孩，立在窗前。那聲音很輕，輕得過了許久，才隨冷風飄至余勇跟前。站起身，余勇緩緩走至女孩身後，摟住她的腰身，身子卻隔得老遠。寒風呼嘯而過，屋子瞬時冰冷起來，可指尖的溫熱依舊令余勇感動不已。想要將女孩緊緊抱在懷中，雙臂卻懸在半空，余勇心裏清楚，過了今天，他將永遠失去眼前的女孩。

也好！我有我的生活，她有她的人生。鬆軟在身體裏發酵，如掉進了深淵般使不上勁，余勇將面頰貼在女孩的後背，輕聲說道：「是我謝謝你！」對他來說，眼前的女孩是一味甘甜的解藥，解開深壓心底的苦悶。每當她坐在副駕駛，呼嘯的夏風從耳畔掠過，在遇見她之前從未有過的快樂，如即將落下的斜陽般，撫慰他的心。

職級、論文、年終獎……在每個孤身的夜晚，余勇都在逼迫自己做得更多、走得更快。從泥土築起的老舊小屋，到熱鬧的校園，再到高樓疊起的摩登都市，他的步伐從未停歇，生怕落在了後頭。哪怕與那個女人一同步入禮堂，搬進湖畔的花園別墅，他的躁動也未曾停歇。年少的記憶刻入骨髓，他從未想過將其擺脫，只是那對命運的無盡的憤怒，化作無形的枷鎖，愈來愈重的落在本就單薄的肩頭。

眼前的女孩率性而灑脫，余勇看著她，如同看見自己本應擁有的生活。兩人無話不談，哪怕算上妻子，女孩也應他在這世上最好的朋友。可有一句話，他始終藏於心底。

眼前的女孩，只有在她面前，余勇才能感受到高人一等的愜意。在某個片刻，他曾懷疑過，懷疑那股力量是愛情、是羈絆，是人海之中的一見鍾情。可他早已認清，維持這一切的不過是錢罷了。

「嗯。」轉過身，馬清妍輕撫余勇的臂膀，合上窗，兩人回到綿軟的沙發。

「過了今天，我們就別聯繫了。」

「嗯。」

掏出一張卡片，余勇將其遞到女孩手中，「裏面有六十，密碼和上次一樣，加上上次的，總共一百六。」將銀行卡放入皮包的縫隙，女孩咧著嘴，眉眼間透著欣喜。見此，余勇心裏不是滋味。「等下，給你個驚喜。」將皮包摟在懷裏，馬清妍故作神秘，「那個領導不是說……看上了琴琴？」

「嗯？」心底生出些許隱憂，余勇皺著眉，「這……是說過，就是隨口說說。」馬清妍莞爾一笑，提起皮包，朝衛生間走去，「我先去準備。就按上次說的，做就要做死！錢的話，再加二十。」

屋外的世界一片漆黑，偶有的昏黃映在西側的窗子。幾聲鳴笛宣示客人的到來，兩位男人將車停靠在院牆旁，那是唯一有路燈的地界。踩在滿是腳印的雪地，兩人肩並肩邁向酒店的側旋門。三層的樓房，哪怕僅有二樓的窗戶亮著光，在一片漆黑裏仍那麼顯眼。「哎喲！余總，不好意思！不好意思！晚了一點點！」厚實的手掌疊在一起，緊緊握手。余勇臉上帶著笑，面頰的皮肉擠作一團。三人先後邁入大門，一樓大廳，灰褐的牆壁、掉了漆的木質沙發，以及天花板的大塊污漬，無不透出這兒的簡陋。

身著光鮮的三位男人，一面談笑一面往樓梯走去。其中一人打量著眼前的種種，眉頭微皺，余勇輕拍他的後背，一同上了樓。透迤的臺階沿旋轉樓梯而上，來到二樓，頓時豁然開朗。

男人立於原地，審視著二樓的金碧輝煌，余勇笑著拍掌，「哈哈！看看老劉，剛才還黑著個臉！哈哈！」爽朗的笑聲中，身披緊身毛衣、肩背書包的馬清妍朝幾人踱步而來。「喲！這是余總的……唉！是什麼來著，我搞忘了。」肚腩隆起的男人，朝身型曼妙的馬清妍說到。

「嚴總！」粉紅的嘴唇在昏暗的燈光下搖曳，馬清妍嘟起嘴說：「我是余勇的表妹。」

「對對！上次在球場見過。」嚴總笑得直咧嘴，「怎麼在這咧？」

「剛下班。」手裏拎著皮包，馬清妍嘟囔著嘴。余勇接過話：「她平時在這裏做點零工，賺點零花錢。」

「喲！」比余勇矮上半個腦袋的劉總，也開了口：「還讓妹妹做兼職，你這個老余，小氣得很咯！這都到飯點了，妹妹也順便吃個飯咧。」，「嗯……這不好吧？」余勇面露尷尬，遲遲不肯言語。

「走！走走！」在嚴總的連連招呼下，女孩也不再推脫。就著金燦的光暈，幾人一同走進房間。

近百坪米的屋子裝飾得富麗堂皇，金色的沙發、璀璨的吊燈、繡滿蛟龍的窗簾，放眼望去，整間屋子都是金燦燦。「來來來！」幾人圍坐於沙發，服務生將幾件外套搭在沙發旁的衣架。頭扎馬尾、滿身學生氣的馬清妍半低著腦袋，撥弄著手機，坐在入門處的沙發。

「余總！我曉得你酒量驚人，這次我們過來，實在是心裏沒底呀！」嚴總癱在綿軟的沙發，肥胖的身軀使得脊柱背感酸痛。「幸好碰到了令妹！正好！有了妹妹的陪伴，余總你可不好下手咯！」

「搞得我是怪物一樣，又不會吃掉你們。」與沙發上的兩人相比，余勇顯得俊俏不少，「兩位可是我的領導，我哪敢咧！」

「哈哈！」

「小姑娘，還在讀書吧！哪個學校的？」

「道口一中。」

「挺好！我兒子就是道口一中的，〇五年上的大學。」

「哪個大學？」

「哎喲！不提了，沒考好！去了百里理工。」

「還行！好歹是個本科，你就知足吧！」

「好個鬼！不提了，不提了！咱們好不容易聚一聚，走！上桌！」

年輕女孩端上純白的器皿，揭開金絲鳳凰翩翩起舞的瓷蓋，誘人的香氣飄滿整間屋子。高聳的瓷碗裏是煮得爛熟的甲魚腦袋，漂在黃燦燦的雞湯上。白淨的瓷盤被一一端上，寬大的盤子留白一大片，僅有正中堆起些許菜品。很快，一道道佳餚鋪滿巨大的圓桌，隨著晶瑩剔透的玻璃圓盤而轉動。滿滿一桌，氣派十足！又不覺臃腫。

「哎呀！」扯開硬紙板，余勇握住酒瓶往杯盞中倒，透明晶瑩的液體落在拳頭來高的杯盞。兩人也不阻攔，任由酒水將玻璃盞盛滿。「我乾了！兩位領導隨意。」余勇揚起雙臂，一飲而盡。

「這搞得……余總太客氣。」「來先吃菜。」溫婉的話語，游走於逐漸綿軟的身軀。時而碰杯、時而拍桌，額頭滿是汗水的嚴總脫去毛衣，僅剩一件淺色秋衣。「敬兩位伯伯。」坐在一旁的馬清妍，起身向兩人說道：「吃飽了，我回去了！」瞧見滿臉靦腆的女孩，嚴總笑笑，與身旁的劉總一道飲盡杯中的殘餘。

「注意安全哈！」余勇起身，給女孩提起沙發上的書包，「等哈！我給你叫個車。」兩人朝門外走去，留下微醺的人們。等及厚重的金燦的門緩緩合上，嚴總扯去身上的秋衣，光了膀子。

「唔！眞他媽熱！」露出圓滾的肚皮，男人如釋重負般將身子倚在鎏金椅背。酒精塊燒得旺盛，鑲著一隻孔雀的鐵鍋滋滋作響，抄起鐵鏟翻弄即將糊鍋的菜餚，沒動筷的肉塊與豆腐上下翻動。余勇的離去反倒使兩人愈加鬆弛，將小腿搭在身旁的木椅，男人點燃一根菸，噘著嘴說：「老余馬上就走咯！」

「怎麼？巴不得他早點走。」

「也不至於，他是跟我有點小矛盾，那都是工作上的事。」煙圈就著水汽，籠罩在幾米寬的圓桌，鑽入碩大的鼻孔，「唔！怎麼說咧，他想搞個大單子，可以理解。人之常情嘛！誰都想求進步。」

「但是！他還是太嫩了。怎麼說咧，他是學歷高、有前途，屋裏還是省城的。但是！這麼大個工程，不是他想吃就能吃的！」將身子挪起些，男人接著說：「不是我說，余勇看起來蠻光鮮，說到底不過是個毛頭小子！」
「哈哈——」
「走一個。」男人舉起杯。
「就一點，就一點，少搞點！」
門開了，余勇走進房間。
瞧見身子微顫的余勇，嚴總心裏輕鬆不少，「余總呀！怎麼今天酒量一般般咧。」
「別提了，昨天還搞了一場，這連著搞，哪吃得消咯！」燈光漸暗，昏黃中摻著藏青。屋頂的通風口哧哧呼呼，排盡多餘的暖氣，爐灶中的火焰旺盛依舊，炙烤著早已發黑的底菜。幾人你來我往，一杯又一杯，將白日的憂愁一飲而盡，又隨熱氣呼出，消散於熱騰的房間。肚皮滑膩的嚴總脫光了衣，依舊燥得很，身旁的老劉也不遑多讓，搭了件濺滿酒漬的背心。身子愈發燥熱，嚴總連連招呼服務生，想要把空調關掉卻被老劉制止，「不用！不用！熱了總比涼了好。」
酒箱漸空，倒在地板的白酒瓶滲出縷縷香氣，林立腳邊的酒瓶靜靜傾聽幾人的笑語。「呼——」鼾聲傳來，余勇趴在桌上一動不動。「呵！不行啊！」嘲弄一番的嚴總試圖起身，卻一頭栽下。
老劉呵呵笑著，剛站起身，漫天的眩暈便朝他襲來。他的眼中天昏地暗，雙腿綿軟無力，「服務員！」他高聲喊出，隨即趴在桌面堆疊的碎骨之中。屋子陷入沉寂，等了許久，服務員還是未出現。鼾聲消失不見，趴在桌面的余勇緩緩挺起身板，扭了扭僵硬的脖頸。鼻梁微紅，余勇卻一副全無酒意的模樣，他盯著趴下的兩人，如同審視兩隻待宰的羔羊。「服務員！」等待良久，兩位女孩走了進來。三人將醉倒的兩人扶至沙發。理清完桌上的殘餘，筋疲力盡的余勇躺在沙發直喘氣。

「你怎麼還弄上了。」癱軟著身子的嚴總，透過尚有一絲亮光的眼縫，朝余勇示意。「眞他麼的熱噢！燥得很！」他的嗓音很細，細得只有貼在身旁才能聽清些許。

「唔——」揚起的脖頸抵在被烘得炙熱的椅背，余勇面向鐫滿蛟龍的天花板。遲疑又遲疑，這才想起被晾在一旁的兩位女孩。余勇側過腦袋，看向衣架旁的馬清妍，及她的好友朱琴琴。

「你們去吧。」余勇的話語如指令般落下，兩位女孩將嚴總拉起，往簾子後頭的房間而去。沒有抬頭，沒有張望，余勇的雙眼緊緊盯著天花板，「咚——」的聲響，應是有人摔倒，他也不在意。腕錶的脈動從小臂直抵心窩，余勇掏出一根菸，卻尋不著打火機。艱難地探過身子，伸手去夠掉落於地毯的銀質火機，余勇險些摔倒。

兩個男人被拖進了小屋，女孩們也隨之走入，偌大的屋子安靜下來。

男人沉重的呼吸聲、女孩嬌嫩的嬉鬧聲，都化作女孩高亢的呻吟及痛苦的尖叫，從門簾那兒傳來。坐起身，余勇手裏的菸捲已近見底，又抽出一根來。一根又一根，腳旁堆滿了菸蒂，余勇始終不發一言，彷彿一牆之隔的歡愉與他無關。女人和孩子，浮現於余勇的腦海是湖畔的別墅、假日裏的超市及妻子的背影，在他眼前來回隱現。

伸手去掏，菸盒見了底，余勇將其抛至半空，落在椅背的毛衣旁。將最後的菸蒂踩在腳下，隔壁的聲響也戛然而止。倦意襲來，余勇側過身子躺在冗長的沙發，混沌的睡意陷於周遭的綿軟，如同湖畔的三樓臥室。

一字一頓的，將那個夜晚全盤托出。樹蔭下的人們無不瞪大雙眼，被女孩的故事驚得合不攏嘴。身材曼妙的高中女孩，與年近五十的男人在聖誕夜裏翻雲覆雨，被逼迫、被引誘。朱琴琴講述了半個夜晚，那個夜裏僅有她和那個男人，沒有余勇，也沒有馬清妍。

頭髮打理得齊整光亮的男人，盯著人群縫隙裏的女兒，每一個字、每一句話都如同一把利刃，將他的心一點點地剖開，每一寸都滲著血。女兒的演講還在繼續，她彷彿著了魔，興致衝衝地講述她的往事，如提起一位毫不相干的人那般戲謔。

「那個人把手伸向我，一把扯掉內衣……」男人轉過腦袋、捂住雙耳，可那音響噴出的嗓音仍不依不饒地鑽入神經，那言語下的畫面仍不住地浮現於眼前，揮之不去。別說了！別說了！他在心中默唸，祈禱女兒不要再繼續，可無濟於事。他多想衝上前，奪過女兒手中的話筒，將其踏得稀碎。可環顧周遭著了魔似的人們，雙腳如灌了鉛般動彈不得。

「嗯，就這麼多了，謝謝！」演說完畢的朱琴琴，朝觀者鞠躬示意，向他們的聆聽致謝。結束了！一切都結束了！她笑得爽朗，爲她的重生感到前所未有的滿足。可她沒發覺，人群中那熟悉的男人已倒在曬得滾燙的草地。

「中暑了！」人群高喊，趕來的教官們合力將男人抬上車。操場漸漸空蕩，遠處欄杆旁的人們心滿意足的離去，主席臺也僅剩深黃的桌椅。結束了，「清源書院家長開放日」的橫幅飄揚於最高處，樹蔭下的兩位女孩緊緊摟在一起。

「去看他嗎？」馬清妍問道。

「不用了。」沉默許久的朱琴琴，扔出淡淡的一句。她站起身，朝馬清妍笑笑，白淨的虎牙映出午後的陽光。琴琴跳起來，想要拉住馬清妍的指尖，卻落了空。將方才的苦痛扔至耳後，被楊沙湖的風兒吹散，朱琴琴化作一隻躍動的小鹿，在滿是雜草及石子的大地奔走，她高聲呼喊：「啊——啊啊——我——終於——能去啦——啦——啦——」

「清——妍——妍——你一百——我——我——我一百——我們想去哪——哪——就能去哪——」

身姿輕盈的女孩如草地上的精靈，背負楊沙湖的層層波光。她來回奔跑，直至耗盡最後一絲力氣，才回到馬清妍身旁。「我一百，你一百。清妍！我總覺得你吃虧了，我總覺得該給你五十萬。」琴琴嘟著嘴。

「呵！說得挺好。」想到卡中的六十萬，馬清妍在心中默唸：清妍！你可別後悔哟！嘴上卻說：「琴琴，你要記住！你是我最好的朋友，我們之間不談錢。」

「嘻！」朱琴琴笑得更歡了，爽朗的笑聲驚起枝頭的鳥兒。

被男人的倒地弄亂了節拍，書院熱騰得很。方才在操場直播的記者，圍著王守國不肯罷休，不停追問女孩的演說及男人的暈厥。被堵在池塘邊的王院長氣得直跺腳，花錢請來直播的記者，竟爲難起自己來，「哎！這位老師，我們花了錢的，你這是什麼意思?!」

身著短袖的女孩踩過池塘旁的石板路，繁密枝葉的那頭是院長憤怒的叫喊。牽著朱琴琴的手臂，馬清妍在奔走之際，回首瞥見王院長兩鬢的微白及不停顫抖的嘴唇。兩人將嘈雜的人群甩在身後往門口奔去，踩在乾硬的土地，過往的種種在烈日下失焦。第一次來到這時，馬清妍曾無數次在夢中翻過那鐵門，可雙腳還未落地就被蹲守已久的教官抓住，牢牢摁在時而冰冷、時而灼熱的欄杆。

「清妍！」琴琴的聲音將馬清妍喚醒。不覺已至鐵閘門，望著敞開的大門，滿是踏上歸家路的大人、小孩。馬清妍愣在原地，在琴琴的拉扯下緩步向前。踩在燒得滾燙的水泥板，邁過門前的那道黑線，門外的馬清妍回首看向粉飾一新的書院，心中感慨萬千。「走吧！」顧不得停駐，兩人朝小道的盡頭而去。路口、牆角及門口的臺階，街頭巷尾滿是滾燙的紅磚催促著兩人的腳步。在灼熱中狂奔，背著輕盈的小包奔向來時的車站，水杯、球鞋，那些沉重的行李永遠落在書院的陰影。

蘑菇狀的白雲遮住了太陽，空蕩的馬路陰沉下來，似乎有意將兩人的步子放緩。不比朱琴琴臉上的急切之情，對於行將作別的鎮子，馬清妍心中生出些許不捨。兩次來到這個小鎮，來到田野間的書院。對馬清妍來說，鎮子是那麼的熟悉，彷彿生命盡頭的熾熱混著的靜謐，無數迥然不同的命運在此交錯，化作湖面的飛鳥。可眼前的路口、門前的老人，令馬清妍感到如此陌生。

「我們去哪？」摟住馬清妍的臂彎，琴琴輕聲說。

「往東邊去，去省城。」

來到烈日下的停車場，鐵門旁的頂棚下站著熟悉的背影。「Hey! boy!」馬清妍輕拍男孩肩膀，他轉過身來。

「噢！原來也有一個可憐蟲喲！」聽著馬清妍的戲謔，她那在烈日下的輪廓及身後的女孩，令男孩憶起初至書院的時光。在小黑屋透過小孔的交談，及無時無刻不被盯住的院宅裏來去自如的女孩。

「你叫啥來著？」馬清妍笑得很歡，刻意操著一口北方腔。

「呂連城，這都記不住。」

無人來接的三人站作一排，在停車場僅有的陰涼下躲避。過了許久，才等到同樣的空蕩公交車。上了車，儘管開了窗，沒有空調的車廂依舊悶熱難耐。沉悶的熱浪打在呂連城的身子，幾人坐在後排，熱得直冒汗。陰涼處抽菸的司機、膚色黝黑的男人，在不遠處打量著車內的幾人。還未發車，那仨人就待在車內，也是不怕熱！

兩女孩肩並肩擠在後頭，男孩則把腦袋搭在窗沿。誰也不言語，任由時間流淌於車廂的靜謐，直至司機上了車、踩下油門，巴車顛簸地朝外頭駛去，後排的幾人才露出笑容。一路向西，窗外的山丘黃綠分明，一面是繁密的枝葉，一面是裸露的砂石，深黃的山體穿著線。定睛一看，原是山腰開出的小路，其上的卡車掀起漫天的塵霧。幾輛馱著槽罐的灑水車在並不寬大的道路上來回，清澈的自來水灑向滿是塵土的水泥路，過往的車輛順勢蹭一頓免費洗車。

「來！我請客。」邁出縣城車站，馬清妍朝不喜言語的男孩喊到。隻身向前的男孩轉過身，滿臉疑惑的停在車來車往的路口。還未等他回絕，朱琴琴已衝上前，拉起他的手。

「這是？」羞澀的男孩站在滿目霓虹的商場，滿臉疑惑地發問。並未作答的馬清妍拎起他的襯衣，衣領下的布料滿是白漬，那是汗水留下的印記。呂連城抬頭張望，發覺女孩們的後背也是這般。

上了樓，穿行於高挑敞亮的大廳，服裝店一家挨著一家，繽紛亂人眼。在書院呆了幾個月，瞧見眼前的種種，女孩們再也按捺不住心底的歡喜。馬清妍拉起朱琴琴的手臂，穿梭於五彩繽紛的衣架，連衣裙、碎花裙、淡黃的喇叭裙，拂過絲滑的衣裳，兩人的笑聲傳遍整層樓。手持衣架的服務員瞧見歡樂的兩人，也不禁笑笑。進進出出的兩女孩將貨架上的衣服試了個遍，每每換上新的衣裙站在鏡子前，鏡中的女孩便會愈發漂亮。生不起興致的男孩坐在一旁，撥弄起手指頭。

「連城！」朱琴琴輕喚男孩的姓名，將其拉至隔壁的店鋪。棒球帽、牛仔褲、襯衫，男孩不情願地換上嶄新的一身，立在高聳的鏡面前，任由兩人上下打量。「給爺笑一個！」挑起男孩下巴，馬清妍瞇著眼說。

「哈哈！」一旁的朱琴琴笑得合不攏嘴，笑彎了腰，險些撞到身後的貨架。

拎著大包小包的三人走出商場，樓外天色漸黑，僅剩樓頂的一抹昏黃。馬清妍轉過身，朝商場內走去，將十來個紙袋遞給寄存處，「我們先吃飯吧！等下再來拿。」馬清妍如長輩般呼喚著身後兩人。

蘑菇湯、薯條、牛排被依次端上，這是百里唯一一家西餐店，高大的落地窗外，商業街的燈火盡收眼底。女孩們模仿起隔壁桌的女人，握起手邊的刀叉，將鐵叉摁在醬汁淋過的牛肉，來回切割起來。「呂連城，你怎麼不吃？」眼前的男孩低著腦袋，不知在撥弄什麼。憶起書院裏的時光，體訓的間隙眾人三五聚集，可身材瘦小的呂連城總是待在角落，被人拍弄腦袋也不惱怒。想必是男孩第一次來到這，顯得有些窘迫，馬清妍繼續說：「你不就住市裏嘛！吃一點，吃完好回家。」，「這個肉蠻好吃，你試試！」琴琴也應聲附和。

「我不想回去。」男孩抬起頭，雙眼滿是通紅。

幾人陷入沉默，這句句話勾起他們共有的痛楚。放下滲著粉紅汁水的刀叉，馬清妍拿起手旁的紙巾，拭去嘴角的殘留，輕聲說：「我們都不想回家，回到那個讓我們不開心的地方，但是……唉！每個人都想隨心的活著，但是呢！又不得不依附這個、依附那個，每個人都逃不過。有了錢，才有選擇。

「唉！你們都不懂。」

「我明白。」呂連城篤定的話語，令對面的兩人抬起頭。盯著面前瘦小的男孩，馬清妍的笑中透著輕蔑，迎合地說：「嗯嗯！」望見馬清妍的神情，沮喪從呂連城心底升起，想必她們把自己當做一個什麼都不懂的小屁孩。

站起身，男孩在兩位女孩的注視下掏弄荷包，翻起的荷包底告訴女孩們：什麼都沒有。伸手遮住面頰，可女孩們仍忍不住笑出聲。馬清妍心裏樂開了花，這小孩眞可愛。「服務員！」還未等兩人收起笑意，呂連城已朝拐角的女人示意。滿臉笑靨的服務員往木桌而來，女人如老相識般朝男孩微微鞠躬，畢恭畢敬地說：「呂先生！您有什麼吩咐？」

「買單！」呂連城慢慢坐下，低聲說：「沒帶錢，先記著吧。」他的話語淡淡的。面面相覷的兩女孩相視一笑，驚訝裏透著欣喜。

「看什麼看。」男孩些許不耐煩，將切好的肉條放入嘴中，邊嚼邊說：「我說了我不差錢，這家店我經常來，你們就是不信！」

「我……我說。」朱琴琴的話語有些磕絆，「我聽說，你不是逃課去……去早點攤打工，怎麼會……」

「我就是有錢，我爸有錢！很有錢！」接連吞下三塊肉，呂連城的臉頰漲得圓嘟嘟，「但是！我就是想做廚子，我不想當公務員！不想當科學家！就想當個廚子，和我爺爺一樣！」

「好好好！」被男孩的陣勢嚇到，馬清妍趕緊搶過話題，「你慢點吃！我想吃點甜點，要不咱們的呂先生請個客？」

「沒問題！」如同商場裏慷慨的馬清妍，呂連城揮揮手，將還未走遠的服務員喚回。指尖游走於菜單的後頁，幾道昂貴的甜品被一一盛上。朱琴琴笑得更歡了，太久太久，她都未有過這般的笑容。挑起一塊放入嘴中，沁人心脾的甘甜在舌尖游走，滿足極了！

「錢眞是個好東西。」

「嗯哼！」琴琴吧唧著嘴，「有錢就能買東西，只要有錢，想買什麼就買什麼！」剔透的落地窗旁，歡笑、嬉鬧，女孩們笑得合不攏嘴。明星、化妝品……陌生的詞語在華美的琉璃燈下流轉，講得興起的女孩勾勒著深潛於心的欲望。

望著桌對面的兩女孩，呂連城心裏五味雜陳，那些錢，真的那麼令人陶醉？

「等下，我想去買……」琴琴話音未落，「叮——」銀白的刀叉落在餐盤邊緣，沉默多時的男孩站起身，頭也不回地往門外走去。將女孩的呼喊聲拋之耳後，男孩加快步子，沿點綴著熒光的臺階而下，推開門，屋外的熱浪迎面而來。身後的步子愈來愈近，抬起小腿，男孩發瘋似地奔跑起來，彷彿回到那個小巷，周遭的人們令他渾身不舒服。

望著男孩漸行漸遠的背影，琴琴感到不解。兩人站在霓虹交錯的玻璃門前，並未言語的馬清妍，一直看向男孩離去的方向。「走吧！衣服還在那。」拐過街角，荷包在夜幕下嗡嗡作響。是那個男人，馬清妍掏出手機，那頭傳來焦急的話語：「怎麼回事？當著那多人說出來，還直播？你想搞死我?!」

垂下臂膀，手機那頭的男人仍舊喋喋不休。馬清妍看向身旁的女孩，那清澈的眼眸望向寫字樓碩大的屏幕。熒屏裏的男人蹲在路口，輕撫一隻受傷的大狗。「狗沒有選擇，你有！」男人的話語從熒屏中溢出，消散於高樓間的喧囂。

「誰呀？」琴琴拉著馬清妍的指尖，邊走邊問。

「沒事！打錯電話了。」合上翻蓋，將手機扔進皮包深處。

北京來的記者

二〇〇八年一月五日

紅艷的旗幟飄揚於屋檐，兩山間的豁口吹來了北風，掃過齊整的街道。老邁的人停駐在牆外，側耳傾聽裏頭的聲音，那是音響傳來的震動，是一個男人的說話聲。

「祝賀此次活動圓滿落幕！」一身深色西裝、髮頂微光的男人將話筒遞給身旁的女人，在人群的注視下走下舞臺。踩在深紅的地毯，眾人朝男人走動的方向而去，不遠處停著一輛黑車。男人、女人，每個人臉上都帶著笑，滿臉虔誠的看向遠去的男人。停在擦得光亮的轎車前，男人朝眾人揮手示意。「許部長！」、「慢點！」、「許部長！許部長！」在一眾高呼中，身材並不高大的男人踏進車廂，轎車徐徐離去。

轎車後的車牌，赫然寫著：百A00006。

「走吧！王老闆。」同樣身著西服的王昆，朝王守國走來。在書院的監控室初見王昆時，尚是一幅憨態可掬的模樣，現在呢，依舊是那麼敦樸。王守國故意拉低眉眼、盯著王昆，王昆連忙笑笑：「不對！不對！應該是王校長。」

王守國依舊拉著臉，王昆卻上前拍拍肩膀，兩人一同朝門外走去。「哎呀！你看那許部長，多威風呀！」王昆一邊撥弄頭髮，一邊自言自語：「眞是羨煞旁人！」

「喲？」被逗樂的王守國，咧咧嘴：「王老闆，還會用這句話？」

「哪句話？羨煞旁人？」王昆得意地回答：「那是，我還學了好幾個成語，什麼空無一物，什麼目中無人，今天會上說的幾個詞……」

「行了行了！懶得跟你掰了，我還趕著回去。」

「哎！」王昆攔在王守國身前，連連說道：「晚上有局，你忘了？」

「噢！差點忘了。」

「我看不是忘咯！是不想去吧。」

會議廳背面的街角，有一家不起眼的餐廳。兩位老王邁入門檻，算不上華麗的屋子裏，兩個身影已在等待。「喲！這位就是王校長吧！」個子高高、蓄著鬍子的男人，彎下腰與王守國握手。男人身後的女人，也起身示意。

幾人圍坐於熱騰的圓桌，一整天的會議讓兩人都凍壞了。王昆也不顧及形象，大塊夾肉，將熱騰的蘿蔔羊肉送入嘴中，吃得直吧唧嘴。咽了咽口水，王守國倒是放下筷子，看向陌生的兩人。

「北京的記者。」

望著儀態端莊的女人，王守國心中滿是輕蔑。太年輕了！就像當初未辭職時，辦公桌對面整天嘻嘻哈哈的小姑娘。可女記者畢竟來自北京，伶俐的模樣時常出現在晚間新聞，稍稍收起心中的不屑，王守國輕聲說：「要採訪、要調查，都可以呀！歡迎北京來的同志。可是咧！我覺得，是不是先向有關部門報備下，等到有關部門批准了，再來做做採訪？目前市裏正在開兩會，這個時候怕是有些不合適。」

將塑膠杯倒滿啤酒，王守國淡然地看著兩人。屋子陷入短暫的沉默，僅見得王昆吸食骨棒的聲響。

「王校長，我敬您！」女記者的揚起嘴角不見一絲尷尬，「您別太見外，咱們這次來呢！給您帶了一份禮物。」

「噢？」杯酒下肚，王守國倒是來了興趣，「什麼禮物？」

「一個機會。」

「什麼機會咯！搞得這麼玄乎，你要是……」王昆放下筷子，想要言語一番，卻被王守國抬手制止。王守國看向神態怡然的女人，那幹練的裝束倒是令他心生幾分崇敬。

「這話怎麼說？禮物何來？」

「王校長！」女記者飲盡杯中的啤酒，接著說：「說到機會這個東西，怕是沒有人比王校長更能理解。您是博士，儘管是在職，畢竟也是博士呀！在百里這座城市，怕是找不出幾位！」

「你到底想說什麼？」一番吹捧令王守國些許厭煩。女人卻不緊不慢地說：「機會！王校長想必懂得這個詞的含義，畢竟沒人會在那麼好的年紀、那麼好的位置，選擇跳出體制。」見兩鬢稍許斑白的王院長不說話，女記者接著說：「您選擇做生意，卻沒有南下，而是選擇了留在百里。可以看出，您確實是個有想法的人、與眾不同的人，願意冒風險。」

「我已經贏了。」話語淡淡的，王守國指了指木架上的外套，「那就是證明。」閃著光的徽章緊貼外套的口袋，那是與會的象徵，也是身分的象徵。

「您是生意人！這個機會，我覺得不容錯過。」女人也脫下外套，僅剩一件淺灰色的毛衣，她一字一句地說：「就在去年，書院被媒體大肆報導後，家長們便源源不斷地跑來，您的招生規模可謂是與日俱增呀！可您有沒有想過，被地方媒體報導尚有這麼大的反響，假如上了中央媒體呢？」

「那得發大財！」指尖沾滿湯汁的王昆高聲應和，唾沫濺於玻璃桌面。王守國卻悶不做聲，夾起一塊煮得爛熟的蘿蔔細細咀嚼。

「我曉得你的意思，但是……」皺著眉頭的王守國欲言又止。

女人搶過話茬：「王校長！就算咱們書院被公開報導，又能怎麼樣呢？」女記者眼中透著冷酷，眞不知見過多少風雨的眼眸，才能如這般冷峻。她接著說：「我國沒有這種法律，至少目前沒有，哪怕書院被廣爲報導、被大家所熟知，也不會帶來實質性的改變。

「您說對嗎？您可是遠近聞名的教育家。」

屋內的水汽愈積愈多，徐徐升至屋頂，可天花板的排氣扇跟不上節奏，弄得屋子滿是潮氣。

「砰——」吃得滿意的王昆將木筷扔至桌面，濺起幾絲油膩來。沉吟許久，王守國緩緩開口：「孫記者，我可以讓你們進書院。」

「哎！幹什麼咧！」一旁的王昆不幹了，幾乎吼著說：「王院長！你這不行吶！不能讓他們進去！找些人把他們趕走算了！」隨即轉頭看向兩位記者，狠狠拋出一句：「我說你們，別敬酒不吃吃罰酒！」一把拉住王昆的手臂，將其拉回椅背，神色有些疲倦的王守國輕聲說：「孫記者，我替我的朋友道歉！他平時就這個性格，希望兩位不要太在意。」

「道歉個……」王昆又要發作，被王守國死死摁住。向王昆遞了個凶狠地眼神，這才稍稍緩和些。王守國滿臉微笑，「我曉得兩位的意思，我也明白兩位都是名記者，嗯！其實你們完全沒必要跟我交涉，對於你們這些大記者，臥底、暗訪都是信手拈來。

「這次與我們吃個飯，向書院正式提出採訪要求，也是給我這個院長一個面子。在此，我表示感謝！」王守國站起身，朝對面的兩人敬了杯酒。「這次的採訪沒有問題！書院所有師生，一定知無不言。」

「那……感謝王院長！」男記者也站起身，端著盛滿啤酒的塑膠杯。

兩輛小車停在書院正門，大爺從門衛室走出，與大爺一同的是裹得嚴實的趙可。「怎麼穿這麼厚？怕冷？」還未等趙可回答，王守國便將車鑰匙遞給他。趙可心領神會，鑽入剛熄火的小車，將其開遠。

王守國與王昆在敞開的閘門外等待，等待後頭的白色越野。沒多久，那輛掛著省城牌照的越野車，出現在道路盡頭。將車停在院內，兩位記者下了車。屋子旁的花叢，枝葉繁密依舊，儘管人們早已穿上大衣。青磚、紅柱之間點綴有古典的松柏及假山，牆面張貼著的是眾多先賢的面孔。墨綠的外套、深色的長靴，是書院教職工的標配。身著制服的薛自更朝幾人走來，「王院長！又來了幾個家長，要不要見見？」

還未說完，王守國便抬手打斷。

「過來幫忙！」王院長一聲令下，薛自更和孫銘貴趕緊跑去，協助男記者搬弄厚重的設備。「孫記者！我這邊有幾位家長得見見，我讓梁主任過來，先帶你們逛逛書院。」王院長便朝身材高大的男記者喊道：「那位老師！先放著吧，讓其他人來弄。」

男記者有些遲疑，女人看向他、咧咧嘴，他這才放下手中的黑包。姍姍來遲的梁安祥，一瘸一拐地奔向兩位記者，在梁主任的陪同下幾人朝樹林深處而去。等及幾人的背影消失於僅剩下枝幹的樹林，王守國依舊立在那，直至孫銘貴湊過身子。

「怎麼搞？王院長！」孫銘貴輕聲說道：「要不要嚇嚇他們，把他們搞走。」

「不用。」王院長笑得輕鬆，「咱們又不是黑社會！咱們是正規的書院，正規的醫療機構！不就是兩個記者，不用那緊張。」

「小孫咯！」薛自更也插上幾句：「我們的王院長可是人大代表，還是受到特別表彰的代表！王院長說得對，咱們書院口碑這麼好，怕什麼？」

「別磨蹭了，趕緊過來搬東西。」幾個背包裏的器材也不算多，很快便被堆在屋子的角落。等及一切安排妥當，王守國便往教學樓而去。

煥然一新的教學樓在湖風中悄然矗立，院牆上的鐵絲網沾滿露水，霧氣在牆外的山丘上瀰漫，枯黃的莖稈鋪在無邊的曠野。入冬後的日子不好過，稀疏的屋子散落在大地，亮起微黃的燈火。大地很安靜，連鳥兒的鳴啼都聽不見，倒是繁密依舊的樹林那頭，清灰色的屋子不時傳來清脆的朗讀聲。那是遠近聞名的書院。

閑來無事的老人倚在土屋裏的躺椅，在搖曳中細細傾聽，聽取隨風而來的朗讀聲。那些膾炙人口的句子令他憶起他的童年，隨風飄遠的日子裏，他的孩子們紛紛長大，長得高過門前的樹杈。他們奔到了各地，每逢過年便會帶來南邊的訊息，奧運、股票、電腦……那些新東西讓他又愛又怕。老伴的照片掛在牆上，屋內的煙氣頂不住湖風吹來的潮濕。將細長的煙筒呷在嘴裏，吐出一縷白煙。入了冬，外頭的人也少了，老頭每日除了與菸爲伴，便是翻弄那本起了皺的相冊。

馬上就過年了，在等待子女歸來的日子裏，不遠處的書院傳來的陣陣讀書聲令他感到安逸。他閉上眼，彷彿自己也置身滿是學生的教室，提起木棍指向黑板上的一筆一劃。

「呼喚應聲不敢慢，誠心誠意面帶歡！」老頭憶起去年此時，他那顫抖的手掌輕撫孩童的臉龐。他是多麼激動，可哭出聲的女孩被兒媳婦一把奪過，緊緊抱入懷中。

「咳咳！」吐出一口濃痰，老人看向鏡中的自己，如枯死樹皮般的褶皺布滿這張蒼老的面孔。不忍多看，時間拂去了一切，已不見那張青春煥發的面孔，僅留下垂死之人的喋喋不休，令人生厭。屋外的老枝落下最後一片葉，老人終究沒能等到過年，靜靜地躺在木椅沉沉睡去。

遠處的教學樓裏的朗讀聲依舊，嘹亮的嗓音足以劃破田野的沉寂，給蕭條的冬季帶來幾分活力。巴掌來大的攝像機、纖細的話筒杆，女記者漫步於空蕩的籃球場。指尖劃過嶄新的玻璃門，大廳的窗戶下擺放著成排的齊整的水杯，擦得光亮的瓷磚上落有淺淺的印痕。沿臺階而上，在孫銘貴的陪同下，兩位記者來到男生宿舍的二樓。推開門，幾張上下鋪擺放於潔白的屋子，白色的牆壁、白色的欄杆、白色的被套，一切都顯得那麼整潔。

「按照軍事化管理，糾正學生的習慣。」門外的孫銘貴開口：「對於這些特立獨行的學生，集體化是最好的辦法。」

「這，難道不是在抹殺個性？」女人轉過身，看向年輕的教官。

「孫老師！」薛自更從走廊而來，搶過孫銘貴的話語：「他們都是窮人家的孩子，讀書、考大學才是第一位。」

「哦？」見到高個子的薛老師，女人來了興致，「據說，咱們百里一位大商人的孩子，也被送到了這。那又是爲何？」

「嗯。」薛自更也不否認，「那個姓呂的男孩，又被送來了。他爸爸，想讓他成爲一個普通人。」

「普通人？我們都是普通人。」

「一個聽話的普通人。」

「嗯……」

「孫老師要是想聊聊，我們可以去隔壁的活動室。」面對有些激動的女記者，薛自更倒顯得十分淡然，他對孫教官說：「那我們聊一聊，這邊交給我吧。」

「正好，想和你聊聊這個男孩。」女記者興致衝衝，逕直朝隔壁的屋子而去。孫銘貴攤攤手，一幅無奈的模樣，貼著薛自更的耳蝸說：「那我去教室那邊，這個記者刁鑽得很！夠你喝一壺咯！」說完，孫教官便下了樓。望著孫銘貴走過一樓的走廊，穿過無人的籃球場。薛自更側過身，看向隔壁掛有「活動室」的木門。

兩位記者站在屋內，打量起書架上的書名，拼接起的塑膠地板、滿牆的圖書，以及可以折疊的桌椅，這間屋子就像幼兒園的活動室，裝飾得幼稚又溫馨。薛自更停在門前，似乎有所遲疑。「薛老師！請坐。」女記者揚起臂膀，彷彿她才是這兒的主人。

「薛老師！」女人的臉上是一貫的從容的微笑，這來自大都市的從容不迫的神態，令薛自更頗感不適。女人似乎能看穿薛自更的心思，等待一會才開口：「薛老師！我們的約定。」

「沒有約定！」突來的話語，從薛自更微顫的嘴唇裏蹦出：「我不想傷害他們。」

「傷害誰？」一旁的男人喊道：「我們是在幫助這些孩子。」

「幫助誰？」薛自更看向身材魁梧的男人，言語中透著輕蔑，「我想，你們不過是爲了你們自己。至於這些學生，我們做的才是在幫他們。」

「薛老師，我明白你的意思。」女人的表情平靜如初，她的言語平穩依舊，「我們只是如實報導，陳述已經發生的事實，至於這件事會帶來什麼影響，只能由觀眾和社會去評判。」

「我們不是判官，是眞實的搬運者，眞實。」

「眞實？我在這待了兩年，我想，我更明白什麼叫眞實。」薛自更的眼中充滿堅定，對女記者說道：「既然是眞實，那你們就去做吧！家長、老師、學生，你們可以盡情採訪，沒人會阻攔。可你們找到了我，想必是心虛了。」

說罷，薛自更起身離去。

「就這麼斷了？」難得打通的缺口就這樣被堵上，男人眼裏滿是不甘。「無所謂吧！慢慢來，不是誰都能做吹哨人。」輕嘆口氣，女人起身看向窗外，十幾人的隊伍正走過院牆，朝池塘那頭的操場而去。她在窗臺旁自言自語：「不要急！咱們不是還有一位。」

「又不是咱們的，這話說得。」男人掏出菸盒，思索片刻，又塞回口袋。

窗外的天空陰沉沉，暴雨似乎隨時會降臨。廁所的角落裏，孫銘貴點燃一根菸，環顧無人，趕忙抽上幾口。「咳咳！」薛自更的身影出現在身後。「哎喲！」孫銘貴雙手一抖，菸捲差點掉落，他滿臉無奈地喊道：「我說！薛主任，你可把我嚇死咯！」

「怎麼？」薛自更湊過來，「孫教官剛才還在外頭訓話，把那個抽菸的訓一頓，轉頭就躲在這抽菸？」

「薛主任，我菸癮大，你又不是不曉得。」孫銘貴趕緊掏出菸盒，給薛自更遞上，「薛老師，薛主任！你可別跟梁主任說哈！昨天，老李抽菸被他發現咯！罰了好幾天的工資。」

「看我心情。」薛自更低下腦袋，將嘴角叼著的菸捲伸向打火機，火光在孫銘貴掌心中燃起。吸上一口，薛自更緩緩地說：「嗯！梁主任的脾氣越來越臭了。」

「還不是因為你。」

聽到此話，薛自更陷入了沉默。梁安祥一瘸一拐的身影已是書院的一道風景，聽聞是救人受的傷，倒是令人心生幾分憐憫。憶起剛來書院時，除卻程永旺，梁主任是與自己交流最多的人。向來對自己關照有加的長輩，如換了個人似的，眉眼中滿是苦悶，每每遇見多半是冷著臉。渾渾噩噩地度過兩年，薛自更從未想過會成為書院的招生負責人，這讓他心中五味雜陳，既為見漲的薪資而欣喜，又為梁主任的疏遠而煩悶。

「唉！」想到那兩位記者，薛自更不禁深深嘆氣。當初為何要答應他們，與他們碰了面，倘若某一天捅出了婁子，哪怕自己未曾參與，怕也脫不了干係！他們為何找上我？那光頭記者及北京來的兩位，都找上了我。難道是覺得我軟弱、易於攻破？想到這，薛自更的心中愈發苦惱。

看向身旁的孫銘貴，鼻梁兩側滿是痘痘，那樣貌多像初入書院的自己。「再來一根！」攤開手，薛自更向孫銘貴示意。

「你就不怕被發現？」

「發現個鬼，老子是王院長的接班人，哪個敢管老子?!」趾高氣昂的薛自更挑起眉眼，可把孫銘貴給逗笑。

見雨水久久不肯落下，教學樓下的趙可大手一揮，十來位學生踏上訓練之路。堅硬的鞋底踏在同樣堅硬的石子路，眾學生往操場而去。趙教官一馬當先，衝在最前頭。見此，兩位記者趕緊操起設備，跟上隊伍的步伐。學生們瞥見身後的記者，面無表情的繼續向前跑。來到不見標誌線的操場，學生們排成兩排，齊整地站在枯黃的草地中央。「報數！」、「一！」、「二！」、「三！」……「十四！」

「向右轉！」隊伍齊刷刷的向右，男孩一個趔趄，身子來回搖晃。「那是誰？」趙可的嗓音洪亮如鐘。「報告！是我。」男孩的回答同樣嘹亮。

「不錯！」趙可立在原地，看向隊伍盡頭的男孩，那便是「二進宮」的呂連城。「有氣勢！比先前強多了！但是，該罰還是要罰，去跑十圈。」

「是！」男孩挺直腰板回答，隨即朝樟樹的方向跑去。

十三位學生在草地做起原地蛙跳，撅起屁股，將腦門探向天穹。「一、二、三……三十！」伴著趙可的計數，男孩們紛紛倒地，底下堅韌的枯草直戳屁股蛋。喘氣的間隙，那位受罰的男孩依舊沿著草地奔跑，無人督促的他愈跑愈快，腳下的石子沙沙作響。

院牆旁的樟樹仍掛著綠，儘管已是寒冬，枝葉繁茂依舊。男記者坐在樹下的石塊，撥弄掌心的石子。女記者則將身子挺得老直，打量著來回跑圈的男孩。彷彿在跟自己較勁，彷彿在參加長跑比賽、身旁滿是對手，呂連城拚命地向前。熱氣從嘴中呼出，凝成白霧。「砰——」的一聲悶響，男孩跌倒在地，膝前的長褲沾滿塵土。

「沒事吧！」不遠處的女人趕忙跑來。爬起身的男孩一把推開女人的手，淡然地說：「我知道你是幹嘛的，我不會跟你說話。」面帶驚愕的女人微微一愣，隨即露出隨和的笑容，輕聲地說：「這個話是你想說的，還是這裏的人教你的？」

「沒人教我，我就是不喜歡你們這些人。」

「我們這些人？什麼樣的人呀？」女記者揚起嘴角，卻不露齒。男孩抬起腦袋，他的嘴唇微微顫抖，並未回答，他繼續向前奔去。邁著步子回到樹下，背後是喊著齊整號子的學生，背對他們的女人這才顯露幾分失落。踩在一尺來高的石塊，女人伸出手，向男人要了根菸。

「怎麼？這麼快就喪氣了。」

「也不是，跟我想的不大一樣。」冷風拂來，女記者手裏捏著菸，髮梢在風中搖曳，「想起昨天家長跟我說的，他們的孩子就是王院長的孩子，想怎麼來就怎麼來。」

「啊哈！」男人倒顯得淡定，在冷風中打個哈欠，「所以，今天你找了幾個孩子，他們對這種教育也不大反感，怎麼說咧……他們也慢慢習慣了。」將燃燒未半的菸頭扔向地面，狠狠地踩滅，臉上滿是不甘的女人一字一頓地說：「也許！這兒的人和我們想的不一樣，在我們看來是束縛、是邪惡，在他們眼中卻是好東西。」

「實事求是吧！虧你還是新聞高材生，弄得這麼先入爲主。」男人將巴掌大小的攝像機，塞進黝黑的尼龍包，「素材差不多了！孫大記者，你跟我來，帶你去個好地方。」滿是不情願的女記者，在男人的不斷催促下將話筒收入包中，一同往書院的南邊走去。

北方來的身影掠過樓下的水泥地，朝後門的方向去了。見到樓上的王院長，男記者向其招手。兩位身材並不高大的男人，站在三樓走廊。「你也是心大！」見兩位記者在書院裏穿梭自如，王昆心裏些許著急。

「進去吧，外頭冷。」手裏端著玻璃杯，漂浮的綠葉已沉入杯底。偌大的辦公室似乎比外頭愈加寒冷，邁入低矮的門檻，王昆便打了個哆嗦。

兩中年男人坐在木質沙發，守在散著暖發的電熱爐旁，將打濕的手套搭在椅背，兩雙手套如烤魚般在爐子旁來回翻面。熱騰的氣浪朝兩人的肚腩奔去，熱乎乎的直抵心坎。「也是摳！有空調也不開，虧你還是個大老闆。」王昆瞧見天花板的空調機，及牆角被紅布蓋著的櫃式空調，嘴裏唸叨個不停：「我這麼摳搜的人，辦公室的空調每天都開著。」

深褐的佛珠游走於手掌，王守國並未言語，他起身來到高聳的木櫃，取出電熱爐放至屋子中央。兩台模樣相同的電熱爐在沙發旁滋滋作響，屋子頓時暖和不少。

「嘭——」木門被風吹開，將王昆嚇了一跳。呼嘯的寒風將桌面的紙張吹向半空，落在大理石地板。在空中展開的紙張裏滿是年輕的面孔，及密密麻麻的黑字，那是每一位學生的檔案。

「老王！」將身子靠在生硬的沙發，王守國若有所思地說：「其實，我也蠻擔心那兩個記者。」

「搞走咧！要是你覺得不方便，我來弄。」

「搞肯定是要搞，關鍵是怎麼搞。」熱浪將褲腿燒得灼熱，王守國收收腿，「我手下的那個小薛，那兩人找他了，想讓他做內應。」

「啊?!」王昆一臉的詫異，嘴唇直哆嗦，「內應？哪個小薛？」

「剛才上樓，碰到的那個。」

「哦哦！內應？你怎麼曉得？」

「他跟我說的。」王守國直招手，示意王昆靠得近些，「那兩個記者挺囂張，特別是那個女記者，說要把我搞死。」

「搞死?!鬼扯吧！」

「唉！你這個人咯！真是沒文化！又不是要我命，斷人錢財就是要人性命。」王守國猛地皺起眉，吐出一句：「他們想搞垮書院。」

「不至於，不至於。就算他們報導出來，也不要緊。」湊過身子，王昆故作輕鬆地說：「咱們這模式又不是獨一家，那些工讀學校搞得更厲害！他們也不敢弄，只敢弄我們。」見王守國不言語，王昆繼續說：「不過！那個薛，你要防著，不怕一萬就怕萬一。」

「哎喲！用詞不錯。」微微一笑，王守國搖搖腦袋，「那個小薛倒是不擔心，我放心。」

「那不好說。」

「沒問題！曉得他要什麼，他要錢、要事業，只有我能給。」

……

雨水滴落於玻璃，醞釀已久的暴雨終是落下了。沙沙的雨聲在窗外迴響，辦公室裏的男人依舊靠在沙發，在交談中消磨時光。樓下傳來喊叫，多半是哪位女教師淋了雨。在石子及泥土上奔跑，豆大的雨滴落在頭頂，頭髮早已濕透。女人在雨幕中疾跑，任由雨水落下，也不去遮擋，雙手緊緊抱住胸前，那似乎是一塊硬紙板。兩記者對突來的大雨毫無防備，等及他們跑到宿舍樓，渾身早已濕透。「喲！孫老師。」孫銘貴見到這一幕，趕緊跑到走廊第一間屋子，給兩位記者取來毛巾。

「謝謝。」接過毛巾，女記者朝屬他們的屋子而去，那是爲兩位記者專門準備的房間，一人一間，屋裏仍是與學生宿舍無異的上下鋪。鑽入偌大的浴室，熱水在女人的身子流淌，幾十坪米的公共浴室僅有她一人。女人使勁地揉搓，沐浴露在身子生滿泡沫，可她腦子裏滿是方才的畫面。

枯枝密布的紅磚房，靜靜地待在書院的角落。老舊的屋子及落在泥地的殘破磚瓦，與另一頭的光鮮靚麗形成鮮明對比。半掩的木門旁，貼著隨時將掉落的塑膠牌，「倉庫重地，閒人免進！」沒想到，書院還有這麼個地方。

鐵鎖耷拉在生了鏽的鐵環，女人看向身旁的男記者，男人的眼神在告訴她，這把鎖就是他撬開的。推開門，一股腐臭味撲面而來，女記者趕緊退出屋子，在門口連連咳嗽。「快進來，免得被人發現。」將女人一把拉入，男人趕緊將木門合上。強忍著胃部的翻滾，女人進了屋，屋裏堆滿了各式雜物。行李箱、書包堆滿角落，電扇、運動鞋、塑膠杯……將四面牆壁堆得嚴實，僅留下中間的落腳地。

「看樣子，是學生們留下的。」女記者尚在門口言語，男人早已鑽入滿是行李箱的角落，撅起屁股掏弄著。興致衝衝的男人端著一把白紙來到女人面前，「看這個。」泛黃的紙張映入女人眼簾，已不再墨黑的字跡鋪滿一張又一張舊紙。這是學生們的日記，翻起幾張，「朱琴琴」的字眼格外醒目。那個名字在紙頭反反覆覆，寫了好幾遍，深紅的比劃鋪滿紙張。

這是證據呀！實打實的證據！走到高聳的窗子前，女人借著光一字一句地翻閱。她的眉眼逐漸揚起，直至叫出聲：「唔——」

「誰在裏頭？」窗外傳來質問聲，木門隨即被推開。著裝幾乎每日不變的薛自更，詫異地望向屋內的兩人。

「哈哈！薛老師，把我嚇一跳。」男記者捂住心門，笑著說道：「哎呀！我們在這兒找到一些東西，好像是學生的日記。」說罷，男記者便要離去，身後跟著僅及他肩膀的女人。

「等等。」薛自更擋在門口，瞥見女記者手中的紙張，其上的句子寫著書院的過往，他明白那些意味著什麼。薛自更咬緊牙關、顴骨凸起，擋在比他高上半個腦袋的男人面前，「你們怎麼覺得，我會讓你們把這帶走？」清脆的嗓音透著些許深沉，薛自更質問身材高大的男記者。面對這稍顯生疏的狠勁，男人輕拍薛自更肩頭，貼在耳畔言語：「薛老師，你還年輕，你有很多選擇。」

緩緩推開薛自更肩膀，身形魁梧的男人側過身，將薛自更的軀體擠出門外，兩位記者依次通過老舊的鐵門。天空忽地下起雨，兩位記者加快步伐，直至奔跑起來。望著兩人遠去的背影，站在屋檐下的薛自更心中五味雜陳。選擇？何來的選擇?!方才的遲疑，不過是懾於男人的大塊頭。薛自更！你眞是軟弱！太慫了！在心中咒罵自己，罵了許久，薛自更才好受些。男人那番自以爲是的言語令薛自更倍感屈辱，彷彿被戲弄、被嘲笑，一個身材魁梧、見過世面的男人，來嘲弄他這個愣頭青。

淅淅瀝瀝的雨水打在頭頂的灰磚，劈啪作響。本以爲是陣雨，可傾盆而下的雨簾氣勢十足。回過身，發覺落滿灰塵的電風扇下壓著深色的傘柄，抄起布面缺了半片的雨傘，薛自更一頭扎進雨中。雨水將視線變得模糊，全世界彷彿只剩下雨聲，薛自更小心翼翼地踮腳，生怕一腳踏進泥坑。

猶記得去年冬季，整整一個冬天，除卻過年前後的雪花，幾乎沒見過雨水。望著眼前嘩嘩啦啦的雨簾，眞不知爲何。踏上池塘旁的石板路，薛自更在雨中狂奔。

天色漸暗，瞥見不遠處的辦公樓，三樓的窗子透著光，薛自更便朝堆滿外套的樓梯道而去。刷上新漆不久的牆壁光澤靚麗，猶記得初來時，這裏的樓棟全是灰褐色的顆粒。如今被刷上淡藍的新漆、貼上牆紙，裝飾得靚麗，心境也隨之煥然。咚咚！踩著沉悶的腳步聲，薛自更沿樓梯道而上。拐過三樓的扶手，一股清涼滴落於薛自更的臉龐，抬頭望去，天花板鼓起巴掌大小的泡，雨滴直往下落。

鼓起的水泡旁生出許多細小的泡泡，密密麻麻的如肌膚表面的水痘，叫人瘆得慌。突來的暴雨令看似煥然一新的樓體，瞬時被打回原形。讓男記者拿走學生的日記，這麼嚴重的錯誤，必須報告給院長！顧不得頂上的雨滴，薛自更朝走廊盡頭走去，那扇透著光亮的玻璃窗便是院長辦公室。「那個小薛倒是不擔心，我放心。」腳步停駐於門前，門內傳來的話語，令薛自更側過身子。

「那……不好說。」

「沒問題！我曉得他要什麼，他要錢、要事業，只有我能給。」

「哈哈！是嗎？」

「薛自更出身苦，家裏條件不好。優點是能吃苦！弱點也很明顯，有奶就是娘嘛！不像之前的那個小程，心氣高！降不住喲！」

髮梢的雨水滴落於耳蝸，微微凸起的喉結咽下嘴邊的話。聽到屋內的交談，呆滯一會兒的薛自更轉過身，悄無聲息地沿原路返回。天花板的水珠再次墜落，薛自更並未閃躲，任由冰冷落在脖頸。走出教學樓，薛自更撐起行將散架的雨傘，帶著濕透的身軀回到屬於他的房間。

就像初至此地時，薛自更坐在地板上不知所措。茶壺摔落於地板，摔得稀碎，徒留一地的陶瓷片。薛自更緊握雙臂將自己抱緊，雨水的寒冷已刺入骨髓，浴室就在門外的走廊，他卻沒有起身的意思。爲什麼？爲什麼？本以爲近兩年的戰戰兢兢，終是換來了應得的報酬。教學主任、年終獎、連簽十四位學生的大單……點點滴滴堆起的堡壘，在院長的話語面前瞬間坍塌。兩位記者的面孔及王院長微胖的體態，紛紛浮現在薛自更面前，對他來說，兩者都是那麼令人厭惡。對於他們來說，自己不過是暫能利用的工具罷了。

雨過天未晴，淅淅瀝瀝的瓢潑大雨將小鎮籠罩其中。學生們待在屋子裏，待在堆滿書籍的大廳，萬一教官來了興致，他們隨時會被拉到教學樓，在樓梯道的往返中磨練體能。

「神了！」乾冷的冬天，這場雨竟下了整整一宿，直至第二天大早才漸漸緩和。屋檐下皺著眉頭的趙可看向窗外，片片雪花摻在細雨之中，從天穹緩緩落下。

「下雪咯！」趙可裹著尼龍外套，輕拍薛自更的肩膀。薛自更的心情也隨之舒暢，忘卻那些不愉快吧！賺錢要緊。果不其然，兜裏的手機來回震動，「嗡——嗡——嗡——」不緊不慢地，薛自更掏出手機、翻開蓋，那頭傳來陌生的嗓音。

「請問是清源書院嗎？我有個孩子，想把他送進來。」

「嗯，我是書院的招生負責人。都要過年了，怎麼想著送過來？」

「過寒假唄！就在你們那過年。」

「過年？這位家長，你這心挺大的。」

……

天空像中了獎似的，不停地往下潑灑雪花。雪花如星辰般灑落大地，沒過多久屋頂便堆上厚厚一層。除夕將至，返鄉的小車擠滿鎮口的商場，牛奶、水果、糕點、菸酒……滿是油垢的臺階堆滿五顏六色的包裝盒。兜裏揣著小包的商販輕舔指尖，鈔票在指尖飛轉，數好錢，將亮紅的包裝盒遞給顧客。

「油酥、白酒、果子乾！」裹著厚厚圍巾的女人奮力地叫賣。隔壁的水果店前幾家人擠在一起挑選水果，「都是大棚的，香蕉、蘋果都有哈！」成排的麻木車停在臺階下，等待挑選完畢的人們。

「趙家灣幾個錢？」

「十二。」

「八塊走不走？」

「走！」

幾番砍價後，男人、女人踏上鐵製踏板，鑽入僅容得兩三人的麻木車。年邁的男人踩下油門，「轟轟——」幾聲，敞篷的麻木車拐了個彎，往鎮子的小道駛去。

雪花飄落在堆滿香蕉的紙盒，晶瑩的雪瓣觸及粉紅的塑膠膜，隨即化作香蕉皮表的水滴。叫賣的女人看在眼裏，依舊忙著收錢，等到人流少些，再去打理包裝盒上的積雪。黝黑的轎車停在路旁，一家人在說笑中下車，「有沒得五糧春？」裹著圍巾、戴著黑框眼鏡的男人朝老闆娘問到。

「沒得了，就這幾種。」指向鐵門旁疊起的紙箱，好幾款白酒。男人拎起一箱，粉末沾在嶄新的外套。男人將堆起的紙盒一一搬下，直至最底下的露了出來，他才滿意的拎起兩瓶，操著方言對老闆娘喊道：「老闆娘！把最貴的放最底下，捨不得賣咯！」

老闆娘哧哧笑著，嗓音嘹亮地喊：「那個賣得慢！又不是哪個都是老闆，你放那，我等下來弄。」梳起的髮梢、齊整的風衣，穿著時髦的男人在人群中格外顯眼。「好了沒？」臺階下的女人牽著女孩的手，向男人高喊。身著各式衣物的人們在雨雪中來往，嚇壞了的女孩緊緊貼住女人。「快點！」女人的話語淹沒在商場的熱騰之中。

手拎紙盒、塑膠袋的男人一路擠下樓梯，將其放入後備廂。關上車門，將嘈雜隔絕於窗外，。男人手握方向盤，皺著眉。後視鏡中的母女，同樣滿臉愁容。「曉得你們不想來！一年就回一次，看看爸！明年去你那。」緩緩啓動的轎車往東邊駛去。

駛過岔口，幾輛右拐的小車擋住前行的路。「嘀嘀——」身後傳來鳴笛，男人也不慌張。幾輛車從窗外擦過，往右邊拐去。旁車輾過鋪有乾草的雪地，半掩著的車窗裏男孩正朝外張望。「爸爸！他們也是來看爺爺的嘛？」後座的女兒，向駕駛座的男人發問。

「他們是來學習的。」說罷，男人踩下油門。

轎車駛過路口，電線杆旁的牌子寫著：清源書院。

黝黑的轎車在漫天的飛雪中戴上白帽，黑色的車頂被白雪所吞噬。拐入凹凸不平的鄉間小道，停在幾幢屋子前，遠處的紅磚房滿是笑語，老樹旁的　屋卻冷冷清清。「唉！今年只有我們回咯！爺爺一個人在這，冷清得很！」將女孩抱在懷裏，男人拎著紅艷的酒盒，朝半掩的木門走去。

「咿呀——」門開了，老人躺在木椅一動不動。

「爸！我們回來咯！」

轎車拐過路口，小心翼翼地駛過堆滿積雪的道路。來回揉搓掌心的薛自更已在此等候，等候新來的學生。眞他媽搞不懂！都快過年了，怎麼還有人被送過來？「那邊！」薛自更朝車內的人招手，「這沒地方停，前頭有個院子。」

初至書院的男孩們滿臉興奮，逕直沖入掛著冰條的鐵門。「砰——」雪球砸在面門，滿臉憤怒的男孩朝肇事者奔去。兩男孩在院子裏奔跑，將雪地踩出深坑來，陌生的女人出現在他們面前，她站在立柱旁，靜靜打量著他們。「你他媽！」伴著叫罵聲，雪球朝這邊飛來。男孩一個閃躲，拳頭大小的雪球直擊那女人。「哎！」男孩喊出聲，女記者揮動右手，竟接住了雪球。

「厲害呀！」男孩讚嘆著，打量眼前的女人。

「你會玩棒球嗎？」將雪球捏碎於掌心，女記者不緊不慢地說：「棒球！」

「啥？」看著女人憑空揮棒的動作，男孩想起遊戲裏的畫面，回道：「沒聽過，籃球、足球、乒乓球、羽毛球，我都玩過。」一口氣唸出好幾種球類，男孩得意地笑笑。

「孫老師！讓他們先去登記，等下再做採訪。」薛自更從遠處走來。聽到這話，男孩愈發興奮，揮起臂膀問道：「你是記者呀！我聽別人說，記者挺牛逼的！你是哪個媒體的？」女人輕聲笑著，並未回答。聽到「記者」，父親模樣的男人滿臉不悅，抓過男孩的肩膀往樹叢而去。

「記者？什麼記者？」聽聞方才的談話，幾位家長面露慌張。其中一位家長與薛自更交談，聽說那位記者自北京而來，男人不僅不慌張，反倒說：「哎喲！這麼遠跑來，我倒想去聊一聊，聊聊我這個讓人頭疼的娃。」

「那可以！我也想跟美女記者聊聊，結果別人不搭理我。」趙可咧著嘴，一本正經地打趣。聽到這，薛自更輕拍趙可後背，示意他留下。「孟老師！你帶幾位家長過去。」說罷，年輕的女教師領著幾人去了，兩教官跟在後頭，緊緊貼著幾位不安分的男孩。

「你幹嘛？什麼可以?!」薛自更的話語帶著怒氣，狠狠地看向趙可。趙可一愣，全沒想到一向溫和的薛自更，竟會這般說話。脾氣火爆的趙可剛想發作，卻瞧見薛自更的眼中滿是堅毅，那平靜如水又充滿力量的眼神，如同沉默的王院長。「那個人想要聊，就不讓他聊。」薛自更緊咬牙關，盯著趙可說：「派人盯著，所有與記者碰面的人、接受採訪的人，必須是我們安排的。不對！必須是我安排的。」

「好。」輕聲回答，趙可面露遲疑，又補上一句：「薛主任。」

趙可恢復往常的痞態，吸吸鼻子，露出一絲笑容。「這小子，長本事了，脾氣也漲了。」

沒過鞋面的積雪鋪滿空無一人的球場，鐵煉串成的球網掛在被凍住的球框，銀灰的小鎖將球網鎖住，幾根鐵煉搖曳於半空。操練聲在院牆外迴響，愈來愈嘹亮的呼號將框上的積雪片片震落。兩條隊伍，在教官的帶領下來回奔跑、蛙跳。站在宿舍二樓的女記者朝牆外望去，幾十人的隊伍僅有兩女生。

「他們都不回家，爹媽也是心狠！」男記者從身後而來，手裏端著咖啡杯。

「我倒覺得，這些孩子挺特別。」女人轉過身，接過男人手中的瓷杯，「走！把提綱再過一遍。」房頂的空調呼呼作響，暖和的氣流拂過豎起的鐵杆，落在白淨的床鋪。下鋪的床面擺著一大摞紙張，泛黃的日記淩亂地擺放。女人拿起筆記本，一面揮筆，一面言語：「還有三天，約定的時間就到了。」按照與王院長的約定，趕在過年前一天，兩人便要從書院撤離。兩位記者陷入了焦慮，本以為能夠抓到猛料，卻仍一無所獲。

「搞了幾天，還是沒啥思路。」倚在進門處的牆壁，男人有些惆悵。「這些日記是有些料，但是，聯繫不上本人。」

「搞不定的事，就不提了。」女人脫去毛衣，將厚實的筆記本架在腿上，「下午去那個房間，有沒啥想法？」男人並未回答，揉搓雙手，似乎陷入思索之中。那個房間，是那個房間！在兩人來到這座城市之前，那個房間的故事便不斷衝擊著兩人的心門。捆綁、電擊、治療……不斷在報紙上出現的字眼，令兩位資深記者不得不將目光鎖定在這小城的曠野。

「律師說了，『強迫』這個東西，除非咱們拿到證據，否則挺難的。」

「為什麼？」說罷，男人將鐵門拉開。寒風直往裏灌，沒一會兒，便將屋內的暖氣驅散殆盡。齊整而嘹亮的操練聲隨風飄來，那是學生們略帶稚嫩的嗓音。沉默一會兒，男人的情緒略顯激動，滿臉嚴肅地說：「你為什麼，一定要弄死這個書院？你聽！外頭的孩子們，他們在操練。如果他們不進來，這個時候，也許他們在打架、在上網。與其在外頭胡鬧，不如被關在這。」

男人喋喋不休，他的意志在搖擺，如院牆外在風中搖曳的枯枝。可女人仍舊垂著腦袋，筆尖停駐於灰白的紙張，似乎在思索。筆尖在指尖劃過，沙沙作響。「跟你說話呢！」男人倚在門外的鐵欄杆，望見低頭不語的女人。冷風劃過女人的面龐，僅有的絨毛單衣令她不禁微微顫動。

尖銳的筆芯劃破紙張的平滑，「咚——」圓珠筆落在地板，女人卻沒有去撿拾。緩緩抬起腦袋，被風吹起的髮梢是淚眼婆娑的面龐。眼淚劃過面頰，如乾涸的河床流過一縷清泉，落在大腿上的白紙。女記者拂過嘴角的涙花，嗓音顫抖不已：「那個叫朱琴琴的女孩，日記你也看到了。你可以想像！當一個被淩辱過的女孩，在上百人面前講述那些過往，將自己心中最隱秘的東西掏出來供眾人消遣。如果你是這個女孩的父親，你會怎麼做？」

滿屋的呼嘯聲，冷颼颼的北風鑽入男記者的領口，背對女人的他沉默良久，終是拋出一句：「我會殺了那個人，而不是去跳樓。」

「跳樓？什麼跳樓？」呆滯於床頭的女人，滿臉震驚。

門外傳來打火機的聲響，男人的嗓音變得沙啞，「那女孩的父親當場暈厥，日記裏有，你也看到了。就在去年底，他跳樓了。」跳樓了、跳樓了、跳樓了……沙啞的嗓音迴盪在女人耳畔，她愣在那，筆記本的硬殼滑落在地。男人並未轉身，升起的白煙瀰散於背影的輪廓，他繼續說：「這個我早就曉得了，沒告訴你，不想你有太多情緒。」

雪繼續下，埋沒球場中央的白線，世界白茫茫一片。雪花打在男人眼角，隨即化作水滴的晶瑩。雙臂撐著欄杆的男人雙眼通紅，他看向鐵絲網外的田野，散落其中的土屋升起寥寥炊煙。「鐺鐺——」身後的屋子，傳來一陣嘈雜。陶瓷碎片散落一地，折斷的筆芯被踩在腳下，墨水濺在白淨的地板。

「走吧！」儀態恢復如初的女人穿著貼身西裝、套上厚實的外套，向朝男人說：「我們走吧！去那個神秘的房間。」

「在院子等下，我去拿器材。」

圓輪在雪地滑行，留下細長的軌跡。拖著深色行李箱的男記者跟在女人身後，拐過高牆便瞧見成群的學生。厚實的外套堆在磚牆旁，訓練過後的男孩們穿著長袖長褲，坐在雪地裏不停喘氣。升騰的白霧從嘴角、鼻孔湧出，滿是灌木的雪地如蒸籠般煙霧繚繞。瞧見男記者手中的攝像機，幾位女孩將腦袋埋入胳膊。

「趙老師！」女人看向站立於雪地的趙可，高聲呼喊：「薛老師跟我說了，等下要去13號。」

「呂連城！」趙可的嗓音，迴響於純白的世界，迴響於每位學生的耳畔。可直至那呼號愈來愈弱，消逝於雪地的靜謐，仍無人回答。「呂連城！」又是一聲，瘦小的男孩在眾人的側目下緩緩站起，低聲應答：「到！」

鞋底踩在鬆軟的雪花，發出沉悶的迴響。趙可走至男孩身旁，質問道：「爲什麼不回答？」低著腦袋，男孩悶不做聲。

「換個問題。」審視著四周，趙可將調子調高，「知道爲什麼要你去？嗯?!」

依舊是沉默，學生們的沉默。呂連城身旁的女孩，將腦袋埋進緊抱的雙腿。

「我說了，不准在書院裏談遊戲、小說，不准談些亂七八糟的。」看向不遠處的兩位記者，趙可繼續說：「有人舉報你，舉報你在寢室裏聊遊戲，聊了足足二十分鐘。」

昂首，呂連城眼中滿是平靜。望向白雪皚皚的屋簷，教官的話語忽遠忽近：「今天，13號爲你敞開。」立在灌木叢邊緣，前來接替趙教官的孫銘貴望著這一切。在孫教官的目光裏，耷拉著腳步的男孩跟在兩位記者身後，吹著口哨的趙教官在前頭引路，最後是幾位身型高大的監工。

雪停了，太陽有氣無力的掛在半空，底下依舊寒冷刺骨。西邊的屋子前，細長的石凳埋沒於厚厚的積雪，成群的麻雀嘰嘰喳喳地叫喚，找尋遺落於此的食糧。站在滿是綠漆的石門前，男孩停下腳步。教官同兩位記者一同，看向躊躇不前的呂連城。突然，沉默一路的呂連城撒腿狂奔，朝來時的印痕而去。

可呂連城沒跑出幾步，便被制服。緊隨其後的男孩們一把摟住他的腰、摁住腿，呂連城便動彈不得。同來的學生們將男孩架起，往不遠處的樓房而去。女人立在原地，看著那見過多面、一直沉默寡言的男孩，發瘋似地吼叫：「救我！救救我！你們不是記者嗎?!」身旁的男記者端著攝像機，已摁下拍攝鍵。屏幕中的紅點不斷閃爍，玻璃裏的男孩漸行漸遠，直至消失於門縫的幽暗。

「拍得怎麼樣？」低沉的嗓音從身後傳來。頭戴氈帽的王院長活脫脫一幅先生模樣，院長身後是梁安祥與薛自更。朝兩記者走來的王院長不忘伸手比劃，「我覺得呀！那棵樹，那邊更適合拍。」比劃出拍照的手勢，院長笑著說：「這樣構圖更好！右邊是大門，從左邊抬進去。」

見到咧著嘴的王守國，女人的神情頓時陰沉不少，她抱起雙臂，一面示意男記者趕緊錄像、一面高聲問：「王院長！我聽到學生在喊救命，看到他被抬進去。我想問問，這算不算是強迫學生？」

「強迫？當然是強迫！」回答得擲地有聲，王守國看向肩膀上的大傢伙，朝那映著光亮的鏡面微微一笑。院長高聲作答：「與其說是強迫，不如說是規矩。打個比方，義務教育有九年，可總有人不願在學校待九年。」面向目光炯炯的女人，院長操著標緻的普通話，「偷東西是不對的，可總有人要去翻牆、撬鎖，去偷竊他人的財物。偷東西會被警察抓，就是規矩。不聽話的學生被送進治療室，這也是規矩。」

「治療室。」女人輕聲唸叨，盡力把持心底的憤恨，「那請問，王院長如何判斷他們是病人呢？」

「啊——」二樓的窗口飄來低沉的呻吟，輕輕的，在雪地旋出悠長的回聲。女記者與王院長，不約而同地望向玻璃窗後的掛簾。那歪斜的筆跡將女孩的故事滲入紙張纖維，一旁的批示鮮紅耀眼，把玩著女孩的過往。從未謀面的女孩彷彿就站在那無人的窗口，盯著緊握話筒的女記者。張大嘴的女孩無助地望向女記者，發不出一絲聲響。

轉過身，便是院長那張略顯蒼老的臉，他的篤定令女記者隱隱作嘔。王守國並未察覺女人的不悅，依舊在那說著：「上癮，就是一種病！從毒癮、暴力成癮到酗酒成癮，都是一種心理疾病，就像精神病。對付精神病人，難道不應該這樣？」，「啪——啪——」院長身後的幾人，傳出清脆的掌聲。女記者愣在原地，一時不知該如何繼續。

「咱們進去吧！」王院長揚起臂膀，邀請兩位記者前往老舊的樓房。幾人邁著步子，玻璃窗內的呻吟聲，在蒼茫的雪地裏若隱若現。「這棟樓，爲何如此破舊？」眼前外牆脫落殆盡的房屋，與粉飾一新的其他幾棟想比，顯得格格不入。

「留個紀念，這是書院的第一棟樓。」

二〇〇八年二月七日

瑞雪兆豐年！兩鬢斑白的男人站在街頭，將欣喜藏在心底。可這雪，似乎過於凶猛！無休無止的落雪灑向滿是樹叢的大地，田野、城鎮及連接彼此的水泥路，都被蓋上厚厚一層。起初，灑水車上的人們握著鐵鍬往路面撒鹽，裹著大衣的環衛工給人行道鋪上草墊。而接連數星期的落雪過後，人們也不再掙扎，隨它去吧。

世界蒙上一層灰白，在市區的「山包包」，人們站在高聳的窗臺觀賞這難得的景象。有的則跑到馬路邊，手裏端著相機。楊沙湖畔的人們，日子可不那麼好過。高聳入雲的鐵塔，纜線被壓彎了腰，黑乎乎的數十萬伏的鋼線落在荒蕪的田野。過往的人們滿臉驚恐，躲得遠遠的。灰白的電線杆倒在山林之中，頭戴安全帽的工人哼著調子、邁著步，在墨綠的松柏之中找尋。

銀灰的轎車行駛於密林之中的小道，駕駛位的男人戴著寬大墨鏡。拐過岔口，小車停在一處深坑旁，坐在岩石歇息的工人抬頭打量這拉風的車。「唉！大家辛苦了。」男人邁下車門，如領導慰問般，又如老友打招呼般，朝路旁的幾人喊道。白霧繚繞的幾人，奇怪地看向男人。「哎喲！大家不容易！」說著，身材並不高大的男人從後備廂搬出深紅塑膠盒，往幾人走去。「這有些水果，橘子、香蕉，都是大棚裏頭種的。墨鏡下的嘴角微微揚起，男人將塑膠盒遞給年長的工人。

「謝謝！謝謝！」工人連連說道，將果盒遞給身旁的人。將安全帽在手中掂量，工人看向那男人的面龐，有些熟悉，似乎是哪個有錢人。「喲！王院長?」工人笑出聲，「是書院的王院長吧?!哈哈！」

被認出的王守國索性摘取墨鏡，露出憨厚的面龐，笑著說：「您是？」

「您甭管我是誰？我就是個小老百姓，倒是王院長給咱們送水果，倒是件稀奇事！」

「噢？怎麼稀奇了。」本準備回車的王守國，來了興致。

「您可是百里的名人喲！又是博士，又是人大代表的。」汗水順著髮梢流下，落在黝黑的面頰，擦擦汗，工人接著說：「再說，您的書院可是遠近聞名！前幾天還在電視上頭播了，出名出到北京了喲！」

「哈哈！」不禁笑出聲，雙眼瞇成縫的王守國咧嘴講道：「哎喲！感謝您的誇獎，但是咧！我不過是爲大家服務，在書院裏爲學生、家長服務！大家在這個林子裏頭，爲供電保駕護航。我們都是爲人民服務！」

「呵呵！」王守國的一番言語將幾人逗樂，原本冷氣十足的山林，氣氛霎時暖和不少。「先走了。」向眾人作別，轎車往北邊駛去。

一路向北，又一路向西，歸家的迫切在王守國心中發酵。今日是除夕，連日的疲倦消弭於歸家的喜悅。嘴角不住地上揚，更令他亢奮的是電視裏的節目。那兩位記者採訪了一大圈，從書院的教職工到學生家長，再到本地的教育部門，可每個人都對書院讚不絕口。節目播出後，薛自更那兩部手機幾乎消停不下來，滿是前來諮詢的家長。

拎著大大小小的禮盒，艱難地合上後備廂，王守國剛邁上臺階，身後便傳來熾熱的鞭炮聲。「劈啪——劈啪——」男人手持打火機，揮舞雙臂將淘氣的孩子們趕得遠遠的，遠離躍動的焰火。院子裏停滿了車、擠滿了人，銀灰的麵包車旁女孩搶過男孩手中的紅包，兩人圍著車廂追逐。女人沒好氣地喊叫：「媽！還沒過年咧！怎麼就發了紅包！」

三幢樓房圍成的院子，此刻熱鬧極了。女人的呼喊摻雜搓麻將的磕碰聲，在孩子們的尖叫中揉作一團。王守國沿著脫了漆的樓梯道緩緩而上，膀子被手裏的禮盒拽得疼呼呼。輕拉鐵門，熟悉的面孔就在眼前，「爸爸回了！」男孩興奮地喊著，一把抱住王守國的腿。

並不寬大的屋子裏擠滿了人。「過來，拿東西。」王守國呼喚著男孩與女孩，他們笑得歡快，接過斑斕的紙袋往裏屋跑去。「哎哎！」望著鑽入屋子的孩子，王守國無奈地笑笑，朝沙發上的老人說道：「爸！給你帶了點好酒，還有幾件衣服。哎喲！被拿進去了。」

「守國！來，來坐！」額頭的褶皺擠作一團的老人連連揮手，掩不住心中的喜悅。儀態端莊的老婦，端出熱氣升騰的瓷碗。碗筷在廚房磕碰，妻子的身影在玻璃窗中隱現。「回得正好！」男孩與女孩在裏屋打鬧，你一句我一句，瓜分起滿地的禮盒。狹小的屋子堆滿紙盒，水果、蜂蜜、球鞋……令人眼花繚亂的字眼印在包裝袋。

「吃飯，吃飯。」妻子端出最後一盤，切成片的臘腸冒著絲絲熱氣。「把外套脫了。」她使個眼神，門檻旁的男孩便跑向沙發，接過王守國厚實的外套。

滿滿一桌菜餚，鋁鍋裏的濃湯咕咕的叫。一家六人圍坐一圈，留著寸頭的男孩雙眼緊緊盯住盤中的紅燒肉，他伸出稚嫩的手，夾起吸飽湯汁的肉塊。「嗯！」深沉的嗓音，王守國的神情透著嚴厲。面對父親的眼神，男孩生了怯，放回搭在盤沿的燒肉。

「守國，你就讓他吃，大過年的。」老婦說著，便將那塊肉夾起，放入男孩身前的瓷碗。「媽！你別慣著他。」女人應和著，朝男孩說道：「放回去。」在眾人的注視下，燒肉又回到盤中。

老人也開了口：「說得對！你麼天天慣到他，要什麼給什麼。沒有規矩，不成方圓！再說，守國已經是遠近聞名的教育家，自家娃肯定得教好！」

「爸！說什麼咧！我哪是什麼教育家。」連連擺手，王守國端起玻璃杯，向老人敬上一杯。「我就是個做生意，蒙爸媽的支持。」

「莫！你莫謙虛。」老人抿上一口陳釀，滿臉興奮地說：「我們都看到了，前幾天在電視上頭播了兩次，我們都在看。那個主持人那麼刁，你回答得喲！眞是好！來來，我敬你一杯。」

「莫莫！」王守國俯下身將酒杯壓至最低，「爸！少喝點，少喝點。」

「老子偏要喝！」在眾人的驚嘆中，老人將杯中一飲而盡，滿臉通紅的他笑得合不攏嘴。「老子高興吶！爲守國高興，也爲我姑娘高興，爲三個娃高興，高興得很！」閉上雙眼，微醺的老人如樂隊指揮般揚起雙臂，在空中盡情揮舞。老人盡情歌唱：「守國呀！守國，你現在算是聞名全國的教育家咯！教育家！」

汗珠從生滿褶皺的額頭滑落，老人滿眼通紅。隱隱的酸澀從鼻尖傳遍全身，王守國伸手撫摸，淚水早已落下。望向屋內的眾人，妻子及丈母娘同樣滿眼淚花。兩尚小的孩子，詫異地望著屋內的大人們。

「吃飯，吃飯。」王守國連連呼喊，爲妻子夾上一塊肉。

「我哪算是什麼專家？哈哈！」王守國笑著，嘴裏慢慢咀嚼，鮮嫩的肉皮直抵饑腸轆轆的腸胃。

「爸爸！我們老師都說了，你是知名教育專家。」女孩張著嘴，臉蛋圓嘟嘟的。

「你看！」老人興致愈來愈高，又將杯中填滿，「小姑娘都曉得！你是大專家咯！」

「吃飯吃飯，嗯！肥腸可以！」在王守國的招呼下，大家紛紛動起筷子。餐盤磕碰的聲響就著男人、女人的說笑，玻璃窗沾著水汽，溫馨溢滿整間屋子。窗外又飄起了雪，打在廚房的玻璃。身後的電視機，雪災、救災的字眼已在熒屏中滾動多日。老人身旁的電熱爐，搭在沙發扶手旁滋滋作響。舀一勺燒得滾燙的湯汁，抿上一口，鮮甜在喉嚨裏打轉。又夾起一塊紅燒肉，醬香搭配米飯，驅散連日的煩悶。王守國望著滿臉紅潤的老丈人及妻子，心裏感慨萬千。「爸！媽！」王守國舉起杯，「我和曉麗，敬兩位一杯。」

杯酒下肚，幾張面龐紅潤光澤。

「打算年中，搬房子。」王守國看向二位老人，緩緩講道：「打算把這個賣了，在城北買一套給爸媽住，再給我們買一套。」

「啊？」妻子有些詫異，輕聲地說：「這麼大的事，也不跟我商量。」興致正高的老丈人不等王守國回答，便朝他問道：「唉！你現在一個月能賺幾多？」黏有鹽粒的花生米，隨玻璃圓盤轉至眼前，王守國夾上一粒，一面咀嚼一面說：「哎喲！我現在是年薪制咯！跟你們說，那些家長恨不得每天抱著票子、菸酒，在書院門口堵我。」王守國滿臉春風得意，操著嘹亮刺耳的嗓音說：「現在有錢了，那個房子咧看了幾次，蠻好的！全款買了！」

「感謝漂亮賢惠的老婆！」王守國站起身，磕在木桌邊緣的大腿險些將酒瓶放倒，他高喊：「感謝，感謝老婆一直以來的不離不棄！感謝爸媽，在日子最難的時候，沒有放棄我！」

「高興咯！是眞高興！」兩男人笑著、罵著，連一向溫婉的妻子也加入其中。不知是樓上還是樓下，同樣熾熱的鬧騰聲沿著鋼筋水泥傳進屋子。「守國！你爸麼時候來？他在那邊帶姑娘，不容易呀！」，「在那頭過年，年後過來玩幾天。」窗外的氣氛愈發熱鬧，喊叫聲在炊煙中交融，院子裏，鞭炮在滿是殘渣的水泥路啪啪作響，將眾人的交談淹沒其中。

天色漸晚，院牆內愈發熱鬧。孩子們在雪地追逐，將鞭炮放在半人高的雪人中，「砰——」的一聲，雪塊在孩子的歡笑中飛散。低矮的灰屋排成排，老人坐在冷清的門前，朝每位歸來的人招手。一家子跳下轟轟隆隆的麻木車，與老人打招呼。「到我屋裏吃，走！」從老舊的單元門走出，身材魁梧的男人朝老人高喊。再三推脫，老人還是在眾人的說笑中，隨男人一同上樓。

窗外滿是熱鬧，不知是哪家的小孩惹得大人，追趕聲迴盪於院子。雪再次落下，片片落在滿是油垢的玻璃。窗內的女人握著菜刀，刀刃在砧板咚咚作響。留著寸頭的男孩靠在客廳的沙發，目不轉睛地盯著遊戲機。客廳裏的電視機音量壓得很低，生怕吵醒屋內的兩人。

並排的兩張床，王守國躺在靠窗的那張，撐起身子，腦袋暈乎乎。看向隔壁的老丈人，被單下上下起伏的胸脯伴著低沉的鼾聲。坐在床鋪邊緣，手機屏幕裏的未接來電，摁下回撥，「嗡——嗡嗡——」

「老王，說話方不方便？」那頭的話語倉促中帶著焦急，不祥的預感在王守國心中升起，「趙局，什麼事？」

伴著那頭的話語，王守國的神態漸漸低沉，酒勁也隨之消散。「好嘞！感謝老哥。」掛斷，王守國倚著窗臺久久沒有動彈。直至妻子推開房門，呼喊兩人吃飯。「讓爸再睡會！」王守國抬手示意，微笑著朝妻子說：「等哈給爸煮碗麵，我有點事要出去一趟。」

「什麼事？年夜飯都不吃。」皺起眉頭的妻子，話語溫婉依舊。

「書院的事，有幾個學生惹了事。」說著，王守國將外套披在身上。聽到學生的事，女人也不再挽留，轉身對沙發上的老婦言語：「媽！守國要去一趟書院。我們先吃，給爸留一些。」

「啊？」丈母娘的嗓音從門外傳來，「去哪？飯都不吃。」

「媽！聲音小點，爸還在睡。」穿上外套的王守國恢復往日的儒雅，輕聲說：「學生惹了點事，我要趕過去。再說，中午不是吃了麼。」

「學生的事！哎喲！」聽王守國這麼說，老婦也著急起來，「那快點去，快點去！現在學生出個事，真痲煩喲！」沿著樓梯道而下，鑰匙在口袋叮叮作響。迎面而來的男人見到王守國，臉上洋溢著笑容，「喲！王院長，大教育家呀！這是搞什麼去？」，「真是不容易！」幾番說笑過後，王守國在眾人的讚嘆聲中下樓。雪花飄落在頭頂，院子裏不見幾個人，想必都去吃年夜飯了。

轎車停在丁字路口旁，踩在新的積雪鑽入車廂，王守國長舒一口氣。厚厚的雪將擋風玻璃遮得嚴實。王守國坐在車內，透過玻璃窗僅有的縫隙，觀望外頭的世界。痲雀成群結隊的停在屋頂，嘰嘰喳喳；低矮的屋子裏亮著昏黃的燈，身影在玻璃中隱現；牆角繁密依舊的樟樹，被雪壓彎了枝頭。神情呆滯了許久，王守國才緩緩掏出手機，「喂！老王，你在哪？哪裏？等下吃個飯。」

「好。」那頭的話語透著冷峻，不假思索地應下大年三十的晚飯。

樹枝拂去玻璃上的積雪，直至露出整個前擋風，王守國才踩下油門。轎車穿行於昏暗的水泥路，朝城北駛去。雨刷來回轉動，拂去飄落的雪花，街道兩旁的店鋪大都關門歇業，繞行兩圈，停在路口的燒烤店。「老闆，有沒得包間？」門前擺著烤架，王守國朝裏頭喊道。嘴裏叼著菸、手裏握著一把烤串的男人聽到這話，抬起頭笑笑，「我說這位老闆，燒烤講的就是熱鬧，哪有燒烤開包間的？」

男人的話語順著油菸味而來。往周遭張望，偌大的街區僅有零星的燈光，與高聳的路燈交相輝映。就這家吧！王守國將目光拉回烤架，手持油刷的男人正朝他笑。將外套放在車內，王守國打量著裏頭的擺放。淡黃的桌椅、滿是瘡孔的牆壁，留著黃髮、脖頸紋有蛟龍的青年在屋內高聲交談。

「我有個小學同學，關係特好！」瀏海老長的男孩，舉起纖細的胳膊在空中揮舞，「他今年要參加奧運會！說要帶我去。」

「啊！眞的?!」

「去北京玩，舒服啊！」

「參加哪個項目撒？」

……

坐在靠牆的木桌，王守國靜靜聽著，掏出手機來。門前的烤箱，木炭燃起的煙霧在呼呼作響的電扇旁轉著圈。細線吊起的燈泡，將光亮投在沾滿孜然的肉串。略顯臃腫的面孔出現在門前，身著深色風衣的王昆朝王守國走來。「喲！這家店不錯，熱鬧！」王昆自言自語，逕直坐在方桌對面，寬大的身軀令屋子猛地一震。

「來咯！」剛坐下，店老闆便操著亢奮的調子，將烤肉置於早已擺好的鐵盤。黢黑的木炭夾著火星，炙烤著上頭的肉串。往日裏大大咧咧的王昆，此時卻久未動筷。兩位中年男人隔著一桌的餐食，四目相對。不遠處的男孩們大口咀嚼著，啤酒瓶來回碰撞，將酒花濺在老舊的牆壁。一言不發的王守國佝著脊背，打量眼前的男人。

治療室裏的吼叫、監控室中的歡呼，兩人如戰友般見證了一場勝利，戰勝了男孩的網癮。那可是他的親兒子！怎麼會，怎麼會咧？金碧輝煌的酒店、巷子口的燒烤攤……都曾留下兩人的笑語，怎麼會呢？至於書院的成功，想給他分一杯羹也被拒絕！怎麼會呢？甚至書院的成名戰、那家報社的老總，都是……報社、報社，王守國突然意識到什麼，朝對面的男人擠出一句：「那個事情，是你弄的吧？」

「嗯。」王昆的回答，令王守國倍感意外。沒有遲疑，也沒有推脫，逕直給出了答案。男人的直率，反倒稍稍緩和王守國心底的怒火。「爲什麼？」王守國的話語平靜中帶著顫抖，「爲什麼？我還以爲是老梁，或是小薛，結果眞的是你！」

「咚——」王守國猛地拍桌，立刻聚集屋內的目光。隨即，男孩們便像什麼都沒發生般，自顧自地喝起酒來。「你他媽……」強壓怒火，牙根咯咯作響的王守國沉吟道：「爲什麼？那些記者給了你多少?!嗯！是的，這個書院有你一份功勞，是你用報紙做廣告、做宣傳，生意才搞得這麼好。可你圖什麼啊?!」萬種情緒在腦子裏膨脹，幾近崩潰的王守國語帶哽咽。晌午的溫馨猶在眼前，與家人碰杯的愜意及戶頭裏源源不斷的進賬，讓王守國沉溺於成功的喜悅。可這喜悅如掌心的黃沙，在這夜裏緩緩流逝。

爲什麼？爲什麼？爲什麼?!王守國如失落的羔羊，癱在竹篾堆疊的木桌旁。成功已如此之近，卻又這般遠去。

「我可以給你股份、給你錢，還可以給你房子，唉！」王守國抄起手邊的啤酒瓶，一口灌下大半，「我就想曉得，他們給了你幾多？」

身材臃腫的男人，淡然地看著神情激動的王守國，扔出一句：「你曉得的，我看不上錢。你也說了，要是爲了錢，我應該找你拿。」

「那你是爲了什麼?!非要把書院搞垮！」幾近沙啞的怒吼，響徹整個店子。聽聞「書院」二字，手持油刷的店老闆回首打量，認出那是清源書院的院長。

望著遠近聞名的王院長，店老闆心生敬意。幾日前的電視機裏，不斷播放女記者與院長的交談，記者咄咄逼人的提問，全被院長的言語一一化解。什麼狗屁自由、權利，在那些不讀書、整日打架的學生娃面前，根本不值一提！看向屋子裏的幾位男孩，老闆想著，就像這些小屁孩，不懂社會的險惡，現在瀟灑得很，以後喝西北風去！

筆尖劃過白紙，店老闆在記帳單寫下「免單」二字。單子上的玩意都已烤好，瞧瞧皺著眉頭的王守國，店老闆倒上一杯米酒，在烤架旁靜靜看著兩個男人。

「我唯一需要的，是名，名聲。」在王守國的疑惑面前，男人拋出了身分，「其實，我不叫王昆。」

記者、記者、記者……男人掏出褶皺的報紙及身分證，將其懸在半空。盯著那重合的姓名、卡片上的照片及眼前的面容，王守國的腦子混亂不堪。怎麼會?怎麼會?怎麼會?竟是那如雷貫耳的名字！眼前的男人竟是大名鼎鼎的記者！「哈哈！哈哈哈！」守國笑出了聲，笑得停不下來，「原來這麼有名的人物，就在我跟前！哈！哈哈！」

「早就聽到你的大名！道口的殺人案吶、那個煤礦的事，我都曉得。我一直都很敬佩你，你曉得不?」將塑膠杯滿上，王守國端起杯咧嘴說道：「本以爲我已經夠敬業的，沒想到啊！沒想到！王……不不！朱大記者比我還要敬業。」原來這一切都是一個局！眼前的男人眞不愧是個人物！爲了搞垮自己，竟先幫自己做大。

拂去嘴角的殘餘，王守國笑得暢快。

「唔——」男人嘆口氣，飲盡杯中的殘餘。他眼裏是平靜，似乎見慣了悲歡。望著神情些許呆滯的王守國，他夾起肉串若無其事地咀嚼，「王院長啊！跟你說，我找過你手下的幾個，他們都挺可靠、挺忠誠的，不肯做！沒辦法呀！我只能自己來。」

「哈哈！嗯……這個報導，報社能給你發幾多錢？」

聽到此話的男人乾笑幾聲，將鐵簽扔在滿是油漬的桌面，「老王，我們兩個挺像的，都是靠自己奮鬥出來的，都是一個勁地去拚、去幹！但是咧，我們有一個本質的區別。換句話說，你太現實了。」沉默許久，王守國才明瞭男人話中意，「鬼扯！老子上有老、下有小，老子是只曉得錢，那也是沒辦法。要不是那幾個娃，我至於跑出來討生活？」

「來來！莫激動。」給王守國倒上一杯，見其沒有反應，男人便獨自喝完。沉默許久，男人不緊不慢地說：「我羨慕你。」

「羨慕？羨慕什麼？」

「你有家庭、有事業，活得樂在其中，活得有滋有味。」男人揚起臂膀，將肉串遞到王守國跟前，「吃飯吧！有啥子事也不耽誤吃飯。」

「對！對！」咬下一口肉，王守國苦笑著說：「也是！這一頓吃完，就剩牢飯咯！」

「牢飯？哈哈！」男人笑了，笑得很歡，「不至於，不至於，後面沒得了！就這一篇，頂多就是寫寫書院怎麼轉型，幾個猛料我都沒弄。你放一萬個心，繼續當你的老闆。」

「嗯？」聽到這，王守國瞪大了眼，鐵簽的油水順著指尖往下流。原以為眼前的記者會窮追不捨，將書院弄個底朝天。沒曾想就一篇報導，僅僅一篇！「呼——」如釋重負的王守國長舒口氣，身子鬆軟下來，「挺好！這書院本就有你的一份，你拿回去是天經地義。噢！差點忘了，你是記者。我的大記者！沒想到呀沒想到，電視劇裏頭的東西、諜戰片裏頭的東西，會發生在我身上！哈哈！」

兩位男人相互致意，灌下一大口啤酒。他們不遠處木桌的男孩們愈發吵鬧，口哨聲、呼喊聲此起彼伏。二十歲模樣的男孩嘴裏喊著，將酒瓶高高舉起，又猛地砸向桌面。「砰——」清脆的聲響伴著同伴的呼喊：「哎喲！」見到被嚇著的同伴，爲首的男孩笑得更歡，嘴裏唸叨：「膽子小！膽子小成不了器，哈哈！」見到此景，身材瘦小的毛巾搭在肩頭的店老闆上前來，輕聲提醒：「不要亂搞，注意點！」

「搞什麼？」將酒瓶摔碎的男孩站起身，個頭比店老闆高上一截。男孩居高臨下的看向店老闆，滿臉的不屑，「怎麼？搞碎了，怎麼了？大不了多給點錢。」望著個個痞態十足的男孩們，店老闆沒有再說話，默默回到烤架旁。見到來者悻悻離去，男孩笑得更歡了，抄起啤酒瓶扔向牆面。「哈哈！老子就要砸！」酒瓶在牆面破碎，飛濺的玻璃渣落到牆角的木桌。

飛來的玻璃落在滿是烤肉的鐵盤，望著盤中的細碎，沉默一會兒的王守國揚手呼喚，打算再點一份。店老闆一路小跑向這邊而來，身材魁梧的男人卻站起身，與其擦肩而過。男人走到喧鬧的木桌旁，立在耳釘金燦的男孩身後。在同伴的示意下，方才摔酒瓶的男孩站起身，回首看向男人。

「怎麼？」搖頭晃腦的男孩大聲笑著，臉蛋漲得通紅。

「啤酒濺我身上了。」男人目光炯炯，平靜地說。

「濺他身上了？」男孩向同伴問道：「他說濺他身上了，你們誰看到了?!」

「沒看到啊。」

「誰看到了？」

「你自己弄的吧。」

「看到沒？」男孩依舊氣勢洶洶，操著抑揚頓挫的調子叫喊：「沒人看到啊！再說，就算是我搞的，你能麼樣？」見男人並未言語，男孩得意地坐下，嘴裏依舊唸著：「沒得種！再喝一個！」

「咚——」在男孩們的驚呼中，玻璃的破碎聲在深夜的屋子裏迴盪。抄起桌上的啤酒瓶，砸向男孩耳蝸，男孩應聲倒地。圍著木桌的男孩們頓時慌亂起來，看著一群小屁孩，男人吐出口濃痰，「好好吃飯，屁話太多。」說罷，男人從兜裏掏出錢包，扔下十來張鈔票。

「死不了，送醫院。」

掏出菸捲，回到桌前的男人看著盤中的玻璃碎，說了句：「換一份。」店老闆見到方才的一幕，咧咧嘴、抄起木刷，端著鐵盤回到烤架前。男孩們慌亂不已，他們攔停一輛麵包車，將倒地的那人抱上車。椅腿、牆面、地板滿是玻璃碎，及淺淺的血跡。光影朦朧的門前，裹著毛巾的店老闆默不作聲，在烤架旁來回忙活。

等待的間隙，王守國打量著面前的男人，一時不知該說什麼。過了許久，王守國才擠出一句：「那……那天的小娃，不是你的吧？」

「哪個？」

「你一次來的，那個小娃肯定不是，不是你的娃。噢噢！你是記者，我總是搞忘了。」笑到一半，面頰的褶皺變得僵硬，王守國生生將笑容收回，「換句話說，這大半年了，你就是個演員。」

「沒有。」眼眸裏映著頭頂的燈泡，男人低聲說：「那是我的侄子。」

「爲了搞這個事，把侄子弄進來？」王守國徐徐擠出一句：「不合適吧！」

「有什麼合不合適？呵！像我們這種人，談這個未免……」將菸頭摁在紙碗中，碗裏燒出拇指大小的孔洞，男人接著說：「我的侄子本來就不聽話，你治好了他，我很感激你。」

冒著熱氣的牛肉、土豆盛在鐵盤裏，被端上桌。兩人默默呑咽，偌大的屋子裏靜謐的很。爐中的木炭燃燒殆盡，店老闆想要添一份，卻被男人制止。吧唧吧唧吃著，嘴裏嚼著土豆的男人話語含糊不清：「你看，我……我平時就這樣，要說是演員，也是本色出演。」

「也行，我們算是各取所需。」

「不！是相互利用。」男人說著：「我習慣說話簡潔明瞭，不喜歡含糊不清的東西。你看，相互利用和各取所需，兩個詞的意思是一樣的，可味道就不同。而你咧！你確實心地蠻好，可你始終不明白書院有一個死結，你本以爲在幫孩子們，其實讓他們越走越遠。」

「噢？怎麼說。」王守國來了興致。

「他們是有夢想的孩子，又大都是窮苦孩子。」昂起腦袋，男人似乎在回憶，「媽的個鬼！窮苦人偏偏有追求！這不能怪他們。可你偏偏認爲那些規矩、道德能救他們，恰恰相反！打破規矩，才能讓他們得到想要的。」

僅剩三人的店鋪空空如也，店老闆握著掃帚及撮箕，掃去地板的碎屑。酒瓶被倒空，新的又被端上，兩位男人的歡笑聲在除夕的街道迴響。馬路對面的窗子傳來春晚的笑語。「這是什麼腿？寒腿。錯，這不是一般的腿，這是一條奧運火炬手的腿。火腿啊！」伴著熟悉的話語，店老闆看向屋內的兩人，等待他們散場。

「呼——」灌下一杯，鼻涕滴滴落在胳膊上，王守國也不在意。「老哥！感謝，感謝！那個視頻沒放出來，治療室的沒放出來，真是放我一馬呀！」

「哎！做人留一線，做事不能做絕了。」男人又一次舉杯，「走一個！」

「你有家庭沒？」面對王守國突來的提問，愣了一會兒的男人高聲回答：「生活就像愛情，再絢爛的愛情也會被柴米油鹽弄得稀巴爛。所以咧，最好的辦法——就是——就是不做飯！哈哈！」

「哈——哈哈——」

那年的雪

二〇〇八年二月十日

冷風吹起桌面的紙張，翻個面，報紙上頭寫著：深山之中，管教學校的生意經。

「咚——」猛地拍桌，面相儒雅的男人朝桌前的王守國吼道：「這大過年的，淨給我添麻煩！」偌大的肅穆的辦公室裏，王守國半低著腦袋、一言不發，靜靜消化男人的憤怒。

「王守國！」牆面的畫框寫有密密麻麻的字眼，其下的男人怒氣難遏，「莫搞忘了，你的一切是哪個給的！能夠給你，也能收回來。」連連點頭，面對男人的呵斥，王守國始終一言不發。見到王守國的沉默，情緒稍作緩和的男人補上一句：「幸好！就是個生意的事，其他的沒抖出來。」

踩在深灰的大理石雕紋，回首看向高聳的大樓，王守國久未離去。夜裏的交談如鬼魅盤旋於腦海，幾日也未睡個好覺。那位似友非友的光頭男人的話語，王守國似乎理解了些。這些年的報導不少，孩子們的故事被寫成文字、製成視頻，傳向外頭的世界，供人消遣。家長的笑臉、街頭的致意，背後的威脅、謾罵也是常事，這一切已激不起王守國心底的波瀾。

身後的旗幟隨風飄揚，在早已模糊的記憶裏，王守國曾在這百里最莊嚴的地界上班。辦公桌旁的笑語、深夜打理文件的疲憊、會議時的聲聲篤定……一切恍如昨日，可怎麼也瞧不清。十來年前，王守國不得不辭去飯碗，帶著孩子們找尋新的活路。從田野的廢墟裏生起，從一棟棟水泥房屋走到今天，成爲聞名省內外的清源書院。

「倒要感謝朱大記者，早點發現，早點解決。」嘴裏唸叨著，王守國鑽入路旁的轎車，駛向鏟雪車來回的路口。

回到熟悉的院子，熱鬧的氛圍淡了幾分，想必多是走親戚去了。推開門，王守國便瞧見熟悉的面容，老爹也來了。「才回來，你搞快點！」老人不耐煩地呼喊。「哎喲！都來了啊！」王守國喊著，呲溜地坐在爲他預留的木椅。八人一桌，這個家終是迎來了團聚。兩位多年未見的老者肩靠肩擠在一起，說著悄悄話；妻子跑到廚房，端出香氣瀰漫的紫砂煲；闊別百里半年的小女兒躺在特製的嬰兒床，一雙大眼看向嘰嘰喳喳的幾人。

「哎喲！」抱起嬰兒車裏的女孩，王守國樂開了花，「半年沒見咯！重了點。」

「那是。」父親揮揮臂膀，「先來吃飯！我跟你說，我可是把老三當祖宗供著，好吃的好喝的好玩的，沒斷過！」

「不能這麼說，哪能當祖宗咧？亂了輩分，也不好聽咧。」一臉嚴肅的老丈人開了口。老父親卻不在意，咧嘴露出僅剩的一顆門牙，「你是文化人，我可沒你那講究，我這個人就這樣，講話想到哪就講到哪。」

「吃飯，吃飯。」握著毛巾的手掌拎起砂鍋蓋，露出黃燦燦的雞湯。妻子笑著說：「這個湯弄了幾個鐘頭，趁熱吃，趁熱吃。等我們吃完，守國還要去書院。」故作輕鬆的話語裏，透著絲絲不滿。

「那個報紙，我看了。」不緊不慢地，老丈人轉向輕咬嘴唇的女人，「姑娘咧！也不能怪守國，養家糊口本來就不容易。再說，這次眞的有事！昨天看到報紙，我還跟親家公說了半天。」

「不要緊。」接過話茬的王守國，向父親及老丈人說道：「一點小問題，沒什麼大不了！這麼多年風裏雨裏都過來了，革命眼看就要成功，這點小事算個鬼喲！」的確，這麼多年，多少難關也過去了。

想到這，王守國倒感到些許慚愧。燒烤店裏的狼狽猶在眼前，如今想來，倒有些丟臉。

水汽瀰漫，新春的熱鬧融於滿桌佳肴之中。桌對面的兩孩子及不遠處的小女兒，手裏抓著肉、碗裏盛有雞湯；三位老人咧嘴歡笑，講個不停。唔！望著眼前的一片熱騰，王守國不禁感慨萬千。這世界上，沒什麼比得上和家人共進一餐。

「期末成績怎麼樣？」王守國朝女兒問道。

「不是說了咩，還問。」女孩雙手扒拉著雞腿，有些不耐煩。

「我忘了，再跟我說說。」王守國話音未落，女孩便搶著說：「別以爲我不知道，你就是想讓我說給爺爺聽，說給外公、外婆聽。」

「哎喲！我的小姑娘。」女孩這麼一說，客廳內哄堂大笑起來。老人伸出滿是褶皺的大手，輕撫女孩秀髮，「那你跟外公說說，考得怎麼樣？」，「全班第一。」女孩嘟著嘴，一臉的不情願，「語文、數學、英語，還有綜合，都是全班第一，比第二名高三十一分。」

「哎喲咯！我的好孫女。」老人笑得合不攏嘴，露出殘缺的門牙，「哎呀！是個讀書的料！」

「那是，也不看是哪個的娃。」王守國心境愈發歡暢。可面對眾人的誇讚，女孩依舊嘟著嘴，一幅心事重重的模樣。見狀，王守國問道：「怎麼？想說麼子你就說。」

「我想學畫畫。」女孩大聲喊道。

「畫畫？可以呀！讓你媽給你報個班。」王守國笑著，可一旁的妻子眉頭緊鎖。

「曉麗，怎麼？姑娘要報班，你說怎麼弄？」

「我曉得，早就跟我說了。」妻子拿起湯勺，給王守國碗裏添上幾勺雞湯，「你姑娘有個話，一直想跟你說，她想走藝術生，靠畫畫上大學。」

幾位老人嬉笑依舊，可王守國的神情立即陰沉下來。緩了一會兒，王守國對女兒說：「行！你想學畫畫，我考慮考慮。」說罷，王守國再次起身，來到嬰兒車旁。歪著身子的女兒個頭不小，可僅能躺在那兒。

「莉莉，你那個學校只能讀到六年級，初中想去哪讀？」緊湊的搖籃裏，女孩的雙眼一眨一眨，沒有回答。「喊爸爸！」見女兒不做聲，王守國便換了句話。女孩眨著眼，長長的睫毛不停躍動，醞釀許久才喊出一句：「爸爸。」

「哎呀！」嘗試將女兒抱起，摟起的瞬間王守國險些摔倒，「重了不少，差點弄倒了。」

「是你身子差了。」受到驚嚇的妻子緩過神來，向王守國抱怨道：「你整天忙個不停，又不按時吃飯，又不運動的。」

「嗯，注意身體喲！錢是賺不完的。」父親端著酒杯，不忘補上一句。

鐵鍋裏的湯汁見了底，滋滋的響，端著餐盤的妻子穿梭於客廳與廚房。桌面的餐盤所剩無幾，兩鬢斑白的老人們依舊端著杯，有說有笑。老婦帶著三個孩子在陽臺曬太陽，難得天空放晴，積雪蓋住漫山的垃圾袋，陽臺外的景象悅目起來。水龍頭的清泉落在滿是油污的餐盤，女人戴著顆粒凸起的手套，在水池中揉搓。將臉龐貼近女人，王守國低聲說道：「薔雅想搞藝術生，你怎麼看？」

「我能怎麼看，她的想法。」透明的洗潔精游走於光滑的瓷盤，女人的胳膊在池中來回。

「雅雅的學習那麼好，怎麼能走藝術這條路?!」瞥一眼客廳的二老，王守國將聲音壓得老低，「我不允許！反正你得想辦法，不管怎樣，她都得繼續搞學習。」

「咚——」瓷碗落在滿是污水的池子，發出一聲悶響。女人將王守國推開，沉著臉說：「你又不管，什麼都要我管！平時洗衣服、做飯，可以！這種事我能怎麼辦？」

「曉麗。」從身後摟住妻子的腰，手掌在毛絨顆粒來回摩擦，王守國輕嘆口氣，「你得體諒我，這一年確實忙。賺錢不容易，好不容易抓到個機會，說不定過兩年就沒了。沒辦法！我只能趁還幹得動，多賺點錢。」

「嗯，曉得你不容易。」聽到這，女人的態度稍稍緩和，「蕎雅那個事，我能怎麼辦？她一心想要學，跟我說了好幾次，怎麼說她都不聽。」

「我不管，反正不行。」

「那怎麼辦？把她送到書院去？」寒風透過窗子的縫隙，拂過兩人脖頸。王守國站在擁擠的廚房，妻子的話語如一記重錘，直抵他心坎。

穿上厚實的外套、拎起包，王守國向神色微醺的二老致意。一路跑下樓，車內的王守國掏出電話，「老梁！書院還有幾個人？我說教職工。」

「七個。」

「好，通知他們開會，下午三點半，在大會議室。」

電視機裏滾動了半個來月的雪災，終是來到了餘北。縣電視臺的主持人端著稿子反覆唸叨：「暴雪橙色預警信號，請有關單位和人員做好防範準備；各位居民注意安全，盡量不要前往……」三層樓來高的大樹倒在並不寬敞的水泥路，欄杆被生生壓斷，伴著斷裂的電線。消防車、救護車同時趕來，將方圓百米拉上隔離帶；躺在地面的老人一動不動，其上搭著白布，周遭滿是白衣。圍觀的人們遠遠的，往隔離帶裏頭張望。

鮮艷的紅旗立在白雪皚皚的路口，那麼的顯眼。成隊列的軍大衣與小車相向而來，望著他們稚嫩的面孔，王守國憶起初見的趙可。他們喊著齊整的號子，手裏拽著鐵鍬，向遠處的目的地前行。一位男人、一位女人，扛著攝像機的兩人蹲在路口，拍攝前往掃雪的部隊。捏著方向盤的王守國瞥見兩位記者，徐徐駛過十字路口。

雪花落在屋頂，在城中留下散落的空白。散落在街角的身影齊上陣，推著小車、手持鐵鍬，鏟去堆得近半人高的積雪，道路露出原本的灰黑。「效率眞高！」望著清掃乾淨的馬路，王守國不禁感嘆。雪花落在鋪滿鹽巴的水泥，瞬時化成水滴，一輛輛車排隊而行，捆有鐵鍊的輪胎輾過新落的雪。出了縣城，王守國的車速也隨之放緩，窗外的荒地、田野間的水泥路，鋪著厚厚一層白茫。

越往東，行駛得愈發緩慢。

「據報導，此次降雪已造成全市二人死亡，房屋倒塌超過三百間。」扭過按鈕，車內的播報聲隨之停止，日夜不休的新聞令王守國感到厭倦。握緊方向盤，高聳的牌匾就在眼前，駛入小鎭，窗外的世界彷彿慢了下來。狹長的街道落滿雪，行人留下的腳印被雪花覆蓋，倒是輪胎的軌跡留得久些。前頭的地面滿是劃痕，不知是誰寫下了幾個飛舞的大字。搖下窗子、探出腦袋，王守國打量路面的字畫：鼠年新氣象。唔！不知是怎樣的筆尖，才能在雪地裏留下如此雄渾的字眼？

麵包車駛過，在「鼠年」二字攔腰折斷，揚長而去。望著被輾碎的筆劃，本不忍向前的王守國長舒口氣，踩下了油門。瞥一眼路旁的店鋪，泛黃的捲簾門已拉至最低，往日熱鬧的集市僅剩下兩三家。老人在行人不多的街道緩行，身著艷麗外套的孩子們在雪地裏追逐，摔倒又爬起。

小鎮的街道如此靜謐，屏幕裏的軍警、倒塌的房屋，外頭的慌張似乎與這裏無關。駛過丁字路口，幾層樓高的松柏刷上白漆，遠看就像一座拱橋。林間的積雪更厚了，車速降到最低，在其中艱難前行。不遠處，瞧見那輛雪中的皮卡，是兩位維修工。「這麼大的雪，還在上班喲！」看向窗外的兩人，王守國高聲喊道。見到王守國，年長的維修工挑起眉眼，「王院長！你不也在上班。聽說，書院還留有好些學生？」

「嗯，有二十多個留在這過年。有些家長本來要來，沒想到這大的雪，路也不通，還是算了。」

「是的喲！」戴著安全帽的男人肩頭滿是泥垢，他笑著說：「聽說這場雪五十年不遇，學生娃的安全第一！」說到這，男人靠近些，扯下毛絨露出留著鬍茬的面容。手臂搭在車窗，男人朝窗內的王守國說：「王院長，那個報導我看了，就是點小困難，一下就過去了！說實話，我們大家都支持書院！」

「感謝！感謝！」王守國笑著向男人作別。書院的鐵門就在不遠處，看向衣袖下的腕錶，離開會還有五分鐘。轎車停在高聳的院牆旁，王守國邁出車門，眼前的世界朦朦朧朧。高大的樟樹守在老屋身旁，其中的小道留有清掃的痕跡，可片片飄落的雪花將石板再次掩埋。匆匆向前，皮靴踩出沉悶的聲響，「咚——」的一聲巨響，將王守國驚出一身冷汗。揚起的雪塵將王守國籠罩其中，佝著腰的他一時不知發生了什麼。

盤旋在池塘上空的寒風見狀，紛紛趕來解圍。迷霧漸漸消散，露出散落一地的紅磚，頂上的木樑滾落於地，就在王守國不遠處。再偏一點，便能要去他的性命。書院裏僅有的老舊的房屋塌了，散落成雪地裏的一地碎磚。站起身的王守國驚魂未定、胸膛來回起伏，正打算離去的他，瞧見磚瓦之中的殘餘。牙刷插在泥土裏，書包、行李箱堆得老高，滿是塵土的床單鼓鼓的，似乎藏有什麼。立在粗壯的樹幹旁，王守國看著眼前的一切，原來是間雜物室，堆滿學生的棄物。被遺棄至此的物品倚在殘存的紅磚牆，它們曾經的主人不知身在何處。

「也好。」除了這間，書院所有的屋子已被翻修一新，這間塌了，倒令人省心。暖和的辦公室裏，長桌坐著的幾人等待領導的到來。門開了，冷風隨之拂過後脖頸，可大家依舊挺直腰板，看向後背滿是雪漬的王院長。「搞晚了！」將皮包扔在桌面，王守國脫下厚實的外套，輕聲說：「那個房子垮了，後門的平房。」

「垮了？」眾人一臉驚訝，梁安祥立即說：「趙可，我跟你說了，早就要你把那個房子弄了。」

「行行行。」聽到此話，王守國趕緊打斷，「也沒怪你，不是什麼大問題。找時間把它清理了。哎哎！不扯別的，我們談談工作計劃。」四個男人坐在對面，兩位女教師在後排的座椅，見此，王守國喊道：「兩位老師坐前面來，坐後面幹嘛？」兩位年輕的女教師別著身子往前，扎著馬尾、臉蛋暗沉的女教師，那模樣若放到學生中，怕是難以辨出。不知是教師太青澀，還是書院的學生過於成熟。

「兩位老師，沒回去過年。」聽到院長的話語，扎著馬尾的女教師低聲回答：「雪太大了，買不到票。」

「也好。」王守國便接過話：「天天下雪，挺麻煩的！廣州火車站的事，鬧得風風火火，死了人。」看向女教師的裝束，王守國揚手比劃，「你那個頭髮，我不喜歡，太學生氣咯！」

「學生氣好啊！給學生做個表率，總比黃雞毛、紅雞毛強。」想到眾多學生初至書院時，染得五顏六色的頭髮，薛自更笑著說。

「不能這麼說。」梁安祥一臉嚴肅，「管教學生得有威嚴，不能搞得太隨意。」

「好了好了，談正事。」聽到這話，薛自更趕忙收起嬉笑。談笑過後，王守國神態陰沉得很，他掃視屋內的眾人，那眼神似乎在說：誰要第一個講？

「我先說。」耳後的髮絲已現斑白，梁安祥輕推鼻梁上的眼鏡框，端起滿是黑字的紙張，「那篇報導我看了好多遍，對書院的影響很大！好幾個交了訂金的家長，來電話說要退錢，還說……」

「退了沒？」打斷梁安祥的話語，王守國滿臉嚴肅。

「沒！」回答得斬釘截鐵，梁安祥起身看向身旁的薛自更，又轉向王院長，「進來的錢，不可能還回去！小薛還說，實在不行就退了，我批評了他。這種損害書院利益的事，堅決不能做！」

「薛主任，你怎麼看？」倚在椅背的王守國抬高調子。如課堂上的學生將雙臂交叉搭在桌面，薛自更緩緩道來：「嗯……怎麼說吧。有個家長我認得，也不能算認識，就是在報名的時候多聊了幾句。那個老爹快五十歲了，也算是晚年得子，他比較寵小孩，搞得現在管不住。那人家裏條件也不好，老爹有重病、每天要吃藥，我……我就想著能不能把四千的訂金給退了。」

「小薛啊！」聽到這，梁安祥按捺不住話匣子，語重心長的教導道：「婦人之仁，難以成事！何況在這個時候，書院的利益更要放在第一位。」

「退了吧。」王院長的話令眾人倍感驚訝，就連長桌邊角的趙可，也疑惑地望向院長。

「看我幹嘛？這不是應該的麼?!」挺直腰板的王守國高聲說：「你們別忘了，特別是老梁，你可是書院的元老。書院還是個培訓班的時候，我們就說過，我們要爲學生和家長服務，如何服務？老梁你說，怎麼服務？」

梁安祥默不作聲，許久，才賭氣似的擠出一句：「你說怎麼就怎麼。」

「咚——」拳頭落在冰涼的漆木桌面，兩位女教師身子一震，沒見過這架勢的她們心頭一顫。「老梁！」近乎吼叫的話語震落玻璃窗的點點雪屑，稍稍收斂情緒，王守國接著說：「我們當年一起辦的書院，我們幾個辭掉鐵飯碗，在菜場的臭水溝旁邊搞了個培訓班，當時就六個人，六個學生的培訓班。」

院長講得唾沫橫飛，坐在右側的孫銘貴趕緊遞來一瓶礦泉水。抿上一口，瓶蓋從指尖滑落於腳下的地板，王守國也不在意，「老梁，當初我們多麼熱血！就是想幹出一番事業！看到那麼多在叛逆的、迷茫的學生，我們說過，一定要把他們救回來！」

王守國眼中似有淚花，話語帶著顫抖：「現在咧？不是錢就是錢！整天談來談去的都是錢，把錢退了。」近乎命令的口氣令幾人心頭一緊，一向隨和的院長沉著臉。

王守國接著說：「我曉得，大家有家庭、有需求，但對於書院來說，一定要規範！趙可！」

「哎！院長您說。」聽到呼喚，趙可挺直腰板。

「以後不准綁孩子，關小黑屋也不行。總之，一切強迫的東西都不允許。」頓了頓，王守國俯下身，拾起耷拉在椅腿的瓶蓋，「這次的報導算是有驚無險，我說的險是什麼，趙可你最清楚。」

「嗯！好！曉得了。」

「這篇報導的作者，就是那個大名鼎鼎的記者，跟我碰過了。」院長的話語如一記重錘，生生落在薛自更的心坎。記者、記者、記者……每每聽到這個詞，薛自更便會心頭一緊，他盯著桌面的紋路不敢抬頭。漆面裏的黝黑小溪就著黃褐的河流，映在薛自更的眼眸。薛自更的忐忑，王守國看在眼裏，他接著說：「那個記者跟我說了，他聯繫過咱們的幾位同事，讓他們做內應、做線人，提供一些……怎麼說咧，一些能夠搞垮書院的內幕。」

兩教官環顧周遭，又四目相對。

「你們兩個看什麼咧？哈哈！」王守國笑得歡快，「至於是哪些人，我也沒問，我也不想曉得。但是！這個事情我還是蠻舒心的。那個記者跟我說，他找了好幾個人，沒有一個答應的。」

「喲！還挺好。」一陣笑聲，屋內的氣氛緩和不少。王守國也笑了，露出稀疏的門牙，「那個報導我倒覺得是個機會，什麼機會咧？倒逼我們改變的機會。薛自更說得對，該退的錢就要退，要合理合規！我們想要把書院做大，一定要規範。我們的電擊療法發了好多論文，市裏也有批示，這就是合理合規。就像這樣，各方面都要像這樣！」

「有點難。」歪著身子的梁安祥低聲說：「要是都規範了，書院還有什麼用？」霎時，所有的目光聚集在梁安祥身上，他繼續說：「老王！你莫忘了，我們怎麼起的家！那些合規的地方搞不定這些瓜娃子，才送到我們這來的。不合規，是我們的立身之本！」

立身之本！擲地有聲的幾個字隨唾沫噴湧而出，掠過眾人耳畔，落在王守國心坎。櫃式空調呼呼的響，開啓許久，才緩緩吐出暖氣來。「咚——」殘片落在長長的桌面，灰白的、細小的石灰從天花板脫落。正值興頭的梁安祥並未在意，朝王守國高喊：「我覺得你怕了，一篇報導就把你搞怕！總之，我就一句話，不能改！這條路是花了很大的代價，很多人的心血摸索出來的！」

「梁安祥！」面對梁主任近乎吼叫的話語，王守國頓時來了脾氣，「你要搞清楚，這是哪個的書院！這是我的書院，我是老闆！我說了算！」向來儒雅的院長此時大爲火光。面對這番陣勢，趙可幾人面面相覷，心裏沒有底。

「老子不搞了！」木椅倒在地面，重重的聲響在屋子迴盪，梁安祥站起身，顛著身子往外走去。一瘸一拐的梁安祥走得緩慢，屋內安靜極了，僅聽得皮靴在地板咯咯作響。停在鑲有玻璃窗的木門前，才至中年卻兩鬢微白的男人回首，望向眾人。王守國仰著腦袋，露出下巴的鬍鬚。其餘幾人悶不做聲，沒有爭吵，也沒有挽留。

比自己年輕兩歲的院長，及一幫子年輕人，看到這，梁安祥眼中滿是失落。憶起近十年前那間老舊的屋子，那僅有一位教師的培訓班，他每日蹲在樓梯口，望著馬路對面的服裝廠發呆。他與王守國來回輪替，爲二樓角落的師生放哨，每每遇見陌生的面孔他便會心裏發慌。眞不容易！眞他媽不容易！當初的幾人早已離去，僅剩的老王與自己也從留著長髮的少年，成了如今的大腹便便。

最後一眼，就一眼！梁安祥仍立在門前，看向屋內的眾人。等到這扇門合上，書院起初的幾位元老便只剩那個怒氣未消的男人。「走吧！身後總歸是年輕人。」一個聲音從心底響起，腳底的疼痛令他抬起手臂，將身子往前探去。

「吪——」門開了，「咚——」再次合上。

梁安祥的離去令屋子陷入了沉默，幾位年輕人相互張望，誰也不敢說話。緊閉雙眼的王院長掩面思索，他現在能去哪？到宿舍清理衣物，還是直接去後門？也許會去後門，那裏停著他的桑塔納。王守國總是抱怨，跛著腳的梁安祥不應該開車，可嘴上唸叨的「給你請個司機」，直至他離去也未實現。也好！也好！就像那幢倒塌的屋子，舊的不去，新的不來。

「舊的不去，新的不來。」終是開了口，眾人懸著的心也隨之落下。王守國繼續說：「以後，薛自更負責教學，還有招生。趙可咧！還是管安全。」

「好！」趙可臉上掛著笑。

薛自更心中卻有些忐忑，猶豫一會兒才開口：「王……王院長，這……這太快了。」

「鐺鐺——」惱人的聲響從耳蝸傳來。猛地顛簸，將身子拋在半空，隨即落在滿是沙石的麻袋。劇烈的疼痛從耳後傳至全身，男孩翻過身，刺骨的冰涼沿掌心襲來。「啊！」睜開眼，男孩不禁放聲尖叫。敞開的鐵門伴著風雪的呼嘯，門外的風景轉眼即過，山川與樹木化作微光下的幻影。

艱難地爬起身，男孩環顧四周，門外的微光映在滿是褶皺的牆壁，敲一下，堅硬得很！將腦袋探出鑲有整排把手的鐵門，輪轂、鐵皮，原來身處一輛火車。不知是朝霞還是夕陽，粉紅的光澤映在山頂上的雪白，如多彩的雪糕般誘人。生滿針葉的大樹隨風搖曳，雪花窸窸窣窣，卻不見樹梢的積雪。

成群的麋鹿在樹林中跳躍，有的高高躍起，越過高聳的樹梢，粗壯的犄角映在霞光裏。「啊——」男孩不禁感嘆，這一切景緻是如此的動人！縮回身子，向車廂深處走去。在漆黑中摸索，小心翼翼地挪步，生怕一腳落空，跌入底下的滾滾鐵軌。摸到黑暗中的硬物，輕輕按下，頂上的燈光依次亮起，直至車廂深處。

沙發、茶几、書櫃……燈亮了，男孩這才看清這車廂。彷彿回到了家，或是樓下的照相館，眼前的種種令他欣喜不已。身後那扇敞開的鐵門，冷風直往裏灌，冷嗖嗖的。趕緊朝前跑去，光著的腳丫踩在冰冷的鐵皮，跑呀跑，終將嚴寒甩在身後，踩在暖和的毛絨地毯。「呼——」躺在柔軟的沙發，男孩長舒一口氣，抬起臂彎，身後的牆面貼著淡藍的牆紙，立式空調將暖氣溢滿整節車廂。昂起腦袋，發覺茶几上的瓷壺冒著熱氣，一旁散落著或站立、或倒下的陶瓷杯。

男孩從瓷壺倒了一杯溫熱的奶白液體，順著喉嚨咽下，竟是奶茶！男孩驚喜有加，一杯又一杯喝下，身子頓時暖和不少。「喲！」喝得半飽的男孩，被嚇了一跳，方才僅有瓷壺瓷杯的桌面，不知何時生出一隻餐盤來。寬大的瓷盤裏，牛排及土豆冒著熱氣，濃郁的醬汁鋪在其上。沒有刀叉、碗筷，男孩只好伸手去抓，用袖口拭去嘴角流下的汁水。吃飽喝足，在列車的顫動中沉沉睡去。

「咚咚！」腦後傳來敲擊聲，一聲接一聲，將沉睡的男孩喚醒。睜開眼，桌上的殘餘已不見，被誰收走了？「哎！嘿！」大聲呼喊，嗓音迴響於狹長的車廂，直至消失在滿是風雪的盡頭。「咚咚——咚咚——」敲擊聲仍在繼續，回過頭，才發覺是牆壁背後的聲響。將手掌貼在牆面，男孩才想起這不是牆壁，是貼著一層牆紙的鐵皮。

袖口的醬汁凝結成塊，伸手去摳，硬邦邦的。顧不得那多，男孩趕緊朝豁口的方向而去，一步接一步，越靠近鐵門身子越冷。男孩迎著寒風來到鐵門旁，再次來到這，已不見門外的霞光。太陽掛得高高的，看樣子像是正午。雪依舊不停歇，簌簌落下，可門外的枝頭仍不見一絲積雪。探出腦袋，朝來時的方向望去，在淩冽的風雪中瞧見一個身影，那東西似乎也瞧見了男孩，撲著翅膀朝這邊飛來。

男孩慌了神，趕緊縮回身子，想要朝車廂裏頭跑去。可他很快轉過身，想要將這扇門關上，可定睛一看，這就是一個豁口，根本沒有門！慌亂中，噗嗤噗嗤的聲響越來越近。「啊——」當那東西出現在門前時，男孩驚恐地叫出聲。

「嗯哼！」那撲騰著翅膀的東西在說話。

男孩緩緩挪開擋住雙眼的臂膀，懸在半空的是一隻身型巨大的鳥，足有一人來高。「我要進來。」鳥在說話，嗓音低沉沉的。聽到這，男孩懸著的心落了下來。

「這是夢，又是個夢。」躺在冰冷的鐵皮自言自語，軀體的每一根神經，都在嘈雜中漸漸舒緩。

「呼呼——呼呼——」咬緊牙關，將牙根的顫動傳至腦門，劇烈的震顫過後，他便會在床鋪醒來。

再次睜眼，那隻鳥依舊在眼前盤旋，閉上眼、又張開，反覆幾次，四周仍是昏暗的車廂。往左邊望去，吊燈下的沙發、書櫃金燦燦，男孩試圖起身，身子卻軟趴趴的。「我要……那……」那隻鳥又說話了，可牠的話語淹沒於門外的呼嘯。「你說什麼？」男孩問道。大鳥懸在半空，翅膀撲騰撲騰，過了許久仍未回答。見此，男孩抬起臂膀在空中輕輕揮舞，像是畫出一道冗長的咒符。如電影倒放般，眼前的一切被拉回從前，鳥兒與風雪同時靜止，男孩這才看清牠的模樣。長長的喙如一把尖刀，翅膀上的羽毛滿是褶皺。

再次播放，牠並未張嘴，低沉的聲音似乎是從翅膀下的腹部發出，「我要吃東西，你帶我去那邊。」忽的一下，一切又恢復正常。望著將大門遮擋過半的鳥兒，男孩問道：「去哪？」聽罷，大鳥銅鈴般的大眼，看向遠處的金色地毯。

伸出深褐的粗獷的腳丫，腳趾如枯死的樹皮般，似乎隨時會脫落。大鳥跟在男孩身後，一瘸一拐的往車廂深處走去。看著牠來回搖晃的身軀，及遠處桌面上的餐食，男孩疾步向前，將地毯上的皮包、拖鞋扔至一旁，爲牠騰出位置。翅膀如兩隻手，大鳥端著餐盤便吃起來，肉片墜入長長的嘴，沒有咀嚼，僅有吞食。大鳥一面吃一面言語：「既然曉得是做夢，怎麼還在這？」

見男孩不說話，大鳥繼續說：「等你醒了，你會在哪？」

「嗯。」思索片刻，男孩很快給出答案：「在床上！也許在山包包；也許在哪個賓館，網吧旁邊的賓館；也許在那個書院。」

「想在哪醒來？」

「嗯——」長嘆口氣，男孩望著嶄新的牆面，牆上的藍色花兒來回顫抖，是外頭的風雪在作祟。窩在沙發裏的男孩低聲回答：「書院。」

夢境無休止的漫長，男孩與大鳥待在一起，在明亮的屋子裏睡去、又醒來。每一次沉睡過後，桌上便擺有兩張餐盤及冒著熱氣的瓷壺。他和牠匆匆吃完，那些玩意便會在不經意間消失。沒有紙巾、洗漱池，也沒有鐘錶，安逸的日子在無數次沉睡、醒來過後，變得糟糕無比。沙發、地毯、牆面及身上的衣物，沾滿了各式醬料。大鳥的翅膀黏糊糊的，想要展翅，卻僅能撲騰幾下。

來到寒風凜冽的門前，儘管門外的空氣嚴寒，卻能叫人好受些，能夠遠離滿是異味的沙發、茶几。外頭的世界依舊是那般，連綿不絕的高聳的雪山中露出些許樹木枝頭，以及漫天的無休無止的風雪。「哈——」呼出一口氣，在風中凝結成霜。男孩將裹著長褲的雙腿伸出門外，耷拉在半空，刺骨的寒冷從腳底傳來，透徹心扉。大鳥也跟了過來，拖著沉重的步伐及臃腫的肚腩，貼著男孩的耳根言語：「想結束這一切？那就讓這個夢結束吧。」

看著外頭的一切，周而復始的日復一日的風景，疲倦襲入男孩腦海。轉過腦袋，車廂深處的愜意猶在心頭，溫暖、美食及無人打擾的酣睡。可滿牆的污漬散發著異味，沙發底下堆著發黴的種種。男孩揚起手臂，外套夾雜著的酸臭味便撲面而來，腸胃猛地翻滾，「嘔——」將連日來的吃食一吐而盡。滿目的污穢隨風而去，方才的酸臭在風雪中消失得無影無踪，眼前的世界凜冽中透著祥和。

回首，那隻大鳥匍匐在鐵皮、翅膀癱軟的攤開，可雙眸炯炯依舊。太眞了！太眞了！這個夢爲何如此逼眞？男孩猛地咬住牙根，鮮血沿嘴角滑落，可耳邊的呼嘯依舊未停，夢仍未醒來。看向大鳥的額頭，紅彤彤的如過敏一般，男孩竟有些不捨。眞不知離去後，牠的日子將如何度過？

「拜拜！」輕揮右手，將身子向前探去。男孩縱身一躍，落在堅如磐石鐵軌，呲呲作響的北風就著嘈雜的機械聲，從耳畔奔湧而過。

睜開眼，昏黃的木板若隱若現。男孩吃力地扭動眩暈的腦袋，瞧見纖細的映著白光的圓杆、隆起的褶皺的被套，及地板上的拖鞋。果然，是在書院的房間醒來。遠處的玻璃窗外雪花伴著北風，呼嘯聲彷彿就在耳邊，雪山與鐵軌在眼前一閃而過。猛地起身，男孩試圖回憶方才的夢境，可一番掙扎過後，徒勞無獲。

吃力地爬起，男孩來到滿是鐵欄杆的窗前。窗外的世界滿是積雪，與前幾日相比，雪花將大地裹得愈發厚實，樹枝的觸角也掛了白。輕推開門，牆外的皮靴齊整擺放，穿上鞋、抬起腦袋，呂連城被眼前的景象驚呆。球場、院牆外的山丘，繁密的雪花在霞光中飄落，粉紅的雪、金燦的田野彷彿仙境般。

輕快的腳步聲在樓梯道迴響，男孩一路小跑來到銀白的世界。踩在棉花糖般柔軟的雪地，沒過膝蓋的棉白將輕柔從腳底傳至心坎。發瘋似地奔跑，男孩在無人的雪地縱情跳躍，腳下的枯枝啰啰地響。終於，教官的呼喊從身後傳來，矯健的身影如野兔般躍起，將男孩按在地面。瘦小的身軀埋沒於雪地，沒有言語，也沒有掙扎。

「為什麼要跑？」寒風沿玻璃門鑽入空蕩的大廳，冷嗖嗖的。薛自更看著眼前的男孩，手裏叼著菸，「這麼大的雪，你能跑哪去？」男孩歪著腦袋，盯著濺落於地板的水漬，一言不發。見此，薛自更感到無可奈何，輕聲說道：「呂連城，這是你第二次進來，年後就出去了，整一齣幹什麼？你也曉得，逃跑的人要受罰，你要是想出去玩、在院子裏逛逛，你直接跟我說。」

沉默，漫長的沉默，似乎未聽見薛主任的話語。「呵呵！」男孩沉浸在屬他的世界，時而悶笑，時而皺眉。怕是腦子凍壞了，薛自更心裏盤算，卻未太在意。喝洗衣液、捅破肚皮，依靠裝瘋賣傻混出書院的大門，對於這些孩子來說是常有的事。薛自更點點頭，身旁的孫銘貴便將坐在木椅的呂連城拎起，將呆滯的男孩拽上樓去。「等等！」響亮的話語迴響於空蕩的走廊，喚醒屋內酣睡的學生們。孫銘貴停在樓梯口，手裏拎著男孩。

「關小黑屋，以儆效尤！」菸蒂落在地板，薛自更將其踩在腳下，「這麼大的雪，再跑兩個怎麼辦？」

直至被扔進昏暗的屋子，呂連城才緩過神來，「咚咚——咚咚咚——」猛地敲擊鐵門，直至手腕砸得生疼，聽不見一絲回應。思緒在天幕下奔走、雀躍，亢奮過後，徒留一地疲倦，深入骨髓的疲倦。霞光透過滿是鐵柱的窗子，映在瘦小的身軀，男孩緩緩睡去。睡吧，睡吧！那個漸行漸遠的夢在腦海裏若隱若現，趕緊前往夢鄉，找尋遺失於山巒之中的列車。

天色漸亮，哨聲如期而至，魚貫而出的學生們集合於大廳。瞧見門外厚厚的積雪，緊皺眉頭的趙可擠出一句：「深蹲準備！」就這樣，二十來位學生在洗漱池前蹲下又蹲起。門外的空地，站在籃球架旁的薛自更捏著菸，天邊的霞光在他眼中漸行漸遠，直至消失不見。將菸蒂扔於地面，想要踩熄火星，才發覺那玩意已墜入雪堆，留下黢黑的小孔。薛自更起身往辦公樓而去，院長方才的電話滿是催促。

不慌不忙地徘徊於空蕩的書院，薛自更又點上一根菸，遠處匆匆趕來的是住在那頭的女學生。「薛院長好！」女孩迎面而來，朝薛自更點頭示意。

「院長？」

「嗯。」女孩稍作停留，留下一句：「李老師說了，現在得喊薛院長。」

「薛院長！」輕聲呢喃，薛自更清楚女孩的意思，可當這天眞的到來，他心中卻滿是遲疑。站在青灰樓房下的薛自更望向那扇透著微光的鐵窗，點燃一根菸，口袋裏的震動再次傳來，他卻無動於衷。等待一分鐘、兩分鐘，窗內的人卻始終未能走出，朝外頭看上一眼。

直至梁主任送的菸捲燃燒殆盡，薛自更才緩緩上樓。推開門，便望見王院長眉眼皺成一團，滿臉的焦急。「你怎麼才來？」厚實的漆木書桌擋在院長身前，院長蒼老了許多，眼角生出絲絲裂紋。儘管話語裏滿是責備，院長依舊讓薛自更趕緊坐下，坐在身側的沙發。筆尖在紙上沙沙作響，王守國手邊的紙張堆疊成山，可桌角的電腦屏幕始終黑屏。合上筆蓋、歪著身子，院長看向薛自更，「小薛，長鬍子咯！整個人看起來成熟不少。」

「那……那個去年的招生工作，確實鍛鍊人，特別是……」

「哎呀！」打斷薛自更的話語，院長耷拉著腦袋說道：「老梁也走了，所有事情都壓在我身上，搞得鑾累。唉！我就是個老古董，電腦也不太會。還有招生、稅務那些事，弄得人心煩。」盯著桌面的紙張發呆，直至手中的菸蒂燃盡，王守國才拿起一沓薄薄的紙張，遞給薛自更，「我想著簽一份協議，將老梁的股份和我的一部分，給你和趙可。」

「股份？」接過斑駁的硬殼，封皮底下的文字密密麻麻，薛自更不知所措地應答：「這……這個，這我不敢當！我……我怕是做不好。」

「到了那個位置，誰都能做好。」立起身子的院長走向落滿雪花的窗子，窗外一片蒼白，連尖尖的枝頭也漸漸埋沒，如宣紙之中留下些許墨黑。銀灰的毛衣肩頭鬆垮垮，院長消瘦了不少。背對薛自更的院長，他的話語在屋內飄蕩，「不要有太大壓力，慢慢來！涉及到審批、招生的，還是我來決定。」

「好。」薛自更的回答徐徐而出。

「未來屬於你，屬於你們。」推開窗，漫天的雪花湧入豁口，王守國佝僂的身子鋪上一層白。將手臂伸出窗外，北風打在裸露的肌膚，如銀針劃過，如輕撫麥芒。直至窗內的地板落滿雪水，院長才合上窗，輕聲說：「現在，還是我的。」墨汁劃過紙張，留下歪斜的姓名，帶著泥土芬芳的紅印烙下深深的印痕，合同簽訂完畢。拿著幾張紙，想到書院近三成的收入落入自己口袋，薛自更便惶恐不已，又欣喜有加。

「嗯，趙哥呢？」臨近出門，薛自更憶起先前的話語。

「他的那些，簽過了。」見薛自更行將離去，王守國補上一句：「那個股份離職自動失效，協議裏頭有。還有，你曉得老梁住哪，替我去看看他，他的那份錢準備好了。」

「好。」

邁出樓梯口，寒風從耳畔掠過。薛自更如歸山的麋鹿，豁然之情溢於言表。股份！股份！股份！腦海中從未有過「事業」二字的他，揚起雙臂雀躍於高木之間的雪地。兩個春節、兩個春秋，僅回家過一次，坐在列車裏晃動的矮小的板凳，薛自更望著窗外的田野，回到千里之外的土屋。額頭的溝壑愈發深邃，母親枯樹皮般的手掌滿是淤泥的焦黑，在山腳輕輕搖擺。淚水隨搖擺的身軀飄落於風雪，隨即無影無踪，薛自更晶瑩的圓珠裏，映有若即若離的面龐。

薛自更掏出兜裏的手機，漫長的等待過後，那頭傳來熟悉的聲音：「更，怎麼了？」那是母親顫顫巍巍的嗓音。心底滿是激動的薛自更，一時竟說不出話來。「我們在搬東西，晚點跟你說。」姐姐的話語裏滿是匆忙，聽到這，薛自更擠出輕柔的一句：「好！晚點再說。」

掛斷電話，薛自更發瘋似地奔跑，在雪地裏舞蹈，「咚——」的一聲悶響，薛自更撞上迎面而來的男人。薛自更倒在雪地，瞧見趙可凹凸有致的臉龐，「瞎跑個鬼！那邊出事了。」說完，趙可便朝校門的方向跑去。爬起身，趙可的身影漸行漸遠，向這邊跑來的還有幾人。「怎麼了？」叫住滿臉焦急的孫銘貴，薛自更一臉疑惑。「塌了，塌了！」衣領揪作一團的孫銘貴，穿著粗氣。

「哪塌了?!」

「門衛室，老頭壓在裏頭。」

「啊！」聽聞此話，薛自更跟在隊伍後頭，往校門跑去。巨大的水泥塊被攔腰斬斷，鐵欄杆淩亂的倒下，折斷的鋼筋之間望得見水壺把手。磚瓦堆疊，狼藉一片，鮮血落成點點紅斑散落於枯草、石板。「去拿鍬！」慌亂的人群在吶喊。薛自更衝上前，與趙可一同握著鐵鍬，奮力插進厚實的水泥塊。捂著臉的女教師無助地站在一旁，淚水與哭喊伴著石碓旁忙碌的身影。

「快點！快！」三個高低不一的身影將石塊鏟起，甩動顫抖的臂膀，將其扔至一旁。熱氣從嘴裏噴出，不停喘氣的孫銘貴脫去外套，扔向身旁的女教師。三人在雪地裏忙碌，生怕錯過救人的時機，「咣當——」木柄攔腰而斷，鐵鏟飛向半空，險些砸到薛自更腦勺。「呼——」驚呼過後，女教師也加入挖掘的行列。雙手並用，或纖細、或粗壯的胳膊在鋼筋與水泥間揮動，手套被劃破，鮮血沿指尖往下流。十來分鐘後，幾人蹲在雪地喘氣，僅有趙可仍揚起胳膊將石塊往外撐。

「呼——呼——」趙可喘著粗氣，吐出的白霧在雪花中交會。孫銘貴揮動臂膀，朝趙可的背影高喊：「別弄了，趙哥！你胳膊都破了，壓死了，救不了！趙哥！」身後是撕心的呼喊，趙可卻不爲所動，依舊踩著鐵鍬鏟去腳下的細碎。鮮血從趙可劃破的胳膊滑下，在雪地留下墨水般的點滴，愈來愈低的碎石露出一隻胳膊。瞧見那隻被砸斷的胳膊，皮肉連著筋骨，趙可連連後退。「怎麼了？」孫銘貴想要上前，被趙可一把攔下。

「不用看了，救不了。」脖頸滿是汗珠的趙可，胳膊上的傷口已凝結成痂，掏出已被壓扁的菸盒。「別弄了，沒氣了。」聽到趙可的話語，周遭的人們長嘆口氣，爲水泥塊底下的老人，也爲渾身濕透的幾人。姍姍來遲的院長外套沾滿灰塵，應是摔了一跤。「人怎麼樣了？」王院長喘著氣，將手套揣進兜裏，「我剛開出去，才曉得這個事，趕緊趕回來！趙可，怎麼樣了？」

「呼——」胸脯上下起伏的趙可垂著腦袋，擠出一句：「沒救過來，等車來。」

王院長俯下身，輕拍趙可已濕透的肩膀，「那就等救護車，也不要太那個！這事是天災，我們也沒辦法！老人家屋裏人，我來協商。」看向滿地的水泥塊，想起來到書院多年的老大爺，王守國心裏感慨萬千，懸著的石頭也落了下來。感嘆老人這些年的兢兢業業，可一位老人意外去世，也不會太過麻煩。

「房子老了，老了。」坐在石塊的趙可呢喃自語：「老房子、老房子，還好後門那個倒了，幸好！」忽然，趙可猛地站起身，一臉驚恐地看向王院長，嘴裏不停唸叨：「那個，那個……」拔起腿，趙可往牆壁旁的石板路奔去。等及趙可的身影沒於風雪，薛自更才想起些什麼，同樣滿臉驚慌的往那邊跑去。風雪將臉皮刺得生疼，薛自更卻不在乎，方才的話語激起心中的惶恐，腳下的步子愈發迅猛。倘若說書院裏哪兒還有老房子，只能是那十來間「小黑屋」，而就在不久前，薛自更將那男孩鎖入其中。

匆匆而至的薛自更，還未拐過那道拐角，便瞧見趙可陰沉的面龐。凝重的神情如一顆炸彈，在薛自更心底爆響。拐過牆角，幾幢坍塌近半的屋子，房頂壓著厚厚的積雪，「來人吶！」微弱的呼喚聲從屋內傳來。「別！」猛地拽住臂膀，趙可攔下即將上前的薛自更，「別去！你看那個梁戳在中間，一推門，頂上就垮了。」

「你……你確定？」王守國的話語傳來，不停喘氣的院長高聲問道。

「不要急，急也沒用。」趙可說著，小心翼翼地探出步子，生怕震落屋頂的雪。「呂連城！」朝屋內高聲呼喊，話語淹沒於寒風，換得微弱的回應：「別推門，一推就倒了。」三人僵持於門外，男孩近在咫尺，卻叫人無可奈何。風雪愈發猛烈，飄落於歪斜的屋頂，積雪更厚了。這樣下去也不是辦法，趙可起身往院子的鐵門走去。「嗡嗡——」鈴聲響起，薛自更掏出手機，那頭傳來趙可的話語：「你過來，這邊有個洞。」

封堵窗口的鐵柱被攔腰折斷，雙手輕推牆體，傾斜的牆面還算穩固。趙可朝窗內大喊：「你過來！這裏有個口子！」，「動不了，壓住了！」漆黑的洞口傳來男孩撕心的哭喊。探出脖子往裏頭望，微弱的亮光下瞧見巨大的石塊，底下是男孩掙扎的身軀。見此，趙可便要往裏頭去，身後傳來薛自更的話語：「老趙，你幹什麼？」不顧薛自更的勸阻，趙可縮起身子往裏頭擠，可肩膀被水泥抵住，怎麼擠也不進去。

「等不了！雪太大，隨時都會垮。」疲倦的趙可蹲在歪斜的牆壁旁，如一位無助的孩子般低吟：「這個娃，怕是保不住了。」

想到是自己將男孩關進這裏，薛自更心中滿是懊悔，看到那深邃的豁口，他便要往裏鑽。「別搞了！」趙可一把拽住薛自更的毛衣，狠狠地說：「我都進不去，你進個屁！別搞了，何必再搭上一條命！沒救了！鑽不進去，也捶不了牆，一捶就塌了！」絕望在風中蔓延，蹲在雪地的薛自更被風雪淹沒，他低聲嘶嚎，身子不住的顫抖。

「王院長！」伴著趙可的喊叫，薛自更猛然回頭。院長站在牆邊，已脫去厚實的外套，外套、毛衣扔在雪地，院長彎下腰就往裏鑽。鋼筋抵在肩膀兩側，含著腰的王守國直往裏鑽。凸起的水泥塊劃破肚皮，鮮血直往下流。王守國也不顧那多，兩臂一展，身子溜了進去。薛自更望著入口處的殘餘，深紅的血落在白淨的雪地。

「院長！趕緊弄出來。」朝窗口大喊，焦急萬分的薛自更恨不得也往裏鑽。趙可伸出手，從薛自更口袋裏掏出菸盒，給薛自更點上一根，「不急，急也沒用！」雪愈來愈大，刮過早已光禿的枝頭，這場暴雪似乎沒有盡頭。香菸從指尖滑落，薛自更這才意識到雙手已凍僵，望著身旁同樣僅有一件毛衣的趙可，薛自更不住地跺腳。

「啊——」哭喊聲忽遠忽近，兩人趕到窗口查看，瞧見院長正扯著男孩的身子，壓在水泥塊下的男孩不住地叫喊。「要不不弄了，等消防的來！」趙可扯著嗓子喊道。

「來不及了，這個牆要倒了！」王守國一面回應，一面試圖搬起巨大的水泥塊，可牆體紋絲不動，僅聽得男孩幾近力竭的哭喊。

「院長，你先出來，裏頭太危險。」薛自更也湊過來，焦急地喊。

「你給老子閉嘴！」昏暗中的身影燃起灼熱的怒火，院長情緒激動的吼道：「薛自更！你別以爲是你招的生！這裏的每一個學生都是我來談的，跟他們爹媽一個個談的，他們就是我的娃！我是校長，我要負責任！你們都給老子滾，滾遠點！」說完，王守國奮力踢踹歪斜著的水泥，一下、兩下，可它依舊紋絲不動。屋頂的磚瓦咿呀作響，屋外的兩人手足無措。情急之下，薛自更一路小跑，不知從何處弄來一把生了鏽的鐵鍬，舉起鐵鍬就往牆面捶。

「嘭——嘭——」每捶一下，屋頂的雪花便如瀑布般落下。

「你他媽的！」趙可一腳將薛自更踹倒在地，「你他媽的，給老子冷靜點！」摔倒在地的薛自更昂起腦袋，鼻涕就著淚水，掛在滿是污垢的臉龐。

「怎麼辦？怎麼辦？」薛自更如方才的女教師那般無助，朝趙可高聲喊叫。

趙可嘆了口氣，將額頭貼在窗口，朝裏頭喊道：「王院長，你先出來，等下我……」

「哎——」趙可話音未落，便被撲倒，重重地摔倒在地。腦袋撞到了什麼，眼前一片漆黑，世界彷彿在此刻消失，僅剩下轟轟隆隆的爆裂聲。

二〇〇八年八月二十四日

紅的、藍的，出拳、閃躲，揚起滿是青筋的臂膀，兩個瘦削的身影對峙於拳臺。拳套擊在對手面頰，一聲悶響，淹沒於熱鬧的賽場。「中國，加油！中國，加油！」遠離圍繩的觀眾歡呼雀躍，呼喊聲此起彼伏。「藍角運動員棄權，紅角運動員、中國獲勝！」廣播傳來標致的男聲，隨熒屏裏山呼海嘯般的歡呼，遮陽棚下的人們也熱騰起來。

「五十金！」臉蛋漲得通紅的孫銘貴，朝身旁的學生們連連喊道：「五十金，五十金！還不鼓掌?!」伴著齊整而響亮的掌聲，電視機傳來觀眾的歌唱：「歌唱我們親愛的祖國，從今走向繁榮富強……」紅旗飄動於肩頭，熒屏裏的人們滿臉亢奮，仰著脖子歌唱。電視機外的學生們同樣滿面紅光，心底的亢奮噴薄而出，化作夏末的聲聲吶喊。

「五十塊金牌，喲！」看向立柱旁的趙可，孫銘貴依舊難掩興奮。抽著菸，趙可吐出的煙霧緩緩飄走，飄向塑膠椅上的學生。刺鼻的菸味將女孩嗆得直捏脖子，趙可瞧見了也不收斂，呵呵地笑。

「趙哥！」孫銘貴喊著：「能不能不抽了，你要抽也去那邊撒。」

「好好，等這根弄完。」說罷，將濾嘴抿於雙唇，翹著二郎腿的趙可坐在頂棚陰影裏，看向遠處的院牆。牆外的荒地轟轟隆隆，近兩層樓高的推土機軋過曬得滾燙的碎石。白雲掛在天穹，望不見太陽，浸在灼熱空氣裏的推土機緩緩上坡，躲在教學樓的陰影之中。望不到頭的曠野，莊稼已不見蹤跡，稻稈扭曲著倒在乾涸的土地。水塘旁成排的屋子，門前的空地堆滿雞屎，如一地的螺螄殼，低矮的木凳在灼日下烤得乾裂。

紅艷的橫幅掛在門欄、枝頭，及槐樹旁的電線杆，碩大的標語預示著村子的未來。田野愈發靜謐，屋內望著窗外發呆的老人，聽得見幾里外的呼喊。「下午休息！」「呼——」院牆內的學生們縱情吶喊，巴掌拍得通紅。身著短褲、戴著墨鏡的男人往人群而來。「薛校長好！」幾位學生朝男人喊道。薛自更點頭示意，逕直走向鐵柱旁的趙可，「老趙，下午我出去一趟，這邊你看著點。」

「看個鬼！」將菸蒂踩在腳下，趙可瞇著眼，「他們都是好孩子，自覺得很。」

「那，那就當我沒說。」薛自更頭也不回地離去，那短褲下的細腿搭上灰白運動鞋，活脫脫一幅度假的模樣。

駛過折斷枝丫的樹林，小道上的視野開闊多了，「還是砍了好。」低聲呢喃，薛自更踩下油門。鎮上的菜場熱鬧依舊，路旁的小攤冒著熱氣，孩子一窩蜂地擠在油鍋旁。肚皮咕咕叫。小鎮的丁字路口，倒塌的屋子藏在擋板後，深藍的鐵板前堆滿腥臭，女人捂著口鼻走過。「愛情，原來的開始是陪伴；但我也漸漸地遺忘，當時是怎樣有人陪伴；我一個人吃飯、旅行，到處走走停停；也一個人看書、寫信，自己對話談心；只是心又飄到了哪裏，就連自己看也看不清……」音響哼著歌，伴著揮舞的手臂，薛自更的身子在車內搖擺。撕開包裝袋，薛自更將咖啡粉倒入嘴中，細細咀嚼起來。

路口立著紅白相間的標誌線，僅留下一條道，小心翼翼地駛過，輪胎仍軋在塑膠板上，咯咯作響。頭戴安全帽的男人望向車內的薛自更，沒有憤怒，依舊蹲在地面忙活。朝那人伸手示意，薛自更繼續向前，輪胎輾過新鋪就的瀝青路，底下黏糊糊的。道路北邊的山丘冷清清，不見往常的熱鬧，卡車、工人全都不見踪影。被挖空的山體裸著身子，衣不蔽體的樣子。

來到了縣城，路口原有的幾家商店被打通，掛起銀行的嶄新招牌。戴上墨鏡，薛自更朝超市旁的玻璃門而去，「嘀──」的一聲，玻璃門合上，「嗶──」的一聲，閘口裏的紙張吞沒其中。「兩萬。」望著屏幕裏的數字，薛自更按下確認鍵。轉完那筆錢，薛自更翻開錢包，無數卡片之間夾著幾張紅票子，他又從取款機取出十來張，當作今日的花銷。

站在路口，烈日照在薛自更裸露的肌膚，火辣辣的。隔著枝頭的翠綠，薛自更望向馬路對面的樓房，那滿是油垢、窗沿擺有兩盆灰綠的窗子，便是王院長的家。每隔一段時間，薛自更都會來此，給院長的家人打一筆錢，順便望幾眼那老舊的房屋。許多次，薛自更在貼滿紙條的樓梯口徘徊，可終究沒有往上走，沒有踏足王院長的家。

一路向北，薛自更往市區去了。

駛在來時的路，護著行李箱、背著灰黑的書包，乘著麻木車從西向東，來到楊沙湖畔。兩年前的面試猶在眼前，「你會怎麼做？」王守國與梁安祥彷彿就在桌對面，朝不知所措的薛自更提問。「唔──」吞吐菸圈，薛自更敞開車窗，暖風打在滿是痘印的下巴，車內的冷氣一消而散。一個來小時車程，市區的樓宇、步行街，及那琳琅滿目的商品，令薛自更不禁揚起嘴角。衣襟、胳膊，女孩的嘴角輕輕拂過眼前，撩撥薛自更的心。

尋得靠裏的一角，薛自更對著車玻璃打理髮型，揚起微微黏起的髮梢，瞟一眼鏡中的面龐。寬廣的馬路車來車往，城裏難得的平坦的道路上，滿是著裝各異的人。靚麗的短裙、高幫的球鞋，在鎮子悶久了，瞧見什麼都是新鮮。走在熙熙攘攘的街道，薛自更不時瞥向玻璃牆中的自己，那墨鏡下的面孔些許陌生。從新世紀初來到百里求學，再到如今的院長，那個懵懂的少年早已融進愈發熱鬧的人潮。

玻璃牆中的面孔，是那樣的撩撥人心，那是去年結識的女友。及肩的秀髮、白皙的臉蛋，在木桌旁品著茶。推門而入，薛自更面頰滿是笑意，「哎！剛剛好，還有一分鐘。」瞧見薛自更的到來，女孩會心一笑，「趕緊來坐，外面好熱！嗯，你怎麼過來的？」

「是挺熱的。」坐下身的薛自更，端過浸有冰塊的玻璃壺，給自己倒上一杯，抿上一口，檸檬的酸爽溢滿味蕾。「嘶——」他擰著嘴，皺起眉頭說道：「哎呀！太酸了，唔！你剛才問啥來著？嗯！我開車來的。」

「考駕照啦？」女孩面露欣喜，連連追問：「你有車啦！那咱們出去玩，不就方便多了。」

「還不是爲了你。」伸手撥弄女孩髮梢，薛自更爲她倒上一杯，隨即轉頭呼喚服務員：「來一個套餐，就那個。」

「咱們上次出去，轉了幾趟車，太麻煩！」女孩搖晃玻璃杯輕聲抱怨。茶中的檸檬片如湖面下的水草，隨波搖動。薛自更拈起輕薄的檸檬片，放入嘴中，「唔——」沁人心脾的酸爽過後，午間的睏意頓時消散。「你不吃那個行不行？」女孩嘟起小嘴，朝周遭望去，生怕別人看到這丟人的一幕。

「我睏！就吃一片。嗯，那……那個，最近事有點多，下個星期陪不了你。」

「嗯？怎麼？」

「不跟你說，說了你也不懂。」吐出嚼得稀碎的殘渣，又抿上一口冰茶，薛自更接著說：「駕照考過了，月初提的車。再說，要是不買車，我都不敢去你家。」

「怎麼會！我爸媽蠻喜歡你的，就是想讓你換個工作。說你太忙，沒時間陪我。」

身材高䠷的服務員端來沉甸甸的餐盤，麵包、麵條、烤鴨，及一大盤切好的蝦蟹。將麵條置於手邊，女孩嘟著嘴，「我倒是覺得你的工作挺好，這個年紀能當領導，多好呀！」

「確實，就是事挺多的。」蝦殼散落於桌面，露出細膩白嫩的肉，薛自更伸出臂膀，將蝦肉遞給對面的女孩。張開嘴，女孩輕輕咬過，慢慢咀嚼起來。薛自更又抓起一隻蝦，剝弄起來，「等這個月忙完，我打算搬到市區。」，「嗯？」女孩抬起腦袋，將信將疑地看向熟悉的男孩，按捺不住內心的喜悅，「眞的？那得說好，我可沒逼你哈！」

「就你戲多！」薛自更笑著，端起瓷碗，將剝好的蝦肉倒入女孩碗中。

山間築起的城市，籠罩在灼熱而窒息的天穹，人們撐著傘、戴著帽，街道人頭攢動。新落成的商場裏，縱橫交錯的電梯上，滿是前來購物的人。冷氣呼呼地吹，打在女人們裸露的腰背，收銀臺前的女人不禁披上外套，抵擋無處不在的空調。女孩挽起薛自更的臂彎，兩人行走於琳琅滿目的商場。滿是塑膠模特的店鋪裏，換上淡黃短裙的女孩在落地鏡前打轉，難掩興奮之情。收銀臺的顯示屏亮起，裏頭的價格令女孩暗自喊貴，她趕忙伸手，輕扯薛自更袖口。薛自更揉揉女孩腦袋，掏出粉紅鈔票來。難得一次的相聚，怎麼能省錢呢？

「廁所在哪？」

「那邊，往前走，往右拐。」

「嗯嗯，謝謝。」

女孩去了廁所，纖細的背影消失在過道盡頭，隨那道粉白閃過的，是一張熟悉的面龐。手裏拎著裝滿衣物的紙袋，呆立在電梯口的薛自更一時不敢相信，是她嗎？她怎麼在這？心懷疑惑，腳下卻緩步向前。每走一步，那張清秀的面龐便清晰一分，越來越近，心中的懷疑也隨之消散。

「馬清妍！」聽到低沉的嗓音，女孩轉過身來，她的膚色黑了不少，塗有厚厚一層粉飾的臉蛋令薛自更稍感陌生。遲疑些許，女孩輕聲喊出：「薛老師？哎喲！眞的是你。」

「你在這……」

「這是我的店，賣些衣服、鞋，還有包包。」撥起耳旁的秀髮，馬清妍說著標緻的普通話，「你這是，陪女朋友？」

「嗯。」薛自更瞥一眼店鋪，玻璃牆裏是偌大的房間，滿牆的櫃子裏擺滿各式皮包、高跟鞋，這般華美的裝飾，哪怕在這市裏數一數二的商場，也是那麼的引人注目。

「生意不錯噢！」薛自更笑道：「就你一個人打理？」

「嗯，女人得靠自己。」

「挺好。」

「書院怎麼樣了？」鈴聲響起，馬清妍從包中掏出手機，遲疑一會兒，將其掛斷。她接著說：「我看到新聞了，過年的時候，有個房子塌了。」

「嗯，那個門衛出事了。」

「嗯，聽說了！薛老師，我還聽說你當校長了？不錯呀！那……王院長幹嘛去了？」

「走了。」輕嘆口氣，薛自更放下手中的紙袋，置於映著光亮的地板。

「走了？去哪了？」

「死了，爲了救個小孩。」

沉默，兩人的沉默，伴著天花板流出的輕快歌聲。馬清妍半仰著腦袋，正好瞧見薛自更低垂的眉眼。電話鈴再次響起，掏出小巧的手機，馬清妍不耐煩地將其合上。「挺好的，我覺得挺好。」掏出一根菸，馬清妍看向敞亮的玻璃門，又放了回去。「挺好的！挺好！」低沉的話語在嘴中重複，薛自更站在她身旁，瞧見她眼中的閃爍。

「你倒挺實誠。」

「這不好嗎？我挺喜歡的。」拭去眼角的晶瑩，馬清妍看著眼前熟悉又陌生的男人。「眞誠的人，可不討人喜歡。」掏出紙巾，薛自更將其遞給倚在玻璃牆的女孩。

「嗡——嗡嗡——」兜裏的硬物來回震顫，手機裏傳來女孩的聲音：「你在哪？沒看到你。」薛自更連連招手，朝電梯口焦急的女孩。「我要走了，順便給你說一句，過了這個月，書院就關門了。」

「爲什麼？」

「辦不下去了，政府要開發那塊地，正好，給王院長家裏爭取點賠償。」

「你在這！」女孩一路小跑而來，一把摟住薛自更的臂膀，將腦袋扎入他的臂彎。

「那人是誰？」

「以前的學生。」

女孩拉著薛自更胳膊，往電梯口而去。望著兩人的背影，馬清妍從包裏掏出菸盒，給自己點上一根。年輕的店員來到身後，對馬清妍低聲言語：「商場不能抽菸。」那道火光仍在指尖點燃，燃起一絲煙塵。見馬清妍沒有反應，店員也未再說，往店裏去了。

等及馬清妍再次昂首，那兩身影已隱沒於人潮，不見蹤跡。幾位小孩從跟前跑過，摔了跤。趕來的女人皺著眉，扶起哭鬧的男孩。「跟你說了幾多次，不許跑！」身材魁梧的男人彎下腰，輕拍磕在地面的膝蓋，將男孩一把拎起，抱入懷中。瞧見玻璃窗裏的擺列，女人扯動男人的袖口，率先進了門。

「歡迎光臨！」見到跨進店門的一家人，入口處的馬清妍喊得響亮。

文化生活叢書・藝文采風 1306034

爨舍一夢

作　　者　馬　驍
責任編輯　林以邠
特約校稿　林秋芬

發 行 人　林慶彰
總 經 理　梁錦興
總 編 輯　張晏瑞
編 輯 所　萬卷樓圖書股份有限公司
　臺北市羅斯福路二段 41 號 6 樓之 3
　電話 (02)23216565
　傳真 (02)23218698

發　　行　萬卷樓圖書股份有限公司
　臺北市羅斯福路二段 41 號 6 樓之 3
　電話 (02)23216565
　傳真 (02)23218698
　電郵 SERVICE@WANJUAN.COM.TW
香港經銷　香港聯合書刊物流有限公司
　電話 (852)21502100
　傳真 (852)23560735

ISBN 978-986-478-673-2
2022 年 5 月初版一刷
定價：新臺幣 600 元

如何購買本書：

1. 劃撥購書，請透過以下郵政劃撥帳號：
　帳號：15624015
　戶名：萬卷樓圖書股份有限公司
2. 轉帳購書，請透過以下帳戶
　合作金庫銀行　古亭分行
　戶名：萬卷樓圖書股份有限公司
　帳號：0877717092596
3. 網路購書，請透過萬卷樓網站
　網址　WWW.WANJUAN.COM.TW

大量購書，請直接聯繫我們，將有專人為您服務。客服：(02)23216565　分機 610

國家圖書館出版品預行編目資料

爨舍一夢 / 馬驍著. -- 初版. -- 臺北市 : 萬卷樓圖書股份有限公司, 2022.05
　面；　公分. -- (文化生活叢書. 藝文風采. 1306034)

ISBN 978-986-478-673-2(平裝)

857.7　　111005864